dtv
premium

Fay Weldon

Tagebuch einer Stiefmutter

Roman

Deutsch von
Henriette Sperber

Deutscher Taschenbuch Verlag

Von Fay Weldon
ist im Deutschen Taschenbuch Verlag erschienen:
Die Moral der Frauen (24632)

FSC
Mix
Produktgruppe aus vorbildlich bewirtschafteten Wäldern und anderen kontrollierten Herkünften
Zert.-Nr. GFA-COC-001298
www.fsc.org

Der Inhalt dieses Buches wurde auf einem nach den Richtlinien des Forest Stewardship Council zertifizierten Papier der Papierfabrik Munkedal gedruckt.

Deutsche Erstausgabe
Dezember 2009
Deutscher Taschenbuch Verlag GmbH & Co. KG,
München

Titel der englischen Originalausgabe:
›The Stepmother's Diary‹
(Quercus, London 2008)

Umschlagkonzept: Balk & Brumshagen
Umschlagfoto: Picture Press/Frank Wartenberg
Gesetzt aus der Sabon 11/13'
Satz: Greiner & Reichel, Köln
Druck und Bindung: Kösel, Krugzell
Gedruckt auf säurefreiem, chlorfrei gebleichtem Papier
Printed in Germany · ISBN 978-3-423-24756-6

März 2008
Emily morgens um zehn

Ich habe gerade das Tagebuch meiner Tochter gelesen. Davon muss ich Ihnen erzählen. Wahrscheinlich denken Sie, im Großen und Ganzen wüssten Sie, was los ist in Ihrer Familie. Glauben Sie mir, Sie wissen es nicht. Sie denken wahrscheinlich, die richtig schrecklichen Sachen passieren in anderen Ländern und anderen Kulturen, weit weg. Aber solche Sachen passieren direkt vor Ihrer Haustür, den nettesten Leuten. Und die Täter sind Leute, die sich für reizende, vernünftige Menschen halten, den Müll trennen und Afrika retten wollen.

Gwen, die Großmutter des Stiefkinds meiner Tochter, ist eine doppelzüngige, gierige Hexe. Erst vor kurzem hat sie den Orden des Britischen Empire für ihre Wohltätigkeitsaktivitäten gekriegt. Dabei hat sie das Geld praktisch gestohlen, und zwar von meiner Tochter, von Sappho.

Und zu Isobel, meiner hübschen Enkelin, die so unschuldig aussieht, als könne sie kein Wässerchen trüben, die gerade ihren Schulabschluss macht und ihre Samstage damit verbringt, alten Leuten die Gärten zu pflegen, zu Isobel hätte ich neulich beinahe gesagt: »Ich glaube, du bist zutiefst böse. Nicht so, wie gewöhnliche Leute, sondern wirklich satanisch.« Ich hab es dann aber doch nicht gesagt, weil ich von ihr nicht verflucht werden will. Isobel kann zwar nicht gezielt vomitieren oder den Kopf auf den Rücken drehen wie das Kind im ›Exorzisten‹, aber sie ist nahe dran. Na, Sie merken schon, ich bin zur Zeit ziemlich wütend auf sie.

Eigentlich ist Isobel gar nicht meine Enkelin, sondern die

Stieftochter meiner Tochter Sappho. Das macht natürlich einen Unterschied. Es gibt keine Blutsverwandtschaft. Ich möchte nicht, dass Sie denken, die Boshaftigkeit sei bei uns erblich. Diese modernen Patchworkfamilien, die aus den vorübergehenden sexuellen Interessen der Menschen entstehen, ob sie nun hetero oder schwul sind, können ein ziemliches Chaos erzeugen. Trennungen kommen eben vor, und die Kinder haben keine andere Wahl, als ihre Koffer zu packen, jemandem zu folgen, der die Hälfte ihrer Gene besitzt, und den anderen zurückzulassen. Die eine Woche beim einen, das Wochenende beim anderen – wenn sie uns doch so lieben, denken die Kinder, warum bleiben sie dann, verdammt noch mal, nicht zusammen? Und ersparen uns das?

Als Folge dieser modernen Zeiten steht meine Tochter Sappho, Isobels Stiefmutter, plötzlich morgens um zehn bei mir vor der Tür und ist schwanger, verzweifelt und leidend.

Normalerweise erfüllt Sappho, sobald ich die Tür aufgemacht habe, das ganze Haus mit einem Windstoß von guter Laune, Energie und rotbäckiger, dunkelhaariger Munterkeit, die sie schon mitgebracht hat, als sie aus meinem Bauch kam. Damals hat sie mir nicht mal Zeit gelassen, bis in den Kreißsaal zu kommen. Sie trödelt nicht lange rum, das ist nicht ihre Art. Aber diesmal ist sie auf der Schwelle stehen geblieben und hat mir eine schwere Waitrose-Tüte entgegengeschleudert. Sie ist jetzt im fünften Monat und sollte nicht so schweres Zeug schleppen.

»Ich kann jetzt nicht dableiben«, erklärte sie mir. »Das sind meine Tagebücher. Ich möchte, dass du sie versteckst. Aber bitte nicht lesen.«

»Gütiger Himmel«, sagte ich. »Du hast doch zu Hause genug Platz, um so etwas zu verstecken?«

Das Haus, in dem Sappho, ihr Ehemann Gavin und seine

Kinder Isobel und Arthur wohnten, war unser geliebtes »Apple Lee«, ein geräumiges Gutshaus von erheblichem Alter und ziemlich ungesichertem Wert. Sechs Schlafzimmer hat es, liegt aber ganz in der Nähe des abgasverseuchten Verkehrsknotens Archway, wo »niemand« was kaufen will. Nur der Denkmalschutz hatte verhindert, dass Immobilienspekulanten sich darauf stürzten. Ringsum stehen hässliche, ungeordnete Neubauten, die seit Jahrzehnten vergeblich auf den Abriss und eine ordnende Hand warten. Obwohl das Haus erst vor kurzem überstürzt renoviert worden ist (Sappho war überraschend wunderbar reich geworden), war es schon wieder hoffnungslos vollgepackt, weil keiner von den Bewohnern je etwas wegwerfen wollte. Nur Laura, die perfekte Sekretärin, hielt Ordnung, aber die wurde neuerdings kurzgehalten.

Ich habe dreißig Jahre in Apple Lee gewohnt. Sappho ist dort zur Welt gekommen, und auch ihr Vater war dort geboren worden. Ich war in diesem Haus früh zur Witwe geworden und habe danach energisch an meiner Karriere und meinem Liebesleben gearbeitet. Ich bin Psychoanalytikerin und kann meinem Beruf zu Hause nachgehen. Ich betrachtete Apple Lee irgendwie immer noch als mein Eigentum, aus dem ich mich nur vorübergehend entfernt hatte. Halb bedauerte ich, dass ich es Sappho überschrieben hatte, damit ich mich nicht mehr mit dem Garten, den Treppen, den undichten Fenstern und Türen, den angeblichen Geistern, den Denkmalschutzvorschriften, dem alten, von Krebs und Mehltau heimgesuchten Apfelbaum, den geschützten Zwergfledermäusen in den ehemaligen Stallungen, den Nachbarn mit ihren menschenfressenden Kampfhunden und verwilderten Kindern, den Fast-Food-Kartons und den gebrauchten Spritzen herumschlagen musste, die auf der Straße herumlagen.

Ich wohne lieber in einer bequemen zentralgeheizten Erdgeschosswohnung in Hampstead, und meine wenigen Patienten (Freud ist schon seit Jahren nicht mehr in Mode) besuchen mich auch lieber hier als in Apple Lee.

Ich hatte nicht damit gerechnet, dass Gavin und die Kinder bei Sappho einziehen könnten. Natürlich musste man damit rechnen, dass sie irgendwann heiraten würde, obwohl sie immer gesagt hat, das stünde gar nicht in ihrer Absicht. Dass sie die Welt und alle Vernunft um der Liebe willen aufgeben würde, wäre mir nie in den Sinn gekommen.

»Nein«, sagte Sappho, »in Apple Lee geht's nicht; da ist nichts mehr sicher. Isobel könnte sie finden und gegen mich verwenden, die scheiß kleine Hexe.«

Das war ziemlich schockierend. In den vier Jahren ihrer Ehe hatte Sappho eine extreme Loyalität gegenüber ihrer neuen Familie entwickelt, obwohl keins ihrer Mitglieder ihr eigenes Fleisch und Blut war. Aber jetzt, wo sie endlich schwanger war und ihr Stubb-Palmer-Blut sich in dem neuen Kind mit Gavins Garner-Blut gemischt hatte, war es mit den Höflichkeiten möglicherweise vorbei und ihr Verhalten würde eher darwinistische Züge annehmen. Vielleicht würde sie die Kinder ihrer Rivalin ja sogar aus dem Nest zu schubsen versuchen. Das egoistische Gen würde endlich zu seinem Recht kommen: Sie würde sich nicht länger wie ein Engel verhalten, der seine Vorgängerin in Liebe und Fürsorge für die geerbten Kinder zu übertreffen versuchte, sondern wie eine richtige Stiefmutter. Wir würden ja sehen.

An diesem Morgen jedenfalls hatte sie einen leicht irren Blick und sah ziemlich paranoid aus. Ich hoffte, dass es ihr gut ging. Es ist zwar nett, wenn sich die eigenen Theorien bestätigen, aber man möchte ja nicht, dass das eigene Fleisch und Blut darunter leidet. Da möchte man lieber unrecht behalten. »Scheiß kleine Hexe« aus Sapphos Mund war nicht in Ordnung, es war deprimierend. Sie fluchte zwar manchmal, aber doch nur über Sachen. »Scheiß Computer! Scheiß Drucker!« – das kam schon mal vor, aber so etwas nicht.

»Ich muss für eine Weile allein sein«, erklärte sie. »Ich muss mir über einiges klar werden.«

»Du und Greta Garbo«, sagte ich, bremste mich dann aber lieber. Es war wohl wirklich etwas mit ihr los. Sie trug nicht wie üblich ihre zu hohen Absätze und auch nichts von den Seiden- und Wildledersachen, die sie so schätzte, sondern eine Wollmütze mit roten und blauen Streifen. Sie steckte in einem alten gefütterten Navy-Parka aus Nylon, und ihre Schuhe hätten die ihres Mannes sein können. Eine Schwangerschaft kann einen modemäßig ziemlich verändern, ich weiß, aber das war nicht mehr normal. Sie hatte diesen gelähmten Blick, den Leute im Fernsehen haben, die von Leichen umgeben sind oder zusehen, wie ihre Häuser abbrennen, und nicht wissen, ob es Realität ist oder ein Alptraum. Sogar einen Rucksack hatte sie auf. Der musste Arthur gehören, wurde mir klar. Er trug ihn wohl, wenn er Höhlen erforschte, genau wie die Mütze.

»Du solltest keinen Rucksack tragen«, sagte ich. »Die sind schlecht fürs Rückgrat. Willst du das Baby verlieren?«

»Typisch, dass du so etwas sagst«, erwiderte sie düster. »Eine typische Projektion. Du willst, dass ich das Baby verliere.«

Ich war erschrocken.

»Wie kommst du auf so was? Natürlich will ich das nicht!«

»Weil du Gavin hasst«, sagte sie tonlos. »Und es ist nun mal Gavins Baby.«

Wessen sollte es sonst sein? Untreue zwischen den beiden war schlechthin undenkbar.

»Du bist so voller Hormone«, sagte ich, »dass du überhaupt nicht weißt, wen du hasst oder was du willst.«

Ich wünschte, sie hätte ihn nicht geheiratet, aber ich hasste ihn nicht. Und ich glaubte auch keine Sekunde, dass sie Gavin hasste. Ich hatte schon zu viele Patienten gehabt, die ihrem Ärger über ihre Ehepartner ordentlich Luft machten. Sie hassten und verachteten sie, sie wünschten sich, dass sie tot wären – und bei der nächsten Sitzung waren sie dann wieder völlig liebevoll und entspannt, weil sie im Zweifelsfall zwischendurch guten Sex gehabt hatten. Gavin und Sappho hatten einen Riesenkrach gehabt, den hatten sie sowieso jeden Monat, meistens wenn sie ihre Regel bekam. Sie konnte es nicht leiden, wenn ich sie darauf hinwies, und deshalb unterließ ich es meistens. Aber jetzt war sie schwanger, und deshalb dachte ich, der Hinweis wäre erlaubt. Aber ich hätte es wohl besser gelassen.

Sie starrte mich an, als wäre sie wieder sieben Jahre alt, und wandte sich in so offensichtlicher Empörung zum Gehen, dass ich sie am Ärmel zu packen versuchte, was eigentlich gar nicht meine Art ist – normalerweise spare ich mir Körperkontakte für wirklichen Sex auf. Man hält mich oft für eine sehr reservierte und kühle Mutter, aber de facto liebe ich Sappho sehr.

Das Problem ist: Wenn man sich der Gefahren bei der sexuellen Entwicklung des Kindes allzu bewusst ist, dann führt das leicht dazu, dass man übervorsichtig wird. So viele Patienten zeigen Phobien und Neurosen – sagen wir einen Schuhfetisch oder einen starken Elektrakomplex –, die in der Kindheit von einer ganz zufälligen Handlung der Mutter ausgelöst worden sind, weil das Kind nicht verstanden oder falsch interpretiert hat, was vorging. Solches Wissen kann dazu führen, dass man auf Zehenspitzen durch das Leben seiner Kinder schleicht, obwohl man eigentlich kräftig herumstampfen sollte. Jetzt, als ich sah, dass sie unglücklich war, siegte die Mutterliebe zu meiner Überraschung über alle Zurückhaltung, und ich streckte die Hand nach ihr aus.

Aber Sappho stieß mich zurück und sagte: »Ich gehe ein bisschen weg. Versucht bitte nicht, mich zu finden, okay?«

Und damit war sie verschwunden, und ich war gekränkt.

Ich ging ins Haus zurück und versuchte zu begreifen, was los war. Warum glaubte sie, dass ich Gavin hasste? Ich war immer sehr höflich zu ihm. Ich gebe zu, dass ich gelegentlich spöttische Bemerkungen vom Typ »Ach, Männer!« über ihn machte, wie Frauen meiner Generation das unweigerlich tun, aber er war nun mal Sapphos Erwählter – so weit Frauen überhaupt eine Wahl haben, wenn ihre Hormone strömen und ihre Erwartungen hochfliegen – und ich hatte die Zähne zusammengebissen und versucht, sie nicht merken zu lassen, wie entsetzt ich darüber war.

De facto kam ich in letzter Zeit ziemlich gut mit ihm aus. Gavin war in den Yorkshire Moors aufgewachsen, ganz in der Nähe von dem Ort, wo der Dichter Ted Hughes seine Kindheit verlebt hatte, und er liebte Vögel und Wildtiere. Mein verstorbener Gatte Rob war ein Freund von Hughes gewesen und teilte seine Liebe zu gefiederten und pelzigen kleinen Geschöpfen. Ein bisschen was davon hatte auf mich abgefärbt, und so hatte ich zumindest immer etwas mit Gavin zu reden, wenn auch nur über Nagetiere, Krähen und Adler. Auf die Klassiker, seine andere große Leidenschaft, bin ich nicht so scharf, ich gehe meist nur ins Theater, wenn Sappho das Stück geschrieben hat. Und das ist, wenn ich's recht überlege, nicht mehr oft vorgekommen, seit sie Gavin geheiratet hat und er bei ihr eingezogen ist mit den Kindern. Sie hatte mal eine Karriere als Bühnenschriftstellerin, und die hat sie jetzt nicht mehr. Sie hat eine Familie, einen Job und Verpflichtungen. Sind das die Folgen der Ehe? Ja. Und eine »Beziehung« ist noch schlimmer. Ständig aufpassen, ob es nicht jemand anderen gibt? Also wirklich nicht!

Barnaby erklärt immer, er möchte unter einem Dach mit mir leben. Na schön. Soll er auf ein getoastetes Sandwich und eine Schmusesitzung im Bett – er hat gewisse Probleme – vorbeikommen, aber irgendwas Weiteres? Der Himmel bewahre mich davor!

Aber »scheiß kleine Hexe«? Isobel war normalerweise total harmlos. Mädchen können »sauer« werden, wenn die Menarche eintritt, ich weiß. Über Nacht verändern sie sich von kleinen Schätzchen zu Amy-Winehouse-Monstern und stürzen sich in brutalen Sex und Verkommenheit. Man könnte von Enantiodromie sprechen, jenem Prozess der Verwandlung von Mr. Jekyll zu Mr. Hyde oder von Saulus zu Paulus, den C. G. Jung so geliebt hat. Aber doch nicht unsere Isobel! Andererseits war sie natürlich ein Stiefkind. Und Stiefkinder haben in der Adoleszenz oft Probleme.

»Jede Frau, die sich mit einem Mann einlässt, der eine Tochter hat, lässt sich auf ein Problem ein«, habe ich damals zu Sappho gesagt, als sie mir mitteilte, dass sie Gavin heiraten würde. »Ich hoffe, das weißt du.«

»Das muss nicht so sein«, sagte sie. »Du möchtest bloß, dass es so ist.« Sie hätte es nicht ertragen, wenn ich recht gehabt hätte, das wusste ich. Genauso wenig, wie ich es ertragen konnte, als sich herausstellte, dass meine Mutter recht gehabt hatte, als sie mich davor warnte, Rob zu heiraten. Aber das war schon sehr lange her.

»Heutzutage«, sagte ich zu ihr, »haben Väter tiefe und dauerhafte Beziehungen zu ihren Töchtern. Manchmal hört das nur knapp vor dem sexuellen Verkehr auf. Das Gesicht auf dem Kopfkissen wechselt häufig, aber eine Tochter ist was für immer.«

Eine Tochter ist immer da, um Erinnerungen, Orte und Spaß miteinander zu teilen. Sie hält die Vergangenheit und die

Jugend lebendig, sagte ich. »Frauen kommen und gehen, aber Töchter bleiben, um einen zu lieben und geliebt zu werden. Und sie werden immer versuchen, jede neue Frau aus dem Ehebett zu vertreiben.«

»Bei mir ist das anders«, sagte sie daraufhin nur. »Die Mutter der armen Kinder ist tot. Warum sollten sie mich nicht lieben, wenn ich liebenswürdig genug bin? Ich werde alles tun, um ihnen ihren Verlust zu ersetzen. Die böse Stiefmutter gehört nicht zu meinem Repertoire.«

Sie konnte und wollte es nicht verstehen. Es ist der Widerstand. Sie sperrt sich gegen mich, und ich nehme es ihr gar nicht übel. Es ist kein Spaß, wenn man das Kind einer früh verwitweten, sexuell aktiven Psychoanalytikerin ist. Aber der Archetyp hat sich geändert, ob sie es wahrhaben will oder nicht. Böse Stieftöchter sind heute weiter verbreitet, als es böse Stiefmütter je waren. Nicht mehr die ausgestoßenen Hänsel und Gretel irren Hand in Hand durch den Wald, vielmehr wimmeln die Wälder von einsamen, weinenden zweiten Frauen, die im Regen und in der Kälte frieren, über Baumwurzeln stolpern und von Disteln und Dornen zerkratzt werden, die tief ins Herz stechen können. Hänsel und Gretel bleiben zu Hause im Warmen.

Es klingelt schon wieder. Ist Sappho zurückgekommen, um Frieden zu schließen? Theoretisch kann ich die Tür dadurch öffnen, dass ich auf einen Knopf drücke, aber das tue ich nie. Ich danke Gott, dass ich eine Erdgeschosswohnung habe, in der es keine Stufen gibt, und dass ich nicht mehr in Apple Lee wohne, wo der kaputte Läufer auf der Treppe geradezu lebensgefährlich sein konnte. Ich bin über sechzig, ich habe ein leicht arthritisches Knie. Ich mache die Tür auf, und da steht Gavin.

Hinter ihm laufen wie immer die Bürger von Hampstead

vorbei mit ihren schicken Klamotten und Stofftaschen aus Bio-Läden. Plastiktüten sieht man ja schon fast gar nicht mehr. Meine Wohnung ist oben in der Nähe der U-Bahn-Station, gegenüber dem Coffee Shop. Die Kunden haben ein gutes soziales Gewissen, und was sie nachts in ihren antiallergischen Betten machen, will ich lieber nicht wissen. Gavin sieht gut aus, munter und nur wenig beunruhigt, und das ist auch nicht ungewöhnlich bei ihm. Er kommt nicht herein.

»Ist Sappho hier, Emily?«, fragt er. Ich schüttle den Kopf.

»Nein«, sage ich. Und das ist ja die Wahrheit. Ich will mich da raushalten.

»Und du hast sie auch nicht gesehen?«

»Nein«, sage ich wieder und kreuze zwei Finger hinter dem Rücken. Freud hat darin eine unbewusste Geste der Verführung gesehen, aber ich mache das ganz bewusst, weil ich meine Lüge anerkenne und böse Folgen ableiten will.

Gavin fährt sich mit der Hand durch die Haare, die neuerdings dünner geworden sind, wie ich sehe. Dabei hatte er mal so schönes Haar. Das war ein Teil seines Zaubers: sein intelligenter Adlerblick, sein heiligenmäßiges Benehmen und diese Massen von braunen Locken mit ihrer kraftvollen Energie! Gavin ist neunzehn Jahre älter als Sappho, nur zehn Jahre jünger als ich. Wenn er siebzig ist und sie einundfünfzig, wird sie das merken. Wenn sie mal so alt ist wie ich, ist er fünfundachtzig. (Barnaby ist siebenundsechzig, und das ist schon alt genug. Barnaby wohnt oben im Haus und kommt bestimmt jede Minute auf ein getoastetes Käsesandwich vorbei.) Aber jetzt ist Sappho schwanger und kommt nicht mehr so leicht raus aus dieser Beziehung. Eine Menge junge Leute haben heutzutage als Erstes solche Wegwerf-Ehen, ehe sie sich zu dem entschließen, was sie die richtige nennen. Bei Sappho ist es leider anders gewesen. Ich möchte ein Enkelkind, das ist wahr, und der Spatz in der Hand ist besser als die Taube auf dem Dach, aber meine Tochter hat ihr Leben wirklich so kompliziert gemacht, und das auch noch ganz absichtlich, indem sie nicht nur mit dem Mann geschlafen, sondern ihn auch gleich noch geheiratet hat.

»Hast du eine Ahnung, wo sie sein könnte?«, fragt er beiläufig, aber das ist es nicht. Es ist was im Gange.

»Nein«, sagte ich. »Hat sie nichts hinterlassen? Sie sorgt doch sonst immer dafür, dass sie erreichbar ist, falls sie gebraucht wird.«

»Ach, du weißt doch, wie sie ist«, sagt er. »Sie schreibt eine E-Mail, und dann drückt sie auf Löschen statt auf Abschicken.«

»Weiß Laura nichts?« Laura ist ihre Sekretärin und verfolgt aus Zweckmäßigkeitsgründen alle Bewegungen in der Familie. Sie hört auch sämtliche Telefongespräche nachträglich ab, um sicherzustellen, dass alle Termine und Uhrzeiten im Garner-Kalender stehen und jeder immer pünktlich an der richtigen Stelle ist, und zwar in der richtigen Kleidung. Der Kalender ist allerdings nicht mehr goldgeprägt – da hat Gavin mal ausnahmsweise gespart. Früher war es noch der Sappho-Stubb-Palmer-Kalender, und ihr Name war goldgeprägt.

»Laura ist zeitweilig nicht im Büro«, sagt Gavin. Ich warte, aber er gibt keine weiteren Erklärungen ab.

»Hast du's über das Handy versucht?«, frage ich. Mit Mühe unterdrückt er ein Schaudern. Mit E-Mail kommt Gavin zurecht, aber Handys und anderes digitales Zeug verabscheut er gänzlich. Er ist ein Dinosaurier, und ich fürchte, eines Tages wird er im heißen Sand einfach umkippen und meine arme Sappho, diesen zarten rosa Flamingo, erdrücken.

»Das ist natürlich abgestellt.« Er ist Sappho gegenüber sehr feindselig. Was hat sie getan?

»Isobel hat morgen Schulfest«, fährt er fort. »Daran muss ich sie erinnern.« Klingt nicht sehr überzeugend.

Jetzt, wo Sappho schwanger ist, haben die Dinge sich offenbar zugespitzt. Die Konkurrenz um den Vater wird offensichtlich. Das mit der »scheiß kleinen Hexe« deutet darauf hin, dass Isobel der Grund für den Krach ist.

Ich sage Gavin, ich würde mich bei ihm melden, sobald ich was höre. Ich rate ihm, bei der Universität nachzufragen, wo sie einen Lehrauftrag hat, aber er sagt, im Büro antwortet niemand. Und dann fragt er, ob sie vielleicht eine Plastiktüte mit Papieren hier hinterlassen hat, und ich denke: Aha, daher weht der Wind. Aus irgendeinem Grund ist er hinter Sapphos Tagebuch her.

»Nein«, sage ich. »Wieso?«

»Ach, da sind bloß ein paar Papiere drin, die ich brauche.« Er ist auf dem Weg zu einer Wochenend-Konferenz auf den Faröern.

»Ah«, sage ich, »das rothalsige Thorshühnchen!« Er freut sich über meine ornithologischen Kenntnisse und wirft mir sein reizendes Lächeln zu. Und ich hoffe, dass der Streit zwischen Sappho und ihm nicht so schlimm ist und alles bald wieder gut wird.

Gavin geht. Ich biete ihm einen Drink an, aber ich bin ganz froh, dass er nicht annimmt. Ich mag die Täuschung nicht weiter aufrechterhalten, und außerdem könnte er womöglich die Waitrose-Tüte entdecken.

Diese Tagebücher, die Sappho nicht in die Hände der »scheiß kleinen Hexe« geraten lassen will und die Gavin jetzt plötzlich sucht, sind bei mir sicher. Natürlich hatte ich die Absicht, sie gründlich zu lesen. Ich bin schließlich eine Mutter, der ihre Tochter am Herzen liegt. Und dass sie in einer Waitrose-Tüte versteckt waren! Einerseits ganz bescheiden, aber zugleich auch irgendwie inspirierend. Eine Tüte von Tesco hätte den Inhalt doch abgewertet.

War es meine Pflicht als Mutter, die Tagebücher zu lesen oder sie nicht zu lesen? Als sie noch ein Kind war, habe ich ihre Tagebücher gelesen, bis sie es gemerkt hat. Sie hat nichts gesagt, aber sie fing an, sie als Briefe an mich zu schreiben, bis wir es beide langweilig fanden und aufhörten. Vielleicht hatte sie irgendwann auch einfach zu viele Hausaufgaben, schließlich war sie auf einer sehr anspruchsvollen Mädchenschule. Hatte sie gesagt, ich dürfe sie nicht lesen, weil sie *wollte*, dass ich sie las? Ja, so musste es sein. Natürlich. Sonst hätte sie sie einer Freundin gegeben. Ich hab mir erst mal einen Kaffee gemacht.

Ich schleppe meine sanft schmerzenden Gelenke an meinen Schreibtisch zurück, wo ich eigentlich hingehöre. Die Waitrose-Tüte steht mitten auf dem Tisch und fordert mich heraus. Ich kann mich irgendwie nicht entschließen. Will ich sie wirklich aufmachen? Ist es nicht schon schlimm genug, wenn man sich an das erinnert, woran man sich erinnern will? Muss man auch noch die Erinnerungen der eigenen Tochter an ihre Zweisamkeit lesen?

Ich denke an das harte Schicksal der Kinder im Zeitalter der multiplen seriellen Monogamie. Der Ehepartner fürs ganze Leben ist heute ein Auslaufmodell. Das Kind eines wiederverheirateten oder mehrfach wiederverheirateten Elternteils muss mit jemandem auskommen, der ihm nur die Hälfte der eigenen Gene vererbt hat, und oft genug auch noch die falschen. Das Bett, in dem sie gezeugt worden sind, erzittert unter den *cris de jouissance* neuer Partner, und heutzutage ist ja kaum ein Haus so solide gebaut, dass die animalischen Schreie des Beischlafs genügend gedämpft werden. Die Urszene, die Freud für ein entscheidendes Element in der unbewussten sexuellen Entwicklung des Kindes hielt, weil ihm dabei zum ersten Mal die sexuelle Verbindung der Eltern bewusst wird, findet heute oft gar nicht mehr zwischen den Erzeugern der kleinen Person – des künftigen Ichs – statt, wie die Natur es geplant hat, sondern wird durch die Anwesenheit eines Fremden belastet. In Isobels Fall durch meine Tochter, durch Sappho. Je mehr der Vater die neue Frau liebt, desto mehr hasst das Kind sie.

Isobels leibliche Mutter ist die verstorbene Invalidin und Märtyrerin Isolde Garner. Sie ist seit zehn Jahren tot, aber im Haushalt der Garners, fürchte ich, immer noch höchst lebendig. Sappho und Gavin schlafen unter einem Porträt von Isolde, das über dem Bett hängt. Es ist ein ziemlich düsteres Gemälde von einem bekannten, aber nicht sonderlich guten Künstler und besteht im Wesentlichen aus Grautönen, als ob schon alles Leben aus der Dargestellten entschwunden wäre, was dann ja auch recht bald der Fall war. Der einzig lichte Fleck, den sich der Künstler erlaubt hat, legt sich rund um den Kopf wie ein Heiligenschein. Ein deprimierendes Bild.

Als Sappho solche Schwierigkeiten hatte, mit dem Enkelkind schwanger zu werden, das ich mir so wünschte, habe ich einmal gesagt, dass es vielleicht kein besonders gutes Omen für eine Empfängnis ist, wenn man das Gemälde der Exfrau über dem Bett hängen hat.

»Ich hab ja versucht, es loszuwerden«, sagte sie knapp. »Aber Isobel wurde völlig hysterisch. Gavin wäre es nur allzu gern los, aber Isobel hätte das als Mangel an Loyalität angesehen.«

»Warum hängt sie's dann nicht in ihr eigenes Zimmer?«, fragte ich.

»Das würde die Farbzusammenstellung zerstören«, erklärte Sappho. »Das meiste Grau ist zu blau. Sie ist sehr künstlerisch.«

»Und was ist mit Arthurs Zimmer?«

»Das würde sogar ich Isolde nicht zumuten wollen«, sagte Sappho. »Arthurs Zimmer ist voller schmutziger Socken und Teller mit den Resten gebackener Bohnen.« Trotz all ihres Geldes ist sie unfähig, ein Haus in Ordnung zu halten.

Wieder klingelt es an der Tür. Ich mache auf, und da steht Barnaby, mein Liebhaber. Also, ich nenne ihn so, und technisch ist er das wohl auch, aber ein bisschen Viagra könnte nichts schaden. Er ist mehr ein Schmuser als ein richtiger Liebhaber. Barnaby hat die Wohnung direkt über mir: Er ist ein Jungianer, der sich auf Traumtherapie spezialisiert hat. Wir besuchen uns regelmäßig und streiten die ganze Zeit. Ich bin der Ansicht, dass die Jung'sche Therapie Quatsch ist, und er denkt dasselbe von Freud. Manchmal rede ich davon, dass wir heiraten sollten, weil das die beste Methode ist, um ihn auf Abstand zu halten. Dann wieder denke ich, dass eine Ehe gar nicht so schlecht wäre, aber die meiste Zeit, nein. Ich meine, *wozu?* Gesellschaft ist etwas Nettes, aber vielleicht lerne ich ja mal jemanden kennen, der nicht unbedingt Viagra braucht. Die Jahrzehnte kommen und gehen, das Problem bleibt immer das gleiche. Entschließt man sich zum einen, fehlt einem das andere, außer wenn man bereit ist, einen Riesenwirbel zu machen. Aber natürlich könnte er auch eine liebe, gefühlige Jungianerin kennenlernen, die jünger und süßer ist und ihn mir wegschnappt – und das würde ich gar nicht wollen. So ist das eben. Was ändert sich schon?

Ich erzähle ihm, dass Gavin da gewesen ist und nach Sappho gesucht hat. Ich erzähle ihm auch, dass Sappho da gewesen ist und ihre Tagebücher bei mir deponiert hat.

»Ich hoffe, du wirst sie nicht lesen«, sagt er.

»Aber natürlich werd ich sie lesen«, sage ich. »Deshalb hat sie sie doch dagelassen.«

»Scheißfreudianer«, sagt er. »Manchmal meinen die Leute auch, was sie sagen.«

»Sehr selten«, erwidere ich.

Er fragt, ob ich mir Sorgen wegen Sappho mache, und ich denke nach und sage: ungefähr sechzig Prozent. Also nicht übermäßig. Mein normales Niveau liegt bei fünfzig. Ein zerknirschter Gavin rennt hinter ihr her, sie ist schwanger und hormonmäßig voll aufgepumpt. Streit gehört bei ihnen zum Leben, sie erholen sich aber auch schnell wieder. Sie hat genug Geld, um tun und lassen zu können, was ihr gefällt; sie ist ein Glückskind.

»Mir tun bloß die Kinder leid«, sage ich. »Und da das keine Blutsverwandten sind, ist auch das mehr platonisch.«

Er beschuldigt mich typisch freudianischer Teilnahmslosigkeit und Kälte. Ich beschuldige ihn des Moralisierens und jungianischer Gefühlsduselei. Wir machen eine Flasche Wein auf, und ich bereite Käsetoast mit Scheibletten zu, was ihn beleidigt. Er hätte lieber irgendeinen edlen Cheddar, aber das ist mir zu viel Aufwand. Abgepackte Käsescheiben sind völlig in Ordnung. Ich frage ihn, ob Stiefkinder seiner Ansicht nach die Urszene in der modernen Gesellschaft irgendwie anders erleben. Daraufhin erzählt er mir was von der archetypischen Mutter Gaia und wie sie heimlich gegen ihren Gatten arbeitet, um den Sohn der väterlichen Macht zu entziehen. Ich sage ihm, dass es mir mehr um die vorzeitige Erotisierung der Kinder geht.

»Du musst dir das einfach mal vorstellen«, sage ich. »Gavin ist nach sieben Jahren in seinem leeren Bett unzufrieden und legt sich zu Sappho in ihrs. Dann zerrt er seine Kinder her, damit sie sein neues Eheglück sehen und ihre Lustschreie hören. Apple Lee ist zwar ein altes Haus mit festen Außenmauern, aber die Wände im Inneren sind ziemlich dünn.«

»Vielleicht war das ja ihre Idee«, erklärt Barnaby. »Vielleicht war sie diejenige, die gezerrt hat. Vielleicht konspiriert sie schon mit dem Sohn gegen den Vater. Wie oft war sie verheiratet?«

»Das ist ihre erste Ehe«, sage ich. »Bei Gavin ist es die zweite.«

»Und jetzt leben sie alle in ihrem Haus. Das widerspricht der Natur, wo der Mann das Haus baut und dann erst die Frau und später die Kinder dazuholt, sodass sie alle von Anfang an die gleiche Luft atmen und die gleichen Körpergerüche wahrnehmen.«

Barnaby hat recht. Er kann ziemlich scharfsinnig sein. Dieses Hineingeborenwerden ist ein sehr intensives Erlebnis. Es ist so stark, dass Zwillinge, die getrennt aufwachsen, sich als Fremde begegnen und ineinander verlieben können.

»Wer hat also wen gezerrt?«, fragt er noch einmal.

»Es war doch nur vernünftig, dass sie in Apple Lee wohnen«, sage ich. »Es ist ein großes Haus mit einem Garten, ganz in der Nähe der Schulen, und es ist Sapphos Familiensitz seit Generationen. Ich bin dort eingezogen, als ich Sapphos Vater geheiratet habe. Er ist gestorben, ich habe es übernommen, aber aus meiner Sicht war es verflucht. Es hat mich umgebracht mit seiner Holzfäule. Deshalb habe ich es ihr überschrieben. Ihr scheint es egal zu sein, und außerdem ist sie so reich, dass irgendwelche Flüche ihr nichts ausmachen. Sie holt einfach die Handwerker.«

»Ich hätte gedacht«, sagt er kryptisch, »die Urszene ist das geringste Problem heutzutage. Warum bist du so besessen davon? Gibt es da etwas, was du nicht wahrhaben willst?«

Jetzt reicht's mir. Als er seinen Käsetoast mit Chutney gegessen hat, scheuche ich ihn aus der Wohnung. Ich bin bereit für die Tagebücher.

Sie stecken in einer schweren Plastiktüte – sechs eher schäbige Mappen aus Pappe, die von Gummibändern zusammengehalten werden, verschiedene Typoskripte, ein paar linierte, von Hand beschriebene Notizblocks und viele lose Blätter dazu. Sappho hat sie offensichtlich in Eile zusammengerafft, ohne Überwachung durch Laura, die sie säuberlich beschriftet, nach Datum geordnet und auf Disketten kopiert hätte. Das sind die Tagebücher meiner Tochter! Ihr ganzes Wesen, ihr Leben, ihr Selbst! In gewisser Weise meine eigene Schöpfung, denn ich habe sie zur Welt gebracht. Wie klug sind doch die Kinder, die auf der Suche nach ihrem eigenen Selbst normalerweise solches Material vor ihren Müttern verbergen. Sappho muss wirklich verzweifelt sein. Der Zufall will es, dass die erste Seite, die ich lese, eine Beschreibung ihrer Hochzeit mit Gavin Garner ist, vor vier Jahren. Der Tag der Katastrophe, wenn ich es recht sehe.

Sapphos Tagebuch: *26. Juni 2004*

Liebes Tagebuch, letzte Woche habe ich Gavin geheiratet. Es war eine schöne Hochzeit. Es war am längsten Tag des Jahres, die Sonne hat geschienen, und mit Ausnahme meiner Mutter, meiner Sekretärin, meines Agenten, meiner besten Freundinnen, verschiedener Kollegen und der Mutter der ersten Frau meines Mannes waren die Gäste auch ziemlich glücklich.

Ich, Sappho, nehme dich, Gavin, zu meinem rechtmäßigen Ehemann.

Sie werden sich schon dran gewöhnen, da bin ich mir sicher. Die Liebe besiegt alles. Diejenigen, die am meisten dagegen sind, haben am meisten dabei zu verlieren.

Die Beschwerden meiner Mutter sind: Gavin ist so viel

älter als ich, er hat schon zwei Kinder und ein unsicheres Einkommen; warum heirate ich überhaupt, die Ehe ist doch sowieso überholt; warum zieht er nicht einfach bloß bei mir ein? Was sie eigentlich meint, ist: Wenn ich rechtmäßig mit Gavin verheiratet bin, erben seine Kinder am Ende vielleicht Apple Lee. Sie sagt, sie will bloß, dass ich glücklich bin. Alle Mütter sagen das, aber ich glaube, sie meint es ernst. Vertrau mir doch, Mutter. Ich werde die Verträge im Auge behalten, ein Testament machen, all diese Dinge.

Ich, Sappho, nehme dich, Gavin, zu meinem rechtmäßigen Ehemann. Ich werde ihn lieben und trösten …

Mein Agent sagt, verheiratete Frauen halten ihre Termine nicht ein. Was er eigentlich meint, ist: Ein Ehemann kann sich zur Konkurrenz entwickeln, die Abrechnungen prüfen, die Verträge lesen, die Provisionen kürzen, sich überall einmischen und ihn zu feuern versuchen.

Ich, Sappho, nehme dich, Gavin, zu meinem rechtmäßigen Ehemann. Dich achten und ehren …

Meine Sekretärin Laura sagt, ein Ehemann wird mich von der Arbeit ablenken, aber was sie wirklich meint, ist, dass sie bisher die volle Kontrolle über mein Leben gehabt hat und dass sie Angst davor hat, das könne sich nach meiner Heirat ändern. Sie hat nichts gegen Sex oder, soweit ich sehen kann, gegen vorübergehende Liebhaber, aber sie hat was gegen Männer im Allgemeinen und gegen Ehemänner im Besonderen. Vielleicht ist sie lesbisch. Ich weiß nicht. Sie kommt jeden Tag zu mir ins Haus zur Arbeit und kennt jedes Detail meines Lebens, aber über ihres weiß ich bemerkenswert wenig.

Mein ganzes Leben lang bin ich beobachtet worden. Meine Mutter betrachtet mich als Fallgeschichte, und ich bin sicher, sie macht sich Notizen. Als ich auf der Schauspielschule war, wurde jeder Schritt und jeder Laut von mir analysiert. Jetzt, wo ich (halbwegs) berühmt bin, googeln mich die Leute, bevor sie kommen und mit mir reden, und wissen jeden Blödsinn, den ich je gesagt oder geschrieben habe, und ich weiß nichts über sie. Sie sehen mich nicht als Menschen, sondern als Medienobjekt. Gavin wird mich vor all dem beschützen. Jetzt gibt es nur noch ihn und mich, und ab und zu noch seine Kinder.

Ich, Sappho, nehme dich, Gavin, zu meinem rechtmäßigen Ehemann. Nicht unberaten und leichtfertig, sondern ehrfürchtig, in voller Absicht und im Einklang mit den Zwecken, zu denen die Ehe von Gott eingesetzt wurde …

Meine Freundinnen wollen nicht, dass ihr geselliges Leben gestört wird: Sie haben Angst, dass unsere Nur-für-Frauen-Abende aufhören könnten. Hochzeiten in der Clique beunruhigen alle. Viele haben selbst Stiefmütter und prophezeien das Schlimmste im Hinblick auf Isobel. Aber ich weiß, dass da alles glatt geht. Ihre leibliche Mutter ist gestorben, es war keine Scheidung. Es gibt keine Feindseligkeit im Hintergrund, ganz im Gegenteil. Ich war anwesend bei ihrer Geburt, und ihre Mutter hat sie mir anvertraut. Will sagen, ich war das Au-pair-Mädchen. Und obwohl Isobel noch zu klein war, um sich zu erinnern, werde ich das nie vergessen. Sie war so ein niedliches, hübsches Ding. Meine Freundin Belinda sagt, mein Stiefsohn Arthur wird mich zu verführen versuchen, weil alle Stiefsöhne mit ihren Vätern darum wetteifern, die neue Frau zu besitzen, aber das ist Blödsinn.

Ich, Sappho, nehme dich, Gavin, zu meinem rechtmäßigen Ehemann. Solange wir beide leben …

Gwen, Gavins Exschwiegermutter, wird womöglich ihre Enkelkinder verlieren. Sie will nicht, dass sie unter meinen Einfluss kommen. Das werden sie aber, tut mir schrecklich leid. Ich will nicht, dass sie unter ihren kommen. Sie hat mich von Anfang an nicht gemocht. Ich bin zu echt für sie, zu chaotisch, wo sie doch so perfekt und präzis ist, vom schönen Schwung der Augenbrauen bis zu den eleganten Schuhen von Prada. Sie hat mich gleich im Verdacht gehabt, schon als es noch gar nichts zu verdächtigen gab, als die arme Isolde im Sterben lag und ich die Dinge zusammenhielt. Die Kinder lieben mich; mit Gwen finden sie sich nur ab, weil sie die letzten sieben Jahre, seit Isolde gestorben ist, bei ihr gelebt haben, wenn man von den Ferien und Wochenenden mit Gavin mal absieht.

Klick, klick machten die Paparazzi vor dem Standesamt: klick, klick. Ich weiß nicht, wer's ihnen verraten hat. »Schauen Sie hierher, Gavin! Sappho, schauen Sie hierher!« Aber das meiste Blitzlicht war doch für mich. Ich hoffe, dass es Gavin nichts ausmacht. Ich hoffe, er schreibt den Roman zu Ende und sein Stern leuchtet noch heller als meiner. Ich hoffe, er wird nicht verbittert oder krank, weil er so ein ernster Mensch ist und ich so trivial und die Welt zu verblödet, um das zu bemerken. »Lächeln, Sappho! Na, lächeln Sie schon!«

Ich spürte förmlich, wie meine Mutter die Stirn runzelte, als Isobel während der Trauung nach vorn kam, Gavins Hand nahm und einfach da stehen blieb und auch nicht locker ließ, als er die Braut, also mich, küsste. Aber ich fand es sehr tapfer von Isobel. Sie ist ja erst elf und wollte nicht abseits stehen. Sie hat nie eine Mutter gehabt, erst jetzt hat sie mich. Ich möchte, dass sie versteht, dass sie eine Mutter gewinnt und nicht einen Vater verliert. Also nahm ich sie auf in unsere Umarmung, und wir standen als kleiner, zufriedener Kreis da. Ich hörte den gefühlvollen, zustimmenden Seufzer der Zuschauer, und ich dachte: Ich werde es allen recht machen, ja, das werde ich.

Arme Isobel! Sie hatte uns frühmorgens schon aufgeweckt. Kurz vor halb sechs. Ich hasse Telefonanrufe am frühen Morgen. Sie bringen meist schlechte Nachrichten. Es ist jemand im Gefängnis, im Krankenhaus, sonst etwas Schreckliches. Aber es war Isobel. Sie war bei ihrer Großmutter Gwen. Sie war von einem Alptraum geweckt worden. Sie keuchte und schluchzte. »Daddy, ich hab solche Angst. In meinem Traum hast du geheiratet, und sie hat ausgesehen wie Sappho, aber in Wirklichkeit war es eine Gestaltwandlerin wie in dem Film und hat angefangen, dich zu fressen. Ich habe versucht zu schreien, aber meine Stimme kam nur ganz dünn und piepsig raus, und dann bin ich aufgewacht.« Gavin hat sie beruhigt und ihr gesagt, dass ihr nichts passieren könnte, weil wir ja bald zusammenwohnen würden, und es sei bloß ein Traum. Sie solle sich keine Filme ansehen, die für Kinder nicht geeignet seien. Was Gwen sich dabei bloß gedacht habe?

Aber es dauerte ewig, bis die Schluchzerei aufhörte, und als das Telefon zur Seite gelegt wurde, hatte sich auch die Erektion längst gelegt, die ich an meiner Hüfte gespürt hatte. Gavin schlief gleich wieder ein, aber ich kam nicht zur Ruhe, weil es Mittsommer war und die Vögel das wussten. Außerdem war es sowieso bald Zeit, aufzustehen und sich auf die Trauung vorzubereiten. Aber ich würde eh nicht gut aussehen. Ich war nicht ausgeschlafen und meine Augen waren geschwollen.

Ich, Sappho, nehme dich, Gavin, zu meinem rechtmäßigen Ehemann.

Das Leben ist so langweilig, wenn nichts passiert und nichts sich verändert. Nase zuhalten und springen!

Emilys Meinung dazu

Ich schloss das Tagebuch, aber nur vorübergehend. Natürlich wollte ich weiterlesen. Ich brauchte nur ein bisschen Erholung. Ich erkannte jetzt, dass die Sache recht heikel sein würde: Sappho suchte nicht nur die Selbstentfaltung, sondern wollte sie offenbar auch veröffentlichen. Es war ihre Art, auf Teufel komm raus alles drucken zu lassen – so verdiente sie schließlich ihr Geld. *Nase zuhalten und springen,* fürwahr, ins Tagebuch und in die Ehe, und den Letzten beißen die Hunde. Was in diesem Fall ich wäre, weil ich sie als Fallstudie ansehe. Andere Mütter messen das Wachstum ihrer Kinder am Türpfosten: Ich dagegen habe gelegentlich die Meilensteine ihrer psychosexuellen Entwicklung in einem Notizbuch festgehalten – Gott weiß, wo ich's hingelegt habe. Mein Vertrauen auf unsere wechselseitige Zuneigung war allerdings groß genug, dass ich hoffte, sie würde nichts allzu Schreckliches schreiben. Was ich würde einstecken müssen, hatte ich auch verdient. Ich würde weiterlesen.

Ich fragte mich, ob ich Barnaby anrufen sollte wegen Isobels Traum, nahm dann aber Abstand davon. Er würde wahrscheinlich behaupten, das Kind habe ihn eigens für seine Stiefmutter erfunden, um sie zu verwirren und fertigzumachen. Ich war nicht der Ansicht, dass Isobel mit elf schon so raffiniert gewesen sein könnte, aber man kann natürlich nie wissen. Vier Jahre war die Hochzeit inzwischen her, und Sappho hatte sich eigentlich selten über Isobel beschwert, und über Arthur schon gar nicht, aber andererseits würde sie das auch nicht tun, oder? Sie würde keinem von uns Anlass geben, ihr zu sagen, dass wir recht gehabt hätten mit ihrer Problem-Ehe, die sie so unbedingt wollte. Bis jetzt, wo sie zitternd und zagend an meiner Haustür erschienen war, hatte sie der Welt mit größter Entschlossenheit nur die gute Seite dieser Ehe gezeigt.

Aber sie hatte recht. Es war eine schöne Hochzeit, soweit ich mich erinnere. Das haben alle gesagt, und die meisten haben es auch gemeint. Nachdem wir in den Wochen vor der Trauung alle unsere Bedenken geäußert hatten und Sappho trotzdem darauf bestand, ihn zu heiraten, konnte man den beiden am Ende nur Glück wünschen. Wir wussten ja alle, wie gut sich Gavin verhalten hatte, als Isolde im Sterben lag – und sie hat schließlich volle zwei Jahre dafür gebraucht. Achtzehn Monate lang hat Gavin eine Kolumne in der Zeitung darüber geschrieben, geschmackvoll und zärtlich. Wie konnte man ihm da kein Glück wünschen? Dreißig Gäste kamen zur standesamtlichen Trauung in Camden, und weitere fünfzig erschienen in der oberen Bar des Groucho Clubs, die für den Empfang reserviert war. Alle Generationen waren vertreten: Gavins Vater war achtundachtzig und wirkte wie ein würdiger alter Adler, eine ältere Version seines Sohnes, aber immer noch kraftvoll, elegant und *compos mentis,* was für uns, die wir von der Seite der Braut kamen, eine gewisse Beruhigung war, während die Gäste des Bräutigams sogar lebhaft dazu gratulierten.

»Wie Michael Douglas und Catherine Zeta Jones«, sagte jemand. »Und das hat ja auch gehalten, nicht wahr?«

Sappho zeigte tatsächlich eine gewisse Ähnlichkeit mit dem Filmstar, sie hatte strahlende Augen, lange Beine und sah in allem gut aus. Gavin hatte kluge Augen, ein festes Kinn und noch genug Haare, um am Altar oder Pult, oder wie immer das im Standesamt heißt, gut auszusehen. Natürlich hätte ich meine Tochter gern in der Kirche heiraten sehen, aber da ich sie nicht hatte taufen lassen, konnte ich das wohl nicht erwarten.

Auf dem Empfang kam Luke, Sapphos Agent, zu mir und sagte, er habe die Eheringe gezählt.

»Nur vierzehn, Schätzchen, und das bei achtzig Gästen! Man fragt sich, wo das noch enden soll! Und vier davon waren in altersfleckiges Hetero-Fleisch eingegraben, wie es früher der Brauch war.«

Lukes Partner Hugo sagte, er habe immerhin fünf schwule Paare mit zusammen zehn Eheringen gezählt. Und Hugos Expartner Lionel erklärte, stabile Beziehungen gäbe es nun mal eher in der Schwulengemeinde als bei den Heteros.

Ich hatte etwas für mich ganz Ungewöhnliches getan und an Hilary Alexander vom ›Telegraph‹ geschrieben, um sie zu fragen, was man als Brautmutter trägt. Ich war mir sehr bewusst, dass Gwen Lance, die Mutter von Gavins erster Frau Isolde, nicht gerade unsere Lieblingsperson, ebenfalls anwesend sein würde. Mit der Hilfe von Kindermädchen und Haushaltshilfen hatte sie sich seit Isoldes Lungenkrebstod um ihre Enkelkinder gekümmert. In ihrer besten Zeit hatte sie für David Bailey gemodelt, und obwohl sie inzwischen schon beinahe siebzig sein musste, war sie immer noch unsäglich gut angezogen und erschien immer noch gelegentlich in der ›Vogue‹. Ich wollte sie zwar nicht direkt übertreffen, aber ich wollte doch halbwegs ebenbürtig erscheinen.

Hilary Alexander schlug vor, ich sollte Gwen einfach anrufen. Und das habe ich getan. Ich habe sie angerufen und mich vorgestellt. Gwen war sehr kühl und abweisend.

»Es ist ja eigentlich keine richtige Hochzeit, meine Liebe, nicht wahr? In so einem Büro. Und außerdem eine zweite Heirat. Ist Sappho schon mal verheiratet gewesen? Nein? Wie ungewöhnlich! Aber zu viel Aufwand sollte man wohl nicht treiben. Ich habe gestern ein nettes, knielanges Kostüm von Chanel in meiner Garderobe gefunden, gelb und weiß; vielleicht so etwas. Keine Hüte oder dergleichen. Aber ich muss jetzt aufhören; draußen wartet ein Taxi auf mich.«

Ich kaufte für eine Menge Geld ein sehr zurückhaltendes Kleid von Dior, das aussah, als wäre es von Marks & Spencer, als ich es anzog, und Gwen erschien in einem cremefarbenen Kleid von Yves Saint Laurent mit einer Art Safarijacke darüber und einem feschen Hut dazu. Sie sah aus, als wäre sie ungefähr fünfunddreißig, und stellte mich total in den Schatten. Barnaby gehörte damals noch nicht so richtig zu meinem Leben, und deshalb musste ich allein gehen. Zum Glück hatte Laura die Organisation übernommen, und alles lief wie am Schnürchen. Isobel trug weiß, und ihr Kleid schien besser für eine Hochzeit geeignet als der graue Chiffon, den Sappho trug und den Laura wahrscheinlich bei Fenwicks für sie ausgesucht hatte. Sappho hatte meistens zu viel zu arbeiten, um sich Gedanken über ihre Bekleidung zu machen, und das galt auch für ihre eigene Hochzeit.

Der Vater des Bräutigams plauderte so angeregt mit Gwen, dass einige Leute darüber spekulierten, was das junge Paar wohl dazu sagen würde, wenn der Vater des Bräutigams dessen Exschwiegermutter heiraten würde. Der Altersabstand bei beiden Paaren war ungefähr gleich. Der jüngste Gast, die Tochter von Sapphos Freundin Polly, war fünf, und das Gerücht machte die Runde, dass sie aus einer Samenbank stammte. Arthur war nicht gekommen, angeblich weil er mitten in seinen Biologieprüfungen steckte, und alle waren sich einig, dass man einen jungen Mann nicht zwingen sollte, der Wiederverehelichung seines verwitweten Vaters beizuwohnen, wenn er nicht wollte.

Aber damit genug von der Hochzeit. Das war damals, und jetzt ist jetzt. Zurück zu den Tagebüchern.

Ich bin recht froh, dass es offenbar keine Aufzeichnungen gibt, die bis in ihre Kindheit zurückreichen. Die, die sie bei mir hinterlegt hat, datieren anscheinend alle aus der Zeit, seit sie von zu Hause ausgezogen ist, daher bleibt mir eine Menge erspart. Die ersten Seiten sind geschrieben worden, als sie anfing, auf die Schauspielschule zu gehen.

Ich hatte gehofft, sie würde zur Uni gehen, aber nein. Sie

hatte ihren eigenen Willen. Sie war so ein hübsches, anmutiges Wesen, hartnäckig, geradlinig, arglos. Sie besaß eine seelische Großzügigkeit, einen lebhaften Geist, eine gewisse Naivität und einen brennenden Ehrgeiz, Theaterstücke zu schreiben, den ich zu bremsen versuchte, weil ich diesen Wunsch für einen Versuch hielt, der zentralen Rolle des Ichs auszuweichen.

Ich war so stolz auf sie und machte mir zugleich solche Sorgen. Sie probierte ständig neue Persönlichkeiten für sich aus, und ich hatte schreckliche Angst, sie könnte sich für eine entscheiden, die gar nicht sie war. Die Jungen in ihrem Alter fand sie picklig und doof, stattdessen saß sie lieber in ihrem Zimmer und machte Hausaufgaben. Sie war gerade von ›Mein kleines Pony‹ auf dem Umweg über Georgette Heyer und Liebesschnulzen zu ›Herr der Ringe‹ übergegangen, als plötzlich Plakate von Arthur Miller mit seinen großen Stiefeln und doppelt geschnürten Schuhbändern in ihrem Zimmer auftauchten. Ich vermute, sie ging davon aus, dass jemand, der für Marilyn Monroe gut genug war, auch ihr etwas bieten konnte.

Sie war schon fast auf dem Weg nach Cambridge, als sie plötzlich von einem Anfall anti-elitären Denkens erfasst wurde und in die richtige Welt wollte. Ich war dagegen, und wenn ich die Tagebücher richtig lese, hatte ich recht. Es war ein Fehler. Sie lernte die Garners kennen.

Sapphos Tagebuch: *1. Januar 1992*

Liebes Tagebuch, jetzt sitze ich hier in meinem neuen Zuhause, ein neues Jahr und das Leben beginnt. Endlich muss ich nicht mehr in Apple Lee wohnen und kann unbeobachtet leben, weil die Leute hier viel zu beschäftigt sind, um sich für mich und das, was ich tue, zu interessieren. Niemand nörgelt an mir herum, liest meine Gedanken oder macht sich Notizen über meine psychosexuelle Entwicklung. Ich werde eine berühmte Schauspielerin werden. Ich habe Talent, das weiß ich genau, obwohl alle lachen, wenn ich einen schottischen Akzent nachzumachen versuche. Zumindest können sie alle hier lachen, auch wenn sie ein bisschen arg theatralisch und affektiert sind. Ich habe ein Semester in Cambridge verbracht, und alle waren so hochnäsig, dass ihnen bestimmt die Gesichter geplatzt wären, wenn sie mal zu lächeln versucht hätten. Deshalb bin ich zur Royal Academy gegangen. Meine Mutter hat getobt, aber ich habe meinen Treuhandfonds und kann tun, was ich will. Die Jungs sind eine ziemliche Enttäuschung, und die Mädchen sagen, sie wären schwul, aber ich nehme an, sie wollen mich bloß abschrecken. Sie können ja nicht alle schwul sein. Eines Tages werde ich dieses Tagebuch aufschlagen und mich daran erinnern, wie ich gewesen bin, als alles anfing.

Den Autorenkurs am Royal Court Theatre leitet eine Frau namens Isolde Garner. Sie ist ziemlich berühmt und hat ein paar Stücke laufen im West End. Sie hat gerade einen kleinen Jungen auf die Welt gebracht und ihn Arthur genannt. Ihre Mutter heißt Gwendolyn, es ist also alles sehr »Ritter der Tafelrunde«. Ich habe einen kleinen Sketch darüber geschrieben, den die Gruppe auch aufgeführt hat, und sie hat gesagt, ich hätte wirklich Talent, aber das glaube ich nicht. Als Schauspielerin bin ich gut, aber schreiben? Das glaube ich nicht.

Vor einigen Tagen hab ich ihren Ehemann hier gesehen. Er hat sie abgeholt und trug das Baby in so einem Tragesack vor sich her. Sie musste noch ein paar Seiten fertig machen und versuchte, das Baby gleich hier am Schreibtisch zu stillen, aber das Baby maulte und meckerte und blieb dabei hungrig.

Daraufhin zog der Mann ein fertiges Fläschchen heraus, und ich habe es unter dem Heißwasserhahn warm gemacht, und dann haben wir's damit probiert. Arthur war ziemlich hungrig, das hat man gemerkt, aber danach war er ganz zufrieden. Er ist wirklich ein süßes Baby, aber ich habe gleich gemerkt, dass Kinder sehr lästig sein können.

»Ich glaube, ich muss das Stillen ganz sein lassen«, sagte Isolde. »Macht es dir etwas aus? Es macht Pudding aus meinem Gehirn.«

»*Milch absondern* klingt nicht sehr schön«, sagte der Ehemann. »Vielleicht ist es auch keine so gute Sache.«

Ich versuche, dieser Logik zu folgen, aber das will mir nicht recht gelingen, es sei denn, ich akzeptiere, dass sie in einer Welt leben, die völlig von der Ästhetik beherrscht wird und in der schon der bloße Klang eines Wortes einen Widerwillen gegen seine Bedeutung hervorrufen kann. Andererseits ist es vielleicht gar nicht so schlecht, ein Baby zu haben, wenn der Vater sich so darum kümmert. Seine Name ist Gavin Garner und er ist ein berühmter Schriftsteller. Man sieht die beiden gelegentlich im Kulturteil der Sonntagszeitungen. Er ist groß und breitschultrig und sieht aus wie ein stolzer Adler, während sie wie ein Rotkehlchen wirkt, das den Kopf schräg legt, um darüber nachzudenken, was gerade gesagt worden ist. Ein ziemlich dünnes Rotkehlchen allerdings, nach einem bösen Winter. Sie ist sehr schlank und blass und wunderschön, und er scheint sie innig zu lieben. Wie auch immer, er ist viel zu alt und mächtig und klug für mich. Ich würde kein Wort herausbringen, wenn er mich nach meiner Meinung zu irgendwas fragen würde. Ich bin schließlich bloß eine Schauspielschülerin. Er schreibt Kritiken, richtig lange, über das klassische Theater, und kann dabei sehr gemein sein.

Emilys Erkenntnisse

Aber Gavin war natürlich der Mann, bei dem sie hängenblieb, ungefähr zwölf Jahre später, nachdem Isolde die Bühne verlassen hatte. Und Arthur ist zwar nicht schwul geworden, aber man könnte sagen, er ist sexuell nicht sonderlich aggressiv und auch nicht sehr testosterongetrieben. Ich glaube, die Babyflaschen sind daran schuld. Nicht, weil Muttermilch so viel besser wäre als Milchpulver – Muttermilch ist einfach das Minimum, wenn ein Kind vernünftig gedeihen soll –, sondern weil die Babyflaschen damals schon nicht mehr aus Glas gemacht wurden, sondern aus Plastik. Und dieses Material enthält Chemikalien, die ähnlich wie Östrogen wirken. Wenn man es erhitzt, setzt es gleich fünfzigmal so viel frei.

Aber das nur nebenbei. Ich habe es Sappho nie erzählt, denn sie hat Arthur so oft das Fläschchen gegeben, dass ich ihre Schuldgefühle gegenüber ihren Stiefkindern nicht auch dadurch noch steigern will. Sie hat es ohnehin schon schwer genug mit ihnen.

Die arme Sappho, sie vermisst ihren eigenen Vater, das geht klar aus dem obigen Eintrag hervor. Sie war drei Jahre alt, als ihr Vater gestorben ist. Sein Name war Rob, er war Arzt. Und sie war unser einziges Kind. Es ist in diesem langen, heißen Sommer gewesen: Ich erinnere mich, dass in dem Jahr alles so trocken war, dass der Apfelbaum sich kaum dazu entschließen konnte, überhaupt Früchte zu tragen. Ich war gerade ins Institute of Psychoanalysts aufgenommen worden. Es ist eine lange Ausbildung: Ich hatte schon meine Approbation als Allgemeinmedizinerin, und dann fing ich an, mich so für das Es, das Ich und das Über-Ich zu interessieren, dass ich noch das Psychologiestudium dranhängte. Bald wusste ich so viel über narzisstische Zustände und Borderline, einfache und komplexe Traumata und das Zusammenwirken von neurotischen und psychotischen Kräften, dass ich kaum noch mitkriegte, was um mich herum im wirklichen Leben passierte. Es wäre mir nie in den Sinn gekommen, dass Rob sich umbringen könnte. Er litt unter Depressionen und einem gewissen Maß an Verfolgungswahn, aber das taten fast alle Männer, die ich in dieser Zeit kannte. *Angst* gehörte damals zur seelischen Grundausstattung der Männer, denn der Feminismus war ausgebrochen. Manche Leute sagen, Depression ist verdrängte Wut, aber damals hielt ich sie für verdrängte Schuld. Die Männer hatten Schuldgefühle wegen ihrer patriarchalischen Einstellungen, und das geschah ihnen recht. Ich hatte damals, natürlich noch unter Supervision, meinen ersten Patienten angenommen. Er war, soweit ich mich erinnere, ein recht gutaussehender, wenn auch magersüchtiger Manager.

»Zusätzlich zu allem anderen«, sagte Rob, »muss ich mir jetzt auch noch Gedanken machen, ob du Affären hast mit deinen Patienten.«

Ich versprach ihm, keine zu haben. Ich dachte, er macht einen Witz, aber vielleicht war dem nicht so.

»Ich weiß doch, wie du bist«, sagte er. »Und jetzt höre ich auch noch von dieser *positiven Übertragung.*«

Ich sagte ihm, die würde eigentlich immer von der negativen Übertragung ausbalanciert. Es sei mindestens so wahrscheinlich, dass die Patienten mich hassten wie dass sie mich liebten. Keins der beiden Gefühle enthielte notwendigerweise erotische Elemente.

Und dann dachte ich einfach nicht mehr daran. Rob praktizierte nicht mehr als Allgemeinarzt, denn er war vollauf damit beschäftigt, die Immobilienspekulanten abzuwehren, die ebenso fest entschlossen schienen, Apple Lee zu zerstören, wie er es bewahren wollte. Das war ein Fulltimejob. Ständig landeten Zwangsverfügungen in unserem Briefkasten. Ich war sehr dafür, zu verkaufen: Das Haus war zwar schon seit Generationen im Familienbesitz, aber das hieß ja nicht, dass es so bleiben musste. Das Dach war undicht, die elektrischen Leitungen waren lebensgefährlich und die Rohrleitungen äußerst geräuschvoll.

»Es wird von allein einstürzen«, habe ich damals gesagt, »wenn du nichts unternimmst. Aber das kostet Tausende, die wir nicht haben. Lass uns die Bude um Gottes willen verkaufen! Verkaufen!«

»Nur über meine Leiche«, sagte er, und das war kein Scherz. »Mit den Füßen zuerst müssen die mich hier raustragen.«

Und das haben sie auch. Das ist genau, was passiert ist.

Nachdem Rob gestorben war, ging ich durch eine Phase, die der Supervisor meiner Selbstanalyse als prä-ödipale, polymorphe Sexualität beschrieb: Das heißt, ich habe wild herumgevögelt, und ich vermute, das hat der kleinen Sappho nicht gutgetan. Ich habe es, wie damals üblich, damit gerechtfertigt, dass ich mir einredete, nicht aus Verzweiflung, sondern aus ideologischen Gründen so zu handeln: Es ging um die freie Liebe; ich rettete nicht nur mich selbst, sondern auch die Welt; ich machte keinen Krieg, sondern Liebe, wie Marcuse uns das gelehrt hatte. Sex gut, Unterdrückung schlecht. Im Lauf der Jahre habe ich das überwunden und gebe mich mit Barnaby zufrieden, hoffe allerdings irgendwann auf ein Upgrade.

Aber das hier soll ein Bericht über Sapphos Leben werden, nicht meins. Es ist nur so, wie Freud uns erklärt hat, dass die psychosexuelle Entwicklung des Kindes mit der seiner Eltern zusammenhängt. Und dass Sappho sich Gavin als Ehemann ausgesucht hat, ist ein Rätsel für Barnaby und für mich.

»Meine liebe Emily«, sagt Barnaby, »es gibt eine offensichtliche, einfache Lösung – sie ersetzt auf diese Weise den Vater, der gestorben ist, als sie drei war.«

»Aber warum einen älteren Mann mit einer Tochter? Es gibt doch genug Männer ohne Anhang. Warum Gavin? Es sei denn, sie identifiziert sich mit seiner Tochter.«

»Vielleicht hast du sie auch zu oft der Urszene ausgesetzt, als sie noch klein war«, sagt Barnaby schlau. »Zu viele Liebhaber, zu viele Schreie in der Nacht? Ich fürchte, du redest über dich selbst.«

Aber genug davon. Sappho mit siebzehn. Was soll das heißen? *Mutter hat getobt, aber ich habe meinen Treuhandfonds und kann tun, was ich will.*

Verdammt noch mal, das Mädchen hat ja keine Ahnung! Weiß sie denn nicht, wie das ist, als alleinerziehende Mutter? Was ich alles aufgegeben habe für sie? Dass ich um ihretwillen nicht wieder geheiratet habe? Ich bin der Ansicht, dass ein Stiefvater gar nicht gut für ein Mädchen ist: Die Spannungen, die entstehen, wenn ein Mädchen, besonders so ein hübsches, verträumtes wie Sappho, mit einem Stiefvater aufwächst, tun niemandem gut. Na schön, jedes Mal wenn ich jemanden getroffen habe, den ich vielleicht hätte heiraten wollen, hab ich mir Sorgen gemacht, ob er sie vielleicht attraktiver finden könnte als mich, weil sie jünger und frischer war.

Und wegen ihrer Schuldgefühle, als sie ausgezogen ist, obwohl sie ein tadelloses Zuhause bei mir gehabt hat – also ich bin froh, dass sie das getan hat, das muss sie ja schließlich. Siebzehn Jahre hat sie bei mir verbracht, und dann ist sie einfach abgehauen? Also ich behaupte mal, so ist das eben in der Natur: Man bringt sie auf die Welt, sie wachsen heran und verlassen das Nest, und wenn du alles richtig gemacht hast, bist du froh, wenn sie gehen. Einige meiner Kollegen behaupten sogar, dass sich Teenager deshalb so unmöglich benehmen, damit die Eltern froh sind, wenn sie endlich ausziehen. Das sei eine sehr nützliche Einrichtung unserer Natur. Ich habe allerdings nie feststellen können, dass »die Natur« sich auch nur im mindesten um das Glück von irgendwem kümmert: Alles, woran das Miststück Natur überhaupt interessiert ist, ist die Vermehrung der Art, und kaum ist eine Mutter nicht mehr im gebärfähigen Alter, ist sie ohne jedes Interesse und wird abgetan wie ein alter Handschuh. Aber was will man machen?

Das mit dem Treuhandfonds und dem Tun-was-sie-will ist völliger Blödsinn. Die Verfügungsgewalt über den Fonds lag bei mir, aber ich hätte ihr natürlich nie im Weg gestanden, wenn sie wirklich etwas gebraucht hätte.

Was vermeide ich hier? Was macht mich so wütend? Was sind das für Ablenkungsmanöver? Material für den Urschrei? Ich fürchte fast. Zurück zu den Tagebüchern.

Sapphos Tagebuch: *10. März 1993*

Liebes Tagebuch, Isolde sagt, man solle sich angewöhnen, sein Leben in Szenen zu sehen. Das sei nützlich, um eine gewisse Distanz zu gewinnen. Also folgt jetzt die heutige Szene. Ich werde sie bestimmt nicht so leicht vergessen. (Eigentlich ist sie schon letzte Woche, an meinem Geburtstag passiert, aber ich habe erst jetzt Zeit, sie aufzuschreiben.)

Scheinwerfer auf die neunzehnjährige Sappho, die gerade die Teemaschine hinter der Bühne des Royal Court Theatre putzt. Sie macht das gern, obwohl die anderen in der Klasse denken, dass sie als billige Arbeitskräfte missbraucht werden. Sappho ist überzeugt, dass sie der glücklichste Mensch auf der Welt ist. Zwei- oder dreimal die Woche kriegt sie Isolde zu sehen, und das bedeutet, dass sie Privatunterricht von einer der größten lebenden Dramatikerinnen erhält; sie darf umsonst in alle Vorstellungen des Royal Court Theatre gehen, und Gavin redet jetzt mit ihr, als wäre sie ein richtiger Mensch. Das Telefon klingelt.

SAPPHO: Hallo, hi, Gavin. Gibt es was Neues vom Baby? ›Der Tod und das Mädchen‹? Ja, natürlich, ich habe die neue Fassung letzte Woche eingereicht. Ich bringe sie sofort vorbei. Aber sie kann doch heute nicht arbeiten! Ist das Baby nicht jeden Augenblick fällig?

Scheinwerfer auf Isolde, die sich ab und zu an den Bauch greift, aber trotzdem am Küchentisch schreibt. Gavin legt den Hörer auf und quetscht weiter Apfelsinen für den kleinen Arthur aus, der jetzt drei und ein sehr niedliches Kind ist. Gavin Garner ist der beste Vater und Ehemann auf der Welt.

Sappho tritt auf, mit Notizen.

GAVIN: Oh, vielen Dank, Sappho! Ich weiß gar nicht, was wir ohne Sie tun würden.

ISOLDE: Danke, dass Sie extra vorbeigekommen sind, Sappho. Oh je, ich glaube, meine Fruchtblase ist gerade geplatzt.

Keine gute Szene für die Bühne. Sollte man besser im Off zeigen.

(N. B. Wasser ist immer ein Problem auf der Bühne, besonders wenn es in die elektrischen Anlagen läuft. Schon mehrere Rockstars haben einen tödlichen Stromschlag erlitten, weil sie Wasser bei ihren Auftritten eingesetzt haben. Na, egal. Das klären wir später. Weiter.)

ISOLDE: Was für eine Schweinerei. Gavin, du solltest wohl besser im Krankenhaus anrufen.

SAPPHO: Kann ich irgendwie helfen?

ISOLDE: Sie könnten aufwischen. Aber irgendwie ist es so schrecklich intim. Und ich habe mir geschworen, Sie nie für Hausarbeit zu missbrauchen. Obwohl es natürlich eine Versuchung ist, weil Sie so willig sind.

SAPPHO: Natürlich. Aber das ist doch eine Ausnahme. Ein Notfall gewissermaßen, nicht wahr?

GAVIN: Alles, was ich bei diesem blöden Laden erreichen kann, ist der Anrufbeantworter. ›Alle unsere Mitarbeiter befinden sich derzeit im Gespräch.‹ Ich werde den Notarzt anrufen.

ISOLDE: Nein, bitte, fahr mich doch einfach hin. Sappho, es macht Ihnen doch nichts aus, auf Arthur aufzupassen, so lange? Geben Sie ihm etwas Tee und bringen Sie ihn ins Bett, ja? Ich will dich bei der Geburt nicht dabeihaben, Gavin, mach dir keine Sorgen. So etwas ist nichts für dich, dafür bist du zu sensibel.

Isolde und Gavin ab, in heftiger Auseinandersetzung über die Frage, ob es gut ist, wenn Väter anwesend sind bei der Geburt, oder nicht.

Zwischenszene oder Zwischenschnitt mit Gwen, Isoldes eleganter Mutter. Sie spricht in die Kamera oder ins Publikum, je nachdem, ob das ein Film wird oder ein Bühnenstück.

GWEN: Was? Ein Mann bei der Geburt? Lassen Sie das nie zu! Er wird sich nie wieder für Sex interessieren. Frauen, die darauf bestehen, graben ihrer eigenen Ehe das Wasser ab. Wenn Männer mit jüngeren Frauen losziehen, hat das nicht nur damit zu tun, dass sie jünger sind, sondern auch damit, dass sie ihnen nie dabei zusehen mussten, wie sie tierisch grunzten, schwitzten und schrien.

Schnitt oder Scheinwerfer auf Sappho, die mit ihrer Mutter telefoniert.

SAPPHO: Hallo Mama, Isolde fährt gerade ins Krankenhaus, weil das Baby jetzt kommt, und sie haben mich mit dem kleinen Dreijährigen hier in der Wohnung gelassen. Was essen kleine Jungen in diesem Alter?

Licht an in Apple Lee, wo Emily gerade zum Telefonhörer greift. Sie ist sehr verzweifelt.

EMILY: Aber Sappho, wo bleibst du denn? Du wolltest doch herkommen. Ich habe extra Schokoladenkuchen für dich gebacken. Der junge Piers ist sogar aus Südafrika hergekommen, um dich zu sehen. Oh, mein Gott, jetzt läuft gerade das Bad über. Das Wasser kommt schon die Treppe herunter. Diese Garners nutzen dich schamlos aus.

SAPPHO: Red mir bitte keine Schuldgefühle ein, Mutter!

Emily (bzw. Freud) zum Thema Masochismus

Red mir keine Schuldgefühle ein! Kann sie wirklich so was gesagt haben?

Ich beschwerte mich bei Barnaby, dessen Waschmaschine kaputt war, und der deshalb allwöchentlich mit seinem Sack schmutziger Hemden und Socken vorbeikam. Ich war ganz froh, die Tagebücher erst einmal beiseitezulegen. Sie waren doch eine sehr ärgerliche Lektüre. Ich hatte ihm den Eintrag vorgelesen, und jetzt saßen wir in der Küche vor der Waschmaschine und sahen zu, wie ein verirrter roter Socken alles andere allmählich zart rosa färbte. Wenn wir die Maschine nicht von Hand ausschöpfen wollten, konnten wir nicht viel dagegen tun.

»Warum denn nicht? Wie alt war sie damals? Neunzehn? Die jungen Leute sagen so etwas öfter. Auf diese Weise schütteln sie ihr schlechtes Gewissen ab.«

»Aber es ist so roh«, sagte ich. »So eine grobe Vereinfachung. Eine Supermarktversion der seelischen Sprache. Ein grundlegender Konflikt zwischen Mutter und Tochter, und das nennt sie *Schuldgefühle einreden?*«

»Das ist doch verständlich«, sagte Barnaby milde. »Die Mutter macht ihr Vorwürfe, und die Tochter projiziert ihre eigenen Schuldgefühle zurück auf die Mutter und macht ihr ein schlechtes Gewissen. Schau dich doch an – es tut dir ja immer noch weh. Beruhige dich.«

»Es gefällt mir nicht, dass sie so allein da draußen rumrennt«, sagte ich. Ich fühlte mich irgendwie hilflos. Wenn Kinder noch klein sind, kann man sie sich unter den Arm klemmen und irgendwo in Sicherheit bringen. Aber wenn sie groß sind, wie soll man sie dann vor sich selber beschützen?

»Ich erinnere mich noch sehr gut an den Tag«, sagte ich. »Ich war sehr böse auf sie. Ich hatte einen Schokoladenkuchen für sie gebacken und ein paar Freunde eingeladen. Und dann musste alles abgesagt werden, wegen den dämlichen Garners. Alles abgesagt! Und das Wasser ist auch nicht die Treppe runtergekommen, sondern tropfte bloß durch die Küchendecke. Warum muss sie immer so übertreiben?«

»Nun, sie ist ja Dramatikerin geworden«, sagte Barnaby. »Vielleicht hat es damit zu tun.«

Eigentlich war es ganz gemütlich, hier mit ihm zu sitzen. Er ist eine sehr entspannte und beruhigende Person. Und es war vielleicht gar nicht so schlecht, dass er seine Hemden würde wegschmeißen müssen. Sie waren sowieso ziemlich grau, und es bestanden keinerlei Aussichten, dass sie richtig schön rosa rauskommen würden – sie würden bloß noch grauer werden, mit einem rötlichen Schimmer. Er brauchte wirklich eine Frau; bloß nicht mich.

»Ich hätte hinfahren sollen, um ihr zu helfen. Ich hätte gemerkt, was vorging, und hätte die Garners stoppen können. Aber ich war wütend auf sie, und alles ging schief. Der Schokoladenkuchen ist in sich zusammengesackt und zu einer braunen, schmierigen Masse geworden. Selbst wenn ich gut in Form bin, kann ich nicht besonders gut backen, aber es wäre natürlich schön, wenn die materielle Welt sich nicht an unserer Inkompetenz orientieren würde, sondern an unseren guten Absichten.« »Ich glaube, du hast da was übersehen«, sagte Barnaby. »Ich hätte gedacht, dass dir das Freud'sche Symbol des zusammengefallenen Kuchens nicht durch die Lappen geht. Es tut mir leid, dass ich dich so oft enttäuscht habe.«

»Vergiss es«, sagte ich. »Ich denke, der Herd war dran schuld. Es war ein rostiges altes Eisending und war nie gereinigt worden, seit er in den dreißiger Jahren eingebaut worden ist. Der Backofen war schmaler als bei modernen Herden. Meine Hände sind immer noch voller Brandnarben von diesem Ofen. Jetzt ist die Küche natürlich sehr schick. Allein der Herd muss Sappho über dreitausend Pfund gekostet haben.«

»Ich wusste gar nicht, dass ein Herd so viel kosten kann«, sagte Barnaby.

Sein Mietvertrag läuft in einem Jahr aus. Ist er deshalb so

nett zu mir? Weil er bei mir einziehen will? Da muss er sich wohl was anderes einfallen lassen. Er kann die Waschmaschine mit mir teilen, aber mein Leben nicht.

»Für Sappho ist das Beste gerade gut genug«, sagte ich. »Sie sagt, alles andere heißt an der falschen Stelle sparen.«

Als Sappho anfing, richtig gut zu verdienen, und Apple Lee übernahm, wurde das Haus nach dem Geschmack der neunziger Jahre (und natürlich nach Lauras Geschmack) renoviert. Und als dann Gavin einzog, bestand die Küche aus rostfreiem Stahl und Granitplatten, überall surrte und piepte es und dazu blinkten noch rote Lämpchen. Es war kein bisschen gemütlich und kein bisschen nach Gavins Geschmack, den Sappho als total provinziell bezeichnete.

»Wer war dieser Piers aus Südafrika?«, fragte Barnaby. »Was ist aus dem geworden?«

Ich sagte, ich könne mich nicht erinnern, er sei vielleicht Mediziner gewesen. Ich hatte immer versucht, Sappho mit jungen Männern bekannt zu machen, die intellektuell mit ihr mithalten konnten: Die Jungs von der Schauspielschule kamen mir so unreif und egozentrisch vor. Ein Schauspieler wäre das Letzte gewesen, was ich ihr gewünscht hätte.

»Tröste dich, Emily«, sagte Barnaby. »Wenn man bedenkt, in welchem Maße du ihr Leben zu kontrollieren versucht hast, musst du doch einiges richtig gemacht haben, sonst wäre sie längst zur Alkoholikerin oder drogenabhängig geworden.«

»Sie war das einzige Kind, das ich hatte«, sagte ich hilflos. »Die arme Sappho! Ich muss sie zum Wahnsinn getrieben haben.«

»Mir kommt sie vernünftig genug vor«, sagte er. »Nur ein bisschen neurotisch.«

Neurotisch? Wenn sie sich von den Garners als Putzfrau missbrauchen lässt? Gavin heiratet? Der praktisch zwanzig Jahre älter als sie ist und zwei Kinder mit sich herumschleppt? Wenn sie ihm zuliebe ihre eigene Karriere aufgibt und schwanger von ihm wird, wo sie noch ihre ganze Zukunft vor sich hat?

»Neurotisch ist ja wohl untertrieben«, sagte ich. »Meine Tochter ist masochistisch. Masochismus gibt es nicht nur auf der erotischen, sondern auch auf der moralischen Ebene. Er gehört genauso zum Über-Ich wie zum Es.«

»Scheißfreudianer«, sagte Barnaby. »Scheißmetapsychologie. Ich vermute, du hältst das alles für deinen Fehler?«

»Ja«, sagte ich. »Natürlich. Ich war als Mutter zu repressiv. Ihr Vater ist gestorben, als sie erst drei war. Das schlimmste Alter. Sie denkt, sie wäre dafür verantwortlich. Masochismus ist die Verwandlung von Schmerz in Lust – sei er nun physisch oder moralisch. Er existiert, um eine große unbewusste Schuld zu begleichen. Masochismus und Verdrängung sind eng verbunden. Zu leiden, hilflos zu sein, keine Wahl zu haben heißt frei von Schuld zu sein. Warum rennen die Leute sonst in Anne Summers Sexshops, bewundern Samthandschellen und träumen von sündigen Vergnügungen?«

»Du bist sexbesessen«, jammerte er. »Foucaults schmutziges kleines Geheimnis, das allen menschlichen Aktivitäten die Energie gibt, ist zumindest produktiv. Sei doch mal positiv. Schau dir an, wie reich deine Tochter geworden ist, nach der Zeit bei den Garners. Schau dir den schicken Herd an! Immer schön schreiben, kleine Sappho! Oder wie der Herzog von Gloucester so trefflich sagte: *Immer am Kritzeln, Mr. Gibbon!* Was hatte Edward Gibbon für ein sündiges Geheimnis, das ihn vorantrieb? Ein Zeitalter der Produktivität ist ein schuldiges Zeitalter. Das Proletariat schwitzt und leidet die ganze Industrialisierung hindurch für die Lust seiner Herren. Was hatte deine Tochter für ein Geheimnis? Schuld ist die

Ursache dafür, warum Sapphos Küche jetzt blinkt und glitzert und dein Herd immer bloß ein Stück rostiges Eisen war. Schuld ist Reichtum: Reichtum ist Schuld.«

»Scheißmarxist«, sagte ich.

Der Schleudergang endet. Barnaby untersucht seine ruinierte Wäsche. Er schaut mich sehnsüchtig an.

»Bleibe ich über Nacht?«, fragte er.

»Nein«, sagte ich. »Bleibst du nicht. Ich muss allein sein.«

»Du und Greta Garbo«, sagte er.

Ich sage ihm, dass er seine nasse Wäsche nicht über meine Stuhllehnen hängen soll. Er kann sie mit raufnehmen. Und das tut er auch. Er ist sehr fügsam. Vielleicht möchte er, dass ich eine Peitsche heraushole und ihn schlage, will es aber nicht sagen.

Die Tagebücher verstören mich sehr. Mein Sorgenpegel steht jetzt bei siebzig Prozent. Es wäre unverantwortlich, nichts zu tun. Sappho ist meine Tochter. Sie ist in die metaphorische Nacht hinausgewandert, ins Nichts. Sie verlangt, in Ruhe gelassen zu werden, und hinterlässt mir zugleich ihre Vergangenheit zur Untersuchung. Ich kann es nicht dabei belassen. Es muss etwas geschehen, aber ich bin mir nicht sicher, was. Ich werde mal Laura anrufen und fragen, was los ist. Aber ich will ihr nicht zeigen, dass ich mir Sorgen mache.

Ich wähle die Nummer von Apple Lee, lande aber beim Anrufbeantworter. Schon das ist verdächtig. Die supereffiziente Laura ist normalerweise bis spätabends da, um die Telefone zu bemannen, oder um sie zu »bemenschen«, wie sie wohl mit ihrem etwas schrillen Kichern gesagt hätte. Vielleicht ist sie etwas zu essen holen gegangen? Der Stadtrat von Camden hat Millionen ausgegeben, um die Gegend aufzupolieren, und zumindest ein paar mutige Tapas-Bars haben kürzlich auch aufgemacht. Die Garners haben es vermieden, Apple

Lee einen frischen Anstrich zu verpassen, damit es von außen recht schäbig aussieht und Einbrecher nicht auf dumme Ideen kommen. Wirksamer sind allerdings wohl die Überwachungskameras und die Bewegungsmelder, die jedes Mal alles in grelles Licht tauchen, wenn ein Fuchs oder eine streunende Katze vorbeikommt.

Ich werde ein paar Stunden warten und Laura dann noch einmal anrufen. Ich könnte natürlich auch Isobel von der Schule abholen und hören, was sie zu sagen hat. Dann fällt mir ein, dass heute ja Freitag ist, und da ist sie abends meistens bei Gwen. Arthur hat gerade sein Studium der Meeresbiologie an der Universität Keele aufgenommen, sonst könnte ich ihn fragen. Mit Arthur komme ich gut aus. Es gibt natürlich noch verschiedene Kollegen und Freundinnen, die ich fragen könnte, aber ich möchte keine Spekulationen in Gang bringen. Sappho wäre stinksauer, wenn ich das tun würde.

Zurück zu den Tagebüchern. Jetzt tut es mir leid, dass ich Barnaby weggeschickt habe. Gesellschaft ist ein gutes Rezept gegen die unerwartete Panik, die mich jetzt ankriecht. Ich suche nach dem Grund und kann keinen finden. Barnaby hat recht. Auch ich weigere mich, die Realität anzuerkennen.

Sapphos Tagebuch: *10. April 1994*

Liebes Tagebuch, hier eine Szene von heute, die ich nicht unaufgezeichnet lassen kann.

Gwen, Isoldes kaschmirgekleidete Mutter, besucht Isolde und Gavin. Sie ist extrem elegant mit ihrem langen Model-Rücken, ihren langen Model-Beinen (und etwas zu langen Füßen) und ihrer üblichen, leicht überraschten und vage be-

rablassenden Art – vielleicht liegt es auch bloß an den allzu hoch ausgezupften Augenbrauen. Sie kommt in die Küche, während Sappho gerade Arthur und Isobel füttert. Sappho trägt Jeans und ein schmuddeliges T-Shirt. Es ist lange her, dass sie sich die Haare hat schneiden lassen. Sie hat einfach keine Zeit für so was. Zum Glück sind die Kinder sehr lieb und idyllisch, sodass Sappho sich keine von den üblichen bösen Bemerkungen anhören muss. Gott, wie sie diese Frau hasst. Es ist wechselseitig. Gwen stellt den Kessel auf und spricht scheinbar beiläufig mit Sappho, aber was sie sagt, ist keineswegs beiläufig gemeint. Sie hat etwas zu sagen und hat sich entschlossen, es jetzt zu tun.

GWEN: Na, wie geht es dir, Sappho? Ist das bloß ein Name oder ist es dein Wesen? Oder beides?

SAPPHO: Wie bitte? Ich verstehe nicht, was Sie meinen.

GWEN: Ich rede von Lesbierinnen, mein Schätzchen.

SAPPHO: Oh. Nein, ich glaube nicht, dass ich Lesbierin bin. Meine Mutter ist Psychoanalytikerin und Feministin, aber eine normale Heterosexuelle. Eigentlich sogar mehr als normal. Sie hat mich nach einer Dichterin benannt, die vor langer Zeit auf der Insel Lesbos gelebt hat, aber nur zufällig. Ich bin nicht das Produkt einer Samenbank oder so was. Ich hatte einen richtigen Vater, aber der ist bei einem Unfall umgekommen. Meine Mutter ist Witwe.

GWEN: Weil wir uns alle gefragt haben, warum ein hübsches Mädchen wie du keinen Freund hat.

Sappho hat sich das selber schon manchmal gefragt und ist zu dem Ergebnis gekommen, dass sie die Jungs abschreckt, weil sie zu klug ist. Sie langweilt sich rasch und wird dann zur Alleinunterhalterin. Abenteuerlustige Männer versuchen auf der Straße ihre Aufmerksamkeit zu erregen. Sie wird in der U-Bahn verfolgt. Die potenziellen Freunde möchten sie gern als Freundin haben, verlieben sich aber nicht in sie. Sie verlieben sich eher in die stillen, langsamen, naserümpfenden Typen mit dünnen Armen und langem, glatt gebügeltem Haar. Sappho hat vor, was dagegen zu tun und nicht mehr zu zeigen, wie klug sie ist und dass sie obendrein auch noch Sinn für Humor hat. Aber das ist alles zu kompliziert, um es Gwen zu erklären, die sowieso bloß Streit sucht.

Gwen redet zu schnell und isst den Kindern löffelweise die Erdbeermarmelade weg. Gwen könnte auf Kokain sein, oder ist es – so wie sie futtert – doch eher Hasch? (Muss ich überprüfen: Tritt das bei beiden Rauschmitteln auf?) Trotzdem sagt Sappho weiter die Wahrheit, weil das ihre Strategie fürs Leben ist.

SAPPHO: Ich habe keine Zeit für einen Freund, glaube ich. Und der Austausch von Körperflüssigkeiten kommt mir ein bisschen eklig vor. Zu Hause würde ich so was nicht sagen, weil es so viel Beunruhigung auslöst, und Diskussionen. Vielleicht finden Männer mich auch nicht attraktiv, und ich hab nicht die richtigen Pheromone.

GWEN: Weil, wenn du hinter meinem Schwiegersohn her bist, dann schlag dir das aus dem Kopf!

Das kommt so überraschend, dass Sappho der Löffel aus der Hand fällt, mit dem sie Isobel füttert, und überall weiches Eigelb verspritzt, auch auf Isobels Haar. Das Kind verzieht das Gesicht. Sie kann solche Schweinereien nicht leiden und fängt an zu wimmern.

GWEN: Entweder bist du eine sehr gute Schauspielerin – was ich nicht glaube, nachdem ich dich auf der Bühne gesehen habe – oder du bist wirklich Miss Unschuldig. Also lassen wir die Sache fallen, Miss Lesbos. Vergiss es. Entschuldigung.

Die Verrückte, immer noch Marmelade löffelnd, ab. Sappho tröstet Isobel.

Das mit meiner Schauspielerei war wirklich gemein. Ich weiß, dass ich nicht besonders gut bin, aber so schlecht bin ich nun auch nicht. Allerdings würde ich den Text lieber selbst schreiben. Ich liebe die Macht der Autoren. *Eine gewaltige Explosion* – das sind nur drei Worte, aber sie bedeuten, dass mindestens zehn Leute ihre ganzen Fähigkeiten (die ich gar nicht habe) einsetzen müssen, um etwas zu schaffen, das glaubhafter ist als die Wirklichkeit. Es ist viel besser, ein Autor zu sein als ein Schauspieler. Die Frage ist, warum gelingt es Gwen so mühelos, dass ich mir minderwertig vorkomme? Alles, was sie kann, ist in schönen Kleidern herumzusegeln. Sie hat ein vulgäres, hässliches, dummes Gemüt. Gavin ist (gerade) alt genug, um mein Vater zu sein, und ich würde nie etwas tun, um Isolde zu kränken. Obwohl ich finde, dass Isolde ihren Mann manchmal ziemlich vernachlässigt: Sie ist so von ihrer Arbeit besessen. Sie scheint es nicht mal zu hören, wenn die Kinder Krach machen. Gwen als Mutter zu haben, muss schrecklich für sie sein. Gwen war in den Sechzigern richtig berühmt und hat viel für die ›Vogue‹ gearbeitet. Als sie siebzehn war, sah sie aus, als wäre sie vierzig, was damals offenbar Mode gewesen ist, und heute sieht sie immer noch aus, als wäre sie vierzig. Ich nehme an, das ist die Gesichtscreme. Gwen ist wirklich ekelhaft und ziemlich dumm. Gavin ist ein

Gott und kein Mensch. Götter und Sterbliche paaren sich ohnehin nicht. Meine Mutter hat oft komische Vorstellungen, aber sie ist wenigstens nicht dumm. Und sie frisst nicht die Marmelade direkt aus dem Glas.

Wenn ich je heiraten würde, also wenn mich jemand heiraten würde – und ich weiß nicht, warum jemand das tun sollte außer wegen des Geldes, das ich nicht habe (wenn man von diesem jämmerlichen Treuhandfonds absieht, bei dem jedes Mal meine Mutter unterschreiben muss, bis ich fünfundzwanzig bin, und dann ist das Geld eh alle), dann würde ich wollen, dass es jemand wie Gavin wäre. Er ist sehr behutsam und ein guter Vater, und er hat dieses schöne buschige Haar. Wenn er im Fernsehen ist und von hinten angestrahlt wird, sieht es aus wie ein Heiligenschein. Die kleine Isobel betet ihn an. Als sie noch ein Baby war, hat er sie immer in so einem Tragesack vor der Brust rumgeschleppt. Direkt am Herzen, hat er gesagt. Und sie hat zu ihm aufgesehen mit ihren großen runden, grünen Augen: Am liebsten hätte ich mich dazwischengeschoben und diesen Blick unterbrochen. So viel Vertrauen und Glauben wirkt einfach obszön. Wie können sich zwei Menschen so trauen? Wissen sie denn nicht, was in dieser Welt alles schiefgehen kann? Ich wünschte, ich hätte so einen Vater wie Gavin gehabt, statt als Waisenkind aufzuwachsen. Dann hätte ich sicher mehr Selbstbewusstsein. Arthur setzt einfach einen Fuß vor den anderen und schreitet im Leben voran. Er ist unbeschwert geboren, und glücklich.

Emilys Entschuldigung

Was soll das heißen, Waisenkind? Sie hatte doch mich, oder? Und ihren Vater auch, bis sie drei war. Und er hat sie angebetet und auch in so einem Tragesack rumgeschleppt. Auch sie ist der Augapfel ihres Vaters gewesen. Ich bin deswegen sogar manchmal eifersüchtig geworden und hätte mich – genau wie es Sappho beschreibt – am liebsten zwischen die beiden geschoben. Um diese Blicke zu unterbrechen. Was ist mit mir, mir, mir? Komme ich gar nicht mehr vor? Die arme Mutter, deren Schicksal es ist, ein Ungeheuer zu gebären, das ihr alles nimmt, was sie hat, das sie aussaugt und ausspuckt. Das Kind lebt auf Kosten der Mutter, stiehlt ihr die Liebe des Vaters, die emotionale Nahrung, und rennt damit lachend davon.

Die Wahrheit ist noch etwas schlimmer: Als Rob gestorben ist, gab es ein Problem weniger, das ich bewältigen musste. Ich brauchte nicht mehr eifersüchtig auf meine Tochter zu sein – ich, die Psychoanalytikerin Emily Stubb-Palmer eifersüchtig auf meine Tochter! Eine Peinlichkeit sondergleichen. Und es war nicht nur gelegentlich. Es war praktisch dauernd. Arme Mütter, arme Töchter. Drei sind einer zu viel.

Überlegen Sie doch mal! Stellen Sie sich das einfach mal vor! Es gibt keine Zufälle, sagt Freud, und wie immer hat der Mistkerl recht. Sapphos Geburtstag. (Barnabys Interpretation ist natürlich eine Spinnerei, die können Sie vergessen.) Mama bäckt einen ungenießbaren Kuchen, lässt die Badewanne überlaufen und bringt die Küchendecke zum Einsturz. Lädt einen jungen Mann ein, mit dem die Tochter nichts anfangen kann, um sie zu beschämen. Was habe ich meiner Tochter für einen Geburtstag gewünscht? Ich habe ihr etwas Böses gewünscht, weil es ihr neunzehnter Geburtstag war, weil sie allmählich zur Frau wurde und ich verblasste. Überprüfen Sie sich immer selbst und Ihre wahren Motive, wenn etwas schiefgeht. Lassen Sie Ihren Assoziationen freien Lauf! Thanatos, der Todeswunsch. Masochismus. Verdrängung. Scheinerinnerungen. Fantasien. Sündige Geheimnisse. Ich muss wohl nicht weiterreden. Was verberge ich vor mir selbst?

Ich rufe Laura noch einmal an. Wieder keine Antwort. Dann fällt mir Sapphos Handy ein, besser spät als nie. Es ist abgeschaltet. Mein Gott, was ist los? Vergessen wir mal *ihr* Leben. Was ist denn mit meinem?

Ich glaube, ich kann davon ausgehen, dass ich nicht eifersüchtig bin, weil Gavin sie und nicht mich geheiratet hat, oder? Das ginge wohl wirklich zu weit, selbst für Freud.

Ich bin froh, dass sie sagt, dass meine Ideen nicht so verrückt sind wie die von Gwen. Vielen Dank, Sappho! Unten auf die Seite hat sie lauter Ausrufungszeichen gemalt und *ha-ha-ha-ha* an den Rand geschrieben. Sie ist noch immer ein Kind.

Was ich den Garners am meisten vorgeworfen habe, war nicht nur, dass sie Sappho als Dienstmagd missbraucht, sondern sie auch als intellektuelle Sklavin benutzt haben. Ich wusste, dass in manchen von Isoldes gefeierten Fernsehspielen ganze Szenen von Sappho verfasst worden waren. Aber sie wurde nie im Abspann erwähnt. »Zusätzliche Szenen von …« oder so etwas. Nein.

»Das ist ziemlich gemein«, sagte ich zu ihr. »Sie beuten dich aus.«

»Ach, Mama«, sagte sie. »Das stimmt doch gar nicht. Ich bin ein Lehrling. Ich lerne. Ich habe ein Riesenglück.«

»Pustekuchen!«, sagte ich, aber dann regte sie sich bloß auf und ich bohrte nicht weiter.

Wenn Isoldes Fernsehspiele ausgestrahlt wurden, gaben die Garners gern eine Party für ihre Anhänger, Bewunderer und ein paar Kritiker. Sappho musste Überstunden machen, wenn die Kinder im Bett waren. Sie haben nie einen Partyservice bestellt, obwohl sie sich das gut hätten leisten können. Sie haben ja beide nicht schlecht verdient. Gott, sie waren so geizig!

Und dann fragten sie auch noch: »Möchtest du es dir nicht lieber zu Hause bei deiner Mutter ansehen?« Was eigentlich hieß: a) Du bist bloß das Dienstmädchen, und b) Wir wollen nicht, dass bekannt wird, dass diese oder jene Zeile von dir ist und nicht von Isolde. Und dann kam sie tatsächlich nach Apple Lee und wir sahen es uns gemeinsam an. Warum hat sie sich nie gewehrt? Im Rückblick ist das natürlich vollkommen klar. Es waren massive Schuldgefühle – sie war von Anfang an in Gavin verknallt, konnte das aber sich selbst gegenüber nicht zugeben. Nur in Andeutungen – Isolde, die ihren Mann »vernachlässigte«. Frauen, die ein Dienstmädchen aufnehmen, sollten sich hüten. Die Chinesen haben ihre Konkubinen; in der muslimischen Welt gibt es vier Frauen. Das ist schon die halbe Welt. Es ist so natürlich. Die Frauen wollen einen ganz speziellen Mann in ihrem Bett. Der Mann stürzt sich immer auf alles, was zur Verfügung steht.

Und es war nicht nur Isolde, die Sappho ausnutzte und sich mit fremden Federn schmückte, sondern auch Gavin. So entdeckte ich in einer ornithologischen Fachzeitschrift das Bild eines Triels im Flug über Kenwood, das Sappho gemacht hatte. Aber zugeschrieben wurde es Gavin. Andererseits war es Gavin gewesen, der ihr das Fotografieren und Entwickeln beigebracht hatte. (Digitales Fotografieren verabscheute er.) Und ich wusste auch, dass Sappho oft genug in der Galerie saß und Stücke ansah, während Gavin im Parkett in der ersten Reihe saß und sein Leuchtstift ihm vor Müdigkeit fast aus der Hand fiel. Die Väter von Kleinkindern kriegen nie genug Schlaf, und irgendwie fanden Sapphos Meinungen, Urteile und Formulierungen ihren Weg in Gavins Kritiken. Ich weiß das, weil ich sie gelesen habe. Wenn man Sappho etwas zu tun gab, dann machte sie etwas daraus. Das war ihre große Stärke, zumindest früher. Jetzt, nach vier Jahren Ehe mit

Gavin, versteckte sie sich in einem alten Navy-Parka und gab mir ihre Tagebücher zum Aufbewahren. Warum?

Und während sie für die Garners schuftete, wurde ihr Examen hinausgeschoben, erst ein Jahr, dann noch eins. Aber zumindest ließen die Garners ihre Beziehungen spielen und sorgten dafür, dass sie regelmäßig als Statistin beim National Theatre beschäftigt wurde und manchmal, wenn es ihre Dienstmädchenpflichten erlaubten, auch die eine oder andere Zeile in der Öffentlichkeit sprechen durfte.

»Ich darf immer bloß Kellnerinnen, Bordellmädchen oder Botinnen spielen und mehr als eine Zeile gibt man mir auch nie«, beklagte sie sich. »Ich weiß nicht, warum. Andere kommen viel weiter. Vielleicht habe ich keine Begabung. Vielleicht bin ich den Leuten bloß lästig, und keiner traut sich, es mir zu sagen.«

»Du bist gar nicht schlecht«, sagte ich. »Aber du wirst wohl woanders gebraucht.« Das wollte sie natürlich nicht hören. Die Garners wären bestimmt nicht so hinterhältig.

»Ich stehe gern auf der Bühne«, sagte sie. »Aber ich bin kein Naturtalent. Isolde hat recht, meine Stärke ist mehr das Schreiben.«

Vielleicht hatte sie recht, obwohl ich das nicht zugeben wollte. Sie ist eine viel zu ausgeprägte Persönlichkeit, um ohne weiteres in die Haut von anderen Charakteren zu schlüpfen. Und sie hatte immer noch keinen Freund. Was war bloß mit ihr los? Lag es an mir? Hatte ich mit meiner Sorge um ihre psychosexuelle Entwicklung die Entwicklung des armen Mädchens behindert? War sie vielleicht in der gleichgeschlechtlichen Phase stecken geblieben? Oder war es eine Prägung? Lief sie den Garners hinterher wie eine Graugans, die dem ersten Wesen hinterherlaufen muss, dem sie begegnet, wenn sie aus dem Ei schlüpft? Wenn sie in einen von beiden verliebt war, dann sah es damals so aus, als ob es eher Isolde wäre als Gavin.

Ich ging in Barnabys Wohnung hinauf und bot ihm meinen Trockner für seine Wäsche an. Ich fragte ihn, was er von der Freud'schen Theorie hielt, wonach sich ödipale Wünsche der Töchter zunächst auf die Mutter richten und erst später auf das offensichtlichere Objekt des Vaters verlagert werden.

»Du siehst Isolde und Gavin als ihre Ersatzeltern? Ich denke, das könnte passen«, bestätigte Barnaby. Er hatte die Heizung voll aufgedreht, um seine Wäsche trocken zu kriegen, und lief bis zur Hüfte nackt in seiner chaotischen Wohnung herum. »Aber müssen wir eigentlich dauernd über Sappho nachdenken? Können wir nicht mal über mich reden? Dieses ganze Hin und Her zwischen deiner und meiner Wohnung ist so eine Zeitverschwendung.« Für einen Siebenundsechzigjährigen hat er eine ziemlich gute Figur. Ein flacher Bauch und schöne Muskeln. Schade, das mit den Potenzstörungen. Wenn es überhaupt welche waren. Er schien mich zu mögen, aber einmal hat er erzählt, ich sei in einem seiner Träume als Haifisch erschienen. Vielleicht sieht er mich ja als sexuell gefräßiges Raubtier? Wenn er sich nur entschließen könnte, Viagra oder Cialis zu nehmen, dann könnte ich das muntere Lämmchen spielen und er hätte mehr Selbstvertrauen und wäre der Situation vielleicht besser gewachsen. Sollte ich vielleicht ein paar Tabletten zermahlen und ihm in den Tee tun? Ich hatte ja nichts dagegen, dass er im Bett lieber schmuste als richtig fickte, aber ein bisschen frustrierend konnte das schon sein.

Sappho ein Baby, das sich – von mir getrieben – wieder zusammenrollte und sein seelisches Leben noch einmal von vorne anfing, weil sie sich unbeobachtet entwickeln wollte? Schien irgendwie logisch.

»Du meinst, Sappho könnte in der Mutterphase stehen

geblieben sein?«, drängte ich. »Und ging dann zu Gavin über, weil Isolde keinen Penis hatte, sodass Sappho ihren Penisneid nicht entwickeln konnte? Gavin hat einen sehr langen, hab ich gehört. Und hat ihn sehr aktiv benutzt, glaube ich, als er verwitwet und Sappho nicht auf der Bühne war. Es ist auch nicht unvorstellbar, dass er meine Tochter verführt hat, als Isolde krank wurde. Sie war ja so etwas wie eine Sklavin.«

»Das ist mir wirklich relativ gleichgültig«, sagte Barnaby. Nun ja, er war eben Jungianer. Die haben immer vor Sex Angst – sie bevorzugen geistige und religiöse Metaphern. Wir Freudianer halten uns lieber an Sex. Wir würden nie miteinander auskommen. Es würde keine Wendeltreppe geben.

»Jetzt hör mal zu, Emily«, sagte er (ich schien ihn wirklich geärgert zu haben). »Ich finde das höchst unwahrscheinlich. Sie gehörten verschiedenen Generationen an, und Gavin ist ein im Großen und Ganzen anständiger Mann, der seine sterbende Isolde sehr geliebt hat. Ich habe seine Kolumnen auch gelesen und fand sie erhellend und sehr bewegend. Dass man den Menschen und nicht den Körper liebt.«

»Scheinheiliger Unsinn.«

»Man kann Gavin Garner vieles nachsagen«, erwiderte Barnaby steif, »aber nicht, dass er seine eigenen Gefühle banalisierte. Verheiratete, literarisch-theatralische Akademiker und Vogelfreunde nehmen sich ernst. Sie hopsen nicht mit naiven zwanzigjährigen Mädchen ins Bett.«

»Du kannst deine Wäsche selber trocknen«, sagte ich und ging wieder nach unten.

Ich zog ein weiteres Blatt aus dem Stapel. An der Waitrose-Tüte war deutlich zu sehen, dass Laura nicht an die Tagebücher herangedurft hat. Ehrlich gesagt, sind sie ein Sauhaufen. Wenn auf einer Mappe 1993 steht, ist garantiert etwas anderes drin. Daran muss man sich gewöhnen. Ich habe den Eindruck, dass Sappho das Haus in aller Eile verlassen hat. Die Mappen hat sie noch in aller Ruhe zusammengestellt und beschriftet, aber dann musste sie die Blätter wahllos hineinpacken und abhauen. Aber warum?

Es hat keinen Sinn, sich Sorgen um sie zu machen, aber natürlich macht man sich trotzdem welche. Ich wünschte, ich hätte etwas weniger Selbstgefälliges gesagt als: »Willst du das Baby verlieren?« Das war nicht der richtige Zeitpunkt, um über unbewusste Motive zu spekulieren. Sie hatte sich wirklich die größte Mühe gegeben, um schwanger zu werden. Wenn Frauen das Kinderkriegen zu lange hinausschieben, kann es oft schwierig werden. Und Gavin war ja auch kein junger Mann mehr. Ich könnte mir vorstellen, dass sein Sperma schon etwas müde geworden ist. Außerdem war sie offensichtlich in Not, und ich hätte es einfach nicht sagen sollen.

Noch interessanter ist allerdings, warum sie es mir zurückgegeben hat? Zwischen Müttern und Kindern gibt es viel Projektion, das weiß ich nur zu gut. Das Kind beschuldigt die Eltern für seine Missetaten. Die Eltern machen den Kindern Vorwürfe, wenn ihre eigenen Mängel beim Nachwuchs sichtbar werden, und verurteilen sie besonders streng.

Ich lese weiter. Das nächste Blatt stammt aus der Zeit, bevor Isobel auf die Welt kam und Sappho die Garners gerade zu ihren Ersatzeltern gemacht hatte.

Sapphos Tagebuch: *16. Januar 1995*

Liebes Tagebuch, wenn ich's mir recht überlege, kann ich mich nur dir anvertrauen. Ich habe sonst niemanden, mit dem ich reden kann. Andere Mädchen können mit ihren Müttern reden, glaube ich, aber für mich ist das unmöglich. Sie betrachtet mich immer bloß aus der Entfernung und fragt sich, ob ich wohl schon die genitale Phase meiner psychosexuellen Entwicklung erreicht habe. Mit anderen Worten, ob ich noch Jungfrau bin. Was ich *bin*, liebes Tagebuch, und auch so lange wie möglich zu bleiben gedenke, aber das braucht sie nicht zu wissen. Ich will nicht, dass sie überhaupt etwas über mich weiß. Sie interessiert sich ohnehin nicht besonders für mich. Ich bin bloß eine Fallgeschichte für sie. Sie redet in unserem Wohnzimmer mit den Patienten. Sie kommen immer zehn Minuten vor der vollen Stunde, den ganzen Tag lang, ein endloser Strom. Sie hört schon zu, was sie sagen; ich kann sie aus meinem Schlafzimmer hören. Die Decke ist so dünn, dass ich sogar verstehen kann, was gesagt wird, wenn ich den Teppich wegschiebe und das Ohr auf den Boden lege. Es ist eine Abwechslung bei den Hausaufgaben. Manchmal sind die Stimmen ein bisschen undeutlich, aber das ist nur gut so, denn sie sagen oft die abscheulichsten Dinge. Da war ein Mann dabei, der es mit Hunden gemacht hat und Mädchen dafür bezahlt hat, dass sie dabei mitmachten. Ich finde, es ist nicht richtig, dass sie nicht besser dafür sorgt, dass ich diese Sachen nicht höre.

»Hör halt nicht zu.« Das ist alles, was sie dazu sagt. Und ich muss mich jahrelang anstrengen, um nicht zu fantasieren, dass ich eins von den Mädchen bin. Ich wette, dass meine Mutter genau gewusst hat, dass ich zuhöre. Auch dir, liebes Tagebuch, werde ich nicht alles erzählen, was in meinem Kopf vorgeht. Es ist gefährlich, Dinge aufzuschreiben oder gar auszusprechen: Vage Erinnerungen werden dann plötzlich gleich zu Gewissheiten.

Die Patienten reden dauernd; sie sagt nur ein, zwei Worte. Eine merkwürdige Art, sein Geld zu verdienen. Eine bezahlte Zuhörerin. Man denkt ja, die Leute könnten mit ihren Freunden reden. Aber die meisten Patienten sehen so unglücklich aus, als hätten sie gar keine Freunde. Ich habe auch nicht viele, weißt du, aber nicht weil ich unglücklich bin. Ich bin keine Einzelgängerin oder so was. Ich ziehe bloß nicht mit einer Clique herum.

Vielleicht setzen die Patienten aber auch bloß dieses Gesicht auf, wenn sie ihnen die Tür öffnet. Sie bezahlen meine Mutter dafür, dass sie ihr leid tun. Ich habe angefangen, ihre Bücher zu lesen, um zu verstehen, was da los ist, aber sie hat es gemerkt und wollte meine Lektüre zensieren. Das hat mich total aufgeregt.

Ein ständiger Strom von Männern vor unserer Tür. Vor allem Männer; sie mag Männer. Es gibt ein Mädchen, das samstags um drei zu ihr kommt. Eine Magersüchtige. Sie kommt schon seit Jahren. Zumindest ist sie noch nicht tot. Ich nehme an, das ist schon was wert. Aber es heißt auch, dass wir samstags nie was Normales tun können, wie shoppen gehen zum Beispiel.

Man könnte niemandem einen Vorwurf machen, der Apple Lee für einen Puff hält. Natürlich kommen sie auch abends, aber dann sind es »Mamas Freunde«, nicht »Mamas Patienten«. Manchmal bleiben sie über Nacht. Sie nimmt sie keineswegs immer ins Schlafzimmer mit, und ich versuche auch, nicht zu lauschen, aber das lässt sich gar nicht vermeiden. Einmal, könnte ich schwören, waren sie zu dritt am Werk. Man könnte eigentlich erwarten, dass eine Frau wie sie ein bisschen mehr Selbstkontrolle besitzt. Es sind alles solche Politfreaks. Ich bin einfach nicht interessiert. Ich hab ihr mal gesagt, ich hätte das ganze marxistische Gerede satt, und da hat sie gesagt: »Das sind Trotzkisten, Schätzchen.« Da hat sie's mir aber gegeben. Ich gehe jetzt oft zu den Garners. Ich esse da zweimal die Woche zu Abend und kann tatsächlich richtig mit Gavin reden. Isolde kommt mir bald mehr wie eine Mutter vor als Emily.

Emily ist verzweifelt

Das ist alles erfunden! Es ist einfach nicht wahr. Es ist unmöglich, dass Sappho gehört hat, was in meinem Sprechzimmer vorging. Sie hat gehört, was sie hören wollte. Kein Patient von mir hat je was von einem flotten Dreier mit Hunden erzählt. Daran würde ich mich doch erinnern. Warum sollte ich das verleugnen? Wo hat sie diesen Unsinn her?

Ich habe sie einmal mit einem Buch von Krafft-Ebing erwischt, das sie aus meinem Regal geklaut hatte, und hab es ihr weggenommen. Sie muss damals ungefähr zwölf gewesen sein und war gerade am Ende ihrer Latenz. In dieser Zeit sind Kinder sexuell sehr beeinflussbar, und ich war der Ansicht, dass Krafft-Ebings Ausführungen über Zoophilie keine besonders geeignete Lektüre für ein Mädchen in diesem Alter sind. Deshalb nahm ich ihr das Buch weg. Sie hat mir tatsächlich eine schreckliche Szene deswegen gemacht, die dem Anlass in gar keiner Weise entsprach. Es war wie der Wutanfall einer Sechsjährigen. Damals hielt ich es für eine Art regressives Verhalten, das dadurch ausgelöst worden war, dass ich ihren Entdeckergeist einschränkte, statt ihn zu fördern wie sonst immer – ich bin damals nicht davon ausgegangen, dass es etwas mit dem Inhalt des verdammten Buches zu tun haben könnte. Und dann verinnerlicht sie dieses Trauma, und es tritt als konkrete Erinnerung wieder zutage, an der sie mir auch noch Schuld gibt! Ich würde es als interessante Fallgeschichte beschreiben, aber schließlich geht es um meine eigene Tochter, und außerdem muss ich diesen Gender-Vortrag schreiben.

Ich werde jetzt ruhiger. Wahrscheinlich muss ich dankbar dafür sein, dass sie sich an den Vorfall auf diese Weise erinnert, als Aussage eines Patienten. Was hat sie eigentlich geglaubt, wovon sie lebt? Das Geld von Robs Versicherung war längst ausgegeben, ich hatte ein paar Ersparnisse, aber ich musste Geld verdienen und ich war gut in meinem Beruf. Ich freue mich, dass sie sich an Alison erinnert, die an einer asketischen Neurose litt. Es ist wahr, dass sie unsere Samstagnachmittage in Anspruch nahm, aber das war es auch wert: Sie hat mir später eine Einladung zu ihrer Hochzeit geschickt und da war sie endlich auch schwanger.

Zum Glück ist Rob gestorben, als Sappho noch klein war – ihre masochistische Natur ist so stark, dass ich mir gut vorstellen kann, dass sie zu einer jener Töchter geworden wäre, die ihre eigenen sexuellen Wünsche auf den Vater projiziert, dann die Fantasie für Realität hält und Jahre später behauptet, sie wäre missbraucht worden, und damit auf sadistische Weise ihre Familie zerstört. Wenigstens dieses Problem ist mir erspart geblieben. So hat alles seine guten Seiten. Andererseits habe ich auch nie aus eigener Erfahrung mit Sappho überprüfen können, was wohl plausibler ist: Freuds frühe Vermutung, dass alle Mädchen über sexuellen Missbrauch durch den Vater fantasieren, während er in Wirklichkeit höchst selten ist, oder seine späte Überzeugung, dass der Missbrauch mit Sicherheit stattgefunden hat, wenn die Tochter ihn leugnet, und dass man sie im Interesse ihrer seelischen Gesundheit dazu zwingen muss, sich daran zu erinnern. Ich habe das Dilemma gelöst, das die Bedeutung der wiedererlangten Erinnerung nun schon so lange überschattet, indem ich mich abseitsgehalten und über andere Dinge nachgedacht habe, wie zum Beispiel über die Urszene. Im Abseitshalten bin ich sehr gut. Ich hoffe nur, dass Sappho meine Beschäftigung mit der

Fantasie/Wirklichkeits-Frage nicht schon per Osmose durch die Plazenta aufgenommen hat und Gavin jetzt benutzt, um den fehlenden Vater zu ersetzen. Aber wer kann schon sagen, was zwischen Mutter und Kind geschieht, solange das Kind noch im Mutterleib ist?

Die Erinnerung, dass ich Liebhaber ins Sprechzimmer mitgebracht hätte, ist hoffnungslos falsch. Dass wir es dort zu dritt getrieben hätten, ist Schwachsinn. Ich weiß, dass ich in meinen mittleren Jahren eine wilde Phase durchgemacht habe, wahrscheinlich weil ich das Alter abwehren wollte, aber doch nicht, wenn Sappho sich in der Nähe befand. Das möchte ich ein für alle Mal klarstellen. Ich denke, das versteht sich von selbst, und ich sage das auch nur, falls Sappho die Absicht haben sollte, diese Tagebücher der Öffentlichkeit vorzulegen. (Wenn ich an Gavins Auftritt an meiner Haustür denke, scheint er dasselbe zu befürchten. Bis jetzt ist er ja der Held der Geschichte, aber wer weiß, was noch kommt?) Das Problem beim Gruppensex besteht darin, dass es immer Zeugen gibt. Nichts, aber auch gar nichts bleibt wirklich auf Dauer privat. Das schmutzige kleine Geheimnis ist zu interessant, beherrscht unser Leben zu sehr. Mein Problem mit C. G. Jung ist, dass er zu spirituell ist, zu nett; er kann sich nicht vorstellen, dass unsere Welt von der vulgären Energie des Sexus getrieben wird. Da sind mir Freud und ein bisschen unglückseliges, langweiliges, hart arbeitendes Über-Ich schon viel lieber.

Ich vergebe Sappho. Welches Mädchen durchläuft nicht eine Phase, in der es seine Mutter ablehnen muss, um das eigene Selbst zu entwickeln? Bei den Müttern ist es so ähnlich. Um den Trennungsschmerz zu vermindern.

Ich rufe noch einmal in Apple Lee an, aber es meldet sich nur der Anrufbeantworter. Dann fällt mir ein, dass Gavin gesagt hat, Laura sei »zeitweilig« nicht im Büro. Heißt das, dass sie Urlaub hat oder krank ist? Normalerweise kümmere ich mich um ihre Katzen, wenn sie nicht da ist. Ich mache das, weil ich Lauras Fan bin und weil ich weiß, dass Sapphos Leben sonst schieres Chaos wäre. Also ist sie wahrscheinlich krank.

Ich rufe bei Laura zu Hause an, aber das Telefon klingelt und klingelt ins Leere. Ich kann mir gar nicht vorstellen, dass sie ihren Anrufbeantworter nicht angestellt haben soll. Auch Lauras Privatleben ist durch und durch ordentlich: Sie ist ein sehr geradliniger Mensch; von der Liebe hält sie gar nichts, weil die damit verbundenen Gefühle zur Instabilität und Entschlusslosigkeit führen, aber Sex findet sie gut. Ich weiß das, weil ich sie mal beim Betrachten der Pornoseiten auf ihrem Computer erwischt habe. Ich nehme an, sie ist so sadistisch wie Sappho masochistisch ist: Sie schwingt die Peitsche, sie kontrolliert die Termine, sie ist die Zwangsneurotikerin, die alles im Griff und unter Kontrolle haben muss. Eine Frau, die mit der linken Gehirnhälfte arbeitet, im Gegensatz zu Sappho, deren rechte Gehirnhälfte für Verwirrung, weiche Logik und diffuses Denken sorgt. Zusammen waren sie ein gutes Team und haben viel Geld verdient. Jedenfalls, bis Gavin wieder auftauchte und alles durcheinandergebracht hat.

Das Telefon klingelt. Es ist Laura, die mich zurückruft.

»Haben Sie gerade angerufen?«, fragt sie. Ihre Stimme ist kalt. Ihre übliche Höflichkeit und die professionelle Munterkeit fehlen.

»Ja«, sage ich. »Ich bin auf der Suche nach Sappho.«

»Ja«, sagt sie trocken. Ich warte, ob sie noch etwas hinzufügt, aber es kommt nichts.

»Wissen Sie, wo sie ist?«

»Nein«, sagt sie.

Ich bleibe stumm. Wenn ich nichts sage, muss die nächste Antwort von ihr kommen. Und kommt auch.

»Es ist mir scheißegal, wo sie ist«, erklärt Laura. »Oder ihr Wichser von Ehemann. Ich habe gekündigt, und dieses Arschloch hat meine Kündigung akzeptiert.«

Jetzt schweige ich, weil ich schockiert bin. Nicht wegen der Ausdrücke – ich habe Laura auch sonst schon gelegentlich fluchen hören, allerdings immer erst, wenn sie den Hörer schon aufgelegt hatte –, sondern weil ich mich frage, wie der Haushalt meiner Tochter funktionieren soll ohne Laura. Als ich aus Apple Lee ausgezogen bin und Sappho das Haus überschrieben habe, wusste ich, dass Laura da sein und darauf achten würde, dass der alte Kasten nicht einstürzt. Sie würde den Bauunternehmer bezahlen, die E-Mails an die richtigen Adressaten schicken und die Termine einhalten. All die Dinge, die Sappho und später Gavin nicht auf die Reihe kriegten.

»Ich verstehe nicht«, sage ich.

»Ich bleibe nicht unter demselben Dach mit Gwen.«

»Die andere Oma kann schwierig sein«, sage ich vorsichtig. »Sappho hat auch gelegentlich Schwierigkeiten mit ihr.«

Ich bezeichne Gwen so oft ich kann als »die andere Oma«. *Grandmère* oder *nonna*, wie die Italiener sagen, hätte sie wahrscheinlich ganz gern akzeptiert, aber *Oma* ist richtig spießig. Das ärgert sie, was sich daran zeigt, dass sie sich mit ihrer rosa Zunge die perfekten Lippen leckt und dann mit einem Taschentuch abtupft, damit sie nicht rissig werden. Ich weiß auch nicht, warum mich das so ärgert. Vielleicht weil meine Mutter das auch gemacht hat. Erst die Lippen lecken, dann abtupfen. In ihrer Entschlossenheit, eine »richtige Familie« zu gründen, versuchte Sappho, Gavins Exschwiegermutter davon zu überzeugen, dass sie den Titel *Großmama* annehmen solle, aber Gwen lehnte ab.

»Warum sollte man einen Titel annehmen«, sagte sie zu Sappho, »wenn man einen völlig brauchbaren Namen hat? Schon Gwen ist ja bloß eine Abkürzung, eigentlich heiße ich Gwendolyn. Findest du nicht, dass es entwürdigend ist, wenn man von anderen bloß als Anhängsel definiert wird? Möchtest du die ganze Zeit als Stiefmutter bezeichnet werden?«

»Nein danke«, sagte Sappho.

»Und warum sollte sich irgendwas ändern, nur weil du und mein Exschwiegersohn auf dem Standesamt waren? Deswegen gehörst du noch lange nicht zur Familie, du bist jedenfalls keine Blutsverwandte. Weißt du, dass ich in einem vergangenen Leben Guinevere aus der Artussage gewesen bin?«

»Woher weißt du das?«, fragte Sappho neugierig.

»Ich bin von einem sehr zuverlässigen Hypnotherapeuten behandelt worden«, erwiderte Gwen.

»Die arme Frau«, sagte ich Sappho. »Du musst es ihr nachsehen. Sie hat ihre einzige Tochter durch Krebs verloren. Das Leiden macht die Menschen nicht besser. Im Gegenteil, sie werden nur schlimmer dadurch.«

»Du magst sie doch auch nicht«, sagte Sappho. »Sei keine Heuchlerin.«

Das stimmte. Es war nicht leicht, Gwen zu mögen. Isobel, die Glückliche, hatte ihre kühle, scharf umrissene Schönheit geerbt, aber auch die Begabung, unangenehme Wahrheiten auszusprechen und anderen wehzutun. Nach dieser Auseinandersetzung jedenfalls war das Verhältnis zwischen den beiden Frauen noch wesentlich distanzierter geworden.

Laura und ich schwiegen eine Weile, während wir beide unseren Gedanken nachhingen. Jetzt beginnt sie plötzlich zu reden.

»Eine Lügnerin hat mich die alte Ziege genannt! Sie hat gesagt, ich gehörte nicht zur Familie und würde nicht mehr gebraucht. Der einzige Grund, warum der beschissene Haushalt noch funktioniert, bin ich. Na, von mir aus kann alles einstürzen.«

Dann erzählt sie mir, dass Gwen überraschend in ihrem Büro aufgetaucht sei und Geld aus der Portokasse gebraucht habe, weil sie ihr Taxi bezahlen musste. Laura hatte nachgesehen, aber dann festgestellt, dass der Schlüssel nicht da war. Gwen hatte ihren *Keine-Blutsverwandte*-Spruch losgelassen, und Laura hatte angeregt, dass Gwen doch mal in Isobels Kommode nach dem Schlüssel suchen könnte – am besten im obersten Schubfach unter der Reizwäsche, die Isobel bei Victoria's Secret geklaut hatte. Gwen hatte Laura eine Lügnerin genannt, Laura war zu Gavin gegangen und hatte ihm gesagt, dass sie kündigen wolle. Sie lasse sich von niemandem eine Lügnerin nennen. Woraufhin Gavin gesagt hatte: »Es ist wohl besser, wenn Sie gehen, Laura.«

»Aber das kann er doch gar nicht entscheiden«, sage ich. »Sie sind Sapphos Angestellte, nicht Gavins.«

»Nein, schon lange nicht mehr«, sagt Laura. »Gavin hat vor einiger Zeit einen neuen Vertrag für mich aufgesetzt. Ich sollte seinen Roman tippen. Aber er hat natürlich nie was geschrieben.«

»Aber wo ist denn Sappho gewesen?«

»Sie ist zur Tür rausgerannt«, sagt Laura. »Ich nehme an, sie hatten einen Streit wegen diesen Kreditkarten. Ich wollte das gerade klären. Isobel war wie immer schreiend die Treppe rauf und runter gerannt. Sie waren alle oben auf dem Dachboden. Dann ist Sappho plötzlich in den Keller gegangen, hat eine Tasche gepackt und ist gegangen. *Jetzt muss jeder sich um sich selbst kümmern*, hat sie gesagt. Sehr dramatisch. Ich vermute, sie braucht ein bisschen Ruhe, um mit ihrem Roman weiterzukommen.«

»Mit ihrem Roman?«, frage ich. »Ich wusste gar nicht, dass sie einen Roman schreibt.«

»Ich hab ihr gesagt, dass man damit nichts verdient«, sagt Laura, »aber sie hört ja nicht mehr auf mich. Sie sollte bei den Fernseh-Soaps bleiben, das kann sie. Aber neuerdings liefert sie nicht mehr termingerecht, und sie kriegt keine Aufträge mehr. Und dann taucht auch noch dauernd diese Kuh auf. Unter solchen Umständen kann man nicht arbeiten.«

»Das tut mir alles sehr leid«, sage ich. »Es wird sich bestimmt bald alles wieder normalisieren. Und in jedem Fall werden Sie finanziell entschädigt, Laura.«

Daraufhin lacht sie bloß. »Meinen letzten Gehaltsscheck hat die Bank zurückgeschickt und mir geraten, mich an den Kontoinhaber zu wenden. Können Sie sich Leute vorstellen, die heutzutage noch mit einem Scheck zahlen? Er ist ein Dinosaurier! Und jetzt ist sie schwanger und muss sich für alle Zeiten mit ihm herumschlagen.«

Das mit dem Scheck konnte ich mir vorstellen. Dass er geplatzt sein sollte, erschien mir unmöglich. Das Geld war früher so reichlich gewesen, und Laura wurde sehr üppig bezahlt.

»Du bist verrückt«, war meine Reaktion, als Sappho Laura seinerzeit angestellt hatte. »Du bist viel zu großzügig.« Aber als ›Ms Alien‹ im National Theatre Premiere hatte und Sappho praktisch über Nacht reich und berühmt wurde, war es Laura, die alles zusammenhielt. Jedwede finanzielle Schwierigkeit konnte sicher nur zeitweilig sein. Soviel ich wusste, arbeitete Sappho an ihrem nächsten Stück, das bestimmt wieder ein Erfolg werden würde. Es hieß ›Wie es mir gefiel‹. Sie ließ sich allerdings ziemlich viel Zeit damit. Der Ablieferungstermin war schon ein- oder zweimal verschoben worden. Ich hatte mich ein bisschen darüber gewundert.

»Die können warten, Mutter. Ich bin doch kein Vielschreiber. Ich bin eine Künstlerin. Manchmal ist mir eben nicht nach schreiben. Manchmal gibt es einfach nichts zu sagen. Wir sind nicht auf der Welt, um ununterbrochen zu schuften, wir können es uns doch leisten, wenigstens manchmal nur stillzustehen und vor uns hinzustarren. Warum benimmst du dich bloß immer wie die spanische Inquisition? Du bist doch Psychoanalytikerin, du müsstest das eigentlich besser als jeder andere verstehen. Schon das Wort sagt doch alles: Wenn ich schon mit einem Stück schwanger gehe, kann ich nicht mit einem Baby schwanger werden. Entweder oder. Darauf hat mich Isobel hingewiesen. Auch der Frauenarzt hat gesagt, ich würde leichter schwanger, wenn ich mal eine Weile herumsitzen und gar nichts tun würde. Und das mache ich jetzt. Es ist ja eigentlich gar kein Nichtstun. Den Haushalt führen, sich mit den Kindern herumschlagen. Ich habe mich um einen Lehrauftrag beworben –«

»Und wozu das, um Himmels willen?«

»Nur einen Tag in der Woche – ich möchte etwas zurückgeben, wie Isolde. Vielleicht belohnt mich das Schicksal dafür?«

Wenn eine Frau schwanger werden will, steht nichts ihr im Weg, nicht mal die Arbeit, die ein Jahrzehnt lang ihre ganze Leidenschaft war. Was scherte es sie, wenn ihr Einkommen austrocknete? Ich sah, dass ihre Ausgaben enorm waren. Sie gab Unsummen für Apple Lee aus – wenn Sapphos und Lauras Geschmack aufeinandertrafen, wurde es wirklich teuer. Und das Geld ließ sich auch nicht wieder hereinholen, denn es steigerte den Marktwert des Hauses nur wenig. Aber was wusste ich schon? Außer, dass ›Ms. Alien‹ immer noch einiges einbringen musste.

»Sie stecken über beide Ohren in Schulden, die fetten Arschlöcher«, vertraut Laura mir an. »Ich habe wenigstens meine Ersparnisse.«

Sie war ganz offensichtlich das, was man eine verärgerte Arbeitnehmerin nennt. Vielleicht hatte sie sogar ein noch nicht erkanntes Tourette-Syndrom, das der Schock ausgelöst hatte.

»Aber das ist doch nicht möglich«, sage ich. Laura lacht richtig vergnügt.

»Isobel ist eine richtige Verschwenderin«, sagt sie. »Wenn sie mit Gwen einkaufen geht, ist der Bär los.«

»Moment mal! Isobel ist noch ein Kind.«

»Und Sappho ist eine Idiotin. Und Gwen hasst sie. Sie haben ja keine Ahnung.«

Laura lacht noch ein bisschen und dann legt sie auf.

Der Anruf erinnerte mich an das französische Kinderlied von dem Herrn, der nach langer Abwesenheit nach Hause kommt und seinen Diener fragt, wie alles steht. *Très bien, très bien,* sehr gut, sehr gut, sagt der Diener, nur dass die Ställe abgebrannt und die Pferde tot sind, und das Haus ist auch abgebrannt und die Familie gestorben, aber sonst steht alles sehr gut, *très bien, très bien.*

Obwohl ich Gwen nicht leiden konnte, war ich schon seit einiger Zeit über Sapphos Versuche besorgt, der *anderen Oma* die Gunst der Kinder zu entziehen. Das sagte ich Barnaby auch, als ich nach oben schlich, um die Wirkung meines Gesprächs mit Laura zu mildern.

»Deine Tochter scheint Probleme zu lieben«, sagt Barnaby. »Die meisten Frauen würden die Last der Stiefkinder wahrscheinlich auf so viele Schultern wie möglich verteilen. Sappho dagegen betrachtet sie noch immer als Kriegsbeute. Dabei sind sie eigentlich immer eine Gefahr. Die schöne Helena wurde von ihren Stiefsöhnen Nicostratus und Megapenthes aus ihrem Königreich vertrieben. Und das Schicksal von Schneewittchens Stiefmutter kennen wir alle. Aschenputtel dagegen wurde zur reichen Frau. *Bäumchen, rüttel und schüttel dich, wirf Gold und Silber über mich*, hat Aschenputtel ihre tote Mutter gebeten, die in der Form eines Haselnussstrauchs bei ihr war. Und die tote Mutter erfüllte den Wunsch. Oder denk an Phineus, den Schwiegersohn des Boreas, der als Schutzheiliger der Magersüchtigen gilt. Magersucht blüht in Patchwork-Familien – wie geht es Isobel denn körpermäßig?«

»Sie ist modisch dünn«, sage ich und stopfe ihm damit das Maul. Das war mehr, als er wissen wollte.

Sappho und Gavin hatten den edlen Vorsatz, die Kinder nur allmählich aus der Wohnung von Gwen, bei der sie seit dem Tod ihrer Mutter gewohnt hatten, nach Apple Lee zu holen. Seit ihrer frühen Kindheit waren sie immer zur selben Schule gegangen, und man hatte große Anstrengungen unternommen, um sie dort auch zu lassen. Zuerst verbrachten sie nur die Wochenenden und Ferien mit Gavin und Sappho, während sie weiter von Gwens Wohnung aus zur Schule gingen. Dann begann Sappho, sie allmählich von ihrer Großmutter wegzulocken, denn sie war überzeugt, dass Gwen zu alt und ihr Einfluss auf ihre Enkeltochter zu groß war. Auf seiner Fahrt vom Archway kam der Schulbus direkt vor Apple Lee vorbei, und nach der letzten Auseinandersetzung mit Gwen lud Sappho die Kinder ein, doch nach der Schule auszusteigen und zum Tee zu bleiben, bei dem es weißen Toast und Marmite gab. Anschließend gab es dann manchmal Fernsehen und gelegentlich Kino, bis es nur vernünftig schien, dass die Kinder auch über Nacht in Apple Lee blieben, und am Ende waren sie mehr bei Sappho als bei ihrer Großmutter.

»Du wirst diese Fallenstellerei noch bedauern«, warnte ich meine Tochter. »Schlafende Kinder soll man nicht wecken.«

»Was meinst du mit ›Fallenstellerei‹?« Sappho war höchst empört. »Ich stelle niemandem Fallen. Ich biete bloß Marmite auf Toast an. Wir müssen die Kinder entwöhnen. Sie hängen schon zu lange an Gwen. Bei uns geht es ihnen viel besser. Wir versuchen es nur so dezent und taktvoll wie möglich zu machen, damit die Entscheidung von ihnen selbst kommt. Wir wollen uns ja den Kindern nicht aufdrängen.«

Also schön. Aber ich empfinde eine gewisse Verantwortung gegenüber meinen Stiefenkeln. Ich nehme es ihnen nicht übel, dass Garner-Blut in ihren Adern fließt. Es ist ja gar nicht möglich, Kinder, die einem anvertraut sind, nicht wenigstens ein bisschen zu mögen. Wenn man mich fragen würde, wen ich als Erstes aus dem Rettungsboot schubsen würde, dann würde ich Folgendes sagen: erst Gwen, Gavin und Laura, dann Barnaby, dann Isobel, dann Arthur und als Letzte natürlich Sappho. Aber wahrscheinlich würde ich eher selbst rausspringen, um Sappho zu retten. Sie ist schließlich meine Tochter, meine Blutsverwandte. Die Kinder haben einfach schon deshalb Vorrang vor Barnaby, weil sie Kinder sind; und Isobel muss früher raus, weil der Junge, ehrlich gesagt, einfach angenehmer im Umgang ist. Manchmal nennt er Sappho sogar versehentlich »Mama«, was sie unendlich freut.

Isobel tut das nie. Sie bezeichnet ihre Stiefmutter abwechselnd als »Sap«, »deine Frau« oder »meine Stiefmutter«. Gavin hat diese Angewohnheit übernommen und nennt sie jetzt auch »Sap«. Eigentlich klingt das ganz lieb, aber aus Isobels Rosenlippen klingt es oft einfach geringschätzig. Aber da es Gavin als Kosenamen benutzt, konnte man nicht viel dagegen sagen.

Nach dem bestürzenden Anruf von Laura telefonierte ich mit ein, zwei Bekannten, aber die sagten alle, soviel sie wüssten, sei bei den Garners alles in Ordnung. Jemand von der Liga zum Schutz der heimischen Raubvögel sagte sogar, man habe sich besonders über eine 25 000-Pfund-Spende von Sappho gefreut. Es war alles in bester Ordnung. Laura verbreitete üble Gerüchte, wollte Ärger machen. Sappho war schwanger, und Laura war ausgeflippt. Wenn Frauen schwanger werden, kommen alle möglichen feindseligen Gefühle in der Umgebung zum Vorschein. Die Rache ist mein, sagen der Gynäkologe mit Gebärmutterneid, die kinderlose Hebamme, die unfruchtbare Freundin, die alleinerziehende Mutter, die zu arm ist, um noch einmal schwanger zu werden, die Angestellte mit dem sterilisierten Ehemann – es gibt so viele Leute, die sagen: Warum sie und nicht ich? Und natürlich gehört in diese Reihe auch die Persönliche Assistentin, die in symbiotischer Beziehung mit ihrer geliebten Arbeitgeberin lebt. Laura fühlte sich von Sappho im Stich gelassen. Aber warum hatte mir Sappho so gar nichts davon erzählt?

Und es gab noch eine andere Interpretation. Laura konnte auch eine verschmähte Frau sein. Sie war in Gavin verliebt, hatte einen Vorstoß gewagt, war abgewiesen worden, und jetzt kannte ihr Hass keine Grenzen. Das würde auch die Anschuldigungen gegenüber Isobel erklären, die ihrem Vater, wie ich fürchte, näher als jeder andere steht.

Das grundlegende Problem der *condition humaine* besteht darin, dass ständig Dreiecksbeziehungen entstehen. Die Laura/Sappho-Eintracht wird gestört, als Gavin auftaucht. Die Gavin/Isolde-Eintracht wird durch Sappho gestört. Und jedes liebende Paar erzeugt einen Dritten. Gwen hat beschlossen, dass nur die Abstammung zählt und ihr Status davon abhängig ist, dass ihre Ahnentafel bis zu König Artus zurückreicht – und alle werden dabei (hoffentlich nur zeitweilig) zum Wahnsinn getrieben.

Einige Glückliche wie Arthur scheinen dem Ärger aufgrund ihres gelassenen Temperaments zu entgehen. Allerdings hat er Gott sei Dank auch nicht den Verstand seiner Eltern geerbt.

Sonst wäre er womöglich autistisch geworden. Eltern, die einen hohen IQ und eine starke mathematische Begabung haben, scheinen Kinder im höheren Bereich der Autismus-Skala hervorzubringen. Außerdem darf ich natürlich eine weitere Eintracht nicht außer Acht lassen: nämlich die von Emily und Sappho. Aber ich habe es bisher geschafft, Gavin nicht zu sehr abzulehnen, und gegenüber seinen Kindern bin ich sogar absolut großzügig.

Wenn ich ein Taxi nehme, könnte ich Isobel von der Schule abholen und sehen, was sie zu meiner Kenntnis der Lage beitragen kann. Aber das würde man, womöglich nicht ganz zu Unrecht, als Einmischung ansehen. Ich könnte auch direkt zu Gwen gehen. Aber es könnte ja sein, dass Sappho anruft, während ich weg bin, und dann würde ich ihren Anruf verpassen. Ein Handy hatte ich gerade nicht. Als ich in Hampstead aus der U-Bahn kam, hatte mir jemand die Tasche von der Schulter gerissen, und mein Handy, meine SIM-Karte und sämtliche Telefonnummern waren weg. Außerdem hasse ich Auseinandersetzungen. Es gibt einen Punkt, an dem man sich von den Kindern trennen und zulassen muss, dass sie ihr eigenes Leben leben, oder?

Eine Stunde hatte ich noch. Ich würde weiter Tagebuch lesen.

Der Eintrag ist handgeschrieben und stammt aus dem Jahr 1995. Die Schrift ist chaotisch.

Sapphos Tagebuch: *17. Oktober 1995*

Liebes Tagebuch, heute ist der schlimmste Tag meines Lebens. Ich bin mit Isolde im Krankenhaus gewesen. Sie hat so einen hässlichen kleinen Husten und wollte damit ewig nicht zum

Arzt gehen, und als sie dann doch ging, hat er sie gleich ins Krankenhaus geschickt. Sie wollte nicht, dass Gavin sie begleitet, weil er so eine Krankenhausphobie hat, außer wenn sie Kinder kriegt, da ist er gern dabei. Also hab ich sie begleitet. Ich zittere so stark, dass ich kaum schreiben kann. Ich kann es nicht glauben. Sie müssen einen Fehler gemacht haben. Als wir im Taxi nach Hause fuhren, hab ich das auch gesagt – aber sie hat bloß den Kopf geschüttelt und gesagt: »Nein, sie haben recht. Ich spüre es. Das sind meine letzten Tage.«

»Wie meinen Sie das, Sie spüren es?«

»Ich weiß es«, sagte sie. »Hast du nicht die schwarze Krähe gesehen, die auf dem Zaun saß, als wir ins Taxi stiegen? Das war ein Zeichen.«

Ich weiß nie, wann sie etwas ernst meint und wann sie Witze macht. Vielleicht ist es der Schock. Die Art und Weise, wie es ihr der Arzt gesagt hat, musste sie ja aus der Fassung bringen.

»So dürfen Sie nicht denken«, hab ich gesagt. »Selbst wenn sie recht haben, aber das glaube ich nicht, müssen Sie dagegen kämpfen.«

»Alles Quatsch«, sagte sie daraufhin. »Denk doch mal darüber nach. Was heißt denn das: *kämpfen*? Wozu soll ich die Kraft vergeuden? Am Ende siegt der Krebs ja doch. Je schneller es geht, umso besser.«

»Das stimmt doch nicht«, sagte ich. »Krebs ist schon lange kein Todesurteil mehr.«

»Lungenkrebs schon«, sagte sie. »Besonders wenn die Metastasen schon bis ins Rückenmark reichen.«

»Woher wissen Sie das?«

»Weil ich nachgeschlagen habe, du kleine Idiotin.« Jetzt fiel mir auf, dass sie wirklich arg keuchte. Sie raucht eben sehr viel. Beide tun sie das, sie und Gavin. Selbstgedrehte.

»Die Prognose sind acht Monate, wenn man ihn nicht behandelt.«

»Aber Sie lassen ihn doch nicht unbehandelt?«

»Doch«, sagte sie kalt und trocken.

Sie ist doch erst vierzig!

Als wir hinkamen, schaute dieser Mann im weißen Kittel nicht sie an, sondern seine Notizen und sagte, sie hätte Lungenkrebs im fortgeschrittenen, nicht mehr heilbaren Stadium. Der Tod werde innerhalb eines Jahres eintreten. Strahlenbehandlung und Chemotherapie könnten den Exitus noch hinauszögern. Dabei würde sie allerdings ihre Haare einbüßen.

»Aber das ist Isolde Garner«, sagte ich törichterweise. »Sie ist berühmt.«

Der Mann im weißen Kittel schüttelte den Kopf. Er hatte noch nicht mal von ihr gehört. Die Gläser seiner altmodischen Brille waren verschmiert, seine Augen ganz klein und sein Gesicht war verquollen. Er war überhaupt nicht eindrucksvoll.

»Sei nicht albern, Sappho, jeder stirbt«, sagte Isolde und fing an, aus irgendeinem Grund Shelleys Gedicht »Ozymandias King of Kings« aufzusagen. Der Arzt zuckte die Achseln und Isolde stand auf, verließ das Zimmer und knallte die Tür zu. Ich folgte ihr mit einem entschuldigenden Achselzucken von der Art, wie es meine Mutter gelegentlich gegenüber anderen einsetzte, wenn ich mich danebenbenommen hatte, als ich noch klein war. Ich habe es immer gehasst, wenn sie das machte, und jetzt hasste ich mich selbst, als ich merkte, was ich getan hatte. Es ist unheimlich, wie sich solche Gewohnheiten weitervererben.

»Der Mann liebt seine Arbeit«, erklärte Isolde. »Dem geht jedes Mal einer ab, wenn er jemandem sagen kann, dass er bald tot ist. Das ist der einzige Grund, warum er Onkologe geworden ist.« Sie steckte sich eine Zigarette an, und ein intensiver Cannabisgeruch erfüllte den Korridor. Ich vermute aber, sie hatte sich schon vorher einiges reingezogen, noch ehe wir überhaupt losfuhren.

Ich fand, dass sie undankbar war. Vielleicht war der Mann ja nur verlegen gewesen, vielleicht hatte er sein psychologisches Training noch nicht abgeschlossen. Aber ich sagte es nicht. Ich vermute, ich stand auch unter Schock, aber ohne Marihuana als Stoßdämpfer. Sie hatte ja schon einen Verdacht. Sie hätte ihren Ehemann oder ihre Mutter mitnehmen sollen, nicht mich. Es war einfach nicht fair.

Das war so ein mieser Gedanke. Aber ich gehörte nun mal nicht zur Familie. Und ich musste plötzlich daran denken, was meine Mutter gesagt hatte: dass sie mich ausbeuteten. Nicht nur weil ich mich um die Kinder kümmern muss, sondern auch weil ich ihr Szenen schreibe und sie das nicht anerkennen. Sie macht das Konzept, was ich wirklich nicht kann, aber wenn der Dialog nicht funktioniert, dann drückt sie mir die Seiten in die Hand und ich bearbeite sie. Eine Menge von dem, was ich Gavin nach dem Theater sage, landet in seiner Kolumne, dabei kauft er mir nie einen Drink in der Pause. Und dann war da noch die Sache mit dem Foto von diesem Triel, das er unter seinem Namen eingereicht hat. Es hat sogar einen Preis bekommen. Es waren nur fünfundzwanzig Pfund, aber die hätte er ruhig mit mir teilen können. Sie zahlen mir wirklich nur den Mindestlohn. Auf der anderen Seite hat Isolde mir beigebracht, wie man ein Drama aufbaut, und er hat mir gezeigt, wie man fotografiert, und dafür haben sie auch nichts verlangt. Und ich habe wichtige Leute kennengelernt.

Mit anderen Worten: Ich dachte an alles Mögliche, bloß nicht an Isoldes Todesurteil. Es war ja offensichtlich absurd, die hatten das frei erfunden, die Röntgenbilder vertauscht, versuchten ihre eigene Unfähigkeit zu vertuschen. Sie hatte völlig recht: Dieser Irre mit den verschmierten Brillengläsern geilte sich bloß daran auf. Wahrscheinlich sagte er zu jedem, der zur Tür hereinkam: »Peng, peng, du bist tot!« Isolde würde nach Hause kommen, Gavin die Geschichte erzählen, und der würde alles wieder in Ordnung bringen.

Ich schreibe das bei meiner Mutter. Sie sieht Gott sei Dank noch gesund aus. Sie hustet und keucht nicht. Sie ist bloß ein bisschen unglücklich, weil sie a) gerade ihren neuesten Freund rausgeschmissen hat und b) gerade die Heizungsrechnung gelesen hat und Apple Lee jetzt endgültig verkaufen will. Aber das darf sie nicht, denn es ist mein Zuhause, auch wenn ich nicht mehr hier wohne. Außerdem hat c) sich einer ihrer Patienten, der wegen Suizidgefahr zu ihr geschickt worden ist, tatsächlich umgebracht, bei geschlossener Garage und laufendem Motor, und jetzt denkt sie, dass sie eine Versagerin ist. Es überrascht mich nicht, dass sie das so mitnimmt, denn das ist ja auch mit meinem Vater passiert, als ich erst drei war, aber bei ihm war es ein Unfall. Er hat die Scheinwerfergläser geputzt, während wir einkaufen waren. Er hat den Motor laufen lassen und gar nicht gemerkt, dass die Garagentür sich geschlossen hatte.

Ich weiß kaum was darüber. Ich habe eine schwache Erinnerung daran, dass ich in der Garage war, dass jemand die Autotür aufgemacht hat und ein Mann herausfiel, aber als ich das mal erzählt habe, wurde meine Mutter schrecklich wütend. Ich sei an dem Tag nicht mal in der Nähe der Garage gewesen, hat sie gesagt, und wir haben nie wieder darüber geredet. Dieses ganze Blablabla hier im Haus, aber über die wichtigen Dinge redet nie einer. Wahrscheinlich, damit es die Leute nicht an etwas erinnert, was sie lieber vergessen oder worüber sie lieber ein andermal nachdenken wollen.

So wie Isoldes Todesurteil.

Emily fühlt sich besser

Zumindest war sie froh, dass es keine Zeichen von Krankheit bei mir gab. Töchter wünschen sich so oft, dass ihre Mütter einfach sterben sollen. Ein weiteres von den schmutzigen kleinen Geheimnissen der Menschheit, die den Fortschritt und Kapitalismus vorantreiben. Ich weiß noch sehr gut, wie ich mit meiner besten Freundin Teresa den ›Zauberer von Oz‹ angeschaut habe, als ich ungefähr acht war, und wie wir gemeinsam mit den Munchkins gesungen haben: »Ding-Dong, die Hex' ist tot«. Und dabei habe ich meine Mutter als Hexe gesehen. Ich hatte Schuldgefühle deswegen, und das hab ich Teresa gesagt.

»Nö«, sagte sie. »Wieso kommst du darauf, dass die böse Hexe deine Mutter ist? Das ist meine! Jetzt, wo sie tot ist, kann ich mich ordentlich um meinen Papa kümmern.«

»Es war doch nur ein Film«, sagte ich. »Das war doch nicht echt.«

»Oh«, sagte sie und wurde ganz rot.

Und dann sagte sie: »Na ja, wie auch immer. Jedenfalls hat mir das Lied gefallen.« Im Nachhinein würde ich sagen, dass mich dieses Gespräch auf den Weg zu meinem heutigen Beruf gebracht hat. Aber falls Sappho mir gegenüber je solche Gedanken gehegt haben sollte, schien sie zumindest jetzt darüber weg zu sein.

An den Selbstmordpatienten kann ich mich überhaupt nicht erinnern, was sehr merkwürdig ist. Vielleicht habe ich meine Regeln gebrochen und tatsächlich etwas über Rob gesagt, als sie schluchzend zu mir kam und mir erzählte, dass Isolde gerade von ihrer Lungenkrebsdiagnose erfahren hatte. Und Sappho hat dann gedacht, ich rede über einen Patienten, weil sie nicht akzeptieren konnte, dass von ihrem

Vater die Rede war. Entweder versuche ich, die Wahrheit zu leugnen, indem ich mich nicht erinnern will, oder sie will die Wahrheit nicht sehen und erinnert sich stattdessen an einen Patienten, den es nie gab. Mein Gott, so eine Zwiebel hat viele Häute, eine Schicht über der anderen. Man kann die Erinnerungen Schicht für Schicht schälen und dabei die ganze Zeit heulen.

Oder war ich vielleicht betrunken? Man kann das nicht ausschließen. Mein Freund hatte mich wirklich gerade verlassen, und ich tat mir sehr leid. Was man will, weiß man eben immer erst, wenn es weg ist.

Sein Name war Harry. Er hatte mich heiraten wollen, und es hätte auch ganz gut gepasst, aber ich hatte so lange gezögert, dass er es schließlich aufgab. Er lernte eine andere kennen und heiratete sie. Er war ein für alle Mal für mich verloren, ein sehr maßgeblicher Psychologieprofessor mit einem sehr regelmäßigen Einkommen, das noch durch internationale Vortragsreisen ergänzt wurde – gutaussehend, Anfang vierzig. Er hat ein bisschen getrunken, aber nicht übermäßig. Ich trank damals sehr viel.

Aber andererseits, wer will schon was Passendes? Alle meine Bekannten, die zueinanderpassten, als sie geheiratet haben, sind längst wieder geschieden oder getrennt.

Wenn ich mir's recht überlege, ist Barnaby eine Wiederauflage von Harry. Ich hätte vorhin wirklich nicht so bei ihm rausrauschen müssen. Vielleicht rufe ich ihn an und entschuldige mich. Es wäre mir gar nicht recht, wenn eine andere ihm ihre Stuhllehnen anbieten würde, um seine Wäsche darauf zu trocknen. Ursula, die Aromatherapeutin im dritten Stock, hat sowieso schon ein Auge auf ihn geworfen, aber sie ist nicht sehr helle. Und mit dummen Frauen kann er nichts anfangen. Behauptet er jedenfalls. Sie ist vierzig.

Es ist viel einfacher, andere Leute rauszuschmeißen, als selber rausgeschmissen zu werden.

Außerdem war Harry ein sehr guter Handwerker. Und so einen brauchte man damals dringend in Apple Lee. Einmal kam er mitten in der Nacht ins Bett zurück und sagte: »Ich kann im Badezimmer die Holzfäule riechen!« Und dann ging er nach unten, holte Roos alte Werkzeugkiste und sagte: »Ich werde mich mal darum kümmern.«

»Bitte«, sagte ich. »Doch nicht jetzt! Ich habe morgen früh um neun einen Patienten.«

Aber Harry, ein richtiger Singletasker mit leicht autistischen Zügen, legte noch in derselben Nacht die Balken der Badezimmerwand frei, entdeckte Hausschwamm und faulendes Holz und fing, nachdem er das Radio aufgedreht hatte, vergnügt an zu arbeiten. An Schlaf war in dieser und vielen folgenden Nächten natürlich nicht mehr zu denken.

»Ich kann mir keine Handwerker leisten«, sagte ich.

»Das weiß ich«, sagte er, und schon wurden die Dielen herausgerissen. Die Stelle, wo die Küchendecke an die Außenmauer stößt, wurde freigelegt, und Harry sah, dass die Fäule bereits die Ziegel erreicht hatte. Immer tiefer und immer weiter nach unten wurden die zarten Wucherungen verfolgt, mit Hammer und Meißel und Brechstangen. Eine schreckliche Sauerei. Bis er schließlich die Wurzelknolle entdeckte. Es war ein riesiges Ding, wie eine Riesenkartoffel vom Mars, die ihre Myzelien in alle Richtungen schickte. Aber sie erinnerte auch an etwas, das sich im Herzen befindet, das im Unbewussten lauert wie eine schwere Entzündung. Man findet sie nur, wenn man – oft nur zufällig – riecht, dass irgendwas schrecklich faul ist. Das ist die Trockenfäule der Seele. Und wenn man sie entdeckt hat, geht man immer weiter in die Vergangenheit zurück, bis man den Entzündungsherd findet und ihn herausreißt und alles, was verrottet ist, wegschneidet. Das ist der Grund, weshalb ich froh bin, dass ich aus Apple Lee weg bin. Soll doch Sappho sehen, wie sie mit dem Haus klarkommt. Soll sie doch Geld hineinstecken, das Haus zu heilen versuchen – und uns. Vielleicht hat sie jetzt genug davon, weil die Fäulnis sich schon zu weit ausgebreitet hat und zu tief sitzt.

Also nahm ich einen Kredit auf, um die Handwerker für die Beseitigung der Sauerei zu bezahlen, und die fanden noch weiteren Hausschwamm. Die ganze Treppe musste herausgerissen werden, und so ging es weiter. Die eine Hälfte des Hauses war den ganzen Winter über offen, und die Heizungskosten stiegen enorm. Und mit jedem Penny, den ich ausgeben musste, liebte ich Harry weniger, weil ich ihm die Schuld an der Sache gab. So ähnlich wie meine Patienten der Mammographie die Schuld daran geben, wenn Brustkrebs bei ihnen entdeckt wird. Das ist natürlich verrückt, aber man kann sie verstehen.

Und so verschob und verschob ich die Hochzeit, bis die Handwerker Apple Lee eines Tages verließen und er zu mir sagte: »Ich hoffe, du bist nicht sauer, aber ich hab jemand anderen kennengelernt.«

Diese Andere, eine Architektin, die ein Haus nach allerhöchsten Ansprüchen für sich gebaut hatte, hielt zehn Jahre lang vor. Jetzt besuchen Harry und ich uns gelegentlich und lachen herzlich über die alten Zeiten. Barnaby hasst ihn, kann ich zu meiner Zufriedenheit sagen. Barnaby hat Gott sei Dank keinerlei Neigung zur Handwerkelei.

Ich liebe Barnaby nach wie vor nicht, obwohl ich ihn wirklich sehr mag. Ich warte immer noch auf den Ansturm von Oxytocin, der alle Zweifel hinwegspült, aber er will sich einfach nicht einstellen. Vielleicht bin ich über so was hinaus. Das habe ich auch Barnaby neulich erklärt, als er den Bau der

Wendeltreppe mit mir erörtern wollte, die unser beider Leben dauerhaft verbinden würde.

»Aber nein«, versichert mir Barnaby. »Oxytocin produzieren wir immer, obwohl die Ausschüttung in der späten Adoleszenz natürlich am größten ist. Ich kenne eine über Neunzigjährige, die sich in einen Siebzigjährigen verliebt hat. Als sie merkte, dass sie nicht wiedergeliebt wurde, war das mindestens so schmerzlich und beschämend für sie wie für eine Frau, die vielleicht ein Drittel so alt ist.«

»Dann warte ich«, sage ich zu Barnaby, aber das war wohl nicht die Antwort, die er erwartet hatte, der arme Mann.

Den Patienten, die unter nicht erwiderter Liebe leiden, erkläre ich immer, dass es sich nur um eine neurotische Abhängigkeit handelt, aber heilen kann ich sie nicht. Wenn ich irgendwen liebe, dann ist es ein Toter: Rob, der Vater von Sappho. Das klingt ziemlich kitschig, ist aber wahr.

»Du musst die Sache irgendwann abschließen«, verlangt Barnaby, aber das ist wohl kein Wunder bei einem Jungianer. Aber es fällt mir sehr schwer, etwas »abzuschließen«. Es passiert einfach nicht. Es ist genau wie »gegen den Krebs kämpfen«: die tröstliche Illusion, dass Mühe geben und harte Arbeit etwas bewirken. Sie tun's aber nicht.

Ich ziehe vor, was Freud gesagt hat, aber das ist wohl nicht weiter erstaunlich: *Man weiß, dass die akute Trauer nach einem solchen Verlust ablaufen wird, aber man wird ungetröstet bleiben, nie einen Ersatz finden. Alles, was an die Stelle rückt, und wenn es sie auch ganz ausfüllen sollte, bleibt doch etwas anderes …* Es war völlig undenkbar, dass Barnaby sich je in Rob verwandeln könnte.

Ich erinnere mich also sehr gut an jenen Abend, als Sappho weinend nach Apple Lee kam, weil sie Isolde ins Krankenhaus begleitet und eine Tote auf Urlaub im Taxi wieder nach

Hause gebracht hatte. Aber ich war zu beschäftigt mit meinen eigenen Problemen, als dass ich ihr hätte helfen können. So ist Mutterschaft.

Ein loses Blatt aus dem Tagebuch. Es stammt noch aus der Zeit vor Isoldes Besuch im Krankenhaus. Ich werde Barnaby nicht anrufen und mich entschuldigen. Das ist zu jämmerlich. Wenn das Schicksal ihn in die Arme der Aromatherapeutin treiben will, ist es mir auch egal.

Sapphos Tagebuch: *11. Februar 1994*

Isolde sagt, ich soll mal eine Beschreibung versuchen, wie man sie in Romanen findet.

»Aber ich schreibe doch keine Romane«, sage ich. »Ich will Dramatikerin werden, so wie Sie.«

»Man muss im Leben viele mindere Kunstformen nutzen«, sagt Isolde, »um sein Geld zu verdienen. Romane sind anders als die Beschreibungen für einen Film-Set oder ein Bühnenbild. Vor allem länger. Du musst im Kopf des Lesers ein Bild entstehen lassen, nicht nur im Kopf des Bühnenbildners, der es gewohnt ist, die Hinweise des Autors zu interpretieren. Wenn du fürs Fernsehen schreibst, brauchst du – unter Vermeidung von unbestimmten Artikeln, um Platz zu sparen – über die Wohnung hier bloß zu sagen: *unordentliche Wohnung eines Intellektuellen-Ehepaars mit mittlerem Einkommen, Spuren von kleinen Kindern, an den Wänden Theaterplakate.* Die Bühnenbildnerin macht dann den Rest. Für die Bühne würde man sagen: *unordentliche Wohnung eines literarischen Theater-Ehepaars mit intellektuellen Ansprüchen, nicht allzu sauber* – und schon macht sich eine Truppe von schwulen Bühnenbildnern darüber her.

Ach ja, wo wir gerade von Sauberkeit reden, der Küchenboden könnte mal wieder geputzt werden. Du musst dich richtig hinknien, Sappho, so ein bisschen Drüberwischen genügt nicht. Und denk bitte nicht, weil es ein Roman ist, müsstest du einen Haufen Adverbien und Adjektive drüberkippen. Das ist gar nicht nötig.«

Isolde sitzt in der Küche und isst einen Toast mit Honig, ohne groß aufzupassen. Das klebrige Zeug tropft auf den Boden. Sie achtet gar nicht darauf. Bald fällt auch noch ihre Zigarettenasche hinein. Sie kann mit Aschenbechern nicht umgehen. Gavin ist sehr ordentlich. Wenn sie nachher aufsteht, wird sie alles verschmieren und es gar nicht merken. Aber im Verhältnis zum Teppichboden im Arbeitszimmer sind die Fliesen hier in der Küche ein Kinderspiel. Man sieht die Flecken nur, wenn die Wintersonne in einem bestimmten Winkel hereinfällt, aber das reicht ihr. Sie kontrolliert alles. In der Beziehung ist sie wie meine Mutter, nur dass sie nicht in meinem Kopf herummachen, sondern mehr Hausarbeit von mir will. Was ich eigentlich vorziehe.

»Und was soll ich beschreiben?«

»Jetzt entwickle doch mal ein bisschen Initiative, Sappho, um Himmels willen. Irgendwas. Diese Wohnung.«

Also schön.

Die Wohnung der Garners liegt in einem jener palastartigen Klinkerbauten in Bloomsbury, die zu einem literarischen Ehepaar passen; ganz in der Nähe von allem, was sich Kultur nennt. Die Theater und die Royal Academy of Dramatic Arts, wo Isolde unterrichtet und Sappho studiert, liegen gleich um die Ecke. Die Wohnung liegt im Hochparterre, deshalb laufen den ganzen Tag Leute draußen vorbei, und die Fenster sind vergittert. Sehr freundlich ist sie eigentlich nicht. Aber es kommen dauernd Bekannte vorbei, weil sie so zentral liegt, was nett ist. Außerdem geben Isolde und Gavin oft Partys, für die ich die Canapés mache. Käse mit Erdbeeren ist meine Spezialität. Bühnen- und Fernsehstars tauchen auf, Kritiker, Regisseure und bekannte Journalisten. Wenn es ernsthafte Leute sind, dann sind es Freunde von Gavin, wenn es eher Hippies sind, dann sind es ihre. Alle rauchen sehr viel. Auch Fotografen und Fernsehteams kommen gelegentlich zu Besuch und bauen ihre Stative und Kameras auf, weil Gavin so berühmt ist, obwohl es schon lange her ist, dass er ein Buch rausgebracht hat. Und Isolde ist sogar noch berühmter, und ich liebe die Atmosphäre und lerne wichtige Leute kennen, auch wenn es bedeutet, dass ich die Kinder zum Blumenstand an der Russell Square Station zerren muss, um den Blumenschmuck zu besorgen.

Ach ja, *sorry,* die Wohnung. Die äußere Erscheinung derselben. Es gibt einen langen mittleren Korridor, von dem die Zimmer wegführen. Die Räume auf der rechten Seite, wenn man hereinkommt, sind ziemlich dunkel, und im Winter sind die linker Hand sehr kalt und werden wegen der Gitterstäbe auch an sonnigen Tagen nicht richtig hell. Es gibt einen wackligen Boiler, der um 1910 herum eingebaut worden ist, und die Zentralheizung macht eine Menge Lärm, kommt aber nicht bis zur Küche. Die Kinder fahren mit ihren Dreirädern dauernd den Korridor rauf und runter. Ab und zu kommt meine Mutter und hilft mir, und sie sagt jedes Mal, die Wohnung erinnert sie an ›The Shining‹, aber so ist sie nun mal.

»Was soll das heißen: *Die waten im Blut durch den Korridor?*«, frage ich. »Das ist doch Unsinn.«

»Eine menstruelle Metapher«, sagt sie. Manchmal kann ich ihre Hilfe wirklich nicht brauchen. Sie kann die Garners nicht leiden und denkt, sie beuten mich aus. Ich glaube, sie ist eifersüchtig. Auf der einen Seite will sie mich loswerden und ihr eigenes Leben führen, das heißt mit ihren Liebhabern ins Bett gehen und die Sprungfedern quietschen lassen, ohne sich Sorgen zu machen, ob ich was höre. Auf der anderen Seite wiederum bin ich ihre einzige echte Freundin. Wir unternehmen was zusammen, und ich bewahre sie davor, dass sie allein ist.

Ach, es hat keinen Zweck. Ich bin offenbar keine Romanschreiberin. Gegenstände und Orte interessieren mich nicht, ich komme immer gleich wieder auf Unterströmungen und Gefühle zu sprechen. Schluss damit.

Es gibt keinen Garten. Für Kinder ist es ein trostloser Ort, aber Kinder stehen ehrlich gesagt auch nicht sehr weit oben auf der Prioritätenliste des Haushalts. Es wird davon ausgegangen, dass sie ganz von allein zur nächsten Generation von genialen Menschen heranwachsen, wenn man nur genügend Zeit vergehen lässt und eine Reihe von Mädchen wie mich damit beauftragt, sie regelmäßig zu waschen, zu füttern und ihre etwaigen erzieherischen Talente an ihnen auszuprobieren. Ich bezweifle allerdings, dass meine Vorgängerinnen gebeten worden sind, Isoldes Texte zu redigieren oder sich im Gras von Hampstead Heath auf den Rücken zu legen und ein Foto zu machen, wenn die blaubrüstige Gartengrasmücke oder sonst ein Vogel vorbeischwirrt. Manchmal nehme ich die Kinder mit nach Hause, fünfzehn Minuten den Berg hinauf mit dem Bus, damit sie im Garten von Apple Lee frische Luft schnappen können. Sie lieben den alten Apfelbaum vor dem Haus. Wenn der Bus um die Ecke biegt, schreit Arthur: »Ich sehe was, was du nicht siehst«, und die kleine Isobel sagt: »Apfel, Apfel«, und dann streckt sie die Ärmchen hoch, damit ich sie auf den Arm nehme.

Emilys Kommentar

Kein Kommentar. Außer, dass Sappho wirklich das Ohr an die Wand gelegt haben muss, um was zu hören.

Sapphos Tagebuch: *18. Dezember 1995*

Ich werde das als Szene in einem Fernsehspiel schreiben. Dann tut es vielleicht nicht so weh.

Interieur. Bei Tag. Isolde und Gavin stehen im Wohnzimmer und umarmen sich gegenseitig. Keine Kinder.

GAVIN: Wir brauchen natürlich ein Gegengutachten.

ISOLDE: Wozu? Das Ergebnis bleibt doch das gleiche. Ich spüre es. Als ich ins Taxi gestiegen bin, saß auf dem Zaun eine Krähe und hat mich angesehen. Da hab ich es schon gewusst. Es ist okay. Ich bereue nichts. Nicht mal die Zigaretten.

Sie tritt ans Regal und nimmt ein paar Fotos herunter. Es handelt sich um Porträts von ihr selbst, in typischer Isolde-Pose, wie man sie seit zehn Jahren aus der Presse und Fernsehprogrammen kennt. Ihr blasses, schönes Gesicht ist in einen Schleier von Rauch gehüllt, ihre eleganten, müden Finger halten eine herunterhängende Zigarette. Sie ist eine Gestalt wie Virginia Woolf, nur dass Virginia nicht schön war. Auf einigen ist auch Gavin zu sehen, der sich über sie beugt, selbst ebenso inspirierend wie klug: unendlich männlich, groß, mit energischen Zügen, sehr wie Ted Hughes.

ISOLDE: Du wirst mich doch nicht verlassen, nicht wahr?

GAVIN: Ich werde dich nie verlassen.

ISOLDE: Und du wirst dich um die Kinder kümmern.

GAVIN: Isolde –

ISOLDE: Und du musst wieder heiraten.

GAVIN: Hör auf, mich herumzukommandieren. Du weißt, ich kann das nicht leiden.

ISOLDE: Gut. Du hast akzeptiert. Wir werden also weitermachen wie bisher. Wir werden so tun, als wäre nichts gewesen. Als wäre ich nie im Krankenhaus gewesen. Wenn es mir schlecht geht, werde ich ein Aspirin oder zwei nehmen. Wenn ich unsere Gäste nicht mehr stehend empfangen kann, muss ich sie eben sitzend empfangen oder im Bett liegend. Es könnte sehr spektakulär werden. Wir müssen Verdi spielen – die ›Kameliendame‹.

GAVIN: Aber das würde dich ja zur Kurtisane machen. Wie wäre es mit ›La Traviata‹?

ISOLDE: Das war ebenfalls eine Kurtisane.

GAVIN: Siehst du: Eine brave Ehefrau darf einfach nicht sterben.

ISOLDE: Wie auch immer. Wir nehmen Verdi als Hintergrund.

Schnitt zu Gwen

GWEN: Das kann ich mir gar nicht denken. Niemand in unserer Familie hat Krebs. Herz ja, aber Krebs? Nein. Wenn irgendwas passiert, nehme ich die Kinder zu mir. Das weißt du. Was soll das heißen, Isolde? *Es wäre besser, wenn er wieder heiratet.* Wer nimmt schon einen Mann mit zwei Kindern? Jemand wie Sappho? Dieses neurotische, alberne Mädchen? Mit dieser psychoanalytischen Mutter und ihren widerlichen Ideen? Du machst wohl Witze. Nicht, dass ich's ihr nicht zutrauen würde. Sie ist ein hinterlistiges kleines Ding. Was ist eigentlich aus dem Vater geworden? Es gibt Gerüchte, die Mutter habe ihn zum Selbstmord getrieben mit ihrer Promiskuität. Die Kinder sind jetzt schon viel zu viel mit diesem Mädchen zusammen. Gott weiß, was die ihnen so für Vorstellungen in den Kopf setzt. Du solltest mehr an deine Kinder denken und weniger an deine blöde Karriere. Was kommt denn bei alledem raus? Ein Haufen leeres Geplapper. Das Ganze ist nur wieder so eine verrückte Idee von dir, Isolde. Du machst uns Sorgen, und das ist nicht fair gegenüber den Kindern, von mir ganz zu schweigen. Wenn du wirklich meinst, du bist krank, dann geh zu einem privaten Arzt. Diese Krankenhausärzte erzählen doch alles Mögliche, bloß damit sie ihre Formulare ausfüllen können. Kann jemand mal diesen Höllenlärm abschalten? Ich hasse Verdi.

Ja, liebes Tagebuch, es war diese Bemerkung über den Tod meines Vaters, die bei mir im Kopf hängengeblieben ist und vieles andere daraus verdrängt hat, sogar an diesem schrecklichen Tag. Dass es Gerüchte gab, die Promiskuität meiner Mutter habe meinen Vater zum Selbstmord getrieben. Das war überhaupt nicht der Fall. Mein Vater ist durch einen Unfall gestorben. Er hat in der Garage sein Auto geputzt, und dann ist die Tür zugefallen. Wenn es anders lautende Gerüchte gibt, dann ist es Gwen, die diese Gerüchte verbreitet. Was für eine Hexe! Meine Mutter würde mich doch in so einer wichtigen Frage nicht anlügen! Es könnte allenfalls eine akute Depression gewesen sein. So etwas ist genetisch, da müsste ich aufpassen. Ich wünschte bloß, Gwen könnte mich besser leiden. Es ist schrecklich, wenn einen jemand nicht mag und einem misstraut. Ich möchte von allen geliebt werden.

Schnitt zurück zu Gwens Kommentaren. Es geht immer weiter.

GWEN: Und was soll aus mir werden? Wovon soll ich leben? Meine Miete ist schon wieder gestiegen. Und nein, ich werde mir nichts Billigeres suchen. Das ist mein Zuhause. Ich bin in Kensington geboren und werde da sterben. Es ist doch nicht meine Schuld, dass sie plötzlich den Mieterschutz abgeschafft haben, sodass ich plötzlich Marktpreise zahlen soll. Eine Steigerung um vierhundert Prozent! Das ist doch nicht gerecht. Ich werde natürlich klagen. Und ich werde auch keine von meinen »Schätzen« verkaufen, wie du sie nennst. Jetzt ist eine ganz schlechte Zeit zum Verkaufen. Du würdest nicht mal die Hälfte von dem kriegen, was sie eigentlich wert sind. Sie stehen für das, was ich bin und immer war. Man verkauft sich nicht stückchenweise. Ich hoffe, du hast eine gute Versicherung. *[Pause]* Ich habe dir immer gesagt, du sollst nicht so viel rauchen.

ISOLDE: Die arme Gwen, sie will es nicht wahrhaben, springt rein und raus aus der Leugnung der Realität.

GAVIN: Während wir tapfer drinbleiben?

ISOLDE: Ja, ich schätze, so ist es. Warum auch nicht? Ich möchte, dass du die Kinder aufziehst, nicht Gwen. Ich möchte nicht, dass sie als Schwachköpfe aufwachsen. Aber wie sollst du die Kinder großziehen und dabei Geld verdienen? Meinst du nicht, dass es eine gute Idee ist, Sappho zu heiraten, wenn das hier vorbei ist? Sie ist gut mit den Kindern, und ich weiß, dass du scharf auf sie bist.

Isolde schaut auf ihre Füße, als sie das sagt, und leckt ihre Lippen. Nicht so, wie sich ihre Mutter die Lippen leckt, bei der man immer ein Flimmern von Lust und Befriedigung spürt, als ob sie es richtig genießt, den anderen zu verletzen, sondern so wie ein Kind, das sich zu einer großen Anstrengung aufrafft. Seine Arme umschließen sie wieder.

GAVIN: Sappho ist ein intelligentes, hübsches, sehr junges Mädchen, aber ich bin doch nicht scharf auf sie. Junge Mädchen langweilen mich, das weißt du. Sie haben nichts im Kopf.

ISOLDE: Diese schon. Und ich will nicht den Rest meines Lebens mit Eifersucht zubringen. Wenn ich sie zu meiner Nachfolgerin bestimme, dann ist alles in Ordnung. Also bitte.

Auftritt Sappho mit Arthur an der einen und Isobel an der anderen Hand. Sappho hört noch den letzten Teil des Gesprächs, während sie den Rest nur errät. Die anderen verstummen.

Schnitt zur dreijährigen Isobel, die zu Gavin läuft, mit ihren dünnen, durchscheinenden Ärmchen seine Knie umklammert und ihn wie so oft von ihrer Mutter wegzuziehen versucht.

ISOBEL: Daddy, hör auf, mit Mama zu reden.

Ende der Szene.

Ich erinnere mich, dass Isobel das gesagt hat, aber den Rest habe ich mir erschlossen. Aus verschiedenen Schnipseln und Stückchen habe ich eine Szene zusammengebaut. Bei vielen Gesprächen war ich natürlich nicht anwesend, aber das ist die Kunst des Dramatikers. Man stellt Verbindungen her. Bestimmt habe ich das eine oder andere aufgeschnappt. Die Garners waren nicht der *Psst-nicht-vor-dem-Hauspersonal-*Typ. Sie waren zu stolz, um Geheimnisse zu haben. Das hätte ja bedeutet, dass sie sich wegen irgendwas schämten, und in ihrer Weltordnung gab es nichts, dessen man sich schämen musste. Es gibt mit Sicherheit Pläne für die Zeit nach Isoldes Tod. Die Idee, dass Gavin mich heiraten und mit mir anstelle von Isolde weitermachen könnte, taucht ab und zu auf und verschwindet dann wieder. Es ist reine Spekulation. Gavin hat mich Isolde gegenüber tatsächlich mal als intelligent und hübsch beschrieben, aber er hat mir das nicht direkt gesagt. Ich habe mich sehr darüber gefreut – man wusste nie, was die beiden wirklich von einem dachten. Und was ihre Eifersucht auf mich angeht – wenn da etwas dran ist und sie nicht bloß Gavin ärgern wollte, dann kommt diese Eifersucht daher, dass ich mein Leben noch vor mir habe und sie ihres nicht mehr. Glaube ich jedenfalls. Ich mag die Vorstellung nicht, dass Gavin sexuelle Wünsche hat. Wenn ich je daran denke, biegen meine Gedanken immer schnell in eine andere Richtung ab. Ich nehme an, das nennt man »tabu«. Ich muss meine Mutter mal nach der Definition fragen. Aber ich möchte jedenfalls nicht als Isoldes Nachfolgerin installiert werden und eine arrangierte Ehe eingehen. Besten Dank, aber ich habe mein eigenes Leben zu leben. Ich soll mich an ihrer Stelle ins Bett legen, wenn das Laken gerade kalt zu werden beginnt? Igitt.

Ich schockiere mich selbst. Es scheint, als ob ihr Sterben mich abschreckt. Aber eigentlich liebe ich sie. Ich glaube, wenn ich sie in den Arm nehmen würde, würde sie mit der Sterberei aufhören. Ich habe genug Kraft für uns beide. Ich bin bloß gelähmt. Meine Seele dreht sich im Kreis und kann sich zwischen Dankbarkeit und Ressentiment, zwischen Liebe und Hass nicht entscheiden.

Aber die meiste Zeit fällt es mir schwer, daran zu denken, dass Isolde überhaupt stirbt. Sie macht herum und schwatzt wie immer, nur manchmal hat sie lange Hustenanfälle, und seit gestern ist der abgeschlossene Medizinschrank im Badezimmer voller Schmerzmittel und anderer Pillen, von denen die meisten legal aussehen, aber nicht alle. Ich glaube, sie will wirklich so weitermachen, als ob es nicht wahr wäre. Sie macht keinen Versuch, sich heilen zu lassen oder einen Aufschub des Todesurteils zu erreichen. Sie hat nicht aufgehört zu rauchen.

»Sie umarmt Thanatos«, sagt meine Mutter. Tut sie nicht! Sie stirbt, verdammt! Wird gelöscht.

Als die Kinder heute im Kindergarten waren, habe ich ein paar Stunden herumtelefoniert und Freunde und Bekannte zu einem Abendessen eingeladen. Am Samstag. Sie wollen, dass ich dableibe und helfe, und ich habe ja gesagt, obwohl mich eigentlich dieser Martin zu einer Party mitnehmen wollte. Ich nehme an, wenn ich nicht mitgehe, sucht er sich einfach eine andere, die mit ihm ins Bett geht, was ich ohnehin nicht getan hätte. Aber was soll ich machen? Es ist mir egal, wenn ich Martin verliere. Isolde stirbt, also werde ich das wohl durchstehen müssen. Sie ist eine wunderbare, originelle, talentierte und mutige Frau, und ich kann sie nicht verlassen.

Von Gavin bin ich ein bisschen enttäuscht, weil er irgendwie doch nicht alles in Ordnung gebracht hat, aber er ist nun einmal nicht Gott.

Emilys Klage

Tja, also mir tut es auch leid.

Es ist mir egal, wenn ich Martin verliere! Gütiger Himmel. War das Mädchen verrückt? (Nein, darauf gebe ich jetzt keine Antwort.) Ich erinnere mich noch sehr gut an Martin. Er hatte einen Titel (ich weiß nicht mehr, welchen genau), einen Haufen Geld und war hoffnungslos in Sappho verliebt. Er studierte Architektur, war außerordentlich angenehm und ging überall mit seinem Hund hin, einem schwarzweißen Border Collie. Wenn sie zu der Party gegangen wäre, hätte sie ihn womöglich geheiratet und mir in Krisenzeiten ein völlig anderes Tagebuch zu lesen gegeben. Die Art und Weise, wie der Zufall das Leben der jungen Leute beeinflusst, ist wirklich erschreckend. Ich weiß, dass es albern ist, das zu sagen. Der Zufall beeinflusst uns alle. Gejammer ist zwecklos. Wenn ich damals einen anderen Weg nach Hause genommen hätte, als Sappho drei war, wenn ich nicht noch zum Einkaufen mit ihr gegangen wäre, wenn wir nicht noch diese rot-blau-gestreifte Mütze gesehen hätten, die unbedingt anprobiert werden musste, wären wir vielleicht die entscheidende Viertelstunde früher nach Hause gekommen und hätten Rob retten können. Hättest du, wärest du, könntest du. Vergiss es.

Wo war das Gerücht hergekommen, dass sein Tod kein Unfall gewesen war? Gwen? Woher sollte sie etwas wissen? Ich hatte nie darüber gesprochen – außer an jenem Tag, als ich mit Sappho darüber zu sprechen versuchte und sie mich versehentlich missverstand, oder absichtlich. Obwohl, in der Vergangenheit könnte schon manchmal etwas herausgeschlüpft sein, denn das Geheimnis drückte mich schwer. Vielleicht habe ich die Wahrheit doch mal einem Liebhaber ins Ohr geflüstert und dabei auf Mitleid gehofft oder auf Verständnis.

»Weißt du, ich bin Witwe. Mein Mann hat sich umgebracht.«

Und wer immer es gewesen war, hatte wahrscheinlich so getan, als ob es ihn interessierte, aber dem war natürlich nicht so. Harry interessierte es, aber der interessierte sich ja für alles. Wenn der Hausschwamm wucherte, ruhte und rastete er nicht, bis er die Wurzel gefunden und herausgerissen hatte, wie ein Therapeut, der eine Neurose angeht. Er war ein richtiger Hauruck-Therapeut. Bewundernswert, könnte man sagen.

»Der Ehemann meiner letzten Freundin hat sich umgebracht«, hat er vielleicht zu meiner Nachfolgerin, der Architektin gesagt. »Er hat einen Schlauch vom Auspuff ins Innere seines Wagens gelegt, sich reingesetzt und den Motor angestellt.«

»Und warum?«

»Ich vermute, sie hat ihn dazu getrieben. Sie hat sich bei allen möglichen Männern herumgetrieben, auch als sie schon mit ihm verheiratet war.«

»Woher weißt du das?«, hat die Architektin gefragt.

»Sie hat's mir gesagt«, hat Harry geantwortet und ihr meinen Namen genannt, denn damals hatte ich eine Filmschauspielerin unter meinen Patienten, die ständig in der Zeitung stand und immer wieder in den Entzug musste. Dadurch war ich plötzlich in Mode gekommen und die Leute gaben damit an, dass sie mich kannten. Ja, und dann war Gwen mal als Mannequin bei einer Modenschau in der Architektenvereinigung und unterhielt sich mit einer Frau aus der ersten Reihe, und die war mit Harry verheiratet. Und dann tauchte mein Name auf, und die Frau sagte: »Wissen Sie, ihr Mann hat sich umgebracht, aber sie hat es immer geheim gehalten vor ihrer Tochter.«

Ja, es war möglich, wenn auch recht unwahrscheinlich.

Vielleicht hat es sich Gwen einfach ausgedacht. Sie mochte mich genauso wenig wie Sappho, und wahrscheinlich identifizierte sie sich mit mir. Sie hatte den Vater ihrer Tochter verloren, als diese noch sehr klein war, wenn auch durch Scheidung und nicht durch Tod. Wahrscheinlich wäre es ihr lieber gewesen, wenn er sich umgebracht hätte. Wahrscheinlich projizierte sie ihre eigenen verbotenen Wünsche auf mich.

Trotzdem war es natürlich beunruhigend, aber Gott sei Dank hatte Sappho wohl nicht genau zugehört und einfach angenommen, dass Gwen sich geirrt hatte. Es war, wie mal ein Politberater über den 11. September gesagt hat, »ein guter Tag, um schlechte Nachrichten zu verstecken«.

Jetzt wohnt Gwen mit ihren vielen Beschwerden in ihrer Wohnung in Kensington, wo man sich nicht rühren kann, ohne befürchten zu müssen, dass dabei ein assyrischer Becher im Wert von 9000 Pfund oder ein Skarabäus im Wert von 20000 Dollar zu Bruch geht. Wohlgemerkt, Gwen behauptete, dass die Sachen so viel wert waren. Ob das wohl stimmt? Sie hat dauernd Angst, dass sich die Motten in ihre Kaschmirsachen hineinfressen. Wie die Kinder das aushielten, weiß ich nicht, aber sie schienen sie sogar zu mögen.

Gwens Überzeugung, dass Sappho nichts Gutes im Schild führe, war, davon gehe ich aus, eine offene Projektion. Sie hatte in ihrer Jugend wohl selbst oft nichts Gutes im Schilde geführt. Sie hatte Geschenke, wenn auch wahrscheinlich kein Geld, von berühmten und reichen Männern genommen, die sich immer gern um Top-Models versammeln. Sie hatte sich auf Antiquitätenhändler und Kunstsammler spezialisiert. Isoldes Vater war ein libanesischer Juwelier gewesen. Die Mutter tat zwar immer sehr vornehm, wusste sich aber nicht zu benehmen.

Mir kommt ein schrecklicher Gedanke. Ich rufe Barnaby

an. Er ist ins Bett gegangen. Wenigstens ist er nicht zu dieser Aromatherapeutin gerannt. Schon wieder eine vielsagende Fantasie. Er bittet mich zu sich herauf, und ich gehe.

»Barnaby«, sage ich. »Diese Geschichte mit dem Mieterschutz. Konnten die damals im Jahre 1995 wirklich die Miete um vierhundert Prozent erhöhen?«

»Vermieter können praktisch alles tun. Vielleicht.«

»Und Sappho hat das womöglich bezahlt?«

»Können wir auch mal über was anderes reden als Sappho? Zum Beispiel über uns?«

»Nein. Jedenfalls nicht jetzt. Wie hoch wäre denn die Marktmiete für eine Fünfzimmerwohnung in Kensington?«

»Astronomisch. Jeder vernünftige Mensch wäre längst ausgezogen. Gwen allerdings nicht. Und deshalb ist es durchaus denkbar, dass Sappho ihr die Miete bezahlt hat: Gwen kümmert sich um die Kinder. Und Sappho kann es sich leisten. Warum fragst du?«

»Noch etwas: Hast du je gehört, Rob hätte Selbstmord begangen?«

»Rob? Dein erster Ehemann? Müssen wir jetzt auch noch über den reden?«

»Mein *einziger* Ehemann. Ja. Soweit ich feststellen kann, wird es ja keinen Sex geben, also können wir auch getrost reden.«

»Aber er ist doch schon vor dreißig Jahren gestorben. Warum sollte es Gerüchte geben?«

»Weil ich früher auf Partys gegangen bin. Man redet zu viel. Man vergisst Dinge. Nichts wirklich Schlimmes. Ich habe ein gesundes Über-Ich, was würde ich meinen Patienten sonst nutzen? Es hat ihnen nie geschadet.«

»Natürlich nicht.« Soll das Ironie sein? »Du bist ein soziales Geschöpf, das ist alles. Du bist einfach auf Partys gegangen, hast zu viel getrunken, hast dich zur Ablenkung auf Männer eingelassen, um deine Witwentrauer zu vergessen, hast alles erzählt, und am Morgen war es vergessen. Ich dachte, er wäre gestorben, ich wusste nicht, dass er sich umgebracht hat. Wie hat er's gemacht?«

Ich erzähle es ihm.

»Es gab keine Zeugen. Nur den Polizisten, der die Garage für uns aufgebrochen und ihn gefunden hat.«

»Uns? Du und Sappho?«

»Gütiger Gott! Nein, ich und Mary, die bei uns geputzt hat. Die kleine Sappho war im Haus vor dem Spiegel und hat ihre neue Mütze probiert. Sie kann überhaupt nichts gesehen haben, außer wenn das, was sich mir so erschreckend eingeprägt hat, auch in ihrer Seele gelandet ist.«

»So eine Art Gespenstergeschichte. Verstehe.«

»Das ist nicht komisch«, sage ich. »Nichts ist komisch davon. Kinder können sehr telepathisch sein.«

»Trotzdem ist es nicht deine Schuld, wenn du darauf hinauswillst. Ich kann das akzeptieren. Worin bestand denn der visuelle Eindruck?«

»Darin, dass der Polizist die Wagentür öffnet und eine Leiche herausfällt. Das war Rob. Als sie noch klein war, hat Sappho mich manchmal nach dem Mann gefragt, *der aus dem Auto fällt,* und dann hab ich ihr immer gesagt, das wäre was aus dem Fernsehen oder aus einem Film oder etwas, was sie gehört hat.«

»Die einfachste Erklärung ist meistens die beste: Sappho hat es gesehen. Wie bei dieser ganzen ›Regression in ein früheres Leben‹. Woher kennt eine hypnotisierte Person den Stadtplan einer mittelalterlichen Stadt? Antwort: weil sie ihn in einem Buch ihres Vaters gesehen hat, das zu Hause bei ihr im Regal stand.«

»Oder der brillante Pianist, der vom Meer an den Strand gespült wird und die Erinnerung verloren hat. Dabei ist er bloß ein ganz gewöhnlicher albanischer Asylsuchender und ein ziemlich schlechter Klavierspieler. Und die Kornkreise werden nicht von Aliens angelegt, sondern von Halbstarken, und UFOs sind – na ja, das, was sie schon immer gewesen sind. Ach, das Leben kann so enttäuschend sein.«

»Wie schön, dass wir mal über was anderes reden als deine Familie. Darf ich dein Bein streicheln, Emily?«

»Nein. Streicheln weckt Erwartungen, und die führen dann zu Enttäuschungen.«

Ich fühlte mich wie einer meiner Patienten, die über alles mögliche Unwichtige reden, um sich nicht mit den Tatsachen auseinandersetzen zu müssen. Trotzdem erzählte ich, wie ich mit Sappho vom Einkaufen gekommen war, Rob gerufen und keine Antwort erhalten hatte. Wie ich dann Mary gefragt hatte, ob sie ihn gesehen hätte, und sie sagte nein, er sei wohl in der Garage. Das war er auch. Aber tot.

»War das dieselbe Garage, aus der Harry das Werkzeug geholt hat, um den Hausschwamm zu untersuchen?«

Also hörte Barnaby doch manchmal zu.

»Ja«, sagte ich. »Aber Sappho hat sie abreißen lassen, um den Wintergarten größer zu machen. Als sie noch klein war, ging man durch die Küche in die Garage. Normalerweise ließ Rob die Tür offen, wenn er da arbeitete, aber an diesem Tag war sie geschlossen. Ich hörte den Motor laufen und hab an der Klinke gerüttelt, aber die Tür war von innen verschlossen.«

»Sie ist also nicht zugefallen.«

»Ich habe Angst gekriegt und bin rausgerannt, um durchs Fenster zu schauen, aber ich konnte bloß die Regale mit alten Farbtöpfen, Kupplungsteilen und vergilbten Zeitungen sehen.

Zufällig kam ein Polizist auf der Straße vorbei – das waren noch Zeiten! Also hab ich ihn gerufen, und er kam rein und hat die Garagentür eingetreten. Das war nicht schwer, denn das Holz war ganz morsch. Der Polizist ist zum Auto gegangen und hat die Tür aufgemacht, und noch ehe sie aufging, wusste ich schon, was ich sehen würde: Robs Leiche, die aus dem Wagen fiel.«

»Bist du an Sappho vorbeigekommen, als du nach draußen gerannt bist?«

»Warum interessiert dich das plötzlich so?«

»Ich dachte, das wolltest du.«

»Der Polizist war schon recht alt. Er hatte ein nettes Gesicht, und er war freundlich. Er sagte uns, wir sollten wieder ins Haus gehen. Sappho war inzwischen in der Küche und hüpfte mit ihrer kleinen wollenen Mütze herum. Als er wieder hereinkam, sprach der Polizist von dem ›schrecklichen Unfall‹. Irgendwie hatte er den Schlauch übersehen, der möglicherweise vom Auspuff zum Wagenfenster geführt hat. Ich war mir also nie sicher. In seinem Bericht schrieb der Polizist, dass er Rob vor dem Wagen auf dem Boden liegend gefunden habe: Er müsse wohl den Schmutz von den Scheinwerfergläsern gekratzt haben, als die Tür zufiel, was er nicht bemerkte. Es gab eine gerichtliche Untersuchung, und das Urteil sagte, es wäre ein Unfall gewesen. Dazu noch eine Ermahnung, dass man in geschlossenen Räumen den Motor nicht laufen lassen darf.«

»Das war nett von ihnen«, sagte Barnaby.

»Wie meinst du das, *nett von ihnen*?«

»*Felo de se* ist so ansteckend wie Masern. Wenn's einer macht, machen es alle. Sie waren nett zu dir.«

»Aber vielleicht habe ich mich ja geirrt.«

»Du hast gesagt, die Tür sei von innen verschlossen gewesen. Und dann bist du herumgerannt, hast dich betrunken und fremden Männern erzählt, dass dein Mann sich umgebracht hätte, weil das deine Schuldgefühle vermindert. Obwohl du es gar nicht gewusst hast.«

Ich stand auf und zog mich an.

»Ach, Emily«, sagte Barnaby. »Ich wünschte, du würdest mal an einer Stelle bleiben. Wie soll ich denn jemals schlafen?«

Tropf, tropf, spritz, spritz. Ich heulte auf das Tagebuch meiner Tochter, nicht ihret-, sondern meinetwegen. Es gab keinen Ausweg, egal wie Barnaby mir zu helfen versuchte. Rob hatte sich umgebracht, da konnte ich noch so sehr zappeln und strampeln. Sappho hatte die Umstände seines Todes mit angesehen, und wenn ihre Erinnerungen und ihr Verstand je zusammentrafen, konnte sie ohne weiteres erkennen, was geschehen war, und würde sich nicht länger von freundlichen Untersuchungsberichten täuschen lassen. Wenn das geschah, würde sie ziemlich ärgerlich auf mich sein. Und erst recht auf Rob, der mutwillig das Geschenk des Lebens zurückgewiesen hatte, das Gott ihm anvertraut hatte. Selbstmord ist wirklich ansteckend.

Und jetzt war sie hinausgerannt in die Nacht – na gut, sagen wir in den Vormittag – und sah ziemlich erschreckend aus. Was hat diese neue Generation bloß gegen Vergesslichkeit? Sie glauben alle, sie hätten ein Recht darauf, dass man ihnen die Wahrheit sagt, die volle Wahrheit und nichts als die Wahrheit. Sie wollen alles wissen über Geisteskrankheiten in der Familie, genetische Tendenzen, Geburtsumstände und so weiter, lauter Dinge, die zu verbergen frühere Generationen für klüger hielten. Ich, oder zumindest das Schein-Ich, die interaktive, sprechende Puppe, die nach Robs Tod noch von mir übrig war, hat es immer für besser gehalten, nur Unwahrheiten, Halbwahrheiten und glatte Lügen zu erzählen als »die

Wahrheit«. Insbesondere mir selbst. Mein Angstpegel steht jetzt so hoch, dass ich eine Schlaftablette nehmen muss.

Ich habe keine Ahnung, warum Rob es getan hat. Oder hat mein Schein-Ich die Gründe vergessen, weil es sich auf der falschen Seite der Mit-Rob/Ohne-Rob-Wasserscheide befindet? Er schien vergnügt genug, als ich ihn zum letzten Mal lebend sah. Die Scheinwerfer seien schmutzig, sagte er. Es hatte geregnet, er konnte kaum etwas sehen. Rob war nicht der Typ des stolzen Vorortbewohners, der regelmäßig sein Auto putzt: Der Staubsauger für den Innenraum und die Politur für die Karosserie waren eigentlich nicht sein Ding. Seine letzten Worte zu mir waren: Er müsse klar sehen. Ist das eine Selbstmörder-Aussage? Oder die Äußerung eines Mannes, der irgendwie herausgefunden hat, dass seine Frau ihm manchmal untreu war? Oder ging es einfach nur darum, dass er sich wohler fühlte, wenn die Scheinwerfer die Fahrbahn erhellten? Hören Sie, es ist lange her, es war damals, im Zeitalter der Untreue. Sie sind jetzt alle alt und grau und viele sind schon gestorben. Heute bin ich eine strikte Immer-nur-einen-Mann-auf-einmal-Frau. Man lernt ja dazu.

Er hinterließ mich gut versorgt: Der Untersuchungsbericht ließ der Versicherung keine andere Wahl als zu zahlen. Apple Lee zerbröselte um uns herum, und Rob war darüber sehr unglücklich. Aber mit Hilfe der Einkünfte aus seinem Tod war ich in der Lage, das Dach neu zu decken, die elektrischen Leitungen zu erneuern, den Garten und einiges andere richten zu lassen. (Den Hausschwamm habe ich damals nicht entdeckt.) Vielleicht ist Rob gestorben, um das Haus zu retten, und hat gehofft, ich würde das schaffen? Ich weiß es nicht. Apple Lee war seit Generationen der Stammsitz seiner Familie. Könnte er geglaubt haben, sein eigenes Leben sei weniger wert als das Wohlergehen und die Neu-Verkabelung des Hauses? Männer sind, entschuldigen Sie, völlig bekloppt, und deshalb ist das nicht auszuschließen. Dr. Shipman, der Serienmörder, hat sich im Gefängnis erhängt, um seiner Frau das Geld aus der Lebensversicherung zu verschaffen. Aber Rob war natürlich ein ehrenwerter Mann und kein Massenmörder.

Ich hatte mir immer eingeredet, dass Sapphos heiteres Gemüt sie gegen jeden Selbstmordgedanken immun machen würde, aber jetzt war ich natürlich trotzdem besorgt. Die Kinder von Selbstmördern enden oft auf die gleiche Weise. Und machen sich nicht alle Eltern irgendwann Sorgen, ihr Kind könnte es sich in den Kopf setzen, nicht mehr leben zu wollen? Das Kind von Robs Mutter hat das getan und starb in genau dem Haus, in dem sie es auf die Welt gebracht hatte. Robs Mutter ist bei einem Verkehrsunfall ums Leben gekommen: Sie ist bei einem Spanienurlaub von einem Lastwagen überfahren worden. Es kann natürlich vorkommen, dass eine englische Touristin in die falsche Richtung schaut, wenn sie über die Straße will. Aber wer kann schon sagen, dass es wirklich die falsche Richtung war, in die sie geschaut hat? Robs Mutter ist Sapphos Großmutter, und Sappho ist schwanger. Mein Gott, man könnte sich zu Tode sorgen.

Ich ging schlafen, wachte aber früh wieder auf, und als die Dämmerung anbrach, holte ich mir die Waitrose-Tüte ins einsame Bett.

Sapphos Tagebuch: *23. Februar 1996*

Es war eine gute Party. Ich habe eine ganze Menge getrunken. Ich habe den Champagner-Cocktail für alle so gemacht, wie ich ihn gern trinke, mit zwei Stück Zucker und einem großen Schuss Cognac. Peter Hall war kurz da und Kenneth Branagh, ein paar Leute von ›Natural Born Killers‹, der Chefredakteur von TLS, ein Stückeschreiber aus New York und die üblichen Ehefrauen und Freunde, dazu eine Handvoll junger Mädchen mit kurzen Röcken und langen Beinen, und alle Männer haben sie angestarrt. Ich war nur die Bedienung, die den Leuten die Tür aufgemacht, die Mäntel abgenommen und die Drinks serviert hat. Wenn ich Zeit und Geld genug hätte, könnte ich mich bestimmt auch in eins der angestarrten Mädchen verwandeln, aber dazu denke ich wohl zu viel nach und beim Nachdenken geht Zeit drauf. Auch das Tagebuchschreiben kostet Zeit. Ich bin viel zu beschäftigt, um meine Nägel oder mir schicke Frisuren machen zu lassen, und Kokain, um auf den Partys ordentlich aufzudrehen, schnupfe ich auch nicht. Vor ein Uhr morgens ist keiner nach Hause gegangen.

Isolde trug ein neues graues Geisterkleid – sie ist inzwischen so dünn, dass es ihr großartig steht: Vor ihrer Krankheit hatte sie recht breite Hüften – und hatte sich von Gwen ein paar echte Perlen geliehen (obwohl: Wie unterscheidet man die eigentlich von den anderen?). Sie und Gavin plauderten sich durch den Abend, als wäre alles in Ordnung. Ich dachte schon beinahe, die Szene im Krankenhaus wäre nur so ein »Versteckte-Kamera«-Sketch gewesen, um mich reinzulegen. Sehr unwahrscheinlich!

Gegen elf Uhr verließ Isolde den Raum, und ich bin ihr nachgegangen, um nach ihr zu sehen. Ich habe sie auf der Treppe gefunden. Sie hatte einen schrecklichen Hustenanfall, hielt sich die wunderschöne schlanke Hand vor die Brust und bat mich um ein Glas Wasser. Als ich zurückkam, war der Anfall vorüber. Gavin saß neben ihr und hielt ihr die Hand auf die Stirn. Sie haben beide geweint.

»Ich werde ein Ende machen, bevor es ganz schlimm wird«, sagte Isolde. »Kannst du das verstehen?«

»Sei nicht albern«, sagte er. »Ich möchte, dass du bis zum letzten Augenblick bei mir bleibst.«

Fünf Minuten später waren sie zurück auf der Party, als ob nichts gewesen wäre. Ich vermute, das geht jetzt so weiter.

Ich würde die Party gerne als Stück schreiben, aber dazu gibt es zu viele Figuren. Die Wahrheit tritt klarer im Drama hervor: Man kann sagen, was vorgeht. Alles Erfundene ist zugespitzter und bedeutet auch etwas: Alles »Wirkliche« dagegen ist zufällig, und man muss es erst nach der Wahrheit durchforschen.

Die Kinder waren über Nacht bei Gwen. Sie mögen es dort, obwohl ich nicht ganz verstehe, warum. Gwen zwingt sie, pünktliche Essenszeiten einzuhalten, und ihren Teller müssen sie auch immer leer essen. Heute Vormittag gehen sie in die Kirche, aber dass sie für ihre Mutter beten, glaube ich nicht, denn von der Krankheit wird man ihnen nichts sagen. Bei Gwen können sie nicht schreiend den Korridor rauf und runter rennen wie hier; sie müssen sich sorgfältig ihren Weg bahnen zwischen den Kunstgegenständen und anderen zerbrechlichen Sachen. Aber sie mögen es anscheinend, wenn man mit ihnen schimpft, weil das so eine Neuigkeit für sie ist. Isobel ist sehr genau und behutsam in ihren Bewegungen, das hat sie von Gwen, aber Arthur ist richtig laut und ungestüm. Er schafft es dauernd, auf Möbelstücke zu klettern und sie zu zertrümmern. Die Abstellkammer hier ist voll von dreibeinigen Stühlen und zerbrochenen Beistelltischen, die auf den Schreiner warten, der natürlich nie kommt. Isolde und Gavin halten gar nichts von Disziplin und ich darf die Kinder nicht schlagen, obwohl die Versuchung manchmal groß ist. Isobel kann schon lesen, während Arthur noch nicht mal Buchstaben kann. Aber Arthur ist eine Freude, und Isobel … ich weiß nicht, vielleicht wird sie ja noch.

Isobel ist der Typ, der sich zusammenkuschelt und am Daumen lutscht, und wenn sie sich auf dem Schoß ihres Vaters einrollen kann, dann ist es das Schönste. Sie wackelt dabei mit dem Hintern herum, und das scheint Isolde manchmal zu ärgern.

»Hör auf damit, Isobel!«

»Ich mach doch gar nichts«, sagt Isobel dann und macht weiter, wobei sie Isolde mit diesen lächelnden Augen ansieht, die in Wirklichkeit gar nicht lächeln. *Ich mach doch gar nichts,* sagt sie neuerdings gern.

»Um Himmels willen, Isolde! Sie ist noch so klein«, sagt Gavin. Aber wenn sein Stolz es irgendwie zulässt, steht er dann doch auf, um sein Feuerzeug zu holen und auf diese Weise das Kind von seinem Schoß zu entfernen.

Und dann wieder schmust Isobel mit ihrer Mutter, wirft den Kopf zurück, wenn der Vater sich nähert, und sagt: »Papa, geh weg.«

»Aber so sind Kinder nun einmal«, sagt meine Mutter. »Das ist das normale Verhalten von Kleinkindern: Sie probieren Geschlechterrollen aus. Sie wechseln mit ihrer Zuneigung vom einen zum anderen Elternteil: Das ist ein wesentlicher Bestandteil ihrer psychosexuellen Entwicklung. Dessen musst du dir bewusst sein. Einer von beiden Elternteilen ärgert sich immer.«

»Du meinst: Drei ist einer zu viel.«

»Ja, das wäre die Kurzfassung, Sappho. Kurzfassungen sind deine Stärke.«

Ich weiß nie, ob sie etwas ernst meint oder nur spottet.

»Dann haben es alleinerziehende Mütter leichter?«

»Ja, aber ihre Kinder haben es schwerer. Sie haben keine Möglichkeit, etwas auszuprobieren.«

Ich kann verstehen, warum die Leute Freud satt haben. Und

danke, Mama: Du hast meinen Papa für mich verloren, und deshalb bin ich sowieso gearscht! Und von Stiefeltern hält meine Mama auch nichts: Das ist für das Kind zu verwirrend. Sie hat mir sogar mal gesagt, das wäre der Grund, weshalb sie nicht wieder geheiratet hat. Vielen Dank für die Schuldgefühle, Mama! Alles meine Schuld und nicht ihre. Persönlich bin ich der Ansicht, dass sie nicht wieder geheiratet hat, weil das ihre sexuellen Aktivitäten einschränken würde.

Emily reagiert

Okay, okay, das kann ich verkraften. Du hast recht Sappho, tut mir leid. Okay?

Sapphos Tagebuch: *24. Februar 1996*

Liebes Tagebuch, heute Morgen haben sie Sex gehabt. Ich versuchte, nicht hinzuhören, aber die Wände sind dünn und ich hatte keine Lust, aufzustehen und Frühstück zu machen, weil ich so müde war. Sie haben ewig gebraucht. Angeblich soll das ja gut sein. Raschelnde Bewegungen, kleine Seufzer und dazwischen ein *Psst!*, weil sie ja wissen, dass ich nebenan schlafe. Ich frage mich wie das ist, wenn man die Frau ist, und ich frage mich, wie es ist, wenn man der Mann ist. Oder eigentlich will ich das gar nicht wissen; das Zuhören gefällt mir, aber machen möchte ich es nicht. Was ist, wenn es mir gar nicht gefällt?

Kein Wunder, dass ich auf Männer abschreckend wirke. Ich kenne niemand in meinem Alter, der noch Jungfrau ist. Wahrscheinlich hat meine Mutter recht, sich Sorgen um meine psychosexuelle Entwicklung zu machen – die ist bestimmt völlig verkorkst. Na und?

Wollen sie vielleicht noch ein Baby, ehe sie stirbt? Der Arzt hat gesagt, noch ein Jahr, aber diese Prognosen sind wahrscheinlich nie so genau. Vielleicht müssen sie's ihr aus dem Leib reißen wie Caesar, oder war das Macbeth? Ich könnte ihre Antibabypillen mal zählen, um zu sehen, ob sie noch welche nimmt, aber das passt nicht zu mir, nicht mal zu Forschungszwecken.

Als es vorbei war, bin ich aufgestanden und habe ihnen frischen Orangensaft ausgepresst. Wir haben zusammen gefrühstückt, und Gavin wollte meine Meinung über ein Stück von Eugène Ionesco hören, das wir letzte Woche gesehen hatten, ich im dritten Rang und er im Parkett, zweite Reihe. Er war irritiert: Es war billiger Klassenkampf, sagte er, Tschechow und ein Hauch Ibsen vielleicht. Die Unterprivilegierten würden es mögen, sagte ich, mir habe es schließlich auch gefallen. Und dann fing ich an, Anagramme zu machen: Ionesco sei »Ice Soon«, Sheridan sei »Dasher in«, und Arthur Miller »Hurt, I'll Rearm«! Sie starrten mich beide an, und dann sagte Gavin: »Gib dem Mädchen eine Gehaltsaufbesserung!« Aber das tun sie natürlich nicht. Sie finden immer Gründe, kein Geld auszugeben. Dann fingen sie selbst an, Anagramme zu machen.

P.S. Heute Nachmittag hat der schwarze Vogel wieder auf der Mauer gesessen. Gavin hat sein Kleinkalibergewehr aus dem abgeschlossenen Schrank in seinem Arbeitszimmer geholt und hat den Vogel heruntergeschossen. Ein paar Vorhänge haben gewackelt, aber das war auch schon alles. Die meisten Leute in diesem Wohnblock sind schon recht alt. Der Mann über uns ist über neunzig und stocktaub, was wegen Arthur ganz gut ist. Gavin, der Vogelfreund, erschießt einen Vogel! Ich war ziemlich schockiert. Er hat den blutigen, schlaffen Leichnam an einer Kralle hochgehoben und in die Tonne geschmissen. Er sagt, Krähen müssten kurzgehalten werden, sonst nähmen sie überhand. Dabei bin ich mir ziemlich sicher, dass es ein Rabe war. Raben sind Gauner und Schöpfer in der Mythologie, mit einem Wort: Schriftsteller und keinesfalls Todesboten, also kann ich bloß hoffen, dass er keinen Schaden angerichtet hat.

Emilys Analyse

Von einem Raben zu träumen heißt nach Ansicht von Freud, vom Geschlechtsorgan eines Mannes zu träumen. Ich weiß nicht, warum sich Sappho so gegen Freud wehrt. Sie ist doch so intelligent. Dass Isobel auf dem Schoß ihres Vaters herumzappelt, heißt nur, dass sie ihn mit Beschlag belegen und ihrer Mutter trotzen will. Dahinter steckt ganz offensichtlich eine phallische Absicht. Was ist daran so überraschend?

Es ist schrecklich, wenn man liest, wie sich die Dinge entwickeln, wie sich meiner armen Tochter die Wiederholung der Urszene mit ihren neuen Eltern dargestellt hat: Natürlich musste sie im Bett dieser Vaterfigur landen und als Mutter seiner Kinder auftreten.

Und was für eine Kuh Isolde gewesen ist, und wir alle haben es nicht gemerkt. Wenn sie bloß getan hätte, was sie versprochen hat, und der Sache ein Ende gemacht hätte! Dann wäre uns allen, ihrer Familie, ihren Freunden und ihren Kollegen ihr Mut erspart geblieben, ihr »Kampf«. Es geht doch nicht um die Länge, sondern um die Qualität des Lebens.

»Also ich«, habe ich zu Barnaby gesagt, »habe die feste Absicht, mich umzubringen, ehe ich geschäftsunfähig werde.«

»Das sagen sie alle«, erwiderte er. »Aber wenn es so weit ist, tun sie es doch nicht. Wir alle klammern uns an das Leben.«

»Nur die Selbstmörder nicht«, sagte ich.

»Das sind Ausnahmen«, behauptete er. »Bei denen ist das Gehirn falsch verdrahtet. Ein erblicher Mangel.«

Vielen Dank, wie Sappho sagen würde. Vielen Dank, Barnaby. Aber Freud hielt den Selbstmord für die Folge verinnerlichter Aggression, und das konnte ich mir bei Rob gut vorstellen, gerade weil sein äußeres Auftreten so liebenswürdig und fröhlich war. Es hatte sich eine schreckliche Wut in ihm aufgebaut, und dann ist der Vulkan implodiert. Ich würde mir noch mehr Sorgen um Sappho machen, wenn sie munter und fröhlich an meiner Haustür erschienen wäre, in Stilettos und schrillen Farben statt eines Navy-Parkas und flacher Absätze. Was immer sie für Probleme hatte, verinnerlicht waren sie nicht. Sie lagen offen zutage und warteten darauf, dass sie bearbeitet wurden.

Barnaby klopfte an die Tür und sagte, ich solle aufhören zu brüten und lieber mit ihm in den Coffee Shop gehen, einen Kaffee trinken und ein Schokoladen-Croissant dazu essen. Ich sagte, ich könne nicht weggehen, weil ich darauf warten müsste, dass Sappho mich anruft. Ich solle doch mein Handy mitnehmen, sagte er, um Himmels willen. Daraufhin erklärte ich ihm, dass sie mich normalerweise übers Festnetz anruft, weil sie ihr Handy verlegt hätte, und im Übrigen Laura unsere Relaisstation sei.

»Und Laura ist gefeuert worden«, sagte ich. Das zeigte Wirkung. Er ging Croissants und Kaffee kaufen und brachte sie zu mir. Wir setzten uns in die sonnige Küche, und er tunkte seine Croissants in den Kaffee, nachdem er sie vorher mit Butter beschmiert hatte. Fettaugen, Schokoladenklümpchen und Blätterteigbrösel erschienen auf seinem *caffè latte*, was ihn aber gar nicht zu stören schien. Mich aber schon. Mit ihm verheiratet zu sein könnte ich nicht ertragen.

Er sagte, er müsse in zwanzig Minuten aus dem Haus zu einer Besprechung in der Tavistock Clinic, aber bis dahin könnte ich ihm ruhig von Sapphos Leben als Krankenschwester bei den Garners erzählen. Er werde mir keine Rechnung stellen.

Na, vielen Dank. So weit sind wir jetzt also schon. Er denkt, ich bin irre.

Während ich redete, wurde ich immer wütender, ob auf ihn, die Garners oder gar Sappho kann ich aber nicht sagen. Ich erzählte ihm, wie sich Isoldes kleiner Husten zu einem fortgeschrittenen Lungenkrebs entwickelt hatte, der nicht mehr operiert werden konnte. Dass sie aber trotzdem nicht aufgehört hatte zu rauchen. Und Gavin auch nicht. Und dass sie keinen Gedanken auf die Lungen ihrer Kinder oder gar Sapphos verschwendet hätten.

»Die Beweise dafür, dass Passivrauchen die Lungen schädigt, sind noch keineswegs endgültig«, behauptete Barnaby.

»Das wundert mich nicht, dass du als Raucher das sagst.«

»Wie kommst du darauf, dass ich rauche? Ich hab doch in deiner Gegenwart nie geraucht.«

»Nein«, sagte ich. »Aber deine Wohnung stinkt nach alten Zigaretten.«

»Du bist wütend«, sagte er.

»Woher willst du das wissen?«

»Weil du *stinkt* sagst statt *riecht*.«

Da hatte er recht. Ich gab auf und machte weiter mit meinem Bericht. Ich beschrieb, wie alle von einem Gefühl der Tragödie ergriffen wurden, dass jemand, der noch so jung, so schön und talentiert et cetera war, vom Tod hinweggerafft werden sollte. Auch ich bin diesem Sog erlegen. Ich bin in die Stadt gefahren, um Sappho zu unterstützen. Ich habe ihr die Kinder abgenommen, damit sie sich um Isolde kümmern konnte. Später habe ich ihr dabei geholfen, die Kranke aus dem Bett zu heben, wenn Gavin nicht da war. Ich habe das nie hinterfragt. Ich habe nie gefragt, ob Isolde nicht besser im Krankenhaus hätte sein und die Behandlung hätte durchführen sollen, die sie vollkommen ablehnte. Oder ob sie nicht mit Anstand in einem Hospiz hätte sterben sollen anstatt vor den Kindern, damit Sappho ihr eigenes Leben gehabt hätte. Gavin, das muss ich sagen, verhielt sich hervorragend. Auch er wurde beinahe heilig, streichelte der Kranken die Stirn und brachte ihr Grütze, las den Kindern Geschichten vor und arbeitete rund um die Uhr, um Artikel rauszuhauen und Geld reinzubringen. Und Isoldes Begabung blieb auch, trotz der erschossenen Krähe. Sie (oder sie und Sappho gemeinsam) schrieben zwei Stücke in einem Jahr.

»Was hat jetzt die Krähe damit zu tun?«, wollte Barnaby wissen.

»Krähe gleich Rabe, gleich männliches Geschlechtsorgan«, erklärte ich ihm. Er erschießt die Krähe, das heißt sein Geschlechtsleben, als er hört, dass sie unheilbaren Krebs hat. Sex und Kreativität sind untrennbar verbunden. Eros überwindet Thanatos.«

»Ich würde sagen, er hat einen Unglücksboten erschossen«, sagte Barnaby. »Aber bitte, bleib nur bei deiner Meinung. Sex, Sex, Sex, Freud, Freud, Freud.«

Ich verzichtete darauf, das zu kommentieren. Es wäre so einfach, ihm etwas Viagra in seinen *latte* zu krümeln, bei solchen Gelegenheiten. So wie es aussah, lagen massenhaft tote Krähen vor seinen Füßen, und er schien gar nicht zu merken, was das bedeutete.

»Sie hat sich in eine Heldin des Totenbettes verwandelt«, sagte ich. »Sie wurde gleichzeitig Violetta in ›La Traviata‹,

Marguerite in der ›Kameliendame‹ und Mimi in ›La Bohème‹. In alle Räume drangen Verdi, Puccini und gelegentlich ein bisschen Purcell. Es war völlig verrückt. Sie hielt in ihrem Bett Hof: Freunde, Familie, Kinder, Liebhaber und die Medien versammelten sich. Wurden herbeigerufen oder weggeschickt, wenn die Krankheit sich meldete und eine hässliche Stunde bevorstand. Sie war tapfer und schön, sie fotografierte sich bestens: Jedermann liebte sie.«

»Aber du hast dich über sie und ihren Einfluss auf Sappho geärgert.«

»Wie konnte ich denn, angesichts dessen, dass sie im Sterben lag? Dem hatte alles sich unterzuordnen. Isolde hatte sich in eine weise Frau, einen Guru, ein Orakel verwandelt. Eine Sonntagszeitung zahlte Gavin gutes Geld, damit er jede Woche eine Kolumne über ihr langsames Sterben schrieb: ›Nur die Tapferen – ein Genie im Kampf mit dem Tod‹. Achtzehn Monate ist das gelaufen bis zum bitteren Ende.«

»Daran kann ich mich erinnern. Es war ziemlich gut geschrieben und sehr bewegend.«

»Gavin wurde ein richtiger Sonntagszeitungsexperte zum Thema Sterben und Tod. Es wurde viel vom Zur-Ruhe-Finden gesprochen, und er brauchte auch gar nicht so lange dafür. Sieben Jahre später war er mit meiner Tochter verheiratet.«

»Sieben *Tage* wäre vielleicht einen Kommentar wert. Sieben *Jahre* klingt nicht sehr außergewöhnlich, Emily. Obwohl sieben eine gute Zahl ist bei C. G. Jung.«

Ja, dachte ich, dass Jung sieben Jahre lang Alchemie studiert hat, ist mir bewusst, aber darum geht es doch gar nicht. Jung ist in jedem Fall unbrauchbar. Aber Barnaby sah auf die Uhr, und deshalb machte ich weiter.

»Die Redaktion hatte sich medizinisch beraten lassen und war davon ausgegangen, dass es eine Serie von sechs oder sieben Monaten werden würde, aber Isolde hielt dreimal so lange durch. Und zum Glück auch die Leserschaft. Es war ein typisches viktorianisches Drama mit Überlänge.«

Ich beeilte mich mit dem Rest. Ich erzählte, wie meine Sappho die ganze Zeit gekocht, geputzt und gewaschen, Medizin abgemessen, Blumen arrangiert, Besuchern die Tür geöffnet, den Kindern das Schlimmste verheimlicht und es auf sich genommen hatte, der Presse die richtigen Dinge zu sagen. Gavin musste ja seine Kolumne schreiben und an seinem Roman arbeiten. Aber ich will nicht gemein sein: Er tat sein Bestes, gemessen daran, dass er ein Mann ist, und er hat das alles gut durchgestanden. Sapphos Karriere als Schauspielerin am National Theatre blieb auf der Strecke. Nicht, dass mir das viel ausgemacht hätte. Ehrlich gesagt, war es nicht ihre Stärke.

Ich sah, dass Barnaby zum Fenster hinausschaute und sich nicht konzentrierte. Ich merkte, dass Ursula, die Aromatherapeutin, in ihren hohen Absätzen und ihren bauchfreien Jeans die Treppe herunterkam. Sie war viel zu alt, um sich so anzuziehen, aber ich muss zugeben, dass sie Stil hatte. Barnaby beobachtete sie so, wie Männer knackige Frauen ansehen: mit ungläubigem Staunen. Ich glaubte nicht, dass noch mehr dahintersteckte; irgendwann musste die Frau ja mal aus dem Haus gehen. Sie stieg in ihr kleines Auto, das ungeschickt auf dem Anwohnerplatz abgestellt war. Der Wagen war von oben bis unten mit Stickern beklebt: *Rettet die Wale*, *Schützt den Planeten* und *Meine* CO_2*-Emissionen sind kleiner*. Ich konnte mir nicht vorstellen, dass sie sein Typ war.

»Die Zeit ist abgelaufen«, sagte er. »Ich hoffe, es geht dir jetzt besser. Aber viel Katharsis hat nicht stattgefunden.«

»Stöhn, stöhn«, sagte ich. »Typisch Mann. Sehen wir uns heute Abend?«

Er sah mich misstrauisch an, dann sagte er: »Erstaunlich,

wie sich Frauen verändern, wenn sie ein bisschen Konkurrenz spüren.«

Er kann meine Gedanken lesen. Ist das gut oder schlecht zwischen einem Mann und einer Frau?

Ich kehrte zu den Tagebüchern zurück. Vergessen Sie, dass Sappho mich ausdrücklich gebeten hatte, sie nicht zu lesen. Sie hatte sie mir gegeben. Ich war ihre Mutter. Die Tochter versteckt – die Mutter forscht nach. Das ist die natürliche Ordnung der Dinge.

Sapphos Tagebuch: *12. September 1997*

Liebes Tagebuch, letzte Woche am Donnerstagnachmittag habe ich meine Jungfernschaft verloren. Gewiss nicht zu früh, wirst du denken, aber ich hätte mir trotzdem gewünscht, dass es unter anderen Umständen geschehen wäre. Ich vermute, der Ausdruck »seine Jungfernschaft verlieren« stammt noch aus der Zeit, als Frauen in der Hochzeitsnacht zum ersten Mal Sex hatten, sodass man quasi unwissentlich seine Unschuld verlor. Heute wissen wir alle alles, und außer seiner Unwissenheit kann man nichts verlieren. Was man gewinnt, ist das Bewusstsein einer ganzen Reihe körperlicher Erfahrungen, die man mit Worten schwer beschreiben kann. Ich vermute, ich stehe noch unter Schock, denn ich kann mich kaum oder nur vage daran erinnern, was da passiert ist. Und ich weiß auch nur deshalb, dass es geschehen ist, weil auf der Bettdecke im Gästezimmer hinterher Blut war. Ich musste sie waschen und dabei ist sie eingelaufen. Ich hatte die Maschine auf sechzig Grad gestellt, dabei hätte Kaltwäsche völlig genügt.

Ich schreibe dies bei meiner Freundin Belinda. Ich kann nicht zurück zu den Garners, sie müssen ohne mich auskommen.

Nach dem Ereignis, der Defloration, murmelte Gavin etwas über seine Kolumne und flüchtete in sein Arbeitszimmer, und ich habe Isolde eine Tasse Tee und ihre Schmerztabletten gebracht. Sie bat mich um mehr, und ich sagte wie immer nein.

»Selbst jetzt nicht?«, sagte sie. »Selbst jetzt willst du mir nicht helfen, Sappho?« Ich tat so, als wüsste ich nicht, wovon sie redet. »Es wäre so viel besser, wenn ich die Welt schon verlassen hätte.«

Dabei wäre es ganz einfach für sie, die Tabletten zu horten und jederzeit eine Überdosis zu nehmen, wenn sie das wünscht, aber sie wünscht nicht. Sie möchte mich mit hineinziehen, aber ich lasse mich nicht hineinziehen. Ich gehöre nicht zur Familie. Sie hat ohnehin nicht mehr viel Zeit, sagt der Arzt.

Gavin schaute vorbei und verabschiedete sich. Isolde küsste er auf die Stirn, mich ignorierte er, und deshalb nehme ich an, so will er die Dinge jetzt handhaben. Wir würden nicht darüber reden. Aber ich war irgendwie zur Nachfolgerin bestimmt worden, durch einstimmiges Votum, durch stillschweigende Übereinkunft. Wenn ich bis zu ihrem Tod wartete, würde ich mich in Isoldes Schuhen wiederfinden, endgültig dort einziehen und mich weiter um die Wohnung und die Familie kümmern. Woher sollte ich die Energie und moralische Kraft nehmen, das nicht zu tun? Ich konnte die Familie doch nicht im Stich lassen.

»Grüß sie von mir, Liebling«, hauchte Isolde. »Sag ihnen, wenn Isolde könnte, wäre sie bei ihnen.« Und damit ging Gavin, um eine Sitzung der Royal Society of Literature zu leiten, während ich Isoldes unregelmäßige Atemzüge zählte, wobei mir äußerst bewusst war, dass die langen Pausen dazwischen bald endgültig sein würden. »Den letzten Atemzug tun« klingt fast so ähnlich wie »die Jungfernschaft verlieren«. Das Klischee überlagert die eigentliche Bedeutung. Es ist ja nicht so, dass man einen letzten Atemzug tut. Worauf es ankommt ist, dass man danach keinen mehr tut.

Ich musste die Kinder hüten, deshalb übernachtete ich im zweiten Gästezimmer, nicht in dem, wo ich mit Gavin gelegen hatte. Am nächsten Morgen machte ich Frühstück für die Kinder, Gavin kam in die Küche und benahm sich, als hätte der Zwischenfall auf der blutigen Tagesdecke nie stattgefunden. Wenn ich vernünftig gewesen wäre, hätte ich gleich an Ort und Stelle den Mund aufgemacht und gesagt: »Gavin, unter den gegebenen Umständen ist es mir unmöglich, noch länger unter eurem Dach zu bleiben.« Dann hätte ich meine Sachen packen und gehen sollen. Aber das tat ich nicht.

Stattdessen fing ich an, mich zu fragen, ob überhaupt etwas passiert war. Wenn alle Leute sich so benehmen, als ob nichts gewesen wäre, beginnt man zu zweifeln. Ich suchte nach äußeren Hinweisen. Ich war »da unten« ein bisschen wund, wie Gwen sagen würde, wenn sie den Kindern verbietet, mit sich zu spielen. »Da unten« ist nicht geschlechtsspezifisch, wenn es nach Gwen geht. Die Tagesdecke lag wieder auf dem Bett, und dass sie gewaschen worden war, hätte Einbildung sein können – wenn die Satinumrandung nicht eingelaufen wäre und sich an einigen Stellen gewellt hätte. Als Beweis war das ziemlich dünn: Wund kann man immer mal sein, und ein bisschen gewellter Satin beweist auch nicht viel.

Das Problem wurde dadurch gelöst, dass Gwen am Freitagmorgen mit ihren Koffern auftauchte und mir erklärte, sie werde jetzt im Gästezimmer einziehen und ich müsste gehen. Ich war total überrascht. Es ist ein Unterschied, ob man geht oder ob man weggeschickt wird.

»Es gibt doch zwei Gästezimmer«, sagte ich. »Es gibt massenhaft Platz. Warum? Wer soll sich um die Kinder kümmern?«

»Ich bin durchaus in der Lage, mich um meine Enkel zu kümmern, und es kommt noch Verwandtenbesuch. Wir haben einfach nicht genug Platz, Sappho. Wir sind dir sehr dankbar für deine Hilfe, aber du gehörst nun mal nicht zur Familie. Wie viel schuldet dir meine Tochter?«

»Es ist keine Frage des Geldes.«

»Das weiß ich sehr wohl, mein Fräulein.«

Was sollte das denn heißen? Und wieso »mein Fräulein«, als wäre ich ein Kind, das sich schlecht benommen hat? Wusste sie etwa, was da passiert war? Besaß sie telepathische Fähigkeiten? Ist die Wohnung verwanzt? Oder war es ein Zufall? Wahrscheinlich hält sie Kontakt mit dem Arzt und weiß, dass jetzt das Ende bevorsteht. Sie möchte an der Seite ihrer Tochter sein und will nicht, dass ich – wie sie es ausdrückt – dort in der Wohnung »herumhänge«.

Ich verzichtete also auf einen Wochenlohn und eine ordentliche Kündigung und bin einfach gegangen. Hinaus an die frische Luft, weg vom Geruch des Todes, vom Schlurfen des alten Mannes im oberen Stockwerk, vom Quietschen der Dreiräder auf dem Parkett, von den Schatten der Gitterstäbe auf den Fenstern, von den Erinnerungen an tote Krähen, von den schweren Einkaufstüten, deren Plastikgriffe dir im strömenden Regen in die Hände schnitten, während kleine Hände an deiner Kleidung zerrten und der Regen auf dich herabströmte. Weg von Isoldes leise klagender und Gavins lauter, befehlender Stimme, von Isobels Forderungen und Arthurs Schlamperei. Und jetzt auch noch Gwen? Ach, ich war heilfroh, dass ich da raus war.

Ich habe mich zu meiner Freundin Belinda geflüchtet, die sich viel zu sehr für ihr eigenes Leben interessiert, als dass sie sich um meins kümmern könnte, und ich schlafe und schlafe und schlafe. Ich werde noch ein, zwei Tage abwarten, bis ich zu meiner Mutter gehe. Sie wird mich bloß einmal anschauen und sofort wissen, was los ist. Sie wird sich freuen, weil meine psychosexuelle Entwicklung einen Schritt in die richtige Richtung getan hat. Und wütend sein, weil es Gavin gewesen ist. Und schon kommen Schuldgefühle wie eine Flut. Ich bin unter ihnen hervorgekrochen. Ich bin ein Wurm. Ich hab es nicht durchgestanden. Die Königinmutter hat mich verbannt, ins Exil geschickt, genau in dem Augenblick, als mich Isolde und Gavin als Erbin beanspruchen wollten. Eigentlich müsste ich zurückgehen, Gwen die Stirn bieten, die Auseinandersetzung mit Gavin suchen und das Unaussprechliche aussprechen. Wenn ich eine starke Persönlichkeit wäre, würde ich das tun. Aber ich tu's nicht. Ich bin darüber ebenso froh wie entsetzt. Die Garners sind mein Leben. Ohne sie bin ich nichts.

Jeden Tag kann Isolde jetzt aufhören zu atmen, und ich werde nicht bei ihr am Bett sein. Wie kann ich ihr in die Augen sehen? Womöglich hat sie ihre großen Augen schon für immer geschlossen. Gavin kann mir nicht in die Augen sehen. Kümmert es überhaupt jemanden, dass ich nicht mehr da bin? Ist Gavin froh darüber oder tut es ihm leid? Ich habe keinerlei Nachricht von ihnen. Nun ja, sie müssen jetzt wohl an anderes denken. Ich werde es nie erfahren und will es auch gar nicht wissen. Werden sie es mir mitteilen? Es kann lange dauern, bis jemand dazu kommt. Gwen hat recht. Ich gehöre nicht zur Familie, ich bin bloß das Personal.

Ich hätte *Wie-ich-meine-Jungfernschaft-verlor* gleich an dem Tag aufschreiben sollen, als es passiert ist. Dann wäre ich vielleicht in der Lage, mich klarer daran zu erinnern. Vielleicht bin ich wirklich eine Schriftstellerin, denn die Realität beginnt für mich erst auf dem Papier; was die anderen »das wahre Leben« nennen, verschwimmt und verändert sich dauernd. Kein Wunder, dass ich niemanden finde, der mich heiraten will. Aber andererseits habe ich mich auch noch nicht sehr darum bemüht.

Stell dir einen künftigen Freund vor. So etwas gibt es ja. Es kann also nicht völlig unmöglich sein. Ein zufälliger Klempner zum Beispiel.

»Erzähl mal, Sappho, wie war's denn beim ersten Mal? Weißt schon, was ich meine.«

»Na ja, weißt du, ich habe bei diesem Ehepaar gearbeitet, und sie lag im Nebenzimmer im Sterben, und ich habe mich um die beiden Kinder gekümmert – ja, das war eine richtige Tragödie, jede verdammte Woche hat's in der Zeitung gestanden, in der ›Sunday Times‹, da wurde ich allerdings ›Saffron‹ genannt und nicht Sappho. Hast du's gelesen? Ja, das war ich. Und dann sind der Vater und ich irgendwie … gegeneinandergestoßen, und hast du nicht gesehen –«

»So ein altes Schwein! Hat's dir gefallen?«

»Kann mich nicht erinnern.«

Pause, raschel, raschel.

»Na, ich werd dafür sorgen, dass du was hast, woran du dich erinnern kannst, hoho!«

Ich sehe schon: Bei meinen Vorstellungen von der Zukunft habe ich mich von vornherein deklassiert, indem ich mir einen Klempner gegeben und mich seiner Sprachlosigkeit unterworfen habe. Ich werde mich künftig wohl immer bestrafen. Aber wenigstens habe ich mir überhaupt ein Geschlechtsleben zugebilligt. Darauf kann man sich ja freuen.

Ich weiß zumindest theoretisch, wie so etwas funktioniert: Wenn das Pferd einen abgeworfen hat, muss man gleich wieder aufsteigen. Man darf der Erinnerung nicht ausweichen, sondern muss direkt dagegen angehen. Das Problem ist, das »Gästezimmer« ist für mich wie die Höhle in E.M. Forsters ›Auf der Suche nach Indien‹ geworden. Es ist kaum eine

Woche her, und schon gehe ich in meinen Erinnerungen nicht mehr dahin.

Ich habe das Buch von Forster gelesen, als ich in der Klosterschule war, und dann habe ich es gleich noch einmal gelesen, weil ich dachte, ich könnte irgendwelche sexuellen Einzelheiten verpasst haben. Es ist eine eigenartige Sache: Beschuldigungen werden erhoben, aber niemand weiß etwas Genaues, nicht mal die Protagonisten, nicht mal Forster selbst, glaube ich. Vielleicht ist es auch gar nicht so wichtig, wer wem wo was antut?

»Die Vorstellung eines Erlebnisses ist für die Psyche genauso real wie die Tatsache selbst«, sagt meine Mutter. Und aus meiner Zeit in der Klosterschule glaube ich mich zu erinnern, dass die Wollust im Herzen genauso schlimm ist wie die Wollust im Handeln, aber wer glaubt das heutzutage schon noch? Wir sind viel zu konkret. An eine falsche Entscheidung an der Waschmaschine kann ich mich gut erinnern, weil die Satineinfassung der Tagesdecke danach gewellt war, aber was gibt es für Beweise einer bleibenden Veränderung in der Seele?

Woran ich mich wohl oder übel erinnere, ist, dass mein Arbeitgeber Gavin und ich zusammen auf dem Bett im Gästezimmer lagen und weinten, während Isolde schlief oder zumindest so tat und die Kinder in der Küche unbeaufsichtigt ihr Abendessen verzehrten. Und jede Träne von Gavin war zehnmal so viel wert wie meine, weil sie so selten waren und meine so zahlreich. Ich konnte seinen Schmerz nicht ertragen.

Der Arzt war gerade da gewesen und hatte gesagt, dass Isoldes Tod unmittelbar bevorstünde. Das war der Grund, weshalb wir weinten. Oder vielleicht war es auch nur Erleichterung. Sie hatte so viel von unserem Leben und unseren Kräften beansprucht, während aus dem versprochenen einen Jahr beinahe zwei wurden. Die Partys und Soireen an ihrem

Bett hatten schon vor Monaten aufgehört: Wir waren langweilig geworden, und die Leute waren der Tragödie überdrüssig. Sie blieben weg und flüsterten nur noch gedämpft. Verdi und Puccini verstummten. Das war die Realitätsschicht, und sie war schrecklich. Gavin hatte seine Theaterkolumne genauso eingestellt wie die Arbeit an seinem Roman und schrieb seine elfhundert Wörter pro Woche nur noch für die morbiden Leser, die jedes Detail über »den Kampf meiner Frau gegen den Krebs« wissen wollten. ›Ein Genie im Kampf mit dem Tod‹ bezahlte zwar die Miete, stellte sein Leben aber so bloß, dass seine Würde darunter litt – und es gab keine Möglichkeit, sich vor der Wahrheit zu verbergen, denn seine Schwiegermutter las jedes Wort und ich musste es Isolde vorlesen, wobei ich beim Lesen zensierte. Gavins Leben war genauso in der Warteschleife wie meins. Aber ich war noch jung, ich konnte ein paar Jahre entbehren, er nicht.

Wir waren von zwei widerstreitenden Hoffnungen hin und her gerissen: a) dass sie's um Himmels willen endlich hinter sich bringen und sterben sollte, damit wir das entnervende Husten und Keuchen und die so tapfer ertragenen kleinen Schmerzensschreie nicht mehr hören mussten, und b) dass sie für immer leben würde und wir den Schmerz über ihren Tod nicht ertragen müssten.

Ich brachte den Arzt den langen Gang hinunter zur Tür. Wir waren in die Küche gegangen, damit er sich die Hände waschen konnte. Die Kinder saßen am Tisch und aßen ihr Abendessen. Die armen Dinger waren ganz niedergeschlagen. *Timor mortis conturbat me,* obwohl wir gerade wegen ihnen so taten, als wäre alles in Ordnung. Ich schließe hinter dem Arzt die Tür. Auf dem Weg zurück in die Küche lege ich mich im Gästezimmer aufs Bett, Isoldes Zimmer direkt gegenüber. Ich brauche einfach eine kleine Pause vom Leben.

Gavin kam aus Isoldes Zimmer und sah mich dort liegen. Er kam herein, legte sich neben mich und nahm mich in den Arm. Ich weinte an seiner Schulter. Er weinte auch. Es war wie Bruder und Schwester, wenn ich denn einen Bruder gehabt hätte; deshalb dachte ich, es wäre mehr wie Nichte und Onkel, und darüber musste ich lachen; wahrscheinlich war das hysterisch. Er fing auch an zu lachen, jedenfalls so was Ähnliches. Isolde rief aus dem Nachbarzimmer. Die Wände waren so dünn.

»Ich kann euch weinen hören«, sagte sie. »Hört damit auf. Macht es jetzt endlich. Macht es für mich.«

Es war keine Erlaubnis, sondern mehr ein Befehl. Wir sollten ein weiteres Stück für sie spielen, um ihr das Ableben unterhaltender, dramatischer und damit leichter zu machen. Sie war ich, und sie würde in einer Wolke sexueller Ekstase entschweben. Ich dagegen sah die Szene aus der Entfernung, als wäre sie auf der Bühne. Ich verließ meinen Körper und schwebte in der oberen rechten Ecke des Raumes. Ich beobachtete den Körper des Mädchens und den des Mannes, aber es hatte mit mir nichts zu tun. Und ich schwöre, dass Isobel nicht ins Zimmer kam. Mehr kann ich nicht sagen, liebes Tagebuch; aber posttraumatischer Stress kann alles Mögliche mit dem Gedächtnis anstellen. Ich sah auf den Akt hinunter, als ob er mit mir nichts zu tun hätte, und wenn die kleine Isobel ins Zimmer kam, weiß ich nichts mehr davon. Woher habe ich überhaupt die Idee, dass sie hereingekommen sein könnte? Warum sollte sie das getan haben? Bloß weil sie es gekonnt hätte?

Ich will weder Gavin noch Isolde, Isobel, Gwen oder sonst einen je wiedersehen. Ich hätte nichts gegen Arthur, weil er lieb und ganz unkompliziert ist, aber ich sehe schon, dass ich darauf verzichten muss. Sie sind aus meinem Leben weg.

Ich weiß nicht, wie ich mit mir leben soll.

Emilys Ich-hab's-dir-doch-gleich-gesagt

Einbildung? Tja, könnte sein. Ich bezweifle es aber. Es erklärt so vieles. Vor allem, warum Sappho damals ein paar Wochen vor Isoldes Tod ihren Job aufgegeben hat und zu mir nach Hause gekommen ist.

Sie hat geweint. Ich dagegen war froh, meine Tochter heil aus dem Irrenhaus heraus und wieder zu Hause zu haben. Aber wie Mütter so sind, fühlte ich mich verpflichtet, ihr zur Mäßigung zu raten.

»Gwen hasst mich«, sagte sie. »Sie hat mich weggeschickt. Sie hat gesagt, ich gehöre nicht zur Familie.«

Gehörst du auch nicht, dachte ich, aber das sagte ich nicht. Ihre Stimme war tränenschwer. »Sie müssen alle sehr unter Stress stehen«, war alles, was ich gesagt habe. »Der Tod führt nicht dazu, dass die Leute sich besser benehmen, sie benehmen sich schlimmer. Du musst es einfach ignorieren.«

»Sie soll ja nicht denken, ich mache da weiter als Dienstmädchen, wenn sie so mit mir redet. Zur Abwechslung kann sie die Bettpfannen mal selbst leeren. Nein, ich bleibe weg.«

»Aber Liebling«, sagte ich, »es hat schon etwas für sich, wenn man die Dinge bis zum Ende durchsteht.«

»Das Ende stinkt«, sagte sie heftig, und ich war überrascht von der Grausamkeit ihrer Reaktion.

Ich fragte mich schon damals, ob es vielleicht gar nicht Gwen, sondern Gavin gewesen war, der ihre Psyche verstört hatte. Wenn zwischen ihr und Gavin etwas vorgefallen wäre, hätte mich das nicht überrascht. Er war ein attraktiver Mann und hatte eine gewisse Berühmtheit, sie war ein hübsches Mädchen mit einem Sinn für Dramatik. Die Umstände trieben sie zueinander, und diejenigen, die zu Zeugen des Todes werden, suchen ihre Zuflucht nur allzu häufig beim Sex. Thanatos und Eros sind immer verknüpft. Wenn sie den Garners nur um den Preis ihrer Jungfräulichkeit entrinnen und zu mir zurückkehren konnte, dann sollte das wohl so sein. Sie wurde nicht genötigt, sie war durchaus willig, es war eben geschehen. Und mit welchem Recht sollte ich sagen, dass es nicht hätte geschehen sollen? Es war immer noch besser, als wenn sie als Putzfrau und Sklavin bei einem verwitweten Gavin Garner geblieben wäre. Dann wäre wirklicher seelischer Schaden entstanden. Ich schauderte bei der Vorstellung.

»Du willst bloß, dass ich allen vergebe«, sagte sie. »Erkennst du den Wert des gerechten Zorns nicht?«

»Nein, eigentlich nicht«, sagte ich wahrheitsgemäß. Und dann bot ihr jemand an, die Anna Boleyn auf einer lokalen Bühne zu spielen, weil die Hauptdarstellerin krank geworden war, und ich ermutigte sie, die Rolle zu übernehmen. Dort konnte sie nach Herzenslust ihr Selbstmitleid ausleben.

Aber als Sappho dann nicht zur Beerdigung gehen wollte, fing ich energisch an, mit ihr zu schimpfen. Die armen Kinder!

»Jetzt haben sie ihre Mutter verloren«, sagte ich, »und dich haben sie schon vor ein paar Wochen verloren – denk bloß nicht, dein plötzliches Weggehen wäre kein Schlag für sie gewesen. Wenn du jetzt nicht hingehst, schadet ihnen das noch mehr.«

»Daran hätte Gwen früher denken sollen«, erklärte Sappho, »und mir wird es helfen, wenn ich nicht hingehe.«

»Aber um der Kinder willen – und Gavin wird sehr gekränkt sein. Du bist schließlich Teil ihres Lebens gewesen.«

»Gavin geht's bestimmt prächtig«, sagte sie. »Die Natur duldet kein Vakuum. Irgendjemand wird auf der Beerdigung aufkreuzen, ihm aus der Menge einen Blick zuwerfen und sich darum reißen, ihn zu versorgen. Irgendjemand, der zu ihm passt.«

Obwohl sie sonst so weichherzig war, blieb sie störrisch. Sie wollte einfach nicht gehen.

»Du hast ja nur Angst«, habe ich schließlich gesagt, »dass Gavin dich bittet, weiter als Dienstmädchen bei ihm zu bleiben, und dass du nicht nein sagen kannst.«

»Ich will keinen von denen je wiedersehen oder mit ihnen sprechen«, sagte sie dazu, und: »Du kümmerst dich mehr um anderer Leute Kinder als um mich.« Den Nachmittag der Beerdigung verbrachte sie heulend in ihrem Zimmer, verpasste eine Probe und hätte fast ihre Anna-Boleyn-Rolle verloren. Was kein Verlust gewesen wäre: Es war eine grässliche Aufführung.

Die Beerdigung machte Schlagzeilen und kam auch in den Fernsehnachrichten. Man sah Bilder von prominenten Theater-, Film- und Fernsehleuten und ein paar gute Kleider und Hüte. Gwen trug ein strahlendes, tragisches Weiß. Die Kinder sahen ebenso bezaubernd wie bedauernswert aus. Sapphos Abwesenheit wurde nicht bemerkt. Gott sei Dank, dachte ich, damit ist das erledigt. Jetzt kann sie ihr eigenes Leben leben.

Die Kinder gingen an Gwen. Sie stellte ein Kindermädchen ein. Gavin fuhr die Ausgaben etwas zurück. Er nahm eine kleinere Wohnung in der Nähe von Russell Square, suchte sich Aufträge bei verschiedenen literarischen Zeitschriften, trat gelegentlich in Kulturprogrammen und gehobenen Ratesendungen im Fernsehen auf. Ohne Isolde wurde er zu einer eher minderen Berühmtheit. Soweit ich wusste oder Sappho mir sagte, tauchte niemand Passendes auf, um das Vakuum zu füllen. Jedenfalls nicht erkennbar oder auf Dauer. Affären hatte er sicher – er war ja ein energischer, intelligenter Mann. Was aus seinem Roman wurde, weiß ich nicht. Entweder hat er ihn nie beendet, oder ich habe die Rezensionen verpasst.

Ich erörterte das Thema mit Barnaby, als er nach seiner

Besprechung in der Tavistock Clinic zurückkam. Ich hatte mein Gleichgewicht wiedergefunden und er seines auch. Diese Schmusestündchen zwischen uns müssen aufhören. Sie regen uns beide bloß auf.

»Ich glaube nicht«, sagte er, »dass dieser Gavin-Zusammenstoß, wenn wir das mal so nennen wollen – und nach reiflicher Abwägung hat er wohl stattgefunden, ihr großen Schaden zugefügt hat. Seine Jungfernschaft zur falschen Zeit und bei der falschen Person zu verlieren ist nicht mehr so schlimm, wie es früher mal war. All die anderen Dinge, die damals gleichzeitig stattfanden, haben ihr bestimmt nicht viel Kraft und Raum gelassen, um lange darüber zu grübeln.«

»Aber in ihrem Unbewussten hat es wohl weitergearbeitet«, sagte ich. »Ereignisse, über die man nicht spricht, haben die Eigenart, sich wie Rauch in der Luft zu verteilen. Allerdings bin ich eine Neo-Freudianerin, keine Freudianerin –«

»Also das hätte ich jetzt nicht gedacht«, sagte er, aber das ignorierte ich einfach.

»– und deshalb halte ich es nicht für unbedingt nötig, sich zu erinnern, wenn man geheilt werden will. Ich glaube vielmehr an das Vergessen. Und Sapphos eigener Abwehrmechanismus hat ja sehr gut funktioniert. Sie trennte ihr Ich sehr wirksam von ihrem Es.«

»Das kannst du laut sagen«, grinste Barnaby. »Sie schwebte unter der Decke und hat von dort aus zugesehen.«

Ich habe den Vorteil, dass ich die Dinge mit Abstand sehe, den Sappho damals in ihrem Tagebuch nicht hatte. Als sie erst einmal von den Garners weg war, blühte sie auf. Die Anna-Boleyn-Besprechungen waren glücklicherweise so schlecht, dass sie mit der Schauspielerei aufhörte und einen Teilzeitjob als Dramaturgin beim Royal Court annahm. Sie zog in Apple Lee aus und nahm eine kleine Wohnung. Sie hatte etliche

Affären und entwickelte sogar einen gewissen Geschmack an brutalem Sex. Aber es gab keinen ständigen Freund. Ich murmelte etwas von mangelnder Hingabe.

»Vergiss es, Mutter!«, erklärte sie mir. Sie nannte mich selten »Mum« oder »Mama«, nur gelegentlich »Ma«. Ich beneidete meine Freundinnen mit ihren gefühligen Beziehungen zu ihren Töchtern – »Mumsy«, »Mamilein« und so weiter –, aber Sappho zog es vor, unsere Beziehung wenigstens halbwegs förmlich zu halten. »Der Preis für eine langfristige Beziehung, ganz zu schweigen von einer Ehe, ist viel zu hoch. Männer zehren deine ganze Lebensenergie auf. Entweder wollen sie ein Teil deiner Welt sein und dir alles wegnehmen, was du besitzt, emotional und finanziell, oder du musst Teil ihrer Welt werden und dich nach ihren Vorgaben richten. Einen Mittelweg sehe ich nicht.«

Ich sagte, dass ich andere Erfahrungen gemacht hätte.

»Ach ja, du und mein Daddy«, sagte sie. »Die perfekte Beziehung. Aber wie hat sie geendet? Mit dem Tod? Du musst wirklich nicht reden. Wie viele Liebhaber hast du gehabt, letztes Jahr? Vielleicht schlage ich einfach bloß dir nach.«

Ich würdigte das keiner Antwort.

Sie konzedierte, es könnte anders sein, wenn man »sich verliebte«, aber dieses Missgeschick sei ihr nie widerfahren.

Und dann kam, wie ich Barnaby erzählte, ihr plötzlicher Aufstieg. In den Jahren bei den Garners hatte sie eine Menge Leute kennengelernt und Freunde gefunden, und die erwiesen sich jetzt als sehr nützlich. Sie schrieb ihr erstes komplettes Theaterstück. Es hieß ›Die lange, lange Geschichte der Ms. Alien‹. Sie war überraschter als jeder andere, als das Stück tatsächlich angenommen und aufgeführt wurde. Eine frühere Fassung hatte sie schon in den Isolde-Jahren geschrieben, eine kurze Komödie über eine junge Frau, die zur Entspannung Drogen nimmt und feststellt, dass sie eine Lesbierin ist. Irgendjemand am Court Theatre fand es in einer Schublade, mochte es und überredete Sappho, es zu einem »harten, realistischen« Stück ohne den kleinsten Scherz auszuarbeiten. Noch überraschter war sie allerdings, als es angeblich den Zeitgeist traf, zum Modeerfolg avancierte und unter dem Titel ›Ms Alien‹ vom National Theatre übernommen wurde, wo es eine Riesenbühne und einen Riesensaal füllen musste. Viel zu groß, sagte sie zu mir, für das bisschen Inhalt. Aber sie fing an, Geld zu verdienen: Das Stück wurde ins Ausland verkauft. Eine Zeit lang wurde Sappho zur »Stimme der coolen New-Brit-Kultur«, erklärte ich Barnaby.

»Die Jugend findet ihre Stimme und so weiter«, sagte er. »Gut für sie. Wir können also davon ausgehen, dass der Verlust ihrer Jungfräulichkeit unter nicht ganz perfekten Umständen ihr nicht übermäßig geschadet hat.«

»Das habe ich auch lange gedacht«, sagte ich. »Aber jetzt bin ich mir nicht mehr so sicher. Ich ging immer noch von dieser Annahme aus, als ich ausgezogen bin und ihr Apple Lee übergeben habe. Jetzt wünschte ich, ich hätte es nicht getan.«

»Du bist einfach kontrollsüchtig«, sagte Barnaby und verzog sich nach oben. Manchmal habe ich das Gefühl, er ist mein anderes Ich. Er steckt in einem anderen Körper, spricht aber meine Gedanken aus. Heißt das, wir sollten zusammen sein oder getrennt? Und ich habe immer noch nichts von Sappho gehört. In Apple Lee meldet sich nach wie vor nur der Anrufbeantworter. Es wird mir nichts anderes übrig bleiben, als Isobel abzufangen, wenn sie aus der Schule kommt.

Ich durchstöberte die Tagebücher nach Aufzeichnungen aus diesen Jahren, aber nach diesem Ich-weiß-nicht-wie-ich-mit-mir-leben-soll-Eintrag sind sie erstaunlich rar.

Die Antwort auf die Frage »Wie soll ich mit mir leben?«

dürfte bei den meisten Leuten »Danke, sehr gut« lauten. Es ist die Eigenart von Schuldgefühlen, dass sie kurzlebig sind, ähnlich wie Schmerzen. Entweder man erholt sich davon oder man stirbt.

Hoppla, hier ist ein Blatt. Gott sei Dank mit der Maschine geschrieben. Ihre Handschrift ist im Lauf der Jahre immer schlimmer geworden, gegenläufig zu ihrer Entwicklung. Ich glaube, das gilt für fast alle Leute: Am Anfang wollen wir noch dringend verstanden werden, aber wenn das Leben fortschreitet, versuchen wir uns zu schützen, flüchten in eine Verteidigungshaltung, verweigern uns der Interpretation.

Sapphos Tagebuch: *21. August 2000*

Liebes Tagebuch, es ist schrecklich. Wenn nun jemand die Wahrheit über ›Ms. Alien‹ herausfindet? Man wird mich entlarven und bloßstellen. Ich weiß noch, was Isolde mir mal gesagt hat: »Alle weiblichen Autoren erwarten, dass sich die Leute irgendwann plötzlich gegen sie wenden und sagen: Du hast kein Recht, dich Schriftstellerin zu nennen. Wir haben dich durchschaut. Du bist eine Hochstaplerin. Du bist gar keine richtige Schriftstellerin.«

Sie hatte recht. Ich bin überzeugt, dass ich demnächst entlarvt werde. In meinem alten Pass steht »Kindermädchen« als Berufsbezeichnung, und das war ja auch richtig. Ich hatte mir den Pass in dem Jahr ausstellen lassen, als ich mit den Kindern auf Mallorca Ferien machen sollte, weil Isolde und Gavin in Kanada auf Tournee waren. Die Frage stellt sich jetzt, weil der alte Pass abgelaufen ist und ich einen neuen brauche, um nach New York zu fliegen. Wie soll ich mich nennen? »Schriftstellerin« klingt so vermessen, und das ist es wohl auch.

›Ms. Alien‹ ist eigentlich gar kein richtiges Stück; im Kern ist es nur eine Fingerübung, ein kurzer Einakter, den ich aus dem hohlen Bauch heraus für Isoldes Kurs verfasst habe. Er könnte sogar von Isolde selbst sein. Es war damals schwierig, zwischen ihrem Werk und meinem zu unterscheiden. Das hat sie auch selbst oft gesagt. Am Anfang war es eine Komödie. Ich hatte ein bisschen daran gearbeitet, dann landete sie in der Schublade und wurde vergessen. Irgendwann ist wohl jemand darauf gestoßen und hat sie dem Dramaturgen gezeigt. Ich habe alle lustigen Stellen daraus gestrichen, das Stück erheblich verlängert und im Nu war ich ein Genie. So arbeiten richtige Schriftsteller nicht. Es ist alles ein schrecklicher Irrtum. Es gibt so viele Autoren da draußen, die mühsam ihren Lebensunterhalt zu verdienen versuchen. Manchmal versuche ich, der Öffentlichkeit das in einem Interview mitzuteilen und ein Geständnis abzulegen, aber sie denken immer bloß, ich mache Witze oder ich wäre auf Drogen. Aber ich nehme fast nie Drogen: Wenn ich schon die besondere Fähigkeit habe, eine Handlung zu entwerfen, Dialoge zu schreiben und daraus ein überzeugendes Ganzes zu machen, dann will ich nicht mit meinen Gehirnzellen herumspielen, danke vielmals.

Es wird auch dauernd unterstellt, dass ich Lesbierin bin, wegen des Namens. Ich habe aufgehört, es zu bestreiten. Ich mag Lucy Florence und habe auch die eine oder andere Nacht mit ihr verbracht, aber es liegt mir nicht allzu viel dran: Eigentlich ist es nur peinlich. Eine Art medizinischer Eingriff, eine intime Behandlung durch einen Arzt, über dessen Absichten man sich nicht ganz klar ist, dann kriegt man einen Krampf und anschließend soll man dann glücklich und dankbar sein. Vielleicht habe ich einfach rundum ein bisschen zu wenig Hormone. Ich weiß, dass meine Mutter denkt, dass etwas bei mir »nicht stimmt«. Sie sagt es nicht direkt, aber ich spüre es. Wenn ich die Zeit dafür hätte, würde ich zu einem Arzt gehen und mich untersuchen lassen, dann wüsste ich es. Ich hasse Dildos, also echt. Was soll ich bloß von mir halten? Aber Kaviar kann ich auch nicht leiden, und manche Leute lieben ihn. Fehlt mir eine sinnliche Empfindung, die bei anderen Leuten normal ist? Vielleicht ist die »Intelligenz«, die man mir ständig zuschreibt, eine Art Anti-Sinnlichkeit.

Letzte Nacht habe ich von Gavin Garner geträumt. Ich hatte seit Jahren nicht mehr an ihn gedacht, aber jetzt war er in einer Comedy-Quiz-Show im Fernsehen, die ich zufällig gesehen habe. Im Traum saß ich im Zuschauerraum und habe ein Stück angesehen, das ich geschrieben hatte – zweite Reihe Parkett auf der linken Seite. Und plötzlich merkte ich, dass ich nichts anhatte. Was schon schlimm genug war, aber dann wurde ich hinter die Bühne gerufen und man sagte mir, in fünf Minuten müsste ich für die letzte Szene auf die Bühne. Man schien zu erwarten, dass ich den Text kannte. Das Stück war ›Das Wintermärchen‹, und die Dialoge sind sowieso ziemlich schwach, aber ich wusste nicht mehr, wie sie gingen. Ich musste auf die Souffleuse warten, und das Publikum zischte. Ich hatte noch immer nichts an, aber niemand schien es zu bemerken. Als der Vorhang fiel, stand nicht Hermione auf dem Sockel, sondern Gavin Garner. Lucy Florence, glaube ich, spielte aus irgendeinem verrückten Grund den Leontes, es war wohl eine dieser Inszenierungen, wo der Regisseur die Geschlechter vertauscht. Jedenfalls sprach sie die Zeile: »Aber, Paulina, Hermione hatte nicht so viele Falten, war bei weitem nicht so alt, wie dies scheint.«

Darauf hörte man einen Schuss, und Lucy fiel um. Als ich erneut auf den Sockel schaute, hatte Gavin sich in eine Krähe verwandelt. Ein zweiter Schuss, und die Krähe fiel tot herunter. Sie verweste, bis sie nur noch aus Blut und Federn bestand; aber dann stand sie plötzlich wieder auf, erhob sich flügelschlagend in die Luft und verdunkelte die Sonne. Der Schatten verzog sich, und es wurde wieder hell. Blendend. Da wachte ich auf, denn die Sonne schien durch die Jalousie und fiel mir ins Auge. Ich muss von diesem Lichtstrahl rückwärts gearbeitet haben. Der Traum hat wahrscheinlich nur ein paar Sekunden gedauert, aber mir kam es vor, als wären es Stunden. Es begann als Alptraum, aber am Ende war alles gut. Meiner Mutter werde ich diesen Traum nicht erzählen, sie würde ihn bloß analysieren.

Allerdings, genau das wird Emily tun

Sapphos Traum beginnt als typischer Zurschaustellungstraum; die Nacktheit des Kleinkinds wird als aufregend und erotisch empfunden und von den Älteren unterdrückt, die der Anblick des nackt herumhüpfenden, lustvoll kreischenden Kindes beunruhigt.

»Hör auf damit, Sappho, zieh dir was an«, hätte selbst ich als Mutter wahrscheinlich gesagt, obwohl ich geschulte Psychoanalytikerin bin. Mütterliche Nervosität ist allemal stärker als akademische Bildung. Nach dieser Ermahnung hätte unweigerlich ein Verdrängungsprozess bei ihr eingesetzt; sie hätte die Nacktheit als etwas gesehen, dessen man sich schämen muss: Was habe ich getan? Sappho hat in ihrem Tagebuch schon gesagt, dass sie sich fürchtet, als Schriftstellerin bloßgestellt zu werden: wieder dasselbe.

Ich erörterte den Traum mit Barnaby. Träume sind schließlich sein Fachgebiet. Er hat oben zu Mittag gegessen und wahrscheinlich eine Zigarette am offenen Fenster geraucht. Dann ist er zur U-Bahn gegangen, hat ein Dutzend rote Rosen gekauft und ist damit zu mir gekommen. Was ist los? Ich erfahre, dass er seine Meinung geändert hat und mich jetzt doch heiraten will, nicht bloß mit mir leben. Er behauptet, meine Beschäftigung mit den Tagebüchern sei bloß ein Ablenkungsmanöver, damit ich dem Thema nicht meine volle Aufmerksamkeit widmen muss.

»Ich werde darüber nachdenken«, sage ich. Wenn er mich heiraten will, verliere ich sofort das Interesse. Und wenn *ich* ihn heiraten will, verliert er das Interesse. Wir wollen beide nur, was wir nicht kriegen können.

»Aber ich dachte, das ist es, was du willst.«

»Ich weiß nicht, ob ich die ganze Aufregung jetzt brauchen kann«, sagte ich. »Ich habe mich gerade so nett eingerichtet. Und es ist schon so, wie Sappho sagt: Männer wollen entweder, dass man sie mit Beschlag belegt, oder sie wollen dich mit Beschlag belegen. Einen Mittelweg gibt es nicht.«

»Sappho hier, Sappho da«, sagt er. »Und was ist mit mir?«

»Du bist ja jetzt schon eifersüchtig auf meine Tochter«, sage ich. Er leugnet es, aber ich habe recht.

Trotzdem ist er bereit, über Sapphos Traum mit mir zu reden.

»Solche Träume kommen häufig bei Leuten vor, die mit der Bühne zu tun haben«, sagt er. »Die Angst, seinen Text nicht zu können, wiederholt die Verwirrung und Panik des Kindes, das die Regeln des Lebensspiels noch nicht kennt. Die Schauspielerei bringt diese Ängste an die Oberfläche: Während du in das Leben der anderen eintauchst, um zu wissen, wie man sie anlegen soll, musst du auch in dein eigenes eintauchen.«

»Und Florence spielt einen Mann – das ist recht offensichtlich«, sage ich. »Obwohl Sappho sie im Traum Gott sei Dank tötet.«

»Warum *Gott sei Dank*?«, fragt Barnaby boshaft. »Hast du was gegen Lesbierinnen? Deine Theorie von der Fixierung auf einer Entwicklungsstufe ist Quatsch.« Ich habe ihn offensichtlich geärgert. Er wollte, dass dieser Abend vom Jubel darüber bestimmt wird, dass wir künftig ein Paar sind, und jetzt muss er über Sappho reden.

»Nur dass ich schon immer den Wunsch hatte, auf normale Weise Großmutter zu werden«, erwidere ich. Jetzt, wo Sappho schwanger ist, könnte ich eigentlich die Jahre der Sorge vergessen.

»Und hinter dem Vorhang«, fahre ich fort, »lauert das ungerecht behandelte und ersehnte Liebesobjekt. Im Stück ist es Perdita, die verloren gegangene Tochter. Im Traum ist es Gavin. O Gott! Sie musste wohl bei ihm enden. Ich hätte es wissen müssen. Die Falten verweisen auf das Vergehen der Zeit, auf ihr Bewusstsein, dass es nicht geht, dass er so viel älter als sie ist. Der Vater. Das große Tabu. Aber seit der ›Begegnung in der Höhle‹ ist er ihr nie aus dem Kopf gewesen. Jetzt sehe ich das.«

»Wenn du so viel weißt, warum fragst du mich dann?«, sagt Barnaby. Er ist wirklich stinksauer.

»Gavin verwandelt sich in eine Krähe, das ist Isoldes Tod. Gavin stirbt, wird wiedergeboren und fliegt davon. Der Tod verdunkelt die Sonne. Aber nur eine Zeit lang. Die Sonne muss sich wieder erheben.«

»Na, dann ist es ja gut, dass sie dir den Traum seinerzeit nicht erzählt hat«, sagt Barnaby. »Sonst hätte sie schon Jahre früher gewusst, dass es Gavin war, den sie liebte. Sie hätte ihn aufgesucht und ihr Schicksal damit noch früher herbeigeführt.«

»Ich bin doch nicht blöd. Ich hätte wahrscheinlich gelogen und ihr gesagt, sie hätte vom Ende ihrer Liebe geträumt statt von ihrem Weiterbestehen.«

»Man soll sich nie darauf verlassen, dass Wahrsager und Traumdeuter unvoreingenommen sind«, erklärt Barnaby. »Jedenfalls nicht, wenn es sich um die eigene Mutter handelt. Sie wird die Wahrheit nach eigenem Belieben zurechtschustern.«

Der Wahrsager von uns beiden sei er, sage ich. Daraufhin erklärt er, er müsse jetzt gehen, und wirft den roten Rosen einen begehrlichen Blick zu. Er überlegt offenbar, ob er sie wieder mitnehmen soll, verzichtet dann aber darauf. Ich frage ihn, ob er nicht zum Abendessen bleiben wolle, aber er sagt nein. Er müsse noch ein paar Notizen anschauen, und ich sei schlechter Laune. Nein, sage ich, man könne das nicht schlechte Laune nennen. Das Nachdenken über die Vergangenheit sei bloß so verstörend.

»Das heißt, du musst über andere Dinge nachdenken als gerade mich«, sagt Barnaby und trampelt trotzig die Treppe hinauf. Das muss ich allerdings.

Ich denke über Lucy Florence nach. Sie hatte sich einen Namen in der Rolle der Gertrude in einer ›Hamlet‹-Inszenierung gemacht. Sie war ein hochgewachsenes, dunkelhaariges, energisches Mädchen mit behaarten Armen und kräftigem Kinn, das eigentlich viel zu jung für die Rolle war. Ich erinnere mich noch, dass ich damals gesagt habe, sie sei wohl gerade erst zehn gewesen, als sie Hamlet auf die Welt gebracht hatte. Aber es war eine reine Frauen-Produktion, und ich vermute, die Regisseurin hatte so ihre Lieblinge.

Freud vermutet, dass wir vom Tod derer, die wir lieben, am häufigsten träumen. Das ist eine ähnlich widersprüchliche Reaktion wie die der Schizophrenen, die denjenigen am meisten wehtun wollen, die ihnen die meiste Liebe zeigen. Und sie in extremen Fällen sogar umzubringen versuchen.

Ich glaube aber nicht, dass Sappho Lucy Florence tatsächlich geliebt hat, obwohl ich mir eine Zeit lang Sorgen gemacht habe. Sie hatte schließlich auch eine Reihe von Affären mit Männern, gerade auch solchen, die nur am Rande mit dem

Theater zu tun hatten: Da gab es einen Journalisten, einen Elektriker, einen Lichtregisseur, einen Bühnenbaumeister, einen Fernseh-Historiker, und alle waren sie deutlich älter als Sappho. Vielleicht hat sie auf diese Weise das lesbische Image abzuschütteln versucht, das ihr die Medien angehängt hatten, aber das bezweifle ich stark. Ich hätte sie natürlich nicht Sappho nennen dürfen, das war nicht sehr vorausschauend, aber Rob und ich fanden den Namen einfach so hübsch. Und das lesbische Image – oder der Ruf des Bisexuellen – waren dann am Theater wahrscheinlich sogar noch ein Vorteil. Vielleicht ging es nur darum, und sie war raffinierter, als ich dachte.

Ich dachte darüber nach, und wie sie sich einen Namen gemacht hatte. Sie versuchte, sich aus den Klatschkolumnen herauszuhalten, oder sagte mir das jedenfalls, aber es gelang ihr nicht ganz. Vielleicht war das Medien-Image tatsächlich nur inszeniert. Intellektuell, aber sexy. Sie wurde fotografiert, wie sie mit einem Minister aus einem Taxi ausstieg, offensichtlich betrunken, mit deutlich sichtbarem Höschen. Sie entschuldigte sich öffentlich bei seiner Frau. Die Ehefrau, ein richtig böses Weib, nahm die Entschuldigung huldvoll an, es sei ja bekannt, dass Sappho »ganz andere Neigungen« habe. Das hat sich wahrscheinlich gelohnt. Lesbisch sein war ziemlich »in«. Das Stück ging nach Amerika, Deutschland und Schweden. Geld strömte herein. Sie hatte keine Zeit, um es auszugeben. Sie erhielt Fan-Post. Sie brauchte eine größere Wohnung. Sie brauchte ein funktionierendes Büro. Laura hatte sich ihr angeschlossen, ein großes, einfaches, tüchtiges Mädchen aus dem Norden, das zur Leitung eines Büros hervorragend qualifiziert war.

Ich denke weiter darüber nach, ob es klug von mir war, Sappho das Haus zu überschreiben. Ich habe schon oft darüber nachgedacht, seit sie Gavin geheiratet hat. Sie könnte etwas sehr Dummes machen und Apple Lee in gemeinschaftlichen Besitz mit Gavin überführen. Aber das hätte sie doch gesagt, oder? Diese heimliche Sorge hat mich seit dem Gespräch mit Laura beschäftigt. Wusste ich wirklich so wenig über die Vorgänge? Ich dachte immer, ich wüsste so viel.

Der Umzug war meine Idee, und nicht Sapphos.

»Von Rechts wegen gehört dir das Haus sowieso mehr als mir«, sagte ich. »Schon wegen der Gene. Ich gehöre nicht zur Familie, ich habe bloß eingeheiratet.«

»Aber du hast mehr als dreißig Jahre hier gewohnt«, sagte sie. »Es ist dein Zuhause. Du hast die Möbel poliert und die Böden gewischt. Natürlich gehört es dir. Wie im ›Kaukasischen Kreidekreis‹: Das Land und das Kind gehört denen, die sich darum kümmern. Außerdem gehört es juristisch sowieso dir.«

Apple Lee war ungefähr seit 1903 »im Besitz der Familie« gewesen. Die Männer der Familie Stubb-Palmer hatten zehn Jahrzehnte lang auf die sich verändernde Stadt London hinuntergesehen, während ihr Einkommen sank. Rob betrachtete die Entwicklung als Erniedrigung eines geliebten Erbes und ist womöglich gestorben, um es zu retten, aber das konnte ich Sappho nicht sagen.

»Ich habe genug von diesem Besitz«, sagte ich. »Ich habe genug vom Hausschwamm, den Fledermäusen, den Heizkosten, dem ewig kaputten Boiler und dem Gespenst im oberen Stockwerk, bei dem es sich wahrscheinlich eh bloß um knarrende Türen und stöhnende Röhren handelt. Verkaufen kann ich es nicht, das wäre emotional zu belastend, aber ich kann es dir übergeben. Bitte!«

Ich glaube, ich hatte vorher nie »bitte« zu ihr gesagt, außer in dem oberflächlichen Sinn von »Bitte, mach nicht so einen Lärm«. Diesmal war es mir ernst.

»Du hast das Geld, um das Haus instand zu halten; du brauchst den Platz; es liegt noch zentral genug, dass auch mal ein Taxi vorbeikommt, obwohl ich zugeben muss, dass die Gegend immer schäbiger wird. Wir teilen uns den Verkehrswert, und ich kaufe mir etwas Kleineres. Laura hilft dir beim Organisieren. Du könntest gelegentlich Leute einladen.« Sappho schauderte, vielleicht erinnerte sie sich an Isoldes schicke, grausige Partys. »Du solltest neben den Freuden des Lebens auch etwas Verantwortung übernehmen. Vor ein paar Tagen ist eine Kakerlake quer über den Boden gerannt und hat einen meiner Patienten erschreckt, und bei Regen warte ich jedes Mal auf das Plopp-plopp-plopp, wenn er durch die Decke kommt.« Ich erzählte ihr von einem Zwangsneurotiker unter meinen Patienten, der mir die Rechnung für ein Alarmgerät geschickt hatte, weil er jedes Mal Angst hatte, überfallen zu werden, wenn er mich aufsuchte. Sie fragte, ob ich mir denn keine Gedanken darüber machen würde, dass sie und Laura überfallen werden könnten, wenn sie da wohnten.

Laura und sie waren durch die gemeinsame Aufgabe, Sappho Stubb-Palmer zu fördern, mittlerweile so miteinander verbunden, dass Sappho sich angewöhnt hatte, die Sappho-Laura-Einheit mit einem »Wir« zu bezeichnen wie Königin Victoria ehedem. »Ich werde sehen, ob wir diesen Termin einhalten können.« »Ja, ich denke, wir werden diesen Auftrag annehmen.« Sappho schrieb, und Laura schrieb auf, was Sappho schrieb. Sie las ihre Gedanken, sodass sich Sappho gar nicht mehr die Mühe machte, das zu überprüfen, was Laura in ihrem Namen weitergab. Sie wusste, dass es vernünftig war, auch wenn es vielleicht nicht genau das war, was sich Sappho ursprünglich gedacht hatte. Ich fürchte, andere haben manchmal darüber gekichert, aber ich fand immer, dass damit der Respekt und die Anerkennung dafür ausgedrückt wurde, was

Laura in die Beziehung einbrachte, und dass es gar kein »Pluralis majestatis« war. Als Gavin einzog, hörte sie damit auf.

Sie werde es sich überlegen, sagte Sappho, so wie ich gesagt hatte, ich würde es mir überlegen, als Barnaby erklärte, er wolle mich heiraten. Wenn einem angeboten wird, was man will, will man es plötzlich gar nicht mehr. Ich war aus Apple Lee herausgewachsen, der eiserne Schuh des bürgerlichen Grundbesitzers passte mir nicht mehr. Wenn sie das Haus vorzeitig übernahm, konnte ich mich von der Vergangenheit und der Bürde befreien, die ich auf mich genommen hatte, als ich Rob geheiratet und ein Kind mit ihm hatte. Wenn ich bis zu meinem Tod gewartet hätte, wäre das Haus verfallen und Horden von Immobilienspekulanten wären darüber hergefallen und hätten zwölf Luxuswohnungen an die Stelle eines Einfamilienhauses gesetzt. Selbst wenn das dazu geführt hätte, dass die ganze Gegend edler geworden wäre, wäre ich nicht mehr da gewesen, um es zu sehen.

Ich hatte Sappho nur die halbe Wahrheit erzählt: dass ich meinen Patienten Alarmgeräte bezahlte. De facto war ich im Sommer zuvor selbst überfallen worden, als ich zum Haus hinaufging, direkt unter dem Apfelbaum. Meine Handtasche war mir gestohlen worden. Und ich hatte mein Alter gespürt. Denn als ich dem Räuber nachlaufen wollte, merkte ich, dass ich kaum rennen konnte. Mein Knie tat mir weh, und ich brauchte ein neues Hüftgelenk. Aber ich konnte die Praxis auch nicht aufgeben: Ich musste Geld zusammenkratzen, um das Haus neu zu streichen. Sappho hätte mir sicher gern was geliehen, aber ich wollte keine Schulden bei meiner Tochter haben. Das Geld von der Versicherung war längst ausgegeben, und eine neue Welle von Ausgaben stand vor der Tür. Ich hatte bei jedem Regen Angst wegen dem undichten Dach. Ich wollte irgendwo in Ruhe wohnen, wo es keine Treppen gab.

»Sie sollten den Besitz auf keinen Fall übergeben«, sagte mein Rechtsanwalt. »Dafür sind Sie zu jung, und Ihre Tochter auch. Sie verlieren ja alle Kontrolle. Sie können eine Klausel einbauen, nach der Sie lebenslanges Wohnrecht besitzen oder über jede Veränderung benachrichtigt werden müssen, aber das ist auch schon alles.«

»Sappho ist ein vernünftiges Mädchen«, sagte ich. Sie würde schon nicht unter den Einfluss eines finsteren Ehemanns fallen. Bald werde ein neues Jahrhundert beginnen, und die Tage, wo man Frauen vor sich selbst schützen müsse, seien vorbei. »Sie ist eine Cordelia, keine Goneril.«

Der Rechtsanwalt, Mr. Clive Maidment, schüttelte den Kopf und schürzte die Lippen, setzte aber trotzdem einen entsprechenden Vertrag auf. Sappho kaufte mir die Wohnung in Hampstead und wurde Besitzerin von Apple Lee. Sie hatte Laura, die ihr bei der Instandsetzung half. Laura, die Sklaventreiberin, die den Bauarbeitern Beine machte und den Denkmalschutz in die Schranken wies. Laura genoss jede Minute. Sie erteilte Aufträge, überprüfte Preise und Farbmuster, wählte Fliesen aus und kommandierte die Handwerker herum. Sie genoss es im selben Maße, wie ich es gehasst hatte. Und dann begegnete Sappho Gavin wieder.

Ich hatte kaum die Tagebücher wieder hervorgeholt, als Barnaby mich von oben anrief.

»Tut mir leid, dass ich so schlecht gelaunt war«, sagte er.

»Tut mir leid, dass ich dich gepiesackt habe«, sagte ich.

»Du musst die Rosenstiele noch einmal anschneiden«, sagte er, »damit die Knospen genügend Wasser kriegen. Sie sind ziemlich teuer gewesen.«

»Okay«, sagte ich und dachte im Stillen, dass es verrückt wäre, wenn ich ihn heiraten würde. Das waren schon genug Gefühle für einen Tag, vielen Dank.

Sapphos Tagebuch: *18. Juli 2004*

Liebes Tagebuch, ich habe noch mal versucht, einen Roman zu schreiben. Es ist ganz anders als ein Drama oder ein Drehbuch, und viel schwieriger. Man hat keine Schauspieler, die einem helfen. Die Abschnitte zwischen den Dialogen sind ein echtes Problem, denn ich bin nicht daran gewöhnt, dass jemand sie liest, der nicht an der Produktion oder Aufführung mitwirkt. Romanschriftsteller müssen alles selbst machen – Bühnenbild, Casting, Beleuchtung, Kostüme – alles. Ein Alptraum. Die Idee, so zu tun, als wäre es Fiktion, habe ich schon nach den ersten paar Seiten aufgegeben. Ich habe den Namen der Heldin – Sophie – wieder zu meinem eigenen geändert. Aus »Geordie« ist wieder Gavin geworden und aus Rosalin wieder Laura. Nur Isobel bleibt Isobel. Wenn es mal jemand drucken will, kann man das ja leicht wieder ändern, mit einem Mausklick gewissermaßen. In der Zwischenzeit ist es einfacher, zu beschreiben statt zu erfinden. Andererseits ist es nützlich, wenn man sich selbst, sein Leben und seine Zeit mal in der dritten Person betrachtet …

Sapphos Roman

Teil 1: Sappho und Gavin finden einander

Das Leben war schön, dachte Sappho, zumindest in ihrem kleinen Winkel der Welt. Sie war jung und gesund, intelligent und erfolgreich, bislang ungebunden und wurde von ihren Altersgenossen geschätzt. Sie hatte bei der Bank keine Schulden, und ihr Haus war nicht mit einer Hypothek belastet. Einen Vater hatte sie nicht, aber dafür eine Mutter. Soviel sie wusste, hatte sie keine Feinde. Kritiker ihrer Veröffentlichungen konnten manchmal zwar sehr gemein sein, aber ihre Boshaftigkeiten wurden meist durch den Hinweis gemildert: »Sie ist ja noch jung und wird noch viel lernen.«

Wie alle bisher partnerlosen Frauen ihrer Altersgruppe hatte sie vage auf »den Richtigen« aus dem Gebet des Küchenmädchens gewartet, den mystischen Ritter in schimmernder Rüstung, den das Schicksal für sie bereithielt. Er würde sie in seine starken Arme nehmen und ihr alles erklären, was bisher noch unklar geblieben war – wer Kennedy erschossen hatte, warum wir in Afghanistan kämpften und alles andere. Er musste natürlich ein sehr gutaussehender Ritter sein, groß, mit einem festen Hintern, gut funktionierenden Teilen, Geld auf einem Auslandskonto etc. Sie hatte sich, weiß der Himmel, schon oft gefragt, ob es so einen Mann überhaupt gab oder ob ihn sich Nicole Kidman oder Sandra Bullock vielleicht schon geschnappt hatten, ja, sie hatte sogar schon höchst bestürzende Bilder eines kinderlosen, einsamen Alters vor Augen gesehen. Aber plötzlich war dieser Mann da! Er lag tatsächlich oben in ihrem Bett und zeigte keinerlei Neigung, es zu verlassen. Ja, er stammte sogar aus ihrer Vergangenheit (und sie aus seiner), sodass nicht viel erklärt werden musste.

Als der Ritter schließlich aus dem Wald herausbrach (meine Mutter würde das sicher phallisch interpretieren: Sie schaut mir beim Schreiben ständig über die Schulter), war er etwas älter als erwartet, hatte ein paar Fältchen rund um die Augen, aber zumindest sein Haar glänzte noch (er hatte offenbar gute Gene). Sappho hatte ältere Männer immer gemocht *(Okay, okay, mein Vater, verzieh dich jetzt, Mutter!)*. Und dass er keineswegs Geld auf Auslandskonten hatte, war auch kein Problem; Sappho verdiente genug für sie beide.

»Wurde auch Zeit, lieber Gott«, sagte sie laut, als sie barfuß und nur mit einem kurzen weißen Unterkleid die Treppe hinunter in ihr Büro tappelte, um die E-Mails zu lesen, ehe Laura hereinkam.

Es ist wahrscheinlich klüger, seinen Schöpfer nicht weiter zu reizen, und sie war sich dessen sonst auch bewusst, aber heute war sie so aufgekratzt, dass sie sogar die Finger zu kreuzen vergaß. Vielleicht war es ja auch nur ein Zufall, dass es schon wenige Minuten später an der Tür klingelte und Isobel davor stand, die sie zuletzt sieben Jahre zuvor gesehen hatte, als sie gerade unter Aufsicht ihrer Großmutter Gwen ein gekochtes Ei in der Küche eben jenes Mannes aß, der jetzt im oberen Stock in Sapphos Bett lag. Es war der Tag gewesen, an dem Sappho als Au-pair gefeuert worden war oder voller Empörung gekündigt hatte, je nachdem wie man's sah. (Im Film sind Rückblenden einfach: Man braucht bloß einen Schnitt zu machen und die entsprechende Handlung zu zeigen, aber in der Prosa ist es viel komplizierter, es elegant hinzukriegen.)

Vielleicht war es ja auch gar nicht Gott, der Sapphos Vorwurf gehört und sich darüber geärgert hatte, sondern der böse Demiurg der Gnostiker, der eine höchst unvollkommene, ja sogar boshafte Gottheit sein soll; jedenfalls liefen die Dinge für Sappho danach nicht mehr so, wie sie gehofft hatte. Natürlich hatte sie gehofft, vollkommenes, ungetrübtes Glück zu erleben, aber da sie einen Mann mit Anhang gewählt hatte, wie man so sagt, würde sie Kompromisse schließen müssen, das war ihr bewusst. Bis jetzt war der Vormittag jedoch gut verlaufen.

In der halben Stunde, ehe der Demiurg dafür sorgte, dass die elfjährige Isobel auftauchte und an der Tür klingelte, hatte Sappho gerade noch Zeit, ihre E-Mails zu lesen. Sechs waren Spam, drei waren privat, und drei waren Einladungen, öffentlich aufzutreten, darunter eine von der BBC. Sie wurde gebeten, »die künstlerischen Höhepunkte beim Ausdruck sexueller Motive in den letzten fünfzig Jahren zu nennen«. Sogar ihre Agentin in Los Angeles hatte angerufen, als sie am Schreibtisch saß.

»Hallo, Saph Liebling, hier ist Jennylee. Ich habe tolle Nachrichten. Ich habe gerade von Luke gehört, dass ›Automated‹« – Sapphos letztes Stück, das von einer jungen Frau handelte, die ihre Orgasmen vortäuschte und dafür bestraft wurde – »im September hier in die Kinos kommt.«

»Es kann nicht in die Kinos kommen, Jennylee, es ist ein Theaterstück.«

»Ach, du weißt schon, was ich meine, Liebling. Wir sind nun mal eine Filmstadt, wir machen nicht viel Theater. Jetzt brauch ich nicht mehr nach New York zu fliegen, um es zu sehen – bist du nicht schrecklich aufgeregt?«

Gestern Morgen wäre es tatsächlich noch eine tolle Nachricht gewesen, aber heute war Sappho so von sich überzeugt, dass es ganz selbstverständlich schien. Sie schrieb eine Notiz, damit sich Laura von Jennylee die Einzelheiten der Inszenierung geben ließ. Sie fragte sich, warum sie eigentlich so nervös war, und dann fiel ihr ein, dass sie Laura würde sagen müssen, dass ab sofort keine vorübergehenden Gäste mehr in ihrem Bett sein würden, sondern ein Mann, der für immer dort blieb. Laura mochte keine Störungen ihrer Routine. Genau um acht Uhr fünfundvierzig, selten krank und nie zu spät, würde sie durch das neue Sicherheitstor das Grundstück betreten, die Alarmanlage ausschalten, mit ihren vernünftigen Absätzen den Gartenweg heraufkommen, sich unter dem Apfelbaum etwas ducken, damit sie nicht anstieß, die Post aufheben und pünktlich um neun an ihrem Schreibtisch sitzen, wenn Sappho erschien.

»Können wir jetzt weitermachen?«, fragte sie dann, als

ob die Stunden seit gestern Abend, die sie nicht im Büro zugebracht hatten, reiner Luxus und Zeitverschwendung gewesen wären.

Sappho hatte Gavin heute Morgen um halb acht wach gerüttelt. Sie hatte ihm gesagt, es sei Zeit, zu frühstücken und entweder in seine Wohnung zurückzukehren oder mit dem Bus nach Holborn in sein Büro zu fahren, ehe Laura eintreffen würde. Aber er hatte bloß die Stirn gerunzelt und gesagt: »Entweder hast du jetzt eine Affäre mit mir oder nicht. Laura wird sich daran gewöhnen müssen, lieber früher als später; denn ich bin ab sofort eine Dauereinrichtung.« Dann hatte er sein Gesicht in den Kissen vergraben und gesagt: »Das riecht ja so schön nach dir. Gänsedaunen, nicht wahr? Schaumstoff kann ich nicht ausstehen.« Dann hatte er weitergeschlafen.

Eine Dauereinrichtung, eine Dauereinrichtung, Gavin war jetzt eine Dauereinrichtung! Sappho tanzte aus ihrem Zimmer die Treppe hinunter und anstatt brav ihrem Schöpfer zu danken, machte sie ihm noch Vorwürfe, weil er so lange gebraucht hatte, um einen Mann für sie zu finden, der bei ihr bleiben würde und sie bei ihm. Natürlich würde sie Laura ins Gesicht sehen. Sie konnte jedem ins Gesicht sehen. Laura konnte ja wohl nicht erwarten, dass sie ihr Leben lang ledig blieb, bloß weil Laura was gegen die Liebe hatte. Die Einzelheiten der neuen Machtverteilung konnte man später noch klären.

Drei Wochen vorher hatte sie Gavin getroffen, oder besser: wiedergetroffen. Sie hatte ihn am anderen Ende eines überfüllten Raumes gesehen und gedacht: Der Mann – wer ist bloß diese komische Rothaarige neben ihm, was hat die hier zu suchen? – sieht so vertraut aus, das muss der Richtige sein, der Ritter in schimmernder Rüstung, der gekommen ist, um mich zu retten. Dann hatte sie gemerkt, dass es Gavin war, Gavin Garner. Und er – sah sie am anderen Ende der weiß gedeckten Tafel, wo Getränke serviert wurden, und dachte ganz ähnlich: Natürlich, das ist ja Sappho … Und das war's dann auch schon. (Sie war überzeugt, dass ihre Mutter eine viel zwangsläufigere Erklärung für das alles gehabt hätte, aber die konnte sie sich sonst wohin stecken.) Mein, mein, Gavin ist jetzt ganz mein!

Vielleicht, dachte Sappho, konnte sie auch einfach wieder ins Bett gehen und Laura würde sich damit abfinden müssen, dass ihre Chefin noch nicht auf Hochtouren lief, wenn sie durch die Tür kam. Sie, Sappho, war schließlich der Guru hier, und nicht Laura. Vielleicht war ja ein neues Leben vorstellbar, in dem man gemütlich herumlungerte, Kaffee trank und Croissants aß, in dem man sich um sein Aussehen und sein Sexleben kümmerte, weil man schließlich kein Schreibknecht war, sondern ein Künstler. Als Künstler schrieb man bloß, wenn man eine Eingebung hatte, nicht wegen irgendwelcher Termine. Sappho hatte gerade beschlossen, wieder nach oben zu gehen und sich von Gavin zwischen die zerknitterten Laken ziehen zu lassen, als es an der Tür klingelte.

Zu früh für die Post, zu früh für Laura, die aber sowieso nie ihren Schlüssel vergaß. Aber was machte das schon? Es waren sicher weitere gute Nachrichten! Die Morgensonne fiel durchs Fenster und Apfelblüten wehten herein. Sappho machte die Tür auf. Ein kleines Mädchen stand vor der Tür, kein Straßenkind aus der Nachbarschaft, sondern wohlerzogen, gesund und offenbar jetzt schon einigermaßen urteilsfähig. Wohlgemerkt, sie war blass und klein, aber doch auf ungeformte Weise hübsch, mit einem überraschend vollen Mund, einem langen Hals, dichtem, kurz geschnittenem blonden Haar und großen grünen Augen, die äußerst ernst schauten. Sie lächelte nicht, ganz im Gegenteil, sie schien ziemlich kritisch. Sappho erkannte sie gar nicht gleich wieder.

Mutter, verzieh dich! Verschwinde aus meinem Kopf! Ich schwöre, ich habe sie nicht erkannt. Ich versuche ausnahmsweise nicht, die Wahrheit zu leugnen. Ich hatte einfach über seine Kinder und Isolde nicht nachdenken wollen; die ganze Geschichte war zu traumatisch gewesen. Ich schob das genauso vor mir her, wie ich es vor mir herschob, Laura etwas zu erzählen. Okay, du hast recht, das ist Verleugnung der Realität. Du hast mal wieder gewonnen. Aber Isobel und Arthur waren zusammen mit Gwen an sicherer Stelle in meinen Erinnerungen verstaut; sie kamen ganz einfach nicht mehr ins Bild. Erst wenn ich Gavin fest im Rahmen hatte, konnte ich daran denken, was er wohl mitbrachte, konnte den Rahmen auf seine Kinder und die tote Heilige, seine Exgattin, ausdehnen. Und noch später würde ich mich vielleicht entschließen können, den Altersunterschied von fast zwanzig Jahren oder meinen Reichtum und seine relative Armut ins Auge zu fassen. Aber ich bin keineswegs deiner Ansicht, dass Frauen prinzipiell masochistisch sind: Das ist einfach ein zu unschönes Weltbild. Außerdem ist das hier ein Roman, verdammt noch mal! Wenn ich es im realen Leben hingekriegt habe, werde ich es auf dem Papier wohl erst recht schaffen.

Nein, Sappho erkannte in diesem Tweenie keineswegs sofort das Eier essende, vom Vater Besitz ergreifende kleine Mädchen wieder, das sie drei Jahre lang erzogen hatte. Das Kleinkind von damals hatte einen großen Kopf und runde Ärmchen gehabt: Dieses Mädchen hier war präpubertär und machte gerade die mürrische, schlaksige Phase durch, ehe die Blüte des Östrogens die Muskeln erweicht und die Haut schimmern lässt. Sappho schätzte sie auf elf oder zwölf. Der Sommer steckte noch in den Anfängen, es war ein sonniger, kühler Morgen. Das Mädchen trug abgeschnittene Jeans, Sandalen und ein ärmelloses rosa Top über der flachen Brust.

War ihr denn nicht kalt? Was machte so ein kleines Mädchen so früh am Morgen auf der Straße? Was hatte sie an fremde Türen zu klopfen? Ach, natürlich! Ein Kind, das seinen Vater suchte. Der Name fiel Sappho ein, noch ehe ihr ganz bewusst war, um wen es sich handeln musste.

»Isobel!«

Das Mädchen machte ein verwirrtes Gesicht. »Woher wissen Sie, wer ich bin? Ich kenne Sie nicht.«

»Aber natürlich kennst du mich«, sagte Sappho. »Ich habe mich um dich gekümmert, als du drei Jahre alt warst.«

»Das glaube ich nicht«, sagte das Mädchen. »Das würde mir Daddy nicht antun. Sind Sie das Au-pair-Mädchen?«

Dass sich Sappho »das Au-pair-Mädchen« nannte, war eine Sache, aber dass andere das taten, mochte sie gar nicht. Sie war eine Freundin der Familie gewesen, Krankenschwester, Schauspielerin, Ghostwriter, Gesellschafterin, Tagesmutter. Jahrelang hatte sie die Mutter der Kinder mit Leben, Spaß und Drama versorgt. War sie nicht praktisch dabei gewesen, als Isobel auf die Welt kam? »Ich war bei deiner Familie, kurz ehe deine Mutter gestorben ist.«

»Sind Sie die, die uns hat sitzen lassen?«

»Äh, ja«, sagte Sappho, bereits jetzt schon ins Unrecht gesetzt.

»Ich muss mit meinem Vater reden«, sagte das Mädchen. »Er hat die Nacht hier verbracht. Ich brauche ihn, er muss was für mich unterschreiben, für die Schule.«

Mit einer eleganten Bewegung ging sie an Sappho vorbei und trat in den Flur. Hätte Isobel »ich will ihn sehen« gesagt, hätte Sappho ihr vielleicht den Weg zu versperren versucht, aber einem Kind, das seinen Vater brauchte, konnte man sich einfach nicht widersetzen.

»Auf jeden Fall eine Klasse besser als bei seiner Letzten«,

sagte Isobel und schürzte anerkennend die roten Lippen, als sie sich umsah und ihren Blick über die elegante, frisch gestrichene Treppe, die extrem schicke Küche und den Wintergarten schweifen ließ, der sich an der Stelle befand, wo früher »die alte Garage« gestanden hatte, wie Sapphos Mutter sie nannte.

Das will ich verdammt noch mal hoffen, dachte Sappho, aber das sagte sie nicht. Das neue Erdgeschoss hatte sie viele tausend Pfund gekostet. Sie hatte teure Architekten bezahlt und eine Menge Mörtelstaub in den Haaren und unter den Fingernägeln gehabt, als die Wände im Inneren eingerissen und an schönere Stellen versetzt worden waren. Das Wohnzimmer, wo Emily früher Patienten und mögliche Liebhaber empfangen hatte, war jetzt Sapphos Büro und damit Lauras Bereich. Das Zimmer, wo Sappho akustisch der Quasi-Urszene beigewohnt hatte oder auch nicht, war jetzt leer, befand sich aber nach wie vor neben dem großen Schlafzimmer, wo sie gezeugt worden war und wo jetzt Gavin im Bett lag.

Besser als bei seiner Letzten. Ein zweischneidiges Kompliment. Die Letzte war zweifellos Elvira gewesen, das Mädchen, das Gavin auf der Party hatte sitzen lassen, um sie, Sappho, nach Hause zu bringen. Ihre Blicke hatten sich in einem überfüllten Raum getroffen, und jeder sah in den Augen des anderen sein Schicksal. Seitdem hatten sie keine Sekunde getrennt voneinander verbracht, wenn es irgendwie ging.

»Er bleibt nirgendwo lange, was?«, sagte Isobel traurig.

Es schien schon so lange her, aber jetzt wurde Sappho klar, dass es tatsächlich erst drei Wochen waren. Es tat ihr irgendwie leid um *die Letzte*, aber nicht sehr. Nach seinen eigenen Angaben hatte Gavin nur ein beiläufiges Verhältnis mit Elvira, einer Kostümschneiderin mit ungepflegten roten Haaren und kurzen, etwas krummen Beinen gehabt, die genauso bescheiden lebte, wie es ihrer Stellung im Leben entsprach.

Elvira hatte keine Chance gehabt, dachte Sappho mit einer gewissen Einbildung. Nicht, nachdem Sappho, die gefeierte junge Autorin, die alles hatte, was sie begehrte, und nie etwas falsch machte, deren Haar zwar rötlich, aber nie ungepflegt war, und die vollkommen gerade und lange Beine hatte, einmal zu dem Ergebnis gekommen war, dass sie endlich den Mann ihrer Träume entdeckt hatte. Was konnte diese Schneiderin schon erwarten, wenn sie mit Gavin zu einer Party ging? Etwa dass er *nicht* mit Sappho nach Hause ging, wenn Sappho das wünschte? So war die Welt nun einmal.

Sappho hatte ihm nahegelegt, Elvira am nächsten Tag anzurufen und sich zu entschuldigen – die meisten Mädchen erwarten nun mal, dass der Mann, der sie zu einer Party gebracht hat, sie auch wieder mitnimmt. Gavin hatte das auch getan, und zwar direkt aus Sapphos Bett, aber Elvira hatte den Hörer gleich auf die Gabel geknallt. Damit hatte sie sich freilich nur selbst um die Chance gebracht, zum künftigen Gavin/Sappho-Freundeskreis zu gehören.

Abgesehen von Elvira hatte Sappho den Eindruck gewonnen, dass Gavins Leben seit Isoldes Tod eher frei von romantischen Zwischenspielen gewesen war. Aber er war nun mal ein sexuelles Geschöpf: Es war eher unwahrscheinlich, dass er in der Zwischenzeit sexuell enthaltsam gewesen war. Sappho war realistisch genug, um das zu wissen. Wenn sie aktiv gewesen war, dann war er das bestimmt auch gewesen. Aber warum danach fragen? Ihrer beider Leben hatte ganz neu begonnen. Die Vergangenheit war belanglos.

»Oben?«, fragte Isobel. Sappho schaute sie verständnislos an.

»Ist Daddy da oben im Bett? Das ist wirklich ein großes Haus.«

Sappho nickte, und Isobel ging, ohne weiter um Erlaubnis

zu bitten, dieTreppe hinauf und rief: »Daddy, Daddy, bist du da drin?«

Und Sappho dachte: Oh verdammt, Laura kommt jede Minute und ich habe keine Chance mehr, sie behutsam mit Gavins neuer Rolle in meinem Leben vertraut zu machen. Jetzt musste sie nicht nur erklären, warum dieser Mann da oben im Bett lag, sondern auch, dass noch ein Kind hier herumlief, das jederzeit Chaos in einem Haus verursachen konnte, das bisher nur Laura und ihr gehört hatte, während ein weiteres, Arthur, noch im Hintergrund lauerte. Arthur war sechs gewesen, als seine Mutter starb, alt genug, um sich daran zu erinnern, dass Sappho nicht bei der Beerdigung gewesen war. Jetzt wünschte sie sich, sie hätte damals auf ihre Mutter gehört und sich auch ans Grab gestellt, um mit allen anderen zu weinen. Aber sie hätte es nicht verkraftet. Sie hatte am meisten gelitten, aber niemand erkannte es an. Sie war schließlich nur das Au-pair-Mädchen, gehörte nicht zur Familie.

Nun ja, sie würde es wiedergutmachen. Sie liebte Gavin. Sie würde auch seine Kinder lieben und dafür von ihnen geliebt werden. Es würde alles gut werden. Sie würden alle zusammen zum Grab gehen und Blumen hinlegen. Sie würden eine richtige Familie sein. Und sie würde die Siegerin sein. Wie denn anders? Denn Isolde war tot, und sie war lebendig.

Eine kurze Unterbrechung von Emily

»Erinnert sie sich wirklich nicht an den ›Zwischenfall‹ im Gästezimmer?«, frage ich Barnaby.

»Es ist ein Roman«, sagt er. »Da kann sie tun, was sie will.«

»Es ist kein Roman, es ist eine Autobiografie. Sie benutzt ja sogar ihren eigenen Namen.«

»Aber sie wird die Namen noch ändern, bevor es gedruckt wird«, sagt Barnaby.

»Das will ich verdammt noch mal hoffen«, sage ich.

»Ein Schriftsteller in der Familie bringt Unglück«, sagt er.

»Ich weiß noch in allen Einzelheiten, wie ich meine Jungfernschaft verloren habe«, sage ich.

»Will ich aber nicht wissen«, sagt er.

Er liebt mich nicht. Er will bloß, was ich habe: eine funktionierende Waschmaschine, einen Toaster für Käsetoast und jemanden, der ihn versorgt, wenn seine Gesundheit nachlässt. Wir werden ja alle nicht jünger.

Sapphos Roman setzt sich fort

In den Wochen, seit sie sich wieder begegnet waren, hatte Gavin zwar seine Kinder erwähnt, von der gemeinsamen Vergangenheit aber immer nur so gesprochen, als läge sie für genaue Erinnerungen schon zu weit zurück. Keiner von beiden hatte das Bedürfnis, über das Thema zu sprechen. Und über Isolde zu reden fiel Gavin sehr schwer, deshalb unterließ Sappho auch dies.

»Du hast ziemlich lange für uns gearbeitet«, sagte er einmal zu ihr. »Das weiß ich. Aber nachdem Isolde krank geworden ist – weißt du, das musst du hinter dir lassen, sonst macht es dich auch kaputt. Also lass uns nicht darüber reden.«

»Okay«, sagte Sappho. Sie standen noch ganz am Anfang. Im Lauf der Zeit würde er darüber reden. Ihre Mutter, die Psychoanalytikerin war, sagte, verdrängte Erinnerungen seien so stark, dass sie früher oder später immer hervortraten.

»Ein neues Leben beginnt, spürst du das nicht?«

»Ja, das spüre ich. Worüber sollen wir reden? Das Theater?«

Sie merkte, wie sich sein Körper versteifte, und wusste, dass auch dies ein Thema war, das man besser vermied. Er mochte ihre Stücke nicht. Er hatte eine der wenigen schlechten Kritiken über ›Ms. Alien‹ geschrieben. Er fand es deprimierend und destruktiv, was sie schrieb. Er missbilligte die neue Welle des Jugendkults, des antiintellektuellen und antibürgerlichen Theaters, das die Bühnen überschwemmte. Es war eine schöne Polemik gewesen und hatte eine Diskussion losgetreten, die von den literarischen Blättern noch immer verfolgt wurde. Aber für Sappho war sie nicht schmeichelhaft. Warum lag sie jetzt also im Bett mit ihm? Ihre Mutter würde behaupten, sie sei masochistisch. Aber war es nicht besser, den Feind zu umarmen, eins mit ihm zu werden, ihn zu besiegen und zu bekehren, als ängstlich vor ihm davonzulaufen? Sie hatte ihn gestellt auf der Party, war zu ihm gegangen, und er hatte sich bei ihr entschuldigt.

»Ich bin bloß ein alter Dinosaurier«, sagte er. »Alles, was seit der Erfindung des Computers geschrieben worden ist, ärgert mich irgendwie. Beachte das bitte gar nicht.«

»Es war also rein professionell«, sagte sie.

»Rein professionell«, bestätigte er, und das Bedürfnis, sich in den Armen zu liegen, hatte die Unterhaltung beendet. Außerdem hätte jedes Gespräch über das Theater sie zu Isolde zurückgebracht und zu dem Gerücht, das Sapphos Feinde verbreiteten, ›Ms Alien‹ nämlich sei direkt von einem Fernsehspiel abgeschrieben, das Isolde verfasst hatte. Es gab tatsächlich Ähnlichkeiten, aber die waren darauf zurückzuführen, dass Sappho dieses Fernsehspiel mitverfasst hatte, und ohne Isolde zu verraten, konnte sie das natürlich nicht sagen.

Sie verbrachten viel Zeit im Bett, nachts bei ihr, am Tag bei ihm, was ihnen beiden gut passte, sie gingen essen oder spazieren in Hampstead Heath, was Gavin besonders gern tat, Sappho allerdings nicht so. Einmal lagen sie stundenlang im Gras und warteten auf einen Rotschwanzbussard *(Buteo jamaicensis)*, der dort angeblich gesehen worden war, und gaben erst auf, als Gavin die Knie wehtaten. Dann musste man sich mit seinen akademischen Freunden treffen, mit denen sie gut zurechtkam. Die Abgehobenheit dieser Leute bezauberte sie. Ihre Freunde wiederum fand er sehr frivol und oberflächlich, und das fand sie eigentlich auch. Sie schätzte es, sich mit Gavin zu unterhalten, liebte seinen Umgang mit Worten, seine breite Bildung und die Art, wie er sie liebte. Verglichen mit ihm war sie ein Leichtgewicht, und das wusste sie auch.

Sie hatte Gavin in seiner kleinen, mit Büchern gefüllten Wohnung in Bloomsbury besucht, und sie hatten die Bücher vom Sofa gefegt, um sich dort lieben zu können. Dann hatte sie das Porträt von Isolde bemerkt, das an der Wand hing, aber weder sie noch er hatten etwas darüber gesagt. Das Bild war in den Monaten vor Isoldes Tod von einem Künstler gemalt worden, den sie beide kannten, aber trotzdem blieben sie stumm. Als sie das nächste Mal kam, war das Bild verschwunden, und er hatte nicht mal ein anderes an seine Stelle gehängt. Aber die ringsum verblasste Tapete zeigte, wo es gewesen war. Gavin sagte nichts über das Fehlen des Bildes, deshalb erwähnte Sappho es auch nicht. Sie erkannte, dass die Spielregeln dieser Beziehung darin bestanden, dass die Vergangenheit so wenig wie möglich erwähnt wurde. Das passte ihr in jeder Beziehung.

Sie kamen als Frischverliebte zusammen. Die Vergangenheit lag in einem anderen Land, wo Gavin in Isoldes Bett gelegen hatte, bis sie darin starb. Sappho hatte den allmählichen Verfall beobachtet: Wer wollte schon daran denken?

Ich merke, dass ich mich von diesen Ereignissen dadurch zu distanzieren versucht habe, dass ich sie in die dritte Person gesetzt habe, aber ich schreibe doch über mich selbst. Ich werde also jetzt in der ersten Person schreiben und sehen, was dann passiert. Die dritte Person wirkt leicht etwas aufgeblasen und schwerfällig.

Man könnte sagen, dass ich mich Gavin recht nervös näherte, obwohl ich wusste, dass ich seine Favoritin war und er mich in jeder Beziehung verwöhnte. Wie gut der Sex war, kann ich gar nicht beschreiben. Gavin war älter und viel erfahrener als ich, aber es war nicht nur die Technik, sondern die seelische Hochspannung zwischen uns, die dazu führte, dass wir miteinander verschmolzen wie bei den Spezialeffekten im ›Terminator‹, wo Metall flüssig wird und eine andere Gestalt annimmt. Bis dahin war Sex allenfalls lustvoll und oft genug peinlich gewesen – ich habe diese Neigung, mir dabei selbst zuzusehen und meine Empfindungen und Gefühle für einen späteren Bericht zu beobachten, was nicht sehr hilfreich ist. Aber bei Gavin hatte ich das Gefühl, im Hier und Jetzt dabei zu sein.

Jetzt, wo Isobel nach oben stapfte, um ihren Vater in einem fremden Bett zu überraschen, war ich vor allem wegen Laura beunruhigt. Bis jetzt hatte ich dafür gesorgt, dass Gavin ihr nicht in die Quere kam, und ihre gelegentlichen Fragen – »Was ist los? Du siehst ja so zufrieden aus«, »Konzentrier dich bitte, du träumst ja schon wieder« oder »Schon wieder zu wenig geschlafen, scheint mir. Wer war's denn? Niemand Wichtiges, hoffe ich« – mit leichter Hand abgewehrt.

Bis heute hatte ich ihn jedes Mal aus dem Haus bugsiert, ehe sie eintraf und mit ihren präzise klappernden Absätzen – eins/zwei, eins/zwei – den neuen Tag brachte. Wenn Laura erst mal durch die Tür war, gab es kein träges Wieder-zurück-ins-Bett-Schlüpfen mehr. Es erschien moralisch verkehrt, nicht zu arbeiten, wenn sie aktiv war. Sie hätte am liebsten eine Stechuhr für mich eingeführt. Die Bauarbeiter mussten sich immer bei ihr melden, wenn sie kamen und gingen, und ihre Arbeitszeiten wurden sorgfältig notiert. Außerdem war abzusehen, dass uns ästhetische Konflikte bevorstanden: Laura mochte Ikea, ich mochte Gerümpel und Antiquitäten, während Gavin nur Sachen von Heal's mochte. Das würde Ärger geben.

Unter Lauras Regentschaft war ich reich geworden und fast schon berühmt: 50000 Artikel bei Google und jeden Tag wurden es mehr. Laura tippte meine handgeschriebenen Texte in den Computer, machte meine Post auf, bezahlte die Rechnungen, führte den Terminkalender, hatte Zugang zu all meinem Geld, stellte die Bauarbeiter an, die dafür sorgten, dass Apple Lee nicht einstürzte, und hatte dementsprechend ein sechsstelliges Jahreseinkommen. Ich wurde reich, und sie wurde reich: Es lohnte sich für uns beide. Anrufe beantwortete sie mit Vollendung, die Tagesgeschäfte wurden stets am selben Tag noch erledigt; wir blühten und gediehen. Die Aufträge kamen hageldicht. Laura achtete darauf, dass ich meine Zeit und mein Geld nicht verschwendete oder zu viel trank, und wenn ich Drogen nahm, zog sie ein so böses Gesicht, dass ich es bald nicht mehr wagte. Termine wurden eingehalten, Anfragen wurden beantwortet, Lizenzen erteilt, jedenfalls wenn die Bedingungen stimmten.

Es war die Zeit, in der man ständig sagen konnte: »Wenn meine Freunde mich jetzt sehen könnten!« Angefangen hatte ich als Kind einer Witwe in einem verfallenen Haus, die sich mit irgendeinem obskuren Spezialgebiet der Psychoanalyse herumschlug. Mein Vater war bei einem Unfall gestorben, aber das brachte meine Mutter nicht von ihrer Obsession ab. Ich war ein Freud-Waisenkind.

»Warum ziehen Sie nicht nach Irland?«, fragte mein Steuerberater. »Als Künstlerin brauchen Sie da keine Steuern zu zahlen.«

»Das ist mein Land hier, und ich liebe es«, gab ich zur Antwort.

Ich spürte, wie England darum kämpfte, neu, anders und voller Vielfalt zu sein. Daran wollte ich teilhaben, und wenn der Preis, den ich dafür zahlen musste, darin bestand, dass die Leute mir ihre gebrauchten Spritzen und Kondome über den Zaun warfen, musste ich das eben hinnehmen. Außerdem wurde jeden Tag alles besser. Der Stadtrat steckte Millionen von europäischen Geldern in unsere Gegend, und Laura hatte eine Gartenbaufirma damit beauftragt, den rußigen, sauren Boden unter Tonnen von frischer Erde zu begraben, sodass der Garten wieder in ländlicher Schönheit erstrahlte. Der Apfelbaum war mit sämtlichen Fungiziden und Insektiziden behandelt worden, die der Menschheit bekannt waren, aber wenn ich ihn anschaute, saß ich immer noch hinter demselben Wohnzimmerfenster wie mein Vater, mein Großvater und mein Urgroßvater.

»Wie merkwürdig«, sagte Gavin, »dass du deine Abstammung in der väterlichen und nicht in der mütterlichen Linie betrachtest.«

»Ich werde wohl einen Sohn kriegen müssen«, sagte ich. »Schon, damit das Haus in der Familie bleibt.«

Das hatte ich natürlich halb im Scherz gesagt; ich wollte sehen, wie er reagiert. Das war eine Woche nach dem Wiederbeginn der Beziehung. Wenn ich nur Kinder mehr mögen würde. Ich verbinde damit immer noch meine Jahre als Au-pair-Mädchen: Isobel und Arthur standen mir fast so nahe wie eigene Kinder, und doch habe ich sie so schnell vergessen. Sie sind mit so viel Kummer und Trauma verbunden. Sieben Jahre später kommt Isobel zu mir an die Tür, und ich erkenne sie nicht mal. Die ganze damalige Plackerei hat gar nichts gebracht. Jede andere hätte das Windelwechseln, Gesichtabwischen, Beruhigen, Vorlesen, das ewige Heranschleppen von Nahrungsmitteln auch machen können, und den Unterschied hätte keiner bemerkt.

»Dann werde ich das Kind aber zeugen müssen«, erklärte Gavin. »Einen anderen Mann werde ich auf gar keinen Fall an dich heranlassen.«

Ich mag es, wenn er so besitzergreifend ist. Aber vielleicht ist es bei ihm auch nur halb im Scherz? Nein, glaube ich nicht. Er fährt voll auf mich ab, das weiß ich.

Ich entschließe mich, Isobel und Gavin fünf Minuten zusammen zu geben. Schließlich ist sie ja seine Tochter. Ich kann es mir leisten, großzügig zu sein. Dann werde ich hingehen und jedweder Situation, die sich entwickelt hat, meinen Willen aufzwingen. Arme kleine Isobel. Sie hat ihre Mutter verloren, als sie noch klein war. Jetzt lebt sie bei ihrer Großmutter, die ich als kalte, ziemlich hassenswerte, wenn auch schöne Frau in Erinnerung habe. Ihr Vater scheint ihr nicht viel Beachtung zu schenken, zumindest teilt er mir nichts davon mit. Nicht, dass mir das nicht passt. Natürlich werde ich mich mit Stiefkindern auseinandersetzen, wenn ich das muss – aber Stiefkinder setzen eine Eheschließung voraus. Was denke ich da bloß? Wenn ich daran denke – gütiger Himmel! Worauf man alles kommt, wenn man seinen Bewusstseinsstrom so dahinfließen lässt! Meine Mutter wäre stolz auf mich, aber der Schlag würde sie treffen, wenn es tatsächlich mit einer Hochzeit enden und ich vor den Altar treten würde. Was hätte das auch für einen Sinn? Ein rechtsgültiger Vertrag zur Bestätigung wahrer Liebe? Das sind doch Vorstellungen aus dem letzten Jahrhundert. Und doch ertappe ich mich dabei, dass ich darüber nachdenke. Es würde auf jeden Fall Aufsehen erregen bei unseren Freunden – *Sie kennen sich doch erst seit ein paar Wochen, sind sie verrückt?* – und das wäre lustig, aber eigentlich kein echter Grund für eine Ehe. Dennoch scheint alles so richtig, so sicher, so unvermeidlich.

Aber sollten Ehepartner nicht zusammenpassen? Kann ich denn ehrlicherweise sagen, dass wir das tun? Ich bin jung und frivol: Er ist viel älter und recht akademisch. Was ich schreibe, findet er grässlich: Ich tue so, als ob ich mich für Vögel interessiere, aber das ist überhaupt nicht der Fall. Alles, was wir gemeinsam haben, ist die Erinnerung an eine tote Ehefrau, über die wir nicht einmal sprechen dürfen. Ich wette, es geht bloß darum, dass ich es satt habe, mich einsam zu fühlen und niemanden auf Dauer im Bett zu haben, dass ich mir ein Baby wünsche und jemanden brauche, der mich gegen Laura verteidigt. Ich werde alle Gedanken an eine Hochzeit aus meinen Gedanken streichen. Was ich wohl anziehen würde?

Im Juni gäbe es ein Zeitfenster für eine Hochzeit. Eigentlich wollte ich mit Laura in die Südsee fliegen und eine Rundreise durch den Vulkangürtel machen. Ursprünglich wollte ich meine Mutter mitnehmen, aber sie ist wieder mal zu beschäftigt mit ihren Patienten und mit einem neuen Liebhaber, der Barnaby heißt. Zumindest passt er zu ihr und ist nicht brutal. Immer dieses Problem mit dem Zueinanderpassen. Ich bin Frühaufsteherin: Gavin wacht spät auf. Sind diese Unterschiede gefährlich? Oder tragen sie zum perfekten Ganzen, zum idealen Mittelweg bei? Wenn der Sex, der mich aufputscht, ihn müde macht, hat das was mit dem Altersunterschied zu tun oder liegt das in unserer Natur? Ist seine Neigung, nach einer Liebesnacht im Bett zu bleiben, ein Hinweis auf seine Altersschwäche oder auf seine Fähigkeit zum sinnlichen Genuss, die ihn befähigt, italienisches Essen genauso zu schätzen wie Sex, Reisigfeuer oder eben das In-den-Tag-hinein-Dösen auf einer guten Matratze. Ein Workaholic ist er bestimmt nicht: Mir wirft man das schon gelegentlich vor. Das Leben in der

Gegenwart fällt mir schwer, Gavin kann es hervorragend. Das ist ein männlicher Zug. Frauen spüren dauernd das Bedürfnis, aufzuspringen und etwas zu unternehmen, damit nichts Böses passiert: Männer konzentrieren sich auf den Moment. Singletasker.

Wenn ich jetzt nach oben gehe, um nachzusehen, was Isobel und Gavin machen, mache ich mich lächerlich. Womöglich denken sie, ich bin eifersüchtig. Ich verliere glatt das Gesicht. Aber was kann es zu bereden geben, was so lange dauert? Oder ist sie womöglich hinten durch die Küche raus, ohne tschüs zu sagen? Na ja, das könnte ich beinahe verstehen. Für sie bin ich schließlich nur die Nächste in einer Reihe: *die nach der Letzten*. Woher soll sie wissen, dass ich eine bleibende Einrichtung im Leben ihres Vaters bin? Dass ich ihre offizielle Stiefmutter sein werde und sie einen kleinen Stiefbruder haben wird?

Ach, Schluss, Schluss jetzt mit diesen irrenden Gedanken! Es wäre nett, ein Baby zu haben, das ein bisschen von mir, ein bisschen von ihm in die nächste Generation trägt und die Welt übernimmt. Isolde hat nicht viel von Gavin zugelassen bei ihren Kindern: Isobel war immer eine Miniaturausgabe von Gwen, und Arthur hatte überhaupt keine Ähnlichkeit mit irgendwem in der Familie, denn er war weder kreativ noch sehr helle. Ich werde es besser machen. Mein Sohn wird Gavins Gestalt, Äußeres, Brillanz und Kraft haben, und die Fähigkeit zur flotten Schreibe von mir. Aber warte mal – warum denke ich das überhaupt? Um Isolde zu übertreffen? Ich muss wohl Witze machen. Es handelt sich doch nicht um einen Wettbewerb zwischen ihr und mir.

Ich beschließe, dass es mir egal ist, ob ich das Gesicht verliere: Ich muss jetzt nach oben und sehen, was los ist.

Inzwischen hatte er sicher mehr als genug von Isobel. Ich

ging zum Elternschlafzimmer hinauf, das erst seit drei Jahren mein Schlafzimmer war – als Kind hatte ich das jetzige Gästezimmer gehabt. Es war dies das Zimmer, in dem ich gezeugt worden war, und davor das meiner Großeltern, und davor haben Gott weiß welche Vorfahren darin geschlafen. Die ursprünglichen Gene waren inzwischen bestimmt ziemlich dünn. Und da lag Gavin unter dem Plumeau und schlief. Und neben ihm auf der Bettdecke das Mädchen, seine Tochter Isobel. Sie ist wach und liegt einfach nur da. Ihre Hände sind ineinander verschlungen. Als sie mich sieht, löst sie ihre Finger aus seinen. Das bringt mich total durcheinander. Sie weiß genau, was für eine Wirkung das auf mich haben wird. Dabei ist sie ein Kind und keine Erwachsene. Ein Familienmitglied, keine Rivalin. Trotzdem fange ich an zu zittern.

Das Problem bei Männern ist, dass die einfachsten Dinge – wie Lieben und Leben – plötzlich so kompliziert werden können. Da gibt es Leute, die man nicht verletzen will, Dinge aus der Vergangenheit, die man nicht aufgedeckt wissen will, und der Weg in die Zukunft wird komplizierter, als man jemals gedacht hätte.

»Er sagt, er werde Sie heiraten«, sagt Isobel, und ich bin zufrieden: Ich hatte recht. Er denkt genauso wie ich. »Wie lange kennt ihr euch schon? Drei Monate?«

»Drei Wochen«, sagte ich voller Stolz. Ich konnte nichts dagegen tun. Ich hatte mir Gavin Garner, den literarischen Star dieser Stadt, geschnappt. Vor Elviras Nase weg. In drei kurzen Wochen. »Komm mit runter, dann mach ich dir einen Kaffee.«

»Ich trinke keinen Kaffee«, sagte Isobel. »Koffein ist gefährlich. Ich hätte gern ein Glas Wasser. Aus der Leitung, bitte, keins, das mit dem Flugzeug gebracht wird.« Sie rutschte vom Bett und folgte mir nach unten.

Ich ließ ein Glas Wasser einlaufen, und sie nippte ein bisschen daran. Es roch nach Chlor, aber ich glaubte nicht, dass es ihr schaden würde. Ich fragte mich, ob sie magersüchtig sein könnte. Nun ja, damit sollte Gwen sich herumschlagen. Isobel und Arthur würden ja nur gelegentlich am Wochenende bei uns sein. Sie sah ziemlich bleich und verletzlich aus. Mein Herz schmolz. Jeden Augenblick würde Laura jetzt auftauchen, aber das ließ sich nicht ändern: Ich würde damit schon fertig werden. Es waren schließlich mein Haus, meine Arbeit und meine künftige Stieftochter.

»Hübsches Haus«, sagte Isobel anerkennend. »Größer und heller als die Wohnung von Gwen. Liegt auch ganz in der Nähe meiner neuen Schule. Der Bus fährt direkt vor der Tür vorbei. Ich kann mich jetzt auch an dich erinnern. Du warst das Au-pair-Mädchen, bevor meine Mutter starb.«

»Du warst damals noch sehr klein«, sagte ich und spürte eine Welle der Zuneigung für das kleine Mädchen, das sie damals gewesen war.

»Es ist, weil du dich so bewegst«, sagte sie. »Da ist es mir wieder eingefallen. Du hast mir immer Eigelb ins Haar gespritzt. Und einen komischen Namen hast du gehabt.«

»Sappho«, sagte ich.

»Ich habe unter dem Apfelbaum da draußen gespielt«, sagte sie. »Einer ist mir mal auf den Kopf gefallen. Übrigens, Daddy hat gar nicht gesagt, dass er dich heiraten will. Das hab ich nur so gesagt. Das war so eins der Dinge, die mir immer so einfallen.«

»Oh«, sagte ich.

»Ich habe ihm das Formular von der Schule gegeben, er hat es abgezeichnet und ist wieder eingeschlafen.«

»Verstehe«, sagte ich und versuchte mich wieder in eine Zukunft zurückzuversetzen, in der Gavin und ich nicht heiraten würden.

»Er und Gwen haben das gemeinsame Sorgerecht, deshalb muss er dauernd was unterschreiben«, sagte das Kind. »Meistens kann ich die Unterschrift fälschen, aber manchmal machen sie in der Schule deswegen Ärger, deshalb muss ich immer wissen, wo ich ihn finden kann.«

»Wirklich«, sagte ich.

»Frühmorgens geht's immer am besten: Wenn er noch schläft, unterschreibt er einfach und fragt nicht lang.«

»Ja, er braucht seinen Schlaf«, sagte ich und dachte an all die Betten, in die dieses Kind seinen Vater verfolgt haben mochte. Wie viele waren es wohl? »Mit Gavin verheiratet sein« war eine alberne, linkische, flüchtige Vorstellung. Er war ein Schürzenjäger: Er ging mit den Frauen ins Bett, erklärte sie zur großen Liebe seines Lebens und machte sich wieder davon. Und ich war darauf reingefallen.

»Warum sagst du, *er braucht seinen Schlaf*?«, fragte Isobel. »Das klingt ja so unterschichtsmäßig.«

»Ich gehöre ja auch zur Unterschicht«, sagte ich. Es gibt etliche Generäle und Politiker in meiner Familie, und dieses Kind stammte von polnischen Immigranten auf der einen Seite und Bauern aus Yorkshire auf der anderen ab, aber was soll's? Ich weiß, wo meine Loyalität liegt.

»Du bist ja nur ein Au-pair-Mädchen«, sagte Isobel großzügig, »da kann man wahrscheinlich nichts anderes erwarten. Arbeitest du hier? Sind die richtigen Leute verreist?«

»Das ist mein Haus«, sagte ich. »Die richtigen Leute bin ich.«

Das Kind sah sich um, betrachtete die Edelstahlflächen, den Keramikherd und das Übrige.

»Muss schön sein, wenn man so reich ist«, befand sie.

»Ja, das ist es«, bestätigte ich, und Isobel belohnte mich mit einem langsamen Lächeln. Zum ersten Mal sah man etwas von Gavin in ihr, und ich dachte, wir könnten vielleicht doch miteinander auskommen. Dass Gavin seiner Tochter nicht gesagt hatte, dass er mich heiraten würde, bedeutete ja nicht, dass er diese Absicht nicht hatte. Wie war es ihr gelungen, mich so zu verwirren? Kleine Kinder waren leicht zu handhaben: Man kümmerte sich um ihre körperlichen Bedürfnisse. Es war ermüdend, aber es regte einen nicht auf. Ältere Kinder dagegen spielen ihre Spielchen mit einem, genau wie Erwachsene das tun.

Ich machte Isobel einen Toast, den sie unbedingt trocken wollte, ganz ohne Butter. Sie möge das Fett nicht, sagte sie. Ich fragte, woher sie gewusst habe, wo sie ihren Vater finden könnte. Ach, sagte sie, Elvira habe sie und Arthur immer zum Reiten mitgenommen, und Elvira sei nicht mehr gekommen.

»Da sind wir zu ihr in die Wohnung gegangen, und da saß sie mit großen verquollenen Augen und hat vor sich hin geheult.«

Offenbar hatte Elvira sechs Nächte lang bei mir vor dem Haus gestanden. Isobel hatte Apple Lee gleich erkannt, als Elvira den Apfelbaum in unserem Garten erwähnte. Der Bus in die Schule fuhr jeden Tag daran vorbei.

»Das hätte sie lieber nicht tun sollen«, sagte ich. »Die Gegend ist ziemlich gefährlich.«

Dabei dachte ich, wie merkwürdig man sich doch gegenüber Kindern benimmt – man tut so, als wäre alles in Ordnung, wenn es gar nicht so ist. Vergessen Sie die Frage nach dem Zustand der Nachbarschaft, der Gedanke an eine heulende Elvira, die draußen stand und zusah, wie die Lichter an und aus gingen und sich unsere Umrisse auf den Scheiben abzeichneten, ließ mich fast ausflippen. Es erregte mich irgendwie. Ich versuchte, meine Gefühle zu analysieren, aber ich kam ihnen nicht auf den Grund. Mein Atem ging schneller: Ich wollte zurück zu Gavin ins Bett, meinen Besitzanspruch geltend machen, dieses alberne Kind und auch Laura vergessen. Ich hasste diese Gefühle. Gott würde mich strafen. Und ich würde es Gavin auch nicht erzählen. Sollte Elvira doch zusehen und leiden und wissen, wie gründlich ich sie besiegt hatte.

»Elvira würde es toll finden, wenn man sie überfällt«, sagte Isobel. »Dann könnte sie Daddy die Schuld geben und würde dich anzeigen. Wenn Daddy dich heiraten und bei dir einziehen würde, würde er dann automatisch die Hälfte von diesem Haus kriegen? Geht das so?«

»Nur, wenn ich sie ihm überschreibe. Leute, die verheiratet sind, machen das oft.«

»Elvira hat eine Eigentumswohnung«, sagte Isobel. »Aber die ist nicht viel wert. Noch enger und schäbiger als die von Daddy. Daddys Mietvertrag läuft aus, deshalb muss er sich was anderes suchen. Gwen sagt, er könnte zu uns ziehen, aber er will nicht.«

Dabei warf sie mir einen schrägen Blick zu, anders kann ich das nicht beschreiben. Es ist so ein Koboldblick, richtig unheimlich, als ob sie mehr wüsste, als man wissen sollte und könnte. Und dann fällt mir immer ein, dass ihr zweiter Name Morgana ist, wie in Fata Morgana oder wie Morgan le Fay, die Schwester von König Artus, eine Zauberin und Gestaltwandlerin, die ihren Bruder verführte und damit das größte Unheil anrichtete.

Ich weiß noch, dass ich damals gedacht habe, das sei doch ein ziemlich ungewöhnlicher Name für ein kleines Mädchen. Es war Gwens Idee. Sie ist so romantisch.

»Liebling, ich stamme direkt von Guinevere und Lancelot ab«, sagte sie zu ihrem Schwiegersohn. »Lance ist ein alter, alter Name in unserer Familie. Eigentlich gehören wir alle zu den Rittern der Tafelrunde. Das Blut von Artus fließt in unseren Adern. Ich bin Gwen, also eigentlich Gwendolyn, Isolde ist meine Tochter, und ihr Vater war Caradoc. Gavin ist natürlich eine Verfälschung von Gawain. Isolde und du, ihr habt Arthur gezeugt, und das bedeutet, dass Arthurs Schwester Morgana sein muss.«

»Kein Kind von mir wird Morgana getauft«, hatte Gavin gesagt, »nicht einmal dir zuliebe. Abkürzungen kann ich nicht leiden, und sie würde unweigerlich ›Morgan‹ genannt werden oder gar ›Morgue‹.«

Also hatte man sich auf Isobel (mit o) verständigt und auf Morgana als zweiten Namen. Und da saß sie jetzt, Morgana, die halbwüchsige Verführerin mit ihren schicken blonden Haaren und großen, leicht schräg stehenden grünen Augen, die denen von Gwen so ähnlich waren – und schon ertappte ich mich bei dem Gedanken, dass ich lieber nett und vorsichtig sein sollte, damit mir nichts Schlimmes passiert. Sie würde mich verhexen und meine Gebärmutter würde vertrocknen. Ich fröstelte. Du glaubst, du lebst in einem rationalen Universum oder in einem zumindest halbwegs rationalen, wenn auch von allen möglichen Symbolen, Motiven und Zwängen bewohnten Universum wie meine Mutter, und dann stößt du plötzlich auf eine verborgene Unterströmung, die keine intellektuelle Anstrengung mehr wegzuerklären vermag.

Ich war, als die Kinder noch klein waren, ein oder zwei Mal in Gwens Wohnung in South Kensington gewesen. Ich hatte die Kinder dort hingebracht, damit sie mal aus der Krankenhausatmosphäre bei ihren Eltern herauskamen. Aber die Weltuntergangsgefühle schienen uns bis in den Bus zu verfolgen, wenn wir dort hinfuhren. Sie trappelten hinter uns her wie ein kleiner schwarzer Hund, der sich dann bei Gwen auf den scheußlichen glänzenden Chintzbezügen der blass-grünen Couch zusammenrollte, als ob er sagen wollte: »Ihr werdet mich doch nicht los. Ich bleibe für immer bei euch.« Aber vielleicht war es auch andersrum – der kleine schwarze Hund lebte bei Gwen und folgte uns von dort aus nach Hause.

Ich hasste die vielen kleinen und großen Gegenstände, von denen Gwen sagte, sie wären so wertvoll.

»Nicht anfassen! Vorsicht, nicht anfassen! Anfassen ist so vulgär! Die Ohrringe da haben einer römischen Aristokratin gehört, die hat man in ihrem Grab gefunden. Ein berühmter Archäologe hat sie mir geschenkt, nein, Isobel, fass sie nicht an. Das da ist ein Opferaltar aus Papua-Neuguinea, sehr seltenes Tropenholz. Der ist Tausende wert; bitte, Arthur! Nicht draufklettern. Vielleicht sind noch Spuren von getrocknetem Blut dran. Das war das Geschenk von einem Forscher, den ich mal gekannt habe.«

Ehrlich, so war das! Die Kinder waren fasziniert, aber ich fand es gruselig und wünschte mir jedes Mal, ich wäre schon wieder weg.

An diesem Tag dachte ich zum ersten Mal, dass Isobel sich vielleicht schon zu viel von Gwen abgeschaut hätte und dass Gavin sich gegen den Einfluss der Großmutter stemmen sollte, aber gleichzeitig wusste ich, dass ich das nicht zu ihm sagen würde. Isobel mal zu Besuch bei uns zu haben war das eine, sie bei uns wohnen zu lassen etwas ganz anderes. Ich wollte nicht, dass sie sich neben Gavin aufs Bett legte, wann immer sie Lust dazu hatte.

Mir wird klar, dass es vielleicht klüger ist, keine rechtliche Bindung mit Gavin zu suchen. Eine Ehe ist möglicherweise eine dumme Idee. Irgendwann musste der Verstand sich ja einschalten. Wir konnten zusammenleben. Wir mussten ja nicht mal in Apple Lee wohnen, obwohl es natürlich bequem wäre, nachdem ich Zehntausende ausgegeben hatte, um das Haus so einzurichten, dass ich darin wohnen, schreiben und

Geld verdienen konnte. Laura würde durchdrehen, wenn ich heiratete. Und meine Mutter genauso.

Ich brachte Isobel durch den Garten zum Bus, obwohl ich nur mein Nachthemd, meinen Morgenrock aus chinesischer Seide und keine Schuhe anhatte. Als wir am Apfelbaum vorbeikamen, ließ sich Isobel auf die Knie fallen und sagte: »Wir sollten ihn mal aus der Perspektive eines Kleinkinds betrachten!« Dann schaute sie hinauf in die tief herabhängenden Zweige und sagte mit tiefer Befriedigung: »Jetzt sieht wieder alles vertraut aus. Ich fühle mich richtig zu Hause.« Und wieder dieses Lächeln, und wieder sprang dieser Blitz von mir zu ihr über. Es war nicht ganz Zuneigung, sondern eine Art Einverständnis zwischen uns. Aber danach kam wieder dieses visuelle Echo: der schräge Koboldblick von ihr.

Der Bus kam angefahren. Ich winkte vom Gartentor aus. Ich hatte keine Lust, barfuß in die Wirklichkeit zu treten. Der Weg vom Haus zum Gartentor war gut gekehrt und sauber, aber sobald man auf der falschen Seite des Zauns war, wusste man nie, worauf man trat.

»Grüß Daddy schön«, sagte Isobel, als sie einstieg und Laura gerade noch rechtzeitig kam, um sie abfahren zu sehen. »Es ist in Ordnung, wenn er Sie heiratet. Elvira war hoffnungslos als Reiterin. Manche Leute sind wirklich peinlich.«

Und ich dachte, wie schnell man als Frau doch Vergangenheit werden kann. Und wie plötzlich …

Ich folgte Laura zurück ins Haus.

»Was war das für ein Mädchen?«, fragte sie, als sie ihre schicke schwarze Jacke auszog und sorgfältig auf einen Bügel hinter der Tür hängte. Ich habe die Neigung, meine Kleidungsstücke aufs Bett oder Sofa oder gleich auf den Boden zu schmeißen. Ich glaube, dass sie immer so propper aussieht und ich so schlampig, hat was mit diesen Bügeln zu tun.

»Die Tochter von meinem Freund«, sagte ich. »Ihr Vater schläft oben.«

Neun Wörter, und damit war es erledigt. Wovor hatte ich so viel Angst gehabt?

Emilys Sorge

Ich las Barnaby ein paar Auszüge aus Sapphos Roman vor. »Du schneidest doch gar nicht so schlecht dabei ab«, sagte er.

Ich machte ihm Frühstück in meiner Wohnung. Oder besser gesagt: Er machte mir Rühreier. Die Eier hatte er selbst gekauft – sie waren frisch, biologisch und doppelt so teuer wie die, die ich gekauft hätte. Nun ja, wenn es ihm Spaß machte. Obwohl sie auch nicht anders schmecken, so weit ich das beurteilen kann. Ein Ei ist ein Ei. Ich hatte gut geschlafen und meine Nerven waren viel ruhiger. Sappho hatte mir ja gesagt, dass sie sich verstecken wollte, warum sollte ich mich also aufregen? Mein Panikniveau lag nur noch bei vierzig Prozent.

»Ich glaube, Sappho hat erwartet, dass ich es lese«, sagte ich. »Vielleicht hat sie es mir zuliebe zensiert.«

»Da kannst du aber froh sein«, sagte er. »Viele Kinder geben sich die größte Mühe, um ihre Eltern zu kränken. Die meisten Autobiografien werden vor allem deshalb geschrieben. Die Literatur gibt einem die Freiheit, die Wahrheit dient als Rechtfertigung, aber das eigentliche Motiv ist Rache.«

»Was ich nicht verstehe: Warum hat sie Gavin geheiratet. Sie wusste doch offensichtlich, was er sich dabei dachte.«

»Wieso? Ich will dich doch auch heiraten«, sagte Barnaby. »Dabei ist es doch offensichtlich verrückt. Du bist eine schreckliche Köchin.«

Daraufhin sagte ich, ihn zu heiraten wäre noch viel verrückter für mich, denn er wollte ja bloß eine Pflegerin für seine alten Tage und Zugriff auf mein Vermögen. Darauf sagte er, er wolle außerdem Sappho als Stieftochter. Ich kreischte laut vor Entsetzen. Wegen des frühlingshaften Wetters war das Fenster geöffnet, und ein Spaziergänger schaute erschrocken herein. Ich lächelte ihn beruhigend an, und er ging weiter.

»War nur Spaß«, sagte Barnaby, und das glaubte ich ihm.

Wir aßen unsere Eier. Sie waren sehr gut. Ich bestätigte, dass ich den Unterschied schmecken könnte, und kreuzte dabei die Finger. Er mag seinen Toast ziemlich weich, es ist fast nur warmes Brot; ich dagegen mag den Toast richtig kross und schön braun. Heute hatte er ihn mal so gemacht, wie ich ihn mag. Ich sagte, ich würde ihn zwar nicht heiraten, aber zusammenleben könnten wir vielleicht schon. Das Thema meiner sexuellen Freiheit schnitt ich allerdings nicht an. Ich würde zwar darauf bestehen, aber in meinem Alter wirken solche Gespräche leicht unpassend. Früher oder später würde die Sprache ohnehin darauf kommen. Ich habe nicht die Absicht, den Rest meines Lebens ohne Sex zu verbringen.

Barnaby fragte, ob es ein weniger gewichtiges Wort als »Stiefkinder« für die Nachkommen gibt, die ein Partner in eine Beziehung einbringt, und ich sagte: Nicht, dass ich wüsste. Ein solches Wort war noch nicht erfunden.

»Verstehe«, sagte er. »Der neue Archetyp ist noch nicht geschaffen.«

»Ihr Jungianer seid wirklich besessen von Archetypen. In der neuen Weltordnung ist es noch zu früh, um diesen Archetyp zu bestimmen. Aber die alten Zeiten, in denen man davon ausgehen konnte, dass die Böse in einer Zweitehe immer die Stiefmutter war, sind auch vorbei.«

»Als es noch *Spieglein, Spieglein an der Wand, wer ist die Schönste im ganzen Land?* hieß, nicht wahr?«, sagte Barnaby, und ich mochte ihn dafür. Er ist ein kluger Mann, und ich mag kluge Leute. Klugheit ist sehr erotisch für Leute wie mich. Aber es ist nicht genug.

»Nun ja, wir werden sehen«, sagte ich. »Die Tagebücher werden es uns sagen. Kinder von geschiedenen oder verwitweten Eltern kämpfen leidenschaftlich gegen eine neue Beziehung, aber wenn eine Ehe eintritt, geben sie häufig auf und finden sich damit ab. Wir werden lesen, wie sich Isobel benommen hat, als Sappho geheiratet hat. Es kann sowohl das eine wie das andere passieren. Die Hochzeitsfeier kann Neid und Eifersucht mäßigen oder steigern. Sicher scheint mir nur eins: Wenn es keine Hochzeit gibt, sondern die Partner einfach nur so zusammenleben und auseinandergehen, ist die Prognose sehr schlecht. Das Kind muss ja bitter und gleichgültig werden, wenn das vertraute elterliche Bett sich mit einer Serie von wechselnden ›Onkeln‹ oder ›Tanten‹ füllt (was sich ja gar nicht vermeiden lässt) und die häuslichen Wände von einer Urszene nach der anderen widerhallen. Kein Wunder, dass sich unsere Sozialsiedlungen mit jungen Kriminellen füllen. Und wer weiß eigentlich, was für Veränderungen bei einem Kind auftreten, wenn Lebenspartner nach langer Zeit dem sozialen Druck nachgeben und doch noch heiraten? Das kann auch so oder so ausgehen.«

»Sehr überzeugend«, sagte Barnaby. »Ihr Freudianer mit eurer Urszene! Aber wenn wir zusammenziehen, musst du mich ab und zu auch mal was sagen lassen.«

Wieso nimmt er automatisch die Rolle dessen ein, der die Spielregeln festsetzt? Weil er, so lautet die Antwort, ein Mann ist. Warum gebe ich mich bloß mit ihm ab? Ich ignoriere seine Unverschämtheit.

»Die arme Sappho«, sagte ich. »Sie hat ihren Vater verloren, als sie noch klein war. Genau wie Isobel ihre Mutter.

Das haben sie beide gemeinsam. Der Tod reißt Menschen gewaltsam auseinander, aber für das heranwachsende Kind löst der Sensenmann vielleicht weniger emotionale Unruhe aus als die mutwillige Scheidung der Eltern.«

Barnaby bot mir nicht an, den Frühstückstisch abzuräumen – nachdem er die Eier gemacht hatte, fühlte er sich offenbar von weiteren häuslichen Pflichten entbunden –, aber er schien zu verstehen, was ich gesagt hatte, und das ist mehr, als man von den meisten Männern behaupten kann.

»Wenn den Leuten die Haustiere wegsterben«, sagte er, »weiß man auch nie, wie sie reagieren. Ich beobachte das häufig bei meinen Patienten. Manchmal sind sie innerhalb von Minuten schon unterwegs, um Ersatz zu beschaffen, und jede Rettungskatze ist ihnen recht. Und manchmal mauern sie die Katzenklappe zu und sagen: Nie wieder! Aber der Verlust ist für beide der gleiche.«

Ich wurde ganz aufgeregt. »Vielleicht ist das bei den Kindern genauso? Der Verlust eines Elternteils ist wie der Verlust eines Haustiers? Nach dem Tod der Mutter oder des Vaters wünschen sich Isobel oder Sappho entweder sofort Ersatz, eine Rettungsfreundin für den Vater oder einen Rettungsfreund für die Mutter – oder sie verbarrikadieren den Zugang zum elterlichen Bett und lassen niemanden hinein. Es kann so oder so gehen. Wir werden ja sehen.«

Wir sitzen in der Sonne über den schmutzigen Frühstückstellern und ich rekapituliere noch einmal, was ich gelesen habe. Ich habe ein schlechtes Gewissen, weil ich meine Tochter mal wieder als Fallgeschichte betrachte, aber es ist wohl zu spät, um meine Gewohnheiten jetzt noch zu ändern.

Ich bin stolz auf meine Tochter und habe zugleich um sie Angst. Denn sie hat durchaus psychosexuellen Schaden genommen. Der Masochist ist immer auch ein Sadist. Ihre Lust bei der Vorstellung, dass Elvira eifersüchtig draußen vor dem Fenster steht, erregt Sappho. Die Lust ist ganz offenkundig, Sappho beobachtet sie an sich selbst, und das macht sie scharf.

Aber sie wird Gavin nichts davon sagen. Es sind das Verbotene und das sexuelle Machtgefühl, die sie erregen. Sie wird es für sich behalten. Der kindliche Narzissmus wird zum Voyeurismus, und dessen Kehrseite ist Exhibitionismus. Sappho steht als Voyeurin auf der Straße in Elviras Fußstapfen und wirft zugleich Schatten auf die Jalousien als Exhibitionistin. Sie hält den Atem an: Sie ist erregt. Bald wird sie eine noch größere masochistische Lust suchen. Sie wird sich bestrafen. Sie wird Gavin heiraten.

Ich lege Barnaby meine Deutung vor.

»Ach ja, der gute alte Freud«, sagt Barnaby. »Was war zuerst da, Huhn oder Ei? Sadismus oder Masochismus? Persönlich würde ich auf den Sadismus setzen. Der emotionale Sadist ist ein beliebter Mann. Er wird zum Dinner eingeladen, während sich die betrogene Ehefrau zu Hause die Augen ausweint.«

Das ist mir zu altmodisch. Er ist wirklich ein Dinosaurier. Das kann ja alles nichts werden.

»Ich werde oft genug ausgeführt«, sage ich. Und das stimmt auch. Ich habe viele Verehrer, und das war immer schon so. Das Alter und die Gewohnheit vermindern nicht meine unendliche Vielfalt. Oder liegt es bloß daran, dass ich zu haben bin? Sappho hat sich ganz anders entwickelt und ist viel zu kritisch. Ich trage gern tiefe Ausschnitte, während Sappho ganz hochgeschlossen daherkommt.

»Du bist eine Sadistin«, sagt mein Quasi-Liebhaber. »Es macht dir Spaß, wenn ich leide.«

Verstehen Sie? Ich rede über Sappho, aber er ist nicht zufrieden, ehe das Gespräch sich wieder um ihn dreht. Na ja, so sind Männer nun mal. Entweder man findet sich damit ab, oder man muss ohne sie auskommen. Und ich habe Angst vor der Einsamkeit.

»Ich stelle fest, dass du die eigentliche Schlüsselszene übersprungen hast«, sagt Barnaby jetzt. »Die war wohl zu stark für dich: Isobel, wie sie auf Sapphos Bett liegt und die Hand ihres Vaters umklammert. Der Signifikator. Die Karte, die den Fragenden darstellt. Bist du die Fragende? Oder ist es deine Tochter?«

Er macht sich lustig über mich mit diesem Tarot-Gerede. Wie so viele Jungianer schätzt er die Kartenleserei und konsultiert das ›I Ging‹. Für solchen Aberglauben bin ich nicht zu haben.

»Sappho verleugnet die Realität genau wie du«, sagt er. »Statt mit Empörung reagiert sie nur mit milder Irritation.«

»Isobel liegt ja nicht im Bett«, sage ich, »sondern nur obendrauf. Obwohl sie zweifellos gern im Bett gewesen wäre. Sie hat jetzt schon einige Rivalinnen kommen und gehen sehen, einschließlich der eigenen Mutter, und steckt ihren Claim ab. Aber das Tabu, der angeborene Sinn für das Verbotene, ist sehr stark: Sie bleibt auf der korrekten Seite der Bettdecke. Es gibt noch Hoffnung für sie. Zugegeben, Sappho nimmt es relativ gelassen hin. Die unvermeidlichen Empfindungen von Wut und Eifersucht und das Neidgefühl der Älteren gegenüber der Jüngeren sind zu groß, um an die Oberfläche zu kommen. Sie bleiben begraben.«

»Und ohne Zweifel hast du beschlossen«, sagt Barnaby, »dass genau das der Grund ist, warum deine Tochter jetzt emotional unbehaust auf den Straßen herumirrt, nicht wahr? Sapphos Roman ist schon vor drei, vier Jahren geschrieben worden. Warum sollte die Erinnerung ausgerechnet jetzt wieder auftauchen?«

»Das Unbewusste hat eine andere Uhr als unser Bewusstsein«, sage ich selbstgefällig. »Das Bewusstsein zählt die Minuten, das Unbewusste kennt keine Zeit. Es kann ewig brauchen, um zu einem Ergebnis zu kommen.«

»Wie praktisch«, sagt Barnaby. »Und wie steht es mit dir und den unvermeidlichen Neidgefühlen der älteren gegenüber der jüngeren Frau? Warum wanderst du emotional unbehaust durch mein Leben und verursachst mir Schmerzen?«

»Ich glaube, es wird Zeit, dass du gehst«, fauche ich. Ich hasse es, wie er immer alles verdreht. In jeder vernünftigen Beziehung hätten wir im Bett gelegen und gevögelt, sobald wir die Eier verputzt hatten.

»Meinst du, ich sollte mich mal nach Viagra erkundigen?«, fragt er. Er scheint Gedanken lesen zu können. Es wäre mir lieber, er könnte das nicht. Aber es stimmt schon: Ohne Sex ist das Verhältnis zwischen Mann und Frau nur schwer zu ertragen. Sogar mit ist es schwer zu ertragen.

»Viagra ist überholt«, sage ich. »Es gibt neue, verbesserte Medikamente auf dem Markt.«

»Das hätte ich mir denken können, dass du dich da auskennst«, sagt er bitter.

Jetzt schmollt er. Nach seinem jetzigen Verhalten zu schließen, hat seine emotionale Entwicklung im Alter von acht Jahren ein jähes Ende genommen. Sein Kinn ist trotzig vorgeschoben. Er wird rot im Gesicht, und an seiner Schläfe pocht eine Ader. Er kriegt noch einen Schlaganfall, wenn er sich nicht beruhigt.

»Können wir wieder zu Sappho zurückkehren?«, frage ich. »Da bin ich etwas auf der Spur, glaube ich. Findest du es nicht auffällig, dass sie zum ersten Mal über eine Ehe nachdenkt, als ihr Isobel über den Weg läuft? Und dann gleich an Babys zu denken beginnt? Das Unbewusste kümmert sich um die Seele des Menschen, bloß ohne die praktischen Fragen. Was schert sich das Unbewusste um iPods, Krankenversicherung, sechs Wochen Urlaub im Jahr? Kein bisschen. Es kommt einfach mit Wunschvorstellungen daher und schmeißt sie ihr an den Kopf: eine weiße Hochzeit, eine Wiege und einen Preis für die beste Mami – das ist dann der neueste Archetyp.«

»Du bist genial«, gesteht Barnaby, »und hast vielleicht sogar recht.«

Er hat sich wieder beruhigt und gibt sich geschlagen. Ich merke, dass ich taktlos gewesen bin. Er hatte sich gerade zu dem Geständnis entschlossen, dass er unter einer sexuellen Dysfunktion leidet, und ich hatte ihm das Wort abgeschnitten, indem ich Cialis ins Spiel gebracht habe. Ich glaube, ich werde wirklich mal ein paar von den Pillen zermahlen und ihm in seine heiße Schokolade mischen. Cialis ist wirklich besser als Viagra. Es funktioniert innerhalb einer halben Stunde, und die Wirkung hält tagelang an.

Sapphos Roman setzt sich fort

»Ist es nicht ein bisschen spät für einen Mann im Bett?«, erkundigt sich Laura. »Es ist schon beinahe neun, und das an einem Wochentag! Du musst ein paar wichtige Termine einhalten, und jeder halbwegs anständige Mann sollte längst auf dem Weg zur Arbeit sein.« Sie sagte das halb im Scherz, aber eben nur halb.

»Es ist *mein* Bett«, sagt Sappho, »und *mein* Leben.« Und das sagt sie ohne Scherz.

Laura hebt überrascht ihre struppigen Augenbrauen. Je öfter sie zupft, desto schneller wachsen sie. »Sag mir bitte nicht, wir reden über was Dauerhaftes«, sagt sie.

»Könnte schon sein«, erklärt Sappho.

Ich mag nicht mehr mit meinem eigenen Mund von meinen eigenen Empfindungen sprechen. Ich werde wieder eine unparteiische Beobachterin meiner selbst sein. Meine Begegnung mit Isobel in der ersten Person hat mich emotional sehr erschöpft. Also zurück in die dritte Person.

»Ich hab doch geahnt, dass da etwas im Busch ist«, sagte Laura. »Du hinkst mit deiner Arbeit hinterher. Du hast gesagt, du könntest den ersten Akt von ›Wie es mir gefiel‹ bis heute fertig haben, aber ich sehe nichts auf meinem Schreibtisch. Du musst bis Ende September abliefern!«

»Ich brauche mehr Zeit dafür.«

»Hat er etwa das ganze Wochenende hier verbracht?«

»Ja, hat er.«

»Erzähl mir das Schlimmste: Wer ist es?«

»Gavin Garner«, sagte Sappho.

Es war einen Augenblick still.

»Aber der ist doch steinalt«, sagte Laura. »Du könntest doch jeden haben. War das seine Tochter?«

»Ja, ich kenne sie seit ihrer Geburt.«

»Ihre Mutter ist früh gestorben«, sagte Laura. »Ich erinnere mich. Ich hab damals seine Kolumne gelesen. Mein Gott, Sappho, worauf lässt du dich da ein? Und du bist mal wieder die E-Mails durchgegangen. Ich wünschte, du würdest das lassen. Jetzt weiß ich nicht mehr, was schon erledigt ist und was nicht. Außerdem siehst du total durchgefickt aus.«

Das ist nicht wahr, dachte Sappho. Ich sehe gut aus. Das sagen mir alle. Strahlend.

»Willst du Kaffee?«, fragte Laura.

»Keinen Kaffee. Aber es gibt etwas Oolong-Tee.«

»Ach du liebe Güte. Unsere Gewohnheiten ändern sich also schon. Ich sehe, die Sache ist ernst.«

»Das ist sie«, sagte Sappho in einem Ton, der Laura zu einem Richtungswechsel veranlasste. Sie stellte den Computer auf *Defragmentieren* und ging in die Küche. Die bestmögliche Nutzung der Zeit gehörte zu ihren Spezialitäten.

»Wo liegt denn das Problem bei ›Wie es mir gefiel‹?«, fragte Laura. »Es schien doch so gut voranzugehen.«

»Genau«, sagte Sappho. »Es ist zu leicht. Es bleibt zu sehr an der Oberfläche. Es ist nicht ernsthaft genug.«

»Dieser Gavin Garner hat doch eine schlechte Besprechung über dich in einem der Sonntagsblätter geschrieben«, sagte Laura. »Hat er nicht gesagt, unter all dem ungeschminkten Realismus läge eine profunde Unwissenheit oder so etwas Ähnliches? Was ist denn jetzt plötzlich los?«

»Vielleicht hat er ja recht«, sagte Sappho. »Ungeschminkter Realismus ist vielleicht nicht meine Stärke. Du wirst zugeben müssen, dass er nicht unbedingt meiner Lebenserfahrung entspricht.«

»Deine *profunde Unwissenheit* hat dir eine Menge Geld eingebracht«, sagte Laura. »Und mehr will ich dazu nicht sagen.«

Sie klapperte in die Küche, und als Nächstes hörte Sappho einen schwachen Schrei. Sappho rannte hinter ihr her, um zu sehen, was los war. Es war Gavin, der sich nackt einen Tee machte.

Er starrte Laura fragend an, ohne jede Bemühung, sich zu bedecken. Er sah gut aus, auch nackt: Er war zwar schon Ende vierzig, aber er war schlank, haarig und breitschultrig. Und natürlich gut bestückt.

»Und wer sind Sie?«, fragte er. »Ach ja, ich weiß: die Sekretärin – Laura.«

»Persönliche Assistentin«, korrigierte Laura und flüchtete sich zurück ins Büro auf ihren Sekretärinnenstuhl.

»Gavin Garner, der Blitzer«, war alles, was sie sagte. »Was ist los mit dir, Sappho?«

»Gavin«, sagte Sappho, »du musst dir Mühe geben, mit Laura auszukommen.«

»Warum?«, fragte er.

»Weil mein Geschäftsunternehmen sie braucht.«

»Aber du bist kein Geschäftsunternehmen«, sagte er. »Das hat dir Laura nur eingeredet, weil es ihr nutzt. Du bist eine Schriftstellerin. Komm wieder zurück ins Bett.«

»Ich müsste eigentlich die E-Mails mit Laura durchgehen«, sagte sie, legte sich aber doch wieder hin.

Ich verfalle wieder in die schlechten Gewohnheiten der Stückeschreiberin: alles nur Dialoge. Ich muss härter daran arbeiten, richtige erzählende Prosa zu schreiben.

»Sappho«, fragte Gavin, »willst du mich heiraten?«

Sappho schien darüber nachzudenken, obwohl sie die Antwort schon seit längerem geübt hatte. Sie lautete: »Vielleicht nicht unbedingt heiraten, jetzt noch nicht, aber wir könnten ja zusammenziehen.«

Sie waren in Gavins Wohnung, als er das fragte, und sie lag in der Badewanne. Sie fand es schwer, in Apple Lee im Bett zu liegen und darauf zu warten, dass Laura kam. Gavin stand nie vor halb zehn auf, und Laura kam pünktlich um viertel vor neun. Sie mochte es, mit Gavin im Bett zu liegen; selbst wenn sie nicht immer Sex hatten, war es doch angenehm, seinen warmen, mageren Körper neben sich zu spüren. Sie hatte das Gefühl, etwas nachzuholen; sie hatte so viele Jahre männerlos verschwendet. Wenn sie im Theater oder essen gewesen waren, machte es daher Sinn, bei Gavin zu übernachten und am Morgen lange zu schlafen, obwohl sie dann später immer noch Lauras kühles, ausdrucksloses Gesicht ertragen musste.

Laura runzelte nicht länger die Stirn: Sie war vorsichtig geworden. Sie war förmlich und distanziert höflich, aber nach wie vor äußerst tüchtig und effizient.

Sappho konnte nicht wagen, mit Gavin darüber zu reden, weil sie befürchten musste, dass er bestenfalls sagte: »Sappho, sie ist eine Angestellte. Und du bist eine Künstlerin, keine Bürokraft.« Oder schlimmstenfalls: »Es ist absurd, dass du jemanden für dich arbeiten lässt, vor dem du Angst hast. Schmeiß sie doch raus.«

Stattdessen erzählte sie Gavin, es gefiele ihr in seiner Wohnung; sie sei so männlich, und Apple Lee sei so weiblich. Sie mochte die Matratze, und sie mochte die Badewanne, weil es daneben Platz genug für die Seife und ein Glas Sekt gab. Selbst die Risse an der Decke störten sie nicht, wo die darüber wohnenden Mieter mal das Wasser nicht rechtzeitig abgestellt hatten. Dass sein Bett verhältnismäßig schmal war, gefiel ihr; und die Bücher, die überall herumlagen, Bücher über Theatergeschichte und den Untergang großer Reiche, Bücher über den Gebrauch und die Entwicklung der Sprachen. Im Vergleich dazu war ihre Behausung hoffnungslos bürgerlich und unintellektuell. Apple Lee hatte überall grüne Rüschenvorhänge und war komplett mit Teppichboden ausgelegt, was Sappho inzwischen als Fehler erkannte; sogar ihre Mutter hatte die Stirn darüber gerunzelt. Aber Laura sagte, Teppiche würden den Lärm dämpfen und die Heizkosten senken, und hatte sich so über die Seidenvorhänge gefreut, dass Sappho ihre eigenen Zweifel unterdrückt hatte. Apple Lee sah hübsch und teuer aus, hatte aber mit ihr nichts zu tun. »Das Haus hat ihr gefallen«, hatte Sappho nach Isobels Auftritt zu Gavin gesagt, und er hatte erwidert:

»Das wundert mich nicht. Sie ist elf Jahre alt.« Was ja wohl ziemlich alles sagt.

Ihr Herz jubilierte, als Gavin sie fragte, ob sie ihn heiraten wollte. Sie spürte es ganz körperlich. Eine Leichtigkeit in der Brust, als wäre ein schweres Gewicht weggenommen. Als wären alle Elemente ihres Lebens und ihres Wesens zusammengekommen und ergäben zum ersten Mal einen Sinn. Ihre eigene Antwort dagegen schien kleinlich und langweilig. Sie stieg aus der Wanne und er sah entzückt zu, wie sie sich abtrocknete.

»Ich habe solches Glück, jemanden wie dich gefunden zu haben«, sagte er. »Du bist die schönste Frau der Welt.« Sie dachte, er habe ihre Entscheidung akzeptiert und sie hätte die Beziehung im Griff.

»Elvira hatte längere Beine«, stellte sie fest. Sie hatte Elvira bis dahin nicht erwähnt, und er sah verblüfft aus.

»Elvira?«, fragte er. »Was hat denn Elvira damit zu tun? Ich habe sie nicht geliebt.« Womit auch das erledigt schien.

Aber kurz darauf sagte er: »Es wäre mir lieber, wir wären verheiratet. Ich würde mich sicherer fühlen. Du bist jünger als ich; ich will nicht, dass du mir wegläufst.«

»Warum sollte ich weglaufen? Warum sollte ich das wollen? Ich habe lange genug gebraucht, um dich zu finden. Und ich vermute, du würdest mich auch im Auge behalten.«

»Warum hast du dann Elvira erwähnt? Das hättest du doch nicht getan, wenn du nicht an die Möglichkeit anderer Partner gedacht hättest.«

»Mein Gott!«, sagte Sappho. »Ich lebe nicht mit meinem Vater, ich lebe mit meiner *Mutter* im Konkubinat!«

Aber er lachte nicht. Er schien sich zu quälen.

»Ich meine ja bloß, weil meine Mutter hinter allem nach Bedeutungen sucht«, sagte sie, aber er hörte nicht zu. Er war jetzt beleidigt. Ihre Stimme wurde leiser, und sie verstummte.

»*Konkubinat!*«, sagte er schließlich. »So siehst du das also? So wenig bedeutet dir das? Ich bin real, weißt du, nicht bloß so eine Fantasie. Ich kann meine Kinder, ich kann mich und ich kann dich nicht in dieser Weise herabwürdigen! *Konkubinat!* Du und ich, wir sind ernsthafte Menschen, Sappho. Du liebst mich oder du liebst mich nicht. Du heiratest mich oder du heiratest mich nicht.«

Er rief ein Taxi für sie und sagte, er würde direkt ins Büro gehen. Er ging, noch ehe das Taxi eintraf, und dann rief er die Firma an und sagte, es gäbe eine Verspätung von zwanzig Minuten. Sappho suchte nach Isoldes Porträt. Sie fand es in der Besenkammer, es hing an der Rückwand, sodass es einen direkt anschaute, wenn man die Tür aufmachte. Isolde war Lehrerin, Orakel, Mutter und weise Frau gewesen für Sappho. Sie hatte ihr alles beigebracht, was sie wusste, einschließlich dessen, wie man mit Gavin verheiratet sein konnte. Sie war öffentlich und schmerzhaft über einen langen Zeitraum hinweg gestorben, und Sappho hatte sie verraten und auf dem Totenbett verlassen, sodass sie allein sterben musste. Isolde hatte Sappho mit ›Ms. Alien‹ reich gemacht, deren Wurzeln in Isoldes, nicht Sapphos Hirn lagen. Es war Sapphos Erbe gewesen, aber das konnte Sappho niemandem erzählen.

Sappho wusste, dass sie Isolde unter keinen Umständen in der Besenkammer zurücklassen konnte. Der Haken, von dem er das Bild abgenommen hatte, nachdem Sappho die erste Nacht in seiner Wohnung verbracht hatte, steckte noch in Gavins Schlafzimmerwand. Sappho holte Isolde aus der Besenkammer und hängte sie wieder über das Bett, dazu musste sie sich aufs Kopfkissen stellen. Eine wacklige Angelegenheit. Sie staubte den Rahmen ab und hängte ihn gerade. Es war ihr egal, als Staub- und sogar Rußflocken auf Gavins Bett fielen.

»Da gehörst du hin, Isolde«, sagte sie, und Isolde schien zufrieden zu sein.

Die Türklingel summte, und Sappho fuhr nach Hause nach Apple Lee.

Emily ist empört

»Merkt sie denn nicht, dass er sie manipuliert? Was ist denn bloß mit ihr los? Er will sie heiraten, wahrscheinlich wegen des Geldes. Sein Mietvertrag läuft ab. Er braucht eine Bleibe. Er will seine Kinder von seiner Schwiegermutter wegkriegen. Und um sich meine wohlhabende, schöne, erfolgreiche Tochter als Braut zu schnappen und damit alle seine Probleme zu lösen, spielt er den Gekränkten, unter einem nichtigen Vorwand. Er sorgt dafür, dass sie sich mies, billig und unsicher fühlt, weil sie einmal das falsche Wort benutzt hat. Er weiß ja, dass sie ihm nachlaufen wird. Emotionale Erpressung ist das; er ist nichts als ein Heiratsschwindler und Hochstapler.«

»Beruhige dich, Emily«, sagt Barnaby. »Du bist paranoid. Er ist ein Romantiker. Ich wäre auch beleidigt, wenn ich ein Mädchen liebte und sie von wilder Ehe redet, wenn ich ihr einen Heiratsantrag mache. Sie braucht eine feste Beziehung. Er passt sehr gut und sie mag ihn sexuell. Du willst bloß nicht, dass deine Tochter deiner Kontrolle entgleitet. Wahrscheinlich bist du sogar eifersüchtig.«

»Pfff«, mache ich, beruhige mich aber tatsächlich. Vielleicht hat er ja nicht so unrecht. Das mit dem *gut bestückt* hat mich ziemlich beeindruckt. Und ich hatte tatsächlich mit Laura sympathisiert, weil sie ihren Einfluss auf meine Tochter zu verlieren fürchtete. Sappho hatte sich plötzlich für mich in *meine Tochter* verwandelt. Ich würde aufpassen müssen.

»Sie hätte das Gemälde abwischen sollen, bevor sie es wieder aufgehängt hat«, sage ich. »Was den Haushalt angeht, ist das Mädchen schrecklich inkompetent.«

»Ich frage mich, von wem sie das hat«, sagt Barnaby. Er hatte ein Maßband in der Hand und hantierte damit auf dem Fußboden herum. Er suchte nach der besten Stelle für die Wendeltreppe, die in seiner Vorstellung dazu dienen sollte, unsere Wohnungen und unsere Zukunft miteinander zu verbinden. Soll er nur träumen: Ich würde es niemals zulassen.

»Das zu lesen tut richtig weh«, sage ich. »Ich habe sie ganz falsch erzogen.«

»Dann hör eben auf, es zu lesen«, sagt er. Er ist so männlich und so vernünftig. Aber er hat einen Termin beim Arzt gemacht – obwohl ich ihm gesagt habe, er könne die Potenzmittel einfach im Internet kaufen.

»Kinder wachsen in das hinein, wozu sie geboren wurden«, sagt er. »Man muss sehr hart arbeiten, um sie zu verfälschen. Wenn du sie schlägst, verführst oder einschüchterst, kannst du ihre Chancen vielleicht beeinträchtigen und sie zu Neurotikern machen, aber im Großen und Ganzen wachsen sie den Erziehungsanstrengungen ihrer Eltern zum Trotz auf.«

»Eine sehr beruhigende und – wenn ich so sagen darf – sehr jungianische Vorstellung«, sage ich. »Ein Patentrezept für ein Leben ohne Schuldgefühle.«

»Woher kommen deine Schuldgefühle denn heute?«.

»Damals ist Sappho mal bei mir gewesen und hat mich gefragt, wie ein bloßes Zusammenleben im Gegensatz zu einer Ehe die Kinder beeinflussen würde, und ich habe gesagt: Das wäre ganz schlecht.«

»Wieder dieser Kram mit der Urszene?«

»Ja«, sage ich. »Ich wusste damals noch nicht, dass sie mit Gavin ging. Das war, ehe mir Laura davon erzählte.«

»Und wenn du's gewusst hättest, dann hättest du eine andere Auskunft gegeben?«

»Ja«, sage ich.

»Frauen sind skrupellos«, sagt er.

Ich setze meine Lektüre fort, während er mit dem Maßband am Boden herumkriecht. Ich reagiere gar nicht, als er plötzlich sagt: »Ich habe daran gedacht, das Mädchen von oben als Patientin anzunehmen. Sie hat schwere Alpträume. Sie hat mitten in der Nacht losgeschrien, und ich musste nach oben gehen und bei ihr an die Tür schlagen.«

»Aha«, sage ich.

Das war alles. Ich glaubte ihm nicht.

Sapphos Roman setzt sich fort

Als Sappho nach Hause kam, saß Laura an ihrem Computer. Sie machte keine Bemerkung über Sapphos Zuspätkommen, sondern blieb völlig cool. Sie sagte nur, die BBC habe angerufen und gefragt, ob sie ein Exposé für eine Vorabendserie über Slumkinder einreichen könnte. Sie habe einen Termin für ein Vorgespräch ausgemacht und in den Kalender geschrieben.

»Warte mal«, sagte Sappho. »Ich glaube, denen sagen wir ab. Ich habe in letzter Zeit zu viel Fernsehen gemacht. Ich möchte nicht als Fernsehautorin bekannt werden.«

»Bringt 'ne Menge Geld«, sagte Laura. »Und ehe wir ›Wie es mir gefiel‹ nicht abgegeben haben, müssen wir von Wiederholungshonoraren leben. Wie geht's damit? Die haben heute Morgen auch angerufen.«

»Das kann man nicht überstürzen«, sagte Sappho, »das braucht seine Zeit.«

Laura hob die Augenbrauen. »Das habe ich dich noch nie sagen hören«, erklärte sie.

»Ich bin doch kein Schreibknecht«, sagte Sappho.

»Ach herrje«, sagte Laura. »Als Nächstes behauptest du noch, du wärst eine bedeutende literarische Gestalt.«

»Das bin ich tatsächlich, Laura«, erklärte Sappho. Sie ging ins Schlafzimmer und setzte sich auf ihr Himmelbett, wo Maria, die philippinische Haushaltshilfe, gerade die Laken gewechselt hatte. Das Bett sah frisch und einladend aus. Es war offensichtlich gemütlicher, hier zu schlafen als unter Isoldes Porträt. Sie würde die Kinder Gwens Einfluss entziehen.

Sie sah zu, wie sich ein Rotkehlchen auf einen Zweig des Apfelbaums setzte, der an die Scheibe des Schlafzimmers klopfte. Auch ihr Kinderzimmer hatten früher die Zweige gestreift. Vor ein paar Jahren war der Baum kräftig zurückgestutzt worden und wuchs jetzt ebenso in die Breite wie in die Höhe. Seine Zweige erreichten jetzt nicht nur das Gästezimmer, sondern auch dieses Zimmer. Es gab Veränderungen, Verbesserungen und Fortschritt. Neugierig legte der Vogel den Kopf auf die Seite. Sappho fand, das sei eine Art Zeichen. Sie musste eine Frage klären. Sie würde ihre Mutter anrufen und ihr erzählen, dass sie Gavin Garner wiedergetroffen und die Absicht hatte zu heiraten; dann würde sie die Reaktion abwarten. Aber dann dachte sie, dass sie es vielleicht doch nicht tun würde.

Stattdessen rief Sappho ihren Agenten an. Luke war jung, theatralisch und schwul.

»Luke«, fragte Sappho, »was hältst du davon, wenn ich heirate?«

»Aber Schätzchen, du willst dich im Hetero-Ghetto begraben?«, sagte Luke. »Wenn dir das nichts ausmacht, hab ich nichts dagegen. Aber sag mir, werd ich zur Hochzeit eingeladen?«

»Natürlich«, sagte Sappho. Sie sah jetzt die Vorteile einer Hochzeit. Sie konnte alle Leute, denen sie eine Einladung schuldete, an einem Tag abfertigen. Laura konnte es arrangieren. Laura war so ins Gelingen verliebt, dass sie großzügig darüber hinwegsehen würde, dass Gavin eine langfristige Ergänzung zu Sapphos Leben sein sollte; sie würde ihre Aufgabe glänzend erledigen. Unterdessen konnte Sappho sich, von den bevorstehenden Ereignissen beflügelt, ganz auf ihre Arbeit konzentrieren und endlich ›Wie es mir gefiel‹ abschließen. Ihre Unfähigkeit, das Stück zu Ende zu bringen, begann sich ihr aufs Gemüt zu legen. Sie verplemperte zu viel Zeit mit Tagträumen oder mit Taxifahrten zu Selfridges, um sexy Unterwäsche zu kaufen – die hatten da eine sehr gute, von vielen russischen Nutten besuchte Lingerie-Abteilung. Oder einfach damit, in die Stadt zu fahren, um einen Kaffee und einen Grappa mit Gavin zu trinken, der es immer sehr merkwürdig fand, wenn sie den Wunsch äußerte, »zurückzufahren und weiterzumachen«.

»Bleib doch noch«, sagte er immer. »Du brauchst auch ein bisschen Privatleben.« Und sie war nur allzu bereit, ihm zu glauben. Er führte ein sehr viel beschaulicheres Leben als Sappho, und das war schön und gut, aber irgendwie mussten auch die Seiten mit Wörtern bedeckt werden.

»Ach übrigens, Sappho«, erklärte Luke – das war das, was er immer sagte, wenn er zum Kernpunkt einer Unterhaltung vorstoßen wollte, »die Leute vom Vanbrugh Theatre haben angerufen und gefragt, wie es mit ›Wie es mir gefiel‹ vorangeht. Sie erwarten, dass du im Juni lieferst.«

»Im Juni werde ich heiraten«, erklärte Sappho. »Sie müssen wohl etwas warten.«

»Wir wollen doch die Pläne für die Produktion nicht stören?«, sagte Luke. »Außerdem habe ich gehört, die BBC hätte wegen einer Fernsehserie angerufen, du Glückspilz.«

»Ich schreibe keine Fernsehspiele«, sagte Sappho. »Ich bin eine Bühnenautorin.«

»Schätzchen«, sagte Luke zärtlich, »wir sind das, wofür uns die Leute bezahlen. Wie lange ist es jetzt her, seit ›Ms. Alien‹ die Bühnen gestürmt hat? Sieben Jahre? Eine junge Frau muss immer wieder zeigen, was sie kann, wenn sie weiterkommen will. Und je länger ich darüber nachdenke, desto mehr glaube ich, dass ich meine Klienten doch lieber unverheiratet habe.«

»Wieso?«, fragte Sappho.

»Ach, weil Ehemänner sich allen möglichen Unsinn einbilden: zum Beispiel, dass sie mit Genies verheiratet sind und Ablieferungstermine plötzlich keine Rolle mehr spielen, weil das Geld von allein fließt. Und dann fragen sie irgendwann: Wozu braucht man eigentlich Agenten, das kann ich doch auch machen und wir sparen die fünfzehn Prozent, und dann ist die Autorin weg vom Fenster und man hört nie wieder etwas von ihr.«

»Ich verstehe, Luke«, sagte Sappho. »Wir sehen uns dann bei der Hochzeit.«

Sappho rief ein paar Freundinnen an. Belinda, die sie noch von der Schule kannte, hatte einen älteren Mann mit einem Sohn aus erster Ehe geheiratet und dachte gerade daran, mit dem Stiefsohn davonzulaufen; während Polly, eine Freundin aus der Schauspielschule, einen Sohn aus der Samenbank hatte. Belinda warnte sie davor, einen älteren Mann aus erotischen Gründen zu heiraten – Erfahrung und Feingefühl waren kein Ersatz für die nötige Energie –, und Polly sagte, es wäre geisteskrank, wenn man überhaupt jemand heiraten wollte. Wenn sie es tatsächlich tun würde, sagte Belinda, sollten sie getrennt schlafen: zu viel körperliche Nähe untergrabe den eigenen Willen und das eigene Denken. Belindas verheiratete Freundinnen, sagte Belinda, würden die ganze

Zeit nur auf Zehenspitzen herumhüpfen, um ihre Ehemänner nicht zu beunruhigen: Es war erniedrigend und sinnlos. Da die Frauen ohnehin alle arbeiten müssten, hätte die Ehe überhaupt keinen Sinn mehr. Früher war es ein Vertrag über legalisierte Sklaverei. Die Frau stellte gegen freien Unterhalt ihre sexuellen und häuslichen Dienste zu Verfügung und versorgte die Kinder. Aber Unterhalt wurde längst nicht mehr gewährt und erwartet; ganz im Gegenteil: Heutzutage verdienen viele Frauen mehr als ihre Ehemänner. Was sollte also diese ganze Heiraterei?

»Ich will nicht, dass er mir wieder entwischt«, sagte Sappho.

»Frauen sind geisteskrank«, sagte Polly. »Ein Glück, dass ich einen Sohn habe.«

Sappho beschloss, ihre Mutter nicht um Rat zu fragen, sondern ihr eine Einladung mit der Post zu schicken, gewissermaßen ganz beiläufig. Sie ging nach unten ins Arbeitszimmer und suchte in ihrem Kalender nach einem freien Termin Ende Juni. Dann bat sie Laura, das Standesamt anzurufen, eine Party zu organisieren und ja niemanden zu vergessen, dem sie eine Einladung schuldete. Laura saß ein paar Minuten lang mit geschlossenen Augen an ihrem Schreibtisch, beschloss, vermutlich nach einer kurzen Gewinn- und Verlustrechnung, dass es in ihrem besten Interesse lag, auf ihrem Posten zu bleiben, machte die Augen dann wieder auf, lächelte gequält, wobei sie eigens ihre dünnen Lippen ein wenig hochzog, und sagte: »Sehr wohl. Das Standesamt macht nicht vor zehn auf, aber ich werde dort anrufen, sobald es geht. Ich brauche natürlich alle Einzelheiten über die Person, die du heiraten willst: Ein Pass könnte sicher nicht schaden. Und vergiss bitte nicht die juristischen Konsequenzen.«

Emily regt sich auf

Sappho ist schon als Kind so gewesen. Wenn ihr jemand sagte, sie solle etwas nicht tun, tat sie es extra, bloß um zu sehen, was passieren würde. Wenigstens änderte sie noch ihre Meinung und hatte die Höflichkeit, mich über ihre bevorstehende Eheschließung zu informieren, ehe die Einladung kam. Als Mutter der Braut hätte ich die Hochzeit vermutlich bezahlen sollen, aber wovon? Wir hatten uns alle rasch daran gewöhnt, dass Sappho aus den Einkünften von ›Ms. Alien‹ für alles bezahlte. Ich bot immer noch klassische Psychoanalyse mit drei, vier Sitzungen in der Woche an, als andere längst zu besser bezahlten Kompakttherapien nach C. G. Jung übergegangen waren, weil die Patienten knapp wurden. Apple Lee hatte sämtliche Reserven aufgezehrt, die ich angesammelt hatte, als Freud noch ein Gott war und die Reichen eine Analyse schick fanden. Glücklicherweise hatte Sappho gesagt: »Schick die Rechnungen alle an Laura, die wird schon Geld auftreiben.« Genau das hatte ich auch getan.

Über all diese Dinge dachte ich nach, als das Telefon klingelte. Noch ehe ich den Hörer packte und hochriss, wusste ich, dass es meine verlorene, schwangere Sappho sein musste.

»Wo bist du?«, fragte ich. »Ich habe mir solche Sorgen gemacht!«

»Das tut mir leid«, sagte sie. »Ich habe bloß eine Auszeit gebraucht. Es wurde mir alles zu viel.«

Ich fragte, ob sie wieder zu Hause sei, und sie sagte nein. Ich fragte sie, ob es dem Baby gut gehe, und sie sagte ja, sie sei gerade gestern erst bei der Ärztin gewesen. Ich fragte, ob sie Laura rausgeschmissen hätten, und sie sagte, davon wisse sie nichts, aber es würde sie auch nicht wundern. Ich fragte, warum, und sie sagte: wegen verschiedener Vorkommnisse, aber das wolle sie mir jetzt nicht erzählen. Die Dinge müssten erst mal wieder zur Ruhe kommen. Sie müsse noch etwas länger allein sein, aber es ginge ihr gut. Ich erzählte ihr, dass Gavin vorbeigekommen sei und versucht habe, etwas über ihren Aufenthaltsort zu erfahren, und sie sagte: hoffentlich hätte ich ihm nichts erzählt. Nein, sagte ich, das hätte ich gar nicht können, ich wüsste ja selbst nicht, wo sie sei.

»Aber wenn du es gewusst hättest, hättest du es ihm gesagt?«, fragte sie.

»Natürlich nicht«, sagte ich.

Sie lachte und ich freute mich darüber. Sie wirkte ganz fröhlich und hatte offenbar alles im Griff. Sie sagte, sie sei froh, dass ich noch zu ihr hielte und auf ihrer Seite sei, und ich sagte, es tue mir leid, dass es jetzt »Seiten« gebe, und sie sagte:

»Ach, na ja, zumindest können wir jetzt alle aufhören ›glückliche Ehe‹ zu spielen. Und du als Schwiegermutter darfst so kritisch sein, wie du willst.«

Ich sagte, außer seinem Alter hätte ich nie etwas gegen Gavin gehabt. Meine Erfahrung mit zerstrittenen Ehepartnern ist die, dass sie oft plötzlich wieder zusammenkommen und allen alles vergeben wird, außer dir, weil du konkret und zu früh erklärt hast: Bloß weg mit dem Mist! In Wirklichkeit hatte ich eine Menge gegen Gavin. Abgesehen von meinem Misstrauen wegen seiner Motive hatte er auch das literarische Renommee meiner Tochter zerstört, ihren finanziellen Erfolg zum Erliegen gebracht, sie von ihren Freundinnen abgeschnitten, ihr das Gefühl vermittelt, gegenüber seinen Kindern sei sie nur zweite Wahl und so weiter und so fort. Aber ich hatte den Mund gehalten und würde das auch weiterhin tun, bis ich die Scheidungsurkunde gesehen hatte, und zwar nicht die vorläufige, sondern die endgültige. Für sein Alter kann man nichts, deshalb konnte dessen Erwähnung noch am ehesten entschuldigt werden.

»Ich melde mich in ein, zwei Tagen wieder«, sagte sie. »In der Zwischenzeit musst du auf die Tagebücher aufpassen. Aber du darfst sie auf keinen Fall lesen.«

»Natürlich nicht«, sagte ich. »Versuchst du sie vor jemand Bestimmtem zu verstecken?«

»Isobel, auf jeden Fall«, sagte sie. »Ganz zu schweigen von Gavin.« Sie legte auf.

Ich ging nach oben zu Barnaby, um ihm zu sagen, dass sich Sappho gemeldet hatte. Ich klopfte nicht erst, sondern trat einfach ein und fand ihn am Fenster in der Sonne sitzend vor. Er unterhielt sich mit Ursula, der Aromatherapeutin. Ich war so verwirrt, dass ich wieder nach unten ging, ohne ihm die Neuigkeiten zu sagen. Ich kann es ihm nicht mal übel nehmen: Ich weiß, er will mich bloß eifersüchtig machen. Das Problem besteht darin, dass es ihm gelingt.

Ich kehre zu Sapphos Roman zurück und versuche mich zu konzentrieren. Das ist schwer. Ein paar Absätze, und schon hat sich Gavin eine gute Frau und eine Mutter für seine Kinder gesichert – und das mit Methoden, die erschreckend vertraut klingen. Da braucht man keinen Freud oder Jung, um das zu verstehen.

Sapphos Roman setzt sich fort

Sappho rief in Gavins Büro an und ließ sich zu ihm durchstellen. Sie hatte ihn nie dort besucht, aber die Empfangsdame erkannte ihre Stimme.

»Sind Sie wirklich *die* Sappho Stubb-Palmer?«, fragte das Mädchen.

»Möglicherweise«, erwiderte Sappho – wie immer, wenn sie jemand so ansprach. Sie fand es gefährlich, ihre eigene

Identität mit allzu großer Sicherheit zu behaupten, und außerdem konnte es ja noch andere geben. Es war schmeichelhaft, wenn einen Fremde erkannten, aber es war ihr auch unbehaglich dabei zumute, in gewisser Weise fühlte sie sich ertappt.

»Ich habe Sie neulich im ICA gesehen«, sagte ihr die Empfangsdame. »Sie waren mit Abstand die Beste auf dem Podium. Ich habe Ihre Karriere seit ›Ms. Alien‹ verfolgt. Woher wissen Sie nur so viel darüber, wie es ist, eine Frau zu sein?«

»Vielleicht, weil ich selbst eine bin«, sagte Sappho höflich.

»Ach so, ja. Das stimmt vermutlich«, sagte die andere, klang aber ziemlich enttäuscht, so als wäre das nicht die erwartete Antwort. Dann stellte sie durch.

»Gavin«, sagte Sappho, »es tut mir leid wegen heute Morgen. Ich hätte nicht von Zusammenziehen reden sollen. Das muss sehr kränkend für dich gewesen sein. Du hast ganz recht: entweder Heirat oder gar nichts.«

Es herrschte Stille am anderen Ende.

»Wollen wir uns zum Mittagessen treffen?«, fragte Sappho. »Oder kann ich auf einen Espresso und einen Grappa vorbeikommen? Ich war noch nie in deinem Büro, und die Empfangsdame hat mich so freundlich begrüßt. Sie scheint von mir gehört zu haben.«

»Alle möglichen Leute haben von dir gehört«, sagte Gavin. »Das weiß ich. Mich kennen nur sehr wenige.«

»Jeder, der etwas vom Theater versteht, kennt dich«, sagte Sappho. Ein kaltes Gefühl lief von ihren Zehenspitzen zu ihrem Herzen. Sie wusste nicht genau, woher das kam. Sie merkte plötzlich, dass sie barfuß auf einem Marmorfußboden stand. Aber die Kälte war anderer Art: Ihr Körper reagierte bloß schneller als ihr Bewusstsein. Gavin wollte nicht, dass sie zu ihm ins Büro kam. Er wollte sie vielleicht nicht mehr heiraten. Es war eine Affäre gewesen; es war vorbei; sie hatte sich dumm angestellt. Sie wusste nie, wie sie mit Männern umgehen sollte, und sie würde es auch nicht mehr lernen. Sie hatte es Laura gesagt, und jetzt würde sie es wieder absagen müssen, und Laura würde nur mit Mühe ein Grinsen verbergen. Dem Himmel sei Dank, dass sie ihrer Mutter noch nichts gesagt hatte. Die Kälte hatte sich in eine Art lauwarme Lähmung verwandelt. Man sollte keine Ausflüge in die Albernheit machen. Man sollte keine Ausdrücke wie »Konkubinat« benutzen, dazu war das Leben zu ernst.

»Mittagessen wäre großartig«, sagte er. »Aber nachdem du gesagt hast, du müsstest arbeiten, habe ich mich mit jemand anderem verabredet.«

»Interessante Leute?«, fragte Sappho so beiläufig wie möglich. Vielleicht war ja noch nicht alles verloren.

»Elvira«, sagte er. »Sie ist so durcheinander, und ich dachte, ich könnte sie beruhigen. Du brauchst da nichts weiter hineinzulesen. Sie hat einen Aufsatz für unsere Zeitschrift geschrieben.«

»Ich wusste gar nicht, dass sie schreibt«, sagte Sappho. »Ich dachte, sie wäre Kostümschneiderin.«

»Nicht Schneiderin«, sagte Gavin. »Schreiberin. Wundert mich, dass ihr euch nie kennengelernt habt, aber ich nehme an, du bist einfach am anderen Ende des Marktes.«

»Was soll denn das heißen?«, fauchte Sappho.

Er lachte und seine Kälte war weg. Sie spürte ihr Herz schlagen und wusste, dass sie zumindest noch lebte.

»Sie schreibt vor allem Kostümstücke, speziell Restauration«, sagte Gavin, »und du machst zeitgenössische Sachen. Man kann es auch anders sehen: Sie verdient Peanuts und du erntest Paranüsse. So ist das heutige Theater nun mal. Es scheint eine Negativkorrelation zwischen Erfolg und Finesse zu geben.«

»Und worum geht es in dem Artikel?« Ich hatte beschlossen, Interesse zu zeigen.

»Kierkegaard und das Volkstheater«, sagte er. Nun ja, ich habe schönere Beine als sie und weiß mir was Besseres, als die ganze Nacht heulend vor den Fenstern meiner Nebenbuhlerinnen zu stehen. Es käme mir nie in den Sinn, auf ein Pferd zu steigen. Ich habe Isobel als Verbündete. Isobel mochte Sappho lieber als Elvira. Wie die Tochter, so der Vater.

»Ich komme heute Abend um sieben und erzähle dir, wie es gewesen ist«, sagte er. »Und dann können wir über die Vor- und Nachteile einer Ehe reden. Wir haben es ja schließlich nicht eilig.«

Doch, doch es war plötzlich eilig! Ich hatte mit der Liebe gespielt, aber jetzt war sie plötzlich da.

Das hört sich an wie ein Liebesroman. Und ich habe schon wieder zur Ersten-Person-Präsens gewechselt. Aber wenn man die Liebe von außen anschaut, wirkt sie absurd.

Es wird sieben Uhr. Ich trage ein weißes Kleid, das ich in einem Secondhand-Laden gekauft habe. Laura würde es nicht gefallen. Laura findet, dass ich in festen, soliden Stoffen gut aussehe, die den Eindruck vermitteln, als wüsste ich, was ich will. Als ob ich das jemals wüsste. Dieses Kleid hier ist so dünn, dass man meine Brustwarzen sehen kann, und je länger ich mich im bodenlangen Spiegel im Schlafzimmer betrachte, desto mehr verliebe ich mich in mich selbst. Die Geste, mit der ich den Arm hebe, um meine Haare hinters Ohr zurückzustreichen, bezaubert mich sinnlich. Bin ich das? Dieser Gegenstand der Lust und Begierde? Ja, das bin ich. Der feine Musselin wird in der Taille von einem teuren goldenen Gürtel zusammengehalten, den ich bei Bergdorf's an der 5th Avenue gekauft habe. Mein Name flimmerte über die berühmte Neontafel am Times Square und machte für ›Ms Alien‹ Reklame. Ich dachte, ich könnte alles – außer vielleicht, wahre Liebe zu finden. Vielleicht würde mein Name ja wieder von den Neontafeln flimmern, wenn ich ›Wie es mir gefiel‹ zu Ende bringen würde. Ich lasse mich rücklings aufs Bett sinken, und mein Atem kommt in aufgeregten, kurzen Stößen. Ich bin von mir selbst erregt. Das halte ich aus. Andere Frauen halten sich einen Vibrator, aber dazu bin ich zu stolz. Ich liebe meine Füße. Sie sind so schlank, und die Haut ist so weiß, weit und breit kein Zeichen von Hornhaut und Hühneraugen, die Zehennägel sind frisch pedikürt: zehn scharlachrote, glänzende Ausrufungszeichen an der Stelle, wo ich aufhöre und die weiße Bettdecke anfängt. Es ist wirklich ein Wunder, denke ich, dass wir so säuberlich in unsere Haut passen. Da drinnen pocht und pulsiert und vibriert es so mächtig, all diese Blutgefäße und elektrischen Reizleiter, wenn's übel ausgeht, ist es so hässlich, und wenn es gut geht, ist es so schön! Ich bin voller Bewunderung für mich selbst. Ich werde mich in fleischlicher Begierde mit Gavin vereinigen, und ein Stückchen von mir und ein Stückchen von ihm werden ein ganz neues Wesen hervorbringen. Wie konnte es nur dazu kommen? Was geht da vor? Musste Isolde in Qual und Hässlichkeit vor uns sterben, damit *dies* geschehen konnte?

Wenn ich nicht gerade ihr Gemälde aus der Besenkammer geholt und Isobel und Arthur körperlich vor Augen gehabt hätte, hätte ich mir einbilden können, dass es Isolde nie gab, dass sie genauso ein fiktiver Charakter war wie die Figuren in meinen Stücken. Ich versuchte, nicht mehr an sie zu denken. Das war eine frühere Zeit, sie zählte nicht mehr. Die Vergangenheit war ein anderes Land.

Jetzt war es zehn nach sieben, und wo blieb Gavin? Normalerweise war er genauso pünktlich, wie ich immer unpünktlich war. Hatte dieses Mittagessen womöglich länger als erwartet gedauert? Hatte sie ihn zu sich in die Wohnung gelockt, um Kierkegaard zu erörtern? Schätzte er ihren Geist womöglich mehr als meinen Körper? Ich hatte ja auch Geist, aber an Kierkegaard scheiterte er. War das ein großer Mangel? Ich machte die Flasche Wein auf. Ich trinke kaum Alkohol. Ich habe zu oft gesehen, was er mit meiner Mutter macht. Nach dem ersten Glas Wein versinkt sie in Selbstmitleid. Aber mir ist klar, dass er den Schmerz lindert und den Druck wegnimmt.

Sieben Uhr zwanzig. Kein Gavin. Kein Anruf. Ich nehme den Hörer ab, um zu prüfen, ob die Leitung kaputt ist. Sie funktioniert ausgezeichnet. Ich schließe die Vorhänge. Das Telefon klingelt. Aber es ist nicht Gavin, sondern Belinda. Ich dränglе sie aus der Leitung, so schnell ich nur kann.

Und dann wird es ganz jämmerlich: Ich rufe Polly an, die fünf Minuten mit dem Taxi von Gavins Wohnung entfernt wohnt. Ich bitte sie, doch mal vorbeizuschauen und zu sehen, ob das Licht bei ihm an ist.

»Das ist ja peinlich, Sappho«, sagt sie, geht aber trotzdem. Dann berichtet sie: Lichter aus. Die Fenster sind dunkel. Ich sage: Ich werde die Krankenhäuser anrufen.

»Sappho«, sagt sie, als spräche sie mit einer Irren. »Gavin Garner ist eine Dreiviertelstunde zu spät dran. Wie lange kennst du ihn?«

»Mein ganzes Leben«, sage ich und habe das Gefühl, es ist wahr.

Ich rufe Luke auf seinem Außerhalb-der-üblichen-Sprechzeiten-Telefon an und frage ihn, ob er eine Kostümbildnerin namens Elvira kennt, die Restaurationstücke und Essays über Kierkegaard schreibt. »Du meinst Elvira Woolsey«, sagt er. »Nicht meine Szene, Schätzchen, aber ich habe sie auf dem

Radar. Alle haben sie auf dem Radar. Sie liefert pünktlich ab und bringt die Produktionspläne nicht durcheinander.«

»Sie ist keine Schriftstellerin«, sage ich. »Sie kopiert bloß, sie ist nicht schöpferisch tätig. Das ist einfach.«

Er schnaubt durch die Nase, aber er gibt mir die Nummer.

Jetzt ist er schon eine Stunde zu spät. Ich rufe die Nummer an. Eine etwas gequetschte Stimme, die sowohl zum Theater als auch zum akademischen Leben passt, sagt: »Hallo?«

Das ist sie.

Ich mache eine Kinderstimme nach. »Elvira?«, sage ich. »Hier spricht Isobel. Ist Daddy bei dir?«

Es entsteht eine Pause.

»Isobel? Du hörst dich merkwürdig an.«

»Das ist bloß, weil ich erkältet bin und geweint habe.« Letzteres ist nur allzu wahr.

»Liebling, du weißt doch, dass er nicht hier ist«, sagt sie. »Ich bin nicht mehr mit Daddy zusammen.«

Ich lege den Hörer auf. Ich hoffe, dass mein kleiner Schwindel nicht auffliegt. Außerdem bin ich sehr stolz auf mich.

Um acht Uhr zwanzig klingelt das Telefon. Es ist Gavin.

»Wo bist du?«, frage ich. Meine gewohnte Gelassenheit fehlt mir vollkommen.

Und es antwortet mir Gavin, der Zensor, keineswegs der Liebhaber mit dem längsten und zärtlichsten Schwanz auf der Welt.

»Schön, dass du so besitzergreifend bist, aber ein wenig überrascht bin ich doch.«

»Ich warte seit anderthalb Stunden auf dich.«

»Liebling«, sagt er. »Ich habe gesagt, ich käme um acht. Jetzt ist es zwanzig nach, und ich rufe dich an.«

»Du hast sieben gesagt«, halte ich ihm entgegen, aber vielleicht habe ich mich geirrt? Ich verfolge die Sache nicht weiter.

Die Qual ist vorbei; alles ist wunderbar. Er sagt, er muss auf das Abendessen verzichten. Isobel ging es nicht gut, und sie hat nach ihm verlangt. Er sei bei seiner Schwiegermutter.

»Exschwiegermutter«, verbessere ich.

»Nein, technisch nicht«, sagt er ziemlich knapp. »Ich bin verwitwet und nicht geschieden. Willst du gar nicht wissen, wie es Isobel geht?«

Doch natürlich, sage ich und kreuze dabei meine Finger. Ich schäme mich dafür, aber im Augenblick interessiere ich mich bloß für ihn und mich. Später werde ich auch Raum für seine Kinder haben.

»Ich bin zu Hause vorbeigefahren«, sagt er. »Ich habe gesehen, dass du Isoldes Bild wieder aufgehängt hast. Das war sehr nett von dir.«

»Sie gehört zu deiner Vergangenheit«, sage ich, »das will ich nicht abstreiten.«

»Unserer Vergangenheit«, sagt er, und ich habe das Gefühl, damit ist eine weitere Hürde genommen. Ich fühle mich bestätigt und vermisse ihn nur noch. Er sagt, Isobel hat Migräne. Sie ist ein nervöser Typ und neigt sehr zu Kopfschmerzen – ganz im Gegensatz zu Arthur, der im ganzen Leib keine Nerven hat, sondern im Internat das Rugby-Team anführt. Ich schlage vor, dass Gavin noch bei mir vorbeikommt, wenn Isobel sich beruhigt hat. Er sagt, nein, er wolle lieber die ganze Nacht da verbringen; Isobel neige zu Alpträumen und brauche ihn womöglich, wenn sie in der Nacht aufwacht.

»Dann hat sie ja ihre Großmutter«, hätte ich beinahe gesagt. »Damit muss sie doch auskommen?«

Aber inzwischen bin ich klug genug, so etwas nicht laut zu sagen. Ich höre Isobels kleine Stimme, die nach ihm ruft, und Gavin sagt, er muss aufhören.

Er sagt, wir sehen uns morgen, und dann hängt er auf. Ich

kann nichts dagegen tun. Ich ziehe das Kleid aus und stelle fest, dass es scheußlich ist. Ich versuche es in Stücke zu reißen, aber der Stoff ist erstaunlich zäh, also rolle ich es zusammen und stopfe es in den Küchenabfall. Den Gürtel zerschneide ich mit der Geflügelschere in kleine Stückchen. Das zumindest befriedigt. Das Gold ist ohnehin nur eine dünne Schicht. Ich habe zu viel dafür bezahlt. Es ist noch früh. Ich könnte zu meiner Mutter rüberfahren und mit ihr zu Abend essen, aber dann darf ich nicht über Gavin reden, und das bringe ich nicht fertig. Ich versuche, ein bisschen an ›Wie es mir gefiel‹ zu arbeiten, aber es kommt nicht viel dabei raus. Ich schlucke drei Temazepams, gehe zu Bett und weine mich genüsslich in den Schlaf. Ich frage mich, ob meine Mutter recht hat und ich tatsächlich ein Masochist bin. Es ist so eine sinnliche Freude.

Um fünf Uhr morgens kriecht jemand zu mir ins Bett. Es ist Gavin. Er ist durch das Schlafzimmerfenster geklettert, ohne den Alarm auszulösen. Ich habe natürlich vergessen, das System für die Nacht anzustellen, sonst wäre jetzt sicher die Polizei da. Er sagt, dass sich jemand um mich kümmern muss, dass Laura allein nicht genügt. Ich glaube ihm alles. Er sagt, dass wir heiraten werden und dass er dann jeden Abend den Alarm anstellen und es niemals vergessen wird.

Wir werden das Haus verkaufen, sage ich, und irgendwo auf dem Land ganz neu anfangen. Er brauche nicht in ein Haus einzuziehen, das ich schon eingerichtet habe, mit Teppichböden und Farben, die nicht nach seinem Geschmack sind.

»Teppichböden kann man leicht rausreißen«, sagt er. »Und die Wände sind schnell neu gestrichen. Das kann ich selbst machen. Wir wollen doch nicht, dass ein Haufen Handwerker bei uns herumstiefelt.«

Er sei ein Stadtmensch, sagt er, und ich erst recht. Und wie sollte ich ohne Laura auskommen? Wie sollte ich arbeiten? Ich sage, Laura würde mir bis ans Ende der Welt folgen, und er sagt, ich solle mir da nicht so sicher sein, man könne sich keiner Menschenseele ganz sicher sein. Seine Wohnung sei eindeutig zu klein für uns beide und die Kinder, sagt er, während von Apple Lee ein direkter Bus zu Isobels Schule fährt. Es sei schon so lange im Besitz der Familie, und wenn ich es aufgeben würde, wäre meine Mutter sicher ganz unglücklich. Das könnte natürlich sein. Ich bin schläfrig wegen der Pillen und der postkoitalen Entspannung. Er sagt, er sei ein altmodischer Mann, und die Tatsache, dass ich so viel mehr verdiente als er, werde die natürliche Ordnung der Dinge durcheinanderbringen. Ich lache und sage, ich sei wirklich im Begriff, meine Mutter zu heiraten, denn die sei der einzige andere Mensch, der daran glaubt, es gebe eine natürliche Ordnung der Dinge. Wenn wir heiraten, sage ich, schenke ich ihm das halbe Haus, dann hat er die gleichen Rechte. Nein, sagt er, das wolle er nicht, dann würde er sich fühlen, als ob ich ihn aushalten würde.

Dann müssen wir uns noch Gedanken um Gwen machen.

»Wird sie nicht einsam und unglücklich werden, wenn die Kinder zu uns kommen?«, frage ich. »Vielleicht sollte man das lieber schrittweise tun? Am Anfang kommen sie nur übers Wochenende und in den Ferien und nicht gleich die ganze Zeit?«

Es stimmt schon, ich möchte erst mal mit Gavin allein sein. Ich werde seinen Kindern eine gute Mutter sein, aber gibt es nicht in allen Ehen eine Zeit vor den Kindern? Ist das nicht die natürliche Ordnung der Dinge? Aber Gavin sagt, dass Isobels Schulbus direkt draußen vorbeifährt, und wenn wir verheiratet sind und er ist in Apple Lee, würde es Isobel wehtun, wenn sie nicht bei ihm sein kann. Das kann ich verstehen.

Außerdem glaubt er, dass Gwen die Kinder ziemlich satt hat, sie klagt über Rückenschmerzen, und wenn die Kinder weg sind, kann sie die ganzen zerbrechlichen Kostbarkeiten wieder rausholen, das wäre bestimmt eine Freude für sie. Eine Win-Win-Situation.

»Ich weiß nicht«, sage ich. »Das letzte Mal war ich gar kein Anlass zur Freude.« Und er runzelt die Stirn und blinzelt, und ich weiß, dass wir uns diesem Gegenstand noch immer nicht nähern dürfen. Verstandesmäßig weiß er aber, dass ich mal das Au-pair-Mädchen war und Gwen mich rausgeschmissen hat, sofern ich nicht von selbst gegangen bin – inzwischen weiß ich selbst nicht mehr, wie es war.

Manchmal, wenn bei irgendwelchen Theatergesprächen Isoldes Name erwähnt wird, erinnere ich mich an die damit verbundenen Erlebnisse, aber mein Kopf sagt: »Geh da nicht hin!«, also unterlasse ich es. Ich habe immer noch ein schlechtes Gewissen, weil ich nicht bei ihrer Beerdigung war, und muss daran denken, dass böse Taten uns heimsuchen, aber zugleich habe ich auch das Gefühl, dass nichts davon je passiert ist. Wenn man nicht zur Beerdigung geht, kann man nicht sicher sein, dass die Betreffenden wirklich tot sind; es ist mehr eine Vorstellung als eine Tatsache, dass sie tot, mausetot sind. Es muss wohl das Trauma von Isoldes Tod sein, was Gavin – und de facto auch mich – dazu veranlasst, diese ganze Vergangenheit auszublenden. Er möchte, dass unser gemeinsames Leben erst bei dieser Party anfängt, wo wir uns wiedergetroffen haben, und ich möchte das auch.

Er stimmt schließlich zu, dass der Übergang für die Kinder allmählich vollzogen werden soll. Unsere Gespräche haben in gewisser Weise Verhandlungscharakter: »Wenn du das nicht erwähnst, kann ich dir dieses Zugeständnis machen« etc. Es fasziniert mich. Es ist der einzige Punkt, in dem er zu einer anderen Generation zu gehören scheint. Man könnte meinen, dass gute Manieren uns am Ende mehr nützen als Wahrheiten, die wir direkt aussprechen und denen wir uns dann stellen. Das gefällt mir.

Das eigentliche Problem, sagt Gavin, besteht darin, dass es Gwen finanziell ziemlich schlecht gehen würde, wenn sie von ihm kein Geld mehr dafür kriegt, dass sie sich um die Kinder kümmert; denn vom nächsten Jahr an muss sie die normale Miete zahlen für ihre Wohnung. Das Problem können wir lösen, sage ich; das können wir uns leicht leisten. Wenn Arthur nicht mehr ins Internat muss, sondern zu Hause wohnt, sparen wir sowieso die teuren Gebühren. Ich sage, all dieses Gerede über Geld ist langweilig und unromantisch, und wir hören damit auf und konzentrieren uns aufeinander.

Ich stehe erst um zehn auf, und Laura sitzt längst an ihrem Schreibtisch.

»Findet die Hochzeit noch statt?«, fragt sie.

»Natürlich«, sage ich.

»Das ist gut«, sagt sie. »Du bist am 26. Juni um vier Uhr nachmittags für das Standesamt Camden in der Judd Street gebucht. Die Party findet hinterher bei Groucho's statt. Willst du, dass ich weiter für dich arbeite?«

»Natürlich«, sage ich.

»Gut«, sagt sie. »Dann schicken wir jetzt rasch mal die Einladungen raus.«

Sie sieht freundlich aus. Es wird Frieden geben.

Willst du, Sappho, den hier anwesenden Gavin Garner zu deinem rechtmäßigen Ehemann nehmen?

Ja, ich will.

Abgemacht!

Männer sind solche Manipulierer. Wenn Barnaby vorbeischaut, erwartet er sicher, dass ich hübsch zurechtgemacht und lieb dasitze und darauf warte, mit Ursula, der Aromatherapeutin, zu konkurrieren. Das werde ich nicht tun. Er kann zur Hölle gehen.

Während ich den Papierstapel, der den ersten Teil von Sapphos Roman bildet, wieder in den Waitrose-Sack schiebe, fallen ein paar lose Blätter heraus. Zwei davon lese ich.

»Was Stieftöchter von ihren Stiefmüttern erwarten, ist lediglich, dass sie verschwinden. Sich in Luft auflösen. In eine Pfütze schlammiges Wasser schmelzen, die der Wind austrocknet. Bald wird sie ganz vergessen sein, ihr Nachthemd wird vom Haken an der Tür entfernt werden. Manche Mädchen hegen schon gegenüber ihren biologischen Müttern und ersten Ehefrauen solche Gefühle, was haben die zweiten Ehefrauen da für eine Chance?«

»Daddy gehört mir, nur mir allein!, schreit das kleine Mädchen primitiv und alles verschlingend. Sie wird die neueste Braut ihres Vaters mit Haut und Haaren verschlingen, bloß um sie loszuwerden.«

Diese Blätter sind undatiert. Die Schrift wird immer extravaganter, aber das Papier ist noch sauber und neu. Diese Notizen sind noch nicht alt: o weh. Da bereitet sich Ärger vor. Es ist immer schön, wenn man recht behält, aber das entschädigt einen nicht für die Sorgen um die Beteiligten. Besonders, wenn sie zur Familie gehören, und ich bin nicht wie Gwen: Für mich zählt auch Isobel. Wenn ich jetzt losfahre, erwische ich sie noch an der Schule und kann ihr einen Kaffee kaufen oder einen Alkopop oder was immer Fünfzehnjährige jetzt trinken. Auf diese Weise erfahre ich vielleicht etwas.

Isobel geht auf dieselbe Schule, auf die ich mal gegangen bin. De facto steht mein Name sogar in Goldschrift auf der Ehrentafel, die in der Aula hängt: Oxford Exhibitioner 1959, was nichts anderes heißt, als dass ich ein Stipendium gekriegt habe, das ist so lange her.

Ich weiß selbst nicht, warum ich so alt bin. Eines Tages, hofft ihr Vater, wird Isobel auch mal auf der Tafel stehen. Ihre Noten sprechen dafür. Ich stand vor dem Tor. Es war jetzt vier Uhr.

Eine Klingel ertönte im Inneren der Schule, und ein paar Mädchen kamen heraus. Die Uniform war noch die gleiche wie zu meiner Zeit, aber sie wurde wesentlich freier interpretiert. Dunkelblau und scharlachrot – eine Art mittelalterlicher Kardinalsmütze, dunkelblaue Röcke, weiße Blusen, rote Jacken und was immer für Schuhe und Strümpfe man mochte. Bloß Stöckelabsätze waren auch heutzutage nicht erlaubt. Aber es ist erstaunlich, was für Wirkungen man mit abgesägten Absätzen erreichen kann. Jedes Mädchen kann ohne Mühe den Eindruck erwecken, man könnte sie mit einem kleinen Schubs flachlegen.

Ein weiteres Rudel von Mädchen erschien, darunter auch Isobel. Sie sah ordentlich, sauber und frisch aus und bildete eher die Ausnahme unter ihren Gefährtinnen, die fettiges Haar, Löcher in den Strümpfen und Drogenaugen bevorzugten. Isobel hatte von ihrer Großmutter offenbar das Talent geerbt, die falsche Wohlanständigkeit zu verbreiten, die man nur bei wirklich hochklassigen Callgirls beobachtet. Ich unterdrückte den Gedanken gleich wieder. Er war nicht nett.

Ich hatte sie seit ungefähr einem Monat nicht mehr gesehen.

Sie sah wirklich gut aus. Wegen ihres geringen Körpergewichts war die Menarche spät eingetreten – aber jetzt, wo sie da war, vibrierte ihr ganzes System vor Östrogen. Sie war zu strahlender sexueller Blüte gelangt und von so durchscheinender Schönheit, wie das nur Fünfzehnjährige sein können, noch nicht so weit aus der Latenz heraus, dass die Unschuld der Jugend verloren wäre und die Pädophilen kein Interesse mehr hätten. Sie machte wirklich das Beste daraus: Ihr ›Alice-im-Wunderland‹-Haar war lang, glatt und glänzend. Vermutlich war sie an der Grenze zur Magersucht und Sappho verbrachte viel Zeit mit dem Versuch, sie zu füttern. Sie hatte lange Beine, und ihre Taille war nicht viel breiter als eine Handspanne. Unter einem perfekten schmalen Brauenbogen sahen große grüne Augen hervor, und neuerdings hatte sie auch einen sinnlichen Mund mit vollen roten Lippen, der nur allzu erwachsen wirkte. Sie hatte einen süßen, aber stets leicht spöttischen Gesichtsausdruck, als fände sie die Welt höchst amüsant. Das kam von Isolde. Genau wie ihre Mutter beherrschte sie ihre Umgebung. Die anderen umringten sie bewundernd und schmeichelnd. Der Himmel weiß, wie sie das machte. Sie war wie eine junge Britney Spears in einer Amy-Winehouse-Welt. Die meisten Mädchen, die so etwas versuchten, wären fix und fertig gemacht worden, aber Isobel wurde angebetet.

Sie hatten sich auf dem Bürgersteig vor der Schule versammelt und warteten auf den Bus. »Isobel!«, rief ich. Sie drehte sich langsam um. Ihr Gesicht hellte sich zwar nicht direkt auf, aber sie sah durchaus angeregt aus, so wie Leute oft aussehen, die anderen etwas mitzuteilen haben.

»Das ist meine andere Oma«, erklärte sie ihren Freundinnen. »Die von der Ehrentafel in der Aula, die Exhibitionistin. Nicht die richtige, die für Parkinson als Model gearbeitet hat.«

Sie wusste ganz genau, was ein *Exhibitioner* war, aber was soll's? Sie hatte es ja nicht leicht gehabt. Es ist nicht schön, wenn man seine Mutter verliert und denkt, dass man den Vater für sich hätte, und dann geht er her und heiratet eine Person, die man für das Au-pair-Mädchen hält. Es war nicht überraschend, dass sie sich ein bisschen aufspielte.

»Ich suche nach deiner Mutter«, sagte ich.

»Meine Mutter ist tot«, sagte sie und seufzte dramatisch. Die Mädchen in ihrer Umgebung sahen sich gegenseitig an, dann Isobel und dann mich. Und dann, wie auf ein Signal hin, umarmten sie sich gegenseitig und fingen laut an zu schluchzen. Ich hatte das Gefühl, sie schauspielerten nur, aber sicher war ich mir nicht. Diese neue Mädchengeneration neigt sehr zum körperlichen Kontakt. Ständig umarmen sie sich, ständig lachen und weinen sie Busen an Busen. Man weiß nie, ob sie es ernst meinen oder satirisch oder ob sie einfach bloß für die Medien posieren. Manchmal ist es wohl alles gleichzeitig. Ihre neue Sprache unterscheidet sie deutlich von der ihrer Vorgängerinnen, die sich von innen nach außen gesehen haben. Diese neue Generation dagegen sieht sich von außen nach innen; sie sind Beobachterinnen ihres eigenen Lebens mit Sprüchen wie: »Irgendwie war ich ja krass drauf!«

»Ich meine deine neue Mutter«, sagte ich. »Sappho.«

»Sie ist keine neue Mutter«, sagte Isobel. »Sie ist eine Stiefmutter. Die Dinge sind alle so kompliziert. Briony hier zum Beispiel hat drei Stiefmütter, vier Stiefväter, zwei Geschwister und neun Halbgeschwister. Im letzten Jahr hat sie sieben Weihnachtsessen gehabt in zwei Tagen. Stimmt's, Briony? Jetzt leidet sie an Bulimie.«

»Die Leute nennen uns Geschenk-Kinder«, sagte das Mädchen namens Briony. Sie hatte hohle Wangen und Ringe in den Augenbrauen. Ich war ziemlich sicher, dass die Schule das nicht erlaubte. Sie trank Bier aus der Büchse, und in diesem Punkt wusste ich ganz genau, dass die Schule das nicht erlaubte.

»Das ist ein hübscher Ausdruck«, sagte ich. »Geschenk-Kinder!«

»Nicht wirklich«, sagte Briony trübsinnig. »Nicht, wenn man ein Pflichtgeschenk ist, das keiner will.«

»So wie Lavendelseife«, sagte eine der anderen.

»Oder eine Duftkerze«, fügte die dritte hinzu.

»Oder Knoblauchwurst, wenn du Vegetarier bist.«

Sie waren schon schlau, diese Mädchen. Sie mochten Gothics oder Teufelsanbeterinnen sein, aber sehr helle.

»Isobel«, sagte ich. »Du hast einen Vater, eine Stiefmutter, einen Bruder und in vier Monaten noch ein Geschwisterchen. Und alle fünf braucht ihr bloß *ein* Weihnachtsessen zu euch zu nehmen. Das ist nach heutigen Maßstäben gar nicht so übel.«

»Du bist immer so vernünftig und forsch, Oma«, sagte Isobel anerkennend. »Du kennst dich aus mit Motivation und so weiter. Aber das neue Baby ist kein Stiefgeschwister von mir. Es ist nicht mal mit mir verwandt.«

»Wie kommst du jetzt darauf?«, fragte ich.

»Es ist nicht Gavins Kind. Mein Vater ist nicht sein Vater.«

Was soll das heißen? Ich versuchte, meinen Schreck in Grenzen zu halten oder ihn mir zumindest nicht ansehen zu lassen. »Dann nennen wir das neue Baby eben ein Nicht-Geschwister ehrenhalber«, erklärte ich.

Isobel musterte mich ausdruckslos, ohne zu blinzeln. Ich starrte zurück und hielt den Blickkontakt etwas länger als nötig, bis endgültig klar war, dass jetzt Kriegszustand herrschte. Er zeigte sich in einem kleinen höhnischen Zurückwerfen des Kopfes, bei dem ihr das goldene Haar vors Gesicht fiel. Ich beugte mich vor, um ihr die Haare aus dem Gesicht zu streichen, und sie stieß meine Hand weg. Die anderen Mädchen waren verstummt. Ich hatte das nicht gut gemacht.

Dann war ich plötzlich sehr erleichtert. Ich hatte mir einzureden versucht, dass Sappho glücklich war, dass die Ehe mit Gavin gut oder zumindest nicht unrettbar unglücklich war, und jetzt brauchte ich das nicht mehr zu glauben. Die Garners konnten wieder aus unserem Leben verschwinden, als ob es sie nie gegeben hätte. Es würde eine Scheidung geben; Laura würde wiederkommen und alles organisieren. Wir würden wieder da sein, wo wir mal gewesen waren. Ich jubelte innerlich.

»War nur ein Witz«, sagte Isobel, aber es machte keinen Unterschied, nur dass ich jetzt enttäuscht war. Aber zumindest wusste ich, woran ich war.

»Du solltest nicht solche Scherze machen«, stellte ich fest. Ich versuchte, sie von den anderen wegzulocken, aber sie folgten uns und umringten uns wie ein griechischer Chor. »Warum hast du das gemacht?«

Sie dachte ein bisschen nach, und dann sagte sie, sie sei nun mal die Tochter ihrer Mutter und könne keine Pointe auslassen. Sappho habe sich wahrscheinlich irgendwo versteckt, meinte sie, um ihren Roman zu beenden.

»Ich weiß nicht, warum sie sich die Mühe macht«, sagte sie. »Selbst wenn sie ihn fertig schreibt, wird er sowieso nicht genommen. Sie ist passé, die Zeit ist über sie hinweggegangen.«

Wie muss das gewesen sein, mit diesem Mädchen zusammenzuleben?

»Laura ist auch abgehauen, und deshalb weiß keiner mehr was. Daddy ist gerade auf die Faröer geflogen, zu einer dieser Vogelkonferenzen. Ich soll nachkommen, aber Gwen und ich hassen Apple Lee, wenn er weg ist, wegen dem Gespenst auf dem Dachboden. Gwen sagt, es ist harmlos, es ist bloß

Saps toter Vater, aber trotzdem. Deshalb wohnen wir jetzt alle wieder bei Gwen. Ist das okay? So, jetzt bist du auf dem Laufenden und kannst dich entspannen.«

»Die Faröer!«, sagte eins der anderen Mädchen. »Ich hoffe, dein Vater frisst keine Wale.«

Die neue Generation fackelt nicht lange, wenn es um ökologische Verbrechen geht. Der Bus kam. Er sollte sie zu einer Aufführung von ›Macbeth‹ im National Theatre bringen. Ich winkte Isobel nach wie eine gewöhnliche, zärtliche Großmutter. Ihr perfektes kleines Gesicht zeigte niedliche Grübchen, als sie mir durch das dunkle Glas zulächelte und zurückwinkte wie eine bezaubernde Enkelin. Ihre Freundinnen bogen sich vor Vergnügen. Wenn ich diese Busse sehe, muss ich immer daran denken, wie sie irgendwo in den Alpen in eine Schlucht stürzen. Liegt das nur daran, dass ich so eine ewig besorgte Mutter bin, oder ist das Mrs. Wunschdenken? Ich wünschte, ich würde mich besser kennen.

Und wenn wir schon dabei sind, wieso hatte ich automatisch angenommen, das Baby müsse von Gavin stammen? Vielleicht hatte Isobel ja die Wahrheit gesagt und das mit dem »Witz« war die Lüge? Vielleicht ohne, dass sie es wusste. Vielleicht hatte Sappho so dringend ein Baby gewollt, dass sie schließlich einen Vater gesucht hatte, dessen Sperma noch nicht so schlapp war wie das ihres Mannes, aber niemandem etwas davon gesagt? Was wäre denn so überraschend daran gewesen, wenn ein Mitglied der Familie Stubb-Palmer ein uneheliches Baby gekriegt hätte? Rob und ich waren auch nie offiziell verheiratet: Er hatte schon eine Frau. Ich glaube, das habe ich Sappho nie erzählt, genauso wenig wie ich ihr erzählt habe, dass Rob sich das Leben genommen hat. »Niemandem etwas erzählen« war vielleicht erblich.

Wenn das Verdikt auf Selbstmord gelautet hätte oder wenn

sie gemerkt hätten, dass Rob und ich gar nicht verheiratet waren, hätte die Versicherung bestimmt nicht gezahlt. Abgesehen davon, dass man sein Kind nicht unnötig mit schmerzlichen Wahrheiten heimsuchen soll, ist es nie besonders schlau, großen Wirbel zu machen, besonders dann nicht, wenn die Holzwürmer ticken und der Hausschwamm sich ausbreitet. Gott, wie ich Immobilien hasse!

Als ich glücklich wieder in Hampstead war, war ich moralisch und emotional so erschöpft, dass ich Barnaby gar keine Vorwürfe wegen des Ursula-Zwischenfalls machte. Er saß an meinem Computer und sah sich Wendeltreppen an, und ich war froh und fühlte mich sicher, bloß weil er da war.

Sapphos Roman setzt sich fort

Teil 2: Szenen aus dem Eheleben, 2004–2008

Vorspiel 1: Isobel stellt ihre Ansprüche

Eine der wenigen Szenen aus den verschwommenen Tagen der Vorzeit, aus der düsteren Wohnung, in der Isolde gestorben ist. Dort, hinter den vergitterten Fenstern stört Sappho den üblichen Stoizismus der Garners und fängt an zu heulen. Das sind die fernen Tage, in denen Sappho noch Lehrling, Verehrerin und Au-pair-Mädchen ist. Isolde lebt hinter der geschlossenen Tür des Krankenzimmers, jeden Tag hat sie größere Schwierigkeiten zu atmen, jeden Tag ist das Gewicht auf ihrer Brust schwerer und drückt das Leben langsam aus ihr heraus. Isolde bemüht sich, den Morphiumtropf nicht zu benutzen; sie kann die Verschwommenheit des Daseins nicht ertragen, die es hervorruft, aber von Stunde zu Stunde benutzt sie es mehr. Das einzige absehbare Ende ist der Frieden des Todes, und ihr den zu wünschen ist für Sappho die größte Qual.

Gavin steht in der Küche. Arthur und Isobel sitzen viel zu brav und still am Tisch und tunken Streifen von Vollkorn-Toast in die weichen Eier, die zusammen mit dem Orangensaft, den Sappho täglich frisch für sie auspresst, inzwischen fast ihre einzige Nahrung geworden sind. Wenn sie einkaufen geht, fällt Sappho gar nichts anderes mehr ein. Ihre Entschlusskraft ist zum Erliegen gekommen. Orangen und Eier. Orangen und Eier.

Sappho kommt aus Isoldes Zimmer, sieht Gavin, presst ihren Kopf an sein Tweedjackett und fängt an zu schluchzen. Höflich und freundlich löst er sich von ihr. Körperkontakt ist unangemessen, war es schon immer, noch ehe es Mode wurde, darüber zu sprechen. Sie steht allein da und heult. Ihre Mutter würde ihr sagen, dass sie bald ihre Tage kriegt: Schon dieser Hinweis würde eine homöopathische Dosis von Ärger auslösen, sie könnte aufhören zu heulen und stattdessen die Zähne fletschen. Aber ihre Mutter ist nicht da, um ihr zu helfen.

Stattdessen schaut bloß die kleine Isobel. Mit erstaunter Verachtung betrachtet sie Sappho und wundert sich, dass jemand so die Fassung verlieren kann wie diese Hausangestellte, die einkauft, putzt und sie füttert. Dann steht sie auf, geht zu den baumstarken Beinen des Vaters und umklammert sie mit ihren kleinen Ärmchen. Ihr Vater versucht, sich zu befreien, aber das kann er nicht. Die Ärmchen sind steif, spröde und fest entschlossen, und er kann sich nicht losmachen, ohne sie zu zerbrechen. Also bleibt er geduldig stehen. Und Sappho packt ihre Sachen, läuft am Krankenzimmer vorbei den Korridor hinunter, hinaus auf die Straße und steigt in den Bus nach Apple Lee. Und ihre Mutter sagt: »Du musst wieder zurück. Du kannst nicht einfach so weglaufen.« Also geht sie wieder zurück.

Ihre Mutter hat einen neuen Liebhaber. Jedenfalls hat Sappho nicht den Eindruck, dass er ein Patient ist. Er zuckt nicht und heult nicht und würgt nicht, sondern scheint ganz normal. Er ist Architekt und hilft ihrer Mutter dabei, neue Pläne für Apple Lee einzureichen. Sappho kommt zu dem Ergebnis, dass im Leben ihrer Mutter kein Platz für sie ist. Jedes überschüssige Gefühl wird sofort von dem alten Haus aufgesogen.

Weiter zum Vorspiel 2:
Wie Gwen die Neuigkeit aufnimmt

Die Vorstellung, dass die Kinder in Apple Lee wohnen sollen, gefällt Gwen überhaupt nicht. Sie sagt es nicht so direkt, aber aus dem, was sie beiläufig fallen lässt, kann man es ohne weiteres schließen.

»Ihr zwei habt doch so viel zu tun. Kinder brauchen die richtige Fürsorge und viel Aufmerksamkeit. Das ist ein Büro und kein echtes Zuhause. Und Gavin, man muss ihnen erlauben, dass sie fernsehen dürfen wie andere Kinder. Du hast überhaupt keine Ahnung, wie man sie großzieht.«

»Ist dieser komische Agent von dir schwul, Sappho? Ich weiß, ich sollte das nicht sagen, aber lass ihn ja nicht an Arthur ran. Der Junge ist so sensibel.«

»Sie fühlen sich sehr wohl bei mir. Sie haben zwar keine Mutter mehr, aber ich bin ihre leibliche Großmutter, das ist fast genauso gut. Ich verstehe nicht, warum sich etwas ändern soll, bloß weil Gavin jetzt heiraten will. Es ist eine lächerliche Geschichte; jeder, der die Verhältnisse kennt, sieht sofort, dass er bloß seine Jugend zurückzuholen versucht. Wirklich erbärmlich.«

»Wie wir in Wales immer sagten: heiraten, und nicht mal schwanger! Das ist echter Luxus!«

»Weißt du, Sappho, meine Tochter war die Liebe seines Lebens. Eine große Romanze im klassischen Stil. Bei dir ist es eine praktische Frage. Seine Wohnung ist öde, er hat kein Geld, und du siehst aus wie die Lösung zu all seinen Fragen. Das Essen auf dem Tisch, Geld auf der Bank und jemand, der mir mit den Kindern hilft, wenn ich älter werde. Aber er schätzt das falsch ein: Der Haushalt liegt dir nicht; hat dich nie interessiert. Du hast den armen Kindern immer bloß weiche Eier gegeben. Dabei stopfen die so, dass es mir fast das Herz gebrochen hätte. Die Mutterrolle ist einfach nicht deine Stärke. Das solltest du Leuten überlassen, die sich damit auskennen.«

»Sappho, ich weiß wirklich nicht, wie du es da aushältst. Niemand, absolut niemand lebt in dieser Gegend. Die Kinder werden bestimmt ständig überfallen, verprügelt und ausgeraubt. Es ist schon schlimm genug, wenn man mit dem Bus da durchfahren muss, aber aussteigen …!«

»Es war ein Fehler, so viel Geld in das Haus zu stecken. Das kriegst du nie wieder.«

»Was soll ich bloß mit mir anfangen, wenn ich die Kinder verliere? Alles verkaufen und ins Altersheim gehen? Wollt ihr das? Viel zu verkaufen gibt es sowieso nicht mehr. Für unbezahlbare Stücke kriegt man so gut wie gar nichts. Natürlich könnte ich mit den Kindern zusammen zu euch ziehen. Ich bin zwar nur die Exschwiegermutter, aber zumindest doch eine Blutsverwandte.«

Was ich natürlich nicht bin, denkt Sappho, die inzwischen fest entschlossen ist, sich die Kinder zu holen. Gavin sagt, sie solle Gwen ihre unglaublichen Ungezogenheiten verzeihen. Gwen sei nun einmal prä-Freud. Sie verstünde gar nicht, was sie da sagt. Es ist eine Art blinde Stelle bei ihr. Sappho dagegen, sagt Gavin, ist außerordentlich post-Freud, mehr als jede andere Frau, die er kennt. Deshalb klingt es für sie vielleicht noch schlimmer als für die meisten anderen Leute. Aber in einem Punkt ist er einig mit ihr: Je schneller sie die Kindern dort wegholen, um so besser. Trotzdem muss man behutsam vorgehen.

»Wir wollen ja nicht, dass sie am Ende bei uns wohnt, nicht wahr?«

»Alles andere«, sagt Sappho. »Bloß das nicht.«

Emily macht einen Zwischenruf

Ach, Sappho! Wenn du nur auf mich gehört hättest. Ich habe es doch kommen sehen. Die erste Frau bemüht sich, die Schäden zu beseitigen, die die Mutter bei ihrem Mann hinterlassen hat; die zweite Frau will das Unglück wieder gutmachen, das die erste verursacht hat; die dritte Frau muss sich mit den Problemen auseinandersetzen, die bei der Mutter und den beiden ersten Frauen entstanden sind; und die Stiefmutter – das bist du, Sappho – versucht eine bessere Mutter zu sein als die biologische Mutter je war. Alle unterliegen einem großen Irrtum. »Nachbesserungen« sind eine Sache für Bauunternehmer. Arme Gwen. Sie ist eine dusselige alte Frau, aber sie ist nicht so schlimm, wie du denkst. Rücksichtslos willst du ihr die Kinder wegnehmen. Gwen ist auch eine Frau im Leben deines Ehemanns.

Bei der ehelichen Liebe sind es die mütterlichen Instinkte, die eine Frau an ihren Mann binden: Sie will ihn heilen und trösten, sie will ihm zeigen, dass die Welt ein schöner, angenehmer Ort ist und dass er bisher nur Pech gehabt hat mit den Frauen, die ihm begegnet sind. Aber jetzt, mit dir, hat der Mann das vollkommene Heim. Und das gilt auch für seine Kinder. Wahnsinn, Sappho! Und Masochismus.

Sapphos Roman setzt sich fort

Szenen aus dem Eheleben, 2004–2008

Die Flitterwochen

(Wieder in der ersten Person, man kann sich da so schwer raushalten.)

Bei den Flitterwochen gab es ein Missverständnis. Wir wollten nach Island. Die Vögel da sind interessant, und die Vorstellung von thermischer Energie und Lava, die aus der Erde blubbert, hat mich immer schon fasziniert. Und im Juni ist es dort vierundzwanzig Stunden am Tag hell.

Laura besorgte die Tickets und machte eine Buchung im »Holt Hotel«. Gleich am Tag nach der Hochzeit wollten wir aufbrechen, der, das muss ich zugeben, mit einem kleinen Kater begann. Wir sollten das Haus gegen Mittag verlassen. Das Taxi war schon bestellt. Wir hatten schicke neue Koffer gekauft und gepackt. Gavin, der nur die schweren Lederkoffer mit Riemen und Metallbeschlägen kannte, die ihm sein Vater zum einundzwanzigsten Geburtstag geschenkt hatte, staunte sehr, wie leichtgewichtig sie waren. Ausnahmsweise war er entzückt von der Leichtigkeit, Eleganz und Abwischbarkeit der modernen Technologie. Ehe wir aufbrechen mussten, frühstückten wir in der Morgensonne. Ich wollte ein bisschen über die Gäste klatschen, aber Männer können das nicht so wie Frauen, und Gavin verstrickte sich alsbald in irgendwelche ethischen Fragen im Zusammenhang mit der Tatsache, dass Polly ihr Kind ohne Vater aufzog.

»Sie denkt bloß an sich und nicht an das Kind«, sagte er.

Ich sagte, ohne ihre Entscheidung wäre das Kind gar nicht auf der Welt. War es nicht besser, überhaupt auf der Welt zu sein, statt gar nicht zu existieren? »Wenn du den Jungen fragen würdest, würde er wohl kaum sagen, dass er nicht auf die Welt kommen wollte, oder? Wenn er wirklich nicht leben will, kann er sich ja immer noch umbringen und freiwillig auf sein Leben verzichten.«

Ich fand, das war ziemlich logisch, aber Gavin sagte mir, ich sollte nicht albern und spitzfindig sein. Polly hätte schließlich mit ihrer Schwangerschaft warten können, bis sie den richtigen Mann traf. »Und wenn keiner kommt?«, fragte ich.

Wir hatten fast einen Streit. Das ist nicht ideal, aber wahrscheinlich ziemlich normal am Beginn einer Ehe. Man ist schließlich müde und gestresst und muss sich mit dem auseinandersetzen, was man gerade getan hat. Aber wir stritten uns nicht. Wir steckten beide zurück. Gavin sagte, Pollys Sohn sei ein sehr netter kleiner Junge, auch wenn er in einer Petrischale gezeugt worden sei, und ich gab zu, dass Polly nicht verstanden habe, was wichtig sei für ein Kind. Dann überlegten wir, ob Luke wirklich der beste Agent für mich sei; er war zwar sehr *trendy*, aber vielleicht doch ein wenig zu schrill. Das Problem war, dass er keinen Unterschied machte zwischen dem, was wirklich gut und dem, was populär, profitabel und nuttig war. Nun, zumindest halte er mich zur Arbeit an, sagte ich, und Gavin sagte, ich müsste mehr denken und weniger arbeiten. Ich wusste, dass er damit recht hatte.

Wir redeten auch über Laura, und Gavin sagte, ich bezahlte ihr viel zu viel. Ja, sagte ich, aber es lohnt sich. Und er sagte, in Zukunft könnte er vielleicht einiges von dem übernehmen, was sie für mich tat. Zum Ausgleich könnte sie ja dann seinen Roman abtippen. Laura hatte eine Ausbildung als Sekretärin und ein paar Managementkurse gemacht, aber er saß im Vorstand verschiedener Literatur- und Theaterzeitschriften und kannte sich aus.

Und dann klingelte es an der Tür und noch ehe ich aufstehen

konnte, drehte sich der Schlüssel im Schloss. Als ich in den Flur kam, standen da Arthur und Isobel mit ihren Köfferchen in der Hand wie Evakuierte im Zweiten Weltkrieg, während Gwen schon wieder den Gartenweg zu ihrem wartenden Taxi hinunterhüpfte. »Sorry, Schätzchen, ich muss mich beeilen«, rief sie. »Fantastische Hochzeit!« Und zu den Kindern: »Viel Spaß, meine Hühnchen, ich seh euch dann in zwei Wochen! Grüßt die Geysire schön! Und vergiss nicht deine Hausaufgaben zu machen, Arthur, sonst kriegst du Ärger in der Schule.«

Ich kehrte in die Küche zurück und setzte mich wieder hin. Gavin schien überrascht, dass ich überrascht war. Natürlich würden die Kinder mitkommen. Ich sei doch im Raum gewesen, als Laura die Zimmer gebucht hatte: ein Doppel- und zwei Einzelzimmer.

Hatte ich es gehört, dann aber nicht wahrhaben wollen? Möglich war es. Noch wahrscheinlicher war es, dass damals so ein Wirbel war, dass ich mich nicht konzentriert hatte. Laura konnte ich nicht die Schuld geben. Sie hatte inzwischen Gott sei Dank aufgehört, mein Leben fortlaufend zu kommentieren, und stellte nichts mehr infrage, was – wie ich jetzt merkte – auch seine Nachteile für mich haben konnte.

Der einzige schwache Einwand, den ich erhob, war: »Können sich die Kids nicht ein Zimmer teilen? Island ist schrecklich teuer.«

»Bitte nicht, Sappho«, wimmerte Isobel. »Arthur riecht so nach Junge. Es ist ja nicht seine Schuld. Er kann nichts dafür.«

Und Arthur wurde rot und trat verlegen von einem großen Fuß auf den anderen, als ob er wünschte, es wären nicht seine.

»Natürlich kriegt ihr getrennte Zimmer«, erklärte Gavin. »Laura hat sie schon für uns gebucht. Und bitte, bitte Sappho, mein Liebling, nenn sie nicht *Kids*. Es sind doch keine kleinen Ziegen, das sind meine Kinder.«

»Tut mir leid«, sagte ich und stand auf, um ihnen Toast mit Marmelade zu machen.

»Isolde und ich haben uns feierlich versprochen, sie nicht Kids zu nennen«, erläuterte Gavin.

Ich konnte mich nicht erinnern, dass er während seiner Brautwerbung den Namen Isolde je in dieser Form über die Lippen gebracht hatte. Es war, wie ich jetzt merkte, allerdings auch eine ziemlich kurze Werbung gewesen.

»Und wir sollten ab sofort Vollkorntoast essen statt weißem«, sagte er.

Seit ich damals aus der Garner'schen Wohnung weggegangen war, hatte ich dunkles Brot entschieden vermieden und nur noch weißes gekauft. Dunkles Brot erinnerte mich an gesundes Leben und Tod. Weißbrot dagegen schmeckte tröstlich und nett, und die Kinder fanden das auch. Aber jetzt hatte ein neues Leben begonnen, und wir alle würden uns daran gewöhnen müssen.

»Natürlich«, sagte ich.

Während unserer Flitterwochen – nennen wir sie lieber unsere Ferien, denn die Kinder haben die Zimmer links und rechts von uns, die Wände sind nicht allzu dick und wir haben in den letzten Wochen schon so viel gevögelt, dass wir ziemlich erschöpft sind – sind die Kinder brav, lieb und sehr anhänglich. Es wird alles gut werden. Ich war beunruhigt gewesen, weil Arthur nicht zu unserer Hochzeit gekommen war. Ich hatte befürchtet, es habe mit der Loyalität gegenüber seiner toten Mutter zu tun, aber wie es scheint, hatte er wirklich eine wichtige Biologieprüfung. Er ist längst nicht mehr so ungestüm wie früher. Er ist ein großer Junge – mit vierzehn ist er schon ein Meter achtzig. Er ist so breit gebaut wie ein Rugbyspieler und das möchte er ja auch werden, aber trotzdem bewegt er sich leise und elegant durch die Räume. Das kommt vermutlich daher, dass er so lange in Gwens vollgestopfter Wohnung gelebt hat. Was seine Füße angeht, hat Isobel allerdings recht. Ich nehme an, der Schweißgeruch ist eine unbewusste Attacke auf Gwen. Er kommt ganz leise ins Zimmer, und trotzdem weiß man gleich, dass er da ist, weil der Schweißgeruch ihn schon ankündigt. Man gewöhnt sich daran. Ich finde ihn beinahe sympathisch. Arthur ist so jung, so lebendig.

Er ähnelt Gavin in vielfacher Hinsicht, nur seine Schultern sind noch breiter: Er hat denselben braunen Haarschopf und die Adlernase, aber wohl nicht den Intellekt, der Gavin beseelt und ihm Würde verleiht. Andererseits ist er begeisterungsfähig, gutmütig und vorurteilsfrei. Ich habe nur ein einziges Mal gehört, dass er jemanden kritisierte, und das war ein Schiedsrichter, der eine falsche Entscheidung gefällt hatte.

»Verdammter Wichser!«, sagte er damals.

»Arthur ist ganz anders als Isobel«, sagte ich zu Gavin. »Sie benutzt scharfe Worte und kann sehr verletzend sein.«

»Sie will niemandem wehtun«, sagte er. »Sie ist noch ein Kind: Ihre verbale Geschicklichkeit übersteigt ihre Klugheit. Außerdem darfst du nicht vergessen, dass sie jahrelang mit Gwen gelebt hat, die nicht gerade für ihren Takt berühmt ist.«

»Nun, ich hoffe, dass es ein erlerntes und kein vererbtes Verhalten ist«, sagte ich. Isolde konnte sehr sarkastisch sein, und Gavin schockierte mich auch manchmal; aber Arthur hatte das Gen der Taktlosigkeit jedenfalls übersprungen. Ich wechselte das Thema, denn ich hatte keine Lust, über Isolde zu reden. Gavin hatte zwar bisher keine Hinweise darauf gegeben, dass er mich unvorteilhaft mit seiner ersten Ehefrau verglich, aber mir war gerade eingefallen, was meine Mutter gesagt hatte:

»Tote Ehepartner sind des Teufels. Die Erinnerung lässt sie perfekt erscheinen. Wir erinnern uns nur an die guten Zeiten, die schlechten blenden wir aus. Das ist der Grund, warum ich nicht wieder geheiratet habe. Wer könnte gegen deinen Vater je aufkommen? Sobald sie tot ist, wird auch die gehasste und verachtete Mutter zum Engel, und der gefürchtete, gewalttätige Vater wird zum strengen, gerechten Daddy. Die Tugenden der toten Ehefrau, die in der Vergangenheit lebt, werden immer die der gegenwärtigen Ehefrau übertreffen, die ihn in der Gegenwart lieben muss.«

Versehentlich überraschte ich Arthur am zweiten Tag in der Wanne, als ich in unser Badezimmer im »Holt Hotel« kam. Er lag ausgestreckt in dem heißen, schwefligen, nach faulen Eiern riechenden Wasser, das den Geruch seiner Füße mühelos überdeckte, sobald man den Wasserhahn aufdrehte. Arthur griff hastig nach seinem Waschlappen, aber ich hatte schon gesehen, dass er sehr gut bestückt war – viel besser noch als sein Vater. Ich prallte zurück und blickte hastig zur Seite, fragte mich allerdings, warum er wohl unser Badezimmer benutzte. Aber wie es schien, stand Isobel gerade bei ihm unter der Dusche, um ihre Haare zu waschen, und wollte ihn in ihrem Badezimmer nicht haben. Und schon wegen der Füße konnte man ihm das Baden ja schlecht verbieten. Ich glaube, es ist ein Testosteronüberschuss bei Heranwachsenden, was den Fußschweiß hervorruft.

Ich denke an Belinda und ihre Warnung, dass mein Stiefsohn versuchen könnte, mich zu verführen. Allerdings habe ich jetzt eher den Eindruck, dass es umgekehrt laufen könnte. Aber die Tabus in der menschlichen Seele sind stark. Woher sie eigentlich kommen, weiß ich allerdings nicht. Da muss ich meine Mutter mal fragen. Aber mein Denken schreckt davor zurück, sich die Urszene zwischen Arthur und mir vorzustellen, und bei ihm ist es sicher genauso. Verboten! Er greift nach dem Waschlappen. Ich fahre eilig zurück.

Dennoch muss das Inzesttabu eine ziemlich neue Entwicklung beim Menschen sein. Früher hatten die Leute ja gar nicht das Geld und die Mittel, um ihre Kinder in getrennte Betten zu stecken. Und solange sie das nicht konnten, ist die Familie wohl mehr omnisexuell gewesen, und Sex mit den Wehrlosen war eher eine Quelle der Lust als der gerechten Empörung. Inzest gehörte zum Leben und war keineswegs das universelle Tabu, als das ihn unsere viktorianischen Vorfahren abstempelten. Sie konnten sich wohl nicht vorstellen, wie tierisch unsere Urahnen waren; von den kalten Nächten ganz abgesehen. Ich würde mich gern mit Gavin darüber unterhalten, aber über so etwas kann man mit dem Vater einer pubertierenden Tochter nicht reden. Es ist zu persönlich.

In der dritten Nacht unseres Urlaubs wurde ich davon geweckt, dass unsere Tür aufging. Ich fuhr sofort hoch. Gavin schlief weiter. Es war Isobel.

»Daddy, ich hatte so einen schrecklichen Traum.«

Es war genauso wie vor vier Tagen, als wir unseren Hochzeitsschlaf nicht genießen konnten, weil Isobel anrief.

»Daddy, ich habe Angst.«

Dieser neue Traum handelte von der Erde, die sich auftat und sie verschlang. Das war zumindest besser als der von mir als Gestaltwandlerin und hatte auch eine gewisse Logik, denn so etwas kam in Island ja tatsächlich vor. Sie legte sich neben Gavin ins Bett. Er wachte auf und sagte: »Armes Kätzchen, du bist ja eiskalt.«

»Isobel«, sagte ich, vielleicht ein bisschen zu scharf, »du bist jetzt ein großes Mädchen. Du bist zu groß, um mit deinem Daddy im Bett zu liegen. Gavin, begleite sie zurück in ihr eigenes Zimmer, und bring sie zur Ruhe.«

Das tat Gavin auch. Ich war schon fast wieder eingeschlafen, als er zurück ins Bett kam und mich in den Arm nahm.

»Das war ein bisschen sehr streng und unvermittelt«, sagte er. »Aber ich glaube, sie wird allmählich wirklich erwachsen. Man denkt immer, dass sie noch so klein sind.«

»Wenn wir erst länger zusammen sind«, sagte ich, »wird sie vielleicht keine Alpträume mehr haben.«

Am nächsten Morgen mieten wir einen Geländewagen mit Vierradantrieb und fahren von Reykjavík aus ins Hinterland Richtung Osten, wo sich weite Ebenen erstrecken und hohe Bergspitzen aufragen. Wir stehen auf dem kalten schwarzen Lavasand und starren zum Mount Hekla hinauf, der ab und zu ohne Vorwarnung ausbricht. Der Wind ist sehr stark. Ein kleiner Vogel, ein Wintergoldhähnchen, hat auf einem Felsen eine einsame Zuflucht gefunden. Er sucht nach den vertrauten Bäumen, aber so etwas wird er hier wohl nicht finden. Rasch macht Isobel ein Foto mit ihrem Handy, ehe sich der Vogel wieder in die Luft schwingt und weggeweht wird. Die öde, abweisende Schutthalde ist überall mit kleinen hellgrünen Flecken besät, wo die Natur wieder Fuß zu fassen versucht. Isobel findet eine kleine rote Blume in einem der grünen Polster, pflückt sie und bringt sie mir.

»Für dich«, sagt sie, und ich bin unendlich gerührt.

Emilys Ansicht

Wenn Sappho kein Geld brauchte, könnte sie Psychoanalytikerin werden. Wenn sie ihr eigenes zwanghaftes Verhalten ein bisschen verstehen würde – zum Beispiel, warum sie die arme Gwen als Prügelknaben benutzt –, dann wäre sie eine gute Analytikerin. Ich frage mich, ob das mit ihrer Erziehung oder mit ihren Genen zu tun hat. Wer will das entscheiden? Was sie über primitive Gesellschaften sagt, ist interessant.

In einfachen Gesellschaften werden nicht nur Haustiere als Reichtum und Basis des Überlebens gesehen, sondern auch die Kinder, die man zur Welt bringt. Die Jungen müssen arbeiten, und die Mädchen werden verkauft, und beide werden sie zur Triebbefriedigung benutzt, wenn sie halbwegs attraktiv sind. Überbleibsel dieser Verhältnisse finden sich noch im System des Brautgelds bzw. der Mitgift. Überzählige männliche Haustiere werden gleich bei der Geburt kastriert und getötet. In Gesellschaften, die von Armut heimgesucht sind, werden überzählige Mädchen getötet. Bis zu ihrer Geschlechtsreife müssen Mädchen jahrelang durchgefüttert werden. In der frühen Sexualisierung unserer Mädchen wird die Rückkehr zu diesem primitiven Zustand erkennbar: Wir putzen die kleinen Mädchen für den sexuellen Markt heraus. Wir befreien die Prostituierten vom Stigma und nennen sie Sex-Arbeiterinnen. Eltern als Zuhälter sind gar nichts Neues. Gleichzeitig projizieren wir unsere eigenen Schuldgefühle auf den Pädophilen und machen ihn zur Quelle alles Bösen.

Zumindest hat sich Sappho gemeldet. Und ich weiß jetzt, dass es ihr gut geht. Die Begegnung am Schultor mit Isobel hatte mich schockiert und verstört. Dieses Mädchen ist fähig zu echter Gemeinheit, und Sapphos Schwangerschaft hat es sicher noch schlimmer gemacht. Was Laura angeht, so war ihr Absturz in die Resignation ein wenig zu rasch erfolgt. Vielleicht hegt sie unbewusste Rachegefühle, möglicherweise auch bewusste. Und Gwen? Dass ich sie verteidige, diese Muttergestalt, die nicht gut für die Kinder ist und ausrangiert werden soll, ist mir ein bisschen verdächtig. Wir werden sehen.

Es ist jetzt mehr als dreißig Jahre her, dass Rob gestorben ist und die Versicherungsgesellschaft gezahlt hat. Ich habe keine Lügen erzählt. Ich habe nur geschwiegen, als ich hätte sprechen können. Warum sollten die schlafenden Hunde jetzt plötzlich wach werden und mir in die Waden beißen? Natürlich hätte ich sagen können: Warten Sie mal, ich habe da einen Schlauch gesehen, und ja, die Leiche ist aus dem Auto gefallen, womöglich ist es ein Selbstmord gewesen. Aber was hätte ich damit gewonnen? Bloß noch mehr Elend für Verwandte und Freunde und vor allem für Sappho. Warten Sie mal, hätte ich sagen können, als die Leute dachten, wir wären verheiratet, eine richtige Trauung gab es eigentlich nie. Was wäre das Ergebnis gewesen? Das Haus wäre zwangsversteigert worden, ein Sieg für die Totenuhrkäfer und Immobilienspekulanten, und anstelle von Apple Lee stünde jetzt ein hässliches Bürohaus mehr da. Nein. Es gab keine Lügen, nur Schweigen, wo Schweigen das Richtige war.

Sapphos Roman setzt sich fort

Szenen aus dem Eheleben, 2004–2008

Eine späte Geburt

Eines Nachmittags schrieb Sappho an ihrem Theaterstück ›Wie es mir gefiel‹ weiter. Oder versuchte es wenigstens. Sie hatte gehofft, dass sich, war die Hochzeit erst einmal vorbei, die Routine wieder herstellen würde, aber irgendwie war das nicht der Fall, obwohl die Hochzeit mittlerweile sechs Monate her war. Sie zeigte Gavin gern, was sie machte. Früher war Laura ihre erste Kritikerin gewesen, die gelegentlich, was oft erst bei den Proben herauskam, wenn es zu spät war, lieber das aufgeschrieben hatte, was sie lesen wollte, als das, was ihr Sappho gesagt hatte. Aber Laura kommentierte nicht mehr, sondern machte einfach nur ihre Arbeit. Luke hatte keine Lust mehr, das Vanbrugh Theatre hinzuhalten. Der Produktionsplan war geändert und neue Programme waren gedruckt worden. Jetzt rief Luke auf dem Festnetz an, störte Sappho mitten im Satz – und sie nahm den Hörer ab, noch ehe sie die Nummer so richtig erkannt hatte. Zu spät! Sie hätte es klingeln, klingeln, klingeln lassen sollen.

»Schätzchen«, sagte Luke, »du bist nicht länger das hoffnungsvollste Talent in der Szene. Es ist keine gute Idee, sich unbeliebt zu machen, wenn man über dreißig ist, und das bist du jetzt ja. Die Abteilung Fernsehspiel der BBC ist stinksauer auf dich. Es ist in Ordnung, wenn man einen Auftrag aus Zeit- und Geldgründen ablehnt, aber nicht gerade klug, den Leuten zu sagen, man müsste aus moralischen Gründen ablehnen. Sie hassen dich, statt dich zu bewundern, und für dein und mein Einkommen hat das höchst unschöne Folgen.«

Sappho heulte, als sie den Hörer auflegte. Die Tür flog auf. Es war Gavin, der am Nebenanschluss mitgehört hatte.

»Luke soll bloß aufpassen«, rief er. »So kann man einen Künstler nicht unter Druck setzen! Wie viel verlangt er?«

»Wie meinst du das?«, fragte Sappho.

»Wie viel Prozent?«

»Das weiß ich nicht«, sagte Sappho. »Solche Sachen musst du Laura fragen.«

»Oh, mein Gott!«, sagte Gavin. »Kein Wunder, dass bei dir alles schiefläuft. Du schmeißt das Geld zum Fenster raus.«

Sappho sah sich in ihrem gut organisierten Büro um, wo Akten und Archive geführt wurden, wo auf jeden Telefonanruf gleich reagiert wurde und wo Fanpost und E-Mails nie unbeantwortet blieben. Sie fragte sich, was Gavin wohl meinte, aber wahrscheinlich hatte er recht, dachte sie.

»Ich werd's dir sagen«, erklärte Gavin. »Fünfzehn Prozent. Manche Agenten nehmen nur zehn.«

»Es stimmt. Luke war nicht sehr nett zu mir«, sagte Sappho. »Aber ich bin das gewöhnt.«

»Ich kann es nicht ertragen, dich weinen zu sehen«, sagte Gavin. »Du musst dir das nicht gefallen lassen. Du hast Besseres verdient.«

Er griff zum Hörer, rief Luke zurück und schnauzte ihn ordentlich an. Danach rief Luke nur noch sehr selten an, und Sappho war dankbar dafür.

Isoldes Porträt

Isobel und Arthur waren in Gavins alter Wohnung und halfen ihm, seine Sachen zusammenzupacken. Die meisten waren ohnehin schon in Apple Lee, deshalb lohnte es nicht, die Wohnung weiter zu behalten. Aber Gavin hatte seinen Mietvertrag trotzdem verlängert und einen Kollegen als Untermieter genommen. Waldo wohnte draußen auf dem Land und musste zwei Stunden lang in die Stadt fahren, konnte jetzt aber unter der Woche in London bleiben. Seine Frau Ellie, hatte Sappho gehört, war mit dem Arrangement nicht einverstanden, aber Gavin verlangte sehr wenig Miete, de facto hätte Waldo offenbar für die Fahrkarten mehr zahlen müssen. Es war nett, einen Haufen neue Freunde zu haben, die jemand anderes gesammelt hatte. Waldo war Journalist und Filmkritiker, mit dem man gut Witze und allgemeine Beobachtungen austauschen konnte, wie Sappho bald feststellte. Er war viel toleranter als Gavin – das heißt, er konnte sich auch für große Familienfilme mit *special effects* begeistern und nicht nur für die düsteren Produkte der kontinental-europäischen Regisseure, die Gavin so schätzte und die Sappho jetzt ebenfalls zu genießen versuchte.

Es war kurz nach vier Uhr nachmittags an diesem Samstag. Sappho schloss das Programm, in dem sie gerade gewesen war – sie hatte ›Sims‹ gespielt, das eigentlich Isobel mitgebracht hatte –, und sah Gavin, Waldo, Isobel und Arthur den Gartenweg von der Straße heraufkommen. Sie trugen das Porträt von Isolde.

Isolde ist eingetroffen, dachte Sappho, sie verfolgt mich. Die Vergangenheit ist wieder da, um mich heimzusuchen. Dann fragte sie sich, warum sie sich eigentlich schuldig fühlte. Ich hätte zu ihrer Beerdigung gehen sollen, dachte sie, jeder weiß, dass ich nicht da war. Dass sie nicht darüber reden, heißt nicht, dass sie es vergessen haben. Waldo hat wahrscheinlich auch an ihrem Grab gestanden. Sie glaubte sich vage daran zu erinnern, dass er auch zu den Besuchern gehört hatte, die Isolde an ihrem Sterbebett aufgesucht hatten, um mit ihr Sekt zu trinken, Witze zu reißen und an ihrer Seite dem Tod zu trotzen.

Sappho ging zur Tür, um ihnen zu öffnen. Die Kinder gingen mit dem Gemälde ins obere Stockwerk.

»Wir brauchen richtige Bilderhaken dafür«, rief ihnen Gavin hinterher.

»Was machen sie denn?«, fragte Sappho.

»Wir haben überlegt, was wir mit dem Porträt machen sollen«, sagte Waldo. »Ich habe eins von Ellie. Sie möchte, dass ich es mir übers Bett hänge. Das ist so eine Art Sympathiezauber, glaube ich.«

»Ach, Frauen!«, sagte Gavin.

»Verrückt«, bestätigte Waldo. »Aber es erschien uns irgendwie falsch, die liebe Isolde einfach so zu ersetzen. Dann hat Isobel gesagt, von Rechts wegen gehörte das Porträt ihnen. Aber bei Gwen gibt es keinen Platz an der Wand, deshalb sollte es mit nach Apple Lee kommen.«

»Und deshalb ist es jetzt hier«, sagte Sappho, vielleicht ein bisschen zu trocken.

»Ich hab mir gedacht, es wäre dir sicher recht«, sagte Gavin. »Ich hatte es ja schon weggehängt, aber du hast es wieder zurückgeholt.«

Das habe ich, dachte Sappho. War ich verrückt? Oder habe ich einfach gedacht, ich sei unbesiegbar?

»Es ist ihre tote Mutter«, sagte Waldo vorwurfsvoll. »Ich meine, das arme Kind!«

»Ich hab nichts dagegen«, sagte Sappho. Was sollte sie sonst sagen?

Waldo hatte auch seine Wäsche mitgebracht. Sapphos teure Waschmaschine hatte ein Kaltwaschprogramm, das die in Bloomsbury nicht hatte, und Waldo brauchte dieses Waschprogramm für seine Lieblings-Kaschmirpullover. Zu Hause, erklärte er, wusch Ellie sie mit der Hand. Also musste Sappho ihm helfen. Dann ging sie nach oben, wo sie Arthur genau in dem Augenblick antraf, als er von ihrem Ehebett herunterstieg, wo seine Stiefel schwarze Spuren auf der weißen Decke zurückließen, während Isobel zufrieden in die Hände klatschte.

»Ich hab dir doch gleich gesagt, dass es passt«, erklärte sie Arthur.

»Aber es sollte doch besser bei dir hängen«, sagte Sappho.

»Das geht farblich nicht«, sagte Isobel. »Ich mag nun mal rosa und grün, und das Bild ist mehr blau. Mama hat es mir in ihrem Testament hinterlassen, aber ich schenke es Daddy.«

»Ich verstehe«, sagte Sappho schwach.

Später sagte sie zu Gavin, es wäre ihr lieber, wenn das Porträt irgendwo anders im Haus hinge und nicht gerade über dem Ehebett.

»Warum hast du das nicht früher gesagt?«, fragte Gavin. »Jetzt ist es zu spät. Isobel wäre beleidigt und würde sich von mir abgelehnt fühlen. Aber wenn es dich wirklich stört –«

»Aber nein«, sagte Sappho.

»Wie auch immer«, sagte Gavin. »Ich hoffe doch, du bist nicht abergläubisch. Der arme Waldo mit seiner Ellie. Ich glaube, er ist ganz froh, wenn er sie manchmal los ist.«

Weitere Schlafzimmer-Dramen

Isobels Alpträume kommen in Wellen, stellt Sappho fest, sie erreichen ihren Höhepunkt einmal im Monat. Isobel hat noch keine Periode, also kann man das Phänomen nicht prämenstruell nennen. Der Höhepunkt wird vielmehr dann erreicht, wenn sie, Sappho, selbst prämenstruell ist, was ziemlich merkwürdig ist. Sappho hat manchmal das Gefühl, dass die schlimmen Träume genau kalkuliert sind, weil sie jedes Mal dazu führen, dass Isobel ins Schlafzimmer trappelt und sie aus dem Schlaf reißt. Sind sie vielleicht bloß erfunden?

»Daddy, Daddy, ich hab einen Traum gehabt. Ich zittere so. Kann ich das Licht anknipsen? Ich bin von einer Kaffeemaschine die Straße hinuntergejagt worden ...«

Wie, bitte, kann man von einer Kaffeemaschine gejagt werden?, fragt Sappho, und Gavin sagt, dass sie unter Verfolgungswahn leide. Ob sie prämenstruell sei? Was sie zugeben muss.

»Daddy, Daddy, ich hatte einen Traum, da kam dieser große Kran und hat mich gepackt und hoch übers Haus gehoben und wollte mich fallen lassen ... Daddy, mir ist so kalt, ich bin so allein ...«

»Daddy, Daddy, ich war in der Schule und wollte in die Bibliothek gehen, und plötzlich sind all meine Zähne zerbröckelt und in mein Physikbuch gefallen ...«

»Daddy, Daddy, ich habe geträumt, ich wäre festgebunden

und ein Arzt mit einem Affengesicht und einer Spritze hat versucht, mich zu stechen …«

Das Mädchen ist jetzt dreizehn. Es könnte allmählich wirklich aufhören. Zwei Nächte in der Woche gehen sie immer noch zu Gwen, und Gwen lässt sie fernsehen, was Gavin nicht erlaubt, außer bestimmte, sorgfältig ausgewählte Sendungen im Bildungsprogramm. Wenn Gavin nicht so streng mit dem Fernsehen wäre, erklärt ihm Sappho, wären die Kinder nicht so scharf darauf, zu Gwen zu gehen. Und wenn sie in Apple Lee nicht dauernd frisches Obst und Gemüse aus biologischem Anbau verzehren müssten, sondern sich auch mal eine Pizza oder was von McDonald's reinziehen dürften, wäre das auch nicht schlecht. Gavin wollte davon nichts hören. Arthur hat eine Kampagne begonnen, um in ein Spitzeninternat zu kommen, wo er statt Fußball Rugby spielen kann, aber Sappho vermutet, dass es ihm auch darum geht, in eine Welt mit Weißbrot, Würstchen und Pizza zu flüchten. Arthur setzt sich durch, aber Sappho muss für Isobel trotzdem weiter Rübchen putzen und die Erde von den Karotten kratzen, obwohl das Mädchen bestimmt lieber mit ihr um die Ecke zum neuen Costa's gegangen wäre und ein Mandelhörnchen mit ihr gegessen hätte.

Gavins Jugend in den Yorkshire Moors – wo seine vollkommene Mutter, die starb, als er zehn Jahre war, täglich buk und liebevoll für ihn kochte – war völlig frei von Junkfood gewesen. Wenn er sich für seine Kinder dasselbe wünscht, ist das gewiss bewundernswert. Und er hat natürlich recht: Junkfood ist schrecklich.

Wenn es irgendwelchen Ärger zu Hause gibt, weil zum Beispiel Sappho versucht, Isobel dazu zu bringen, dass sie mehr isst (das Mädchen ist mehr oder weniger magersüchtig), heizt das die Träume offenbar an.

»Daddy, Daddy, ich habe Angst, mir ist so kalt. Ein Geist war bei mir im Zimmer. Ich glaube, es war Mami, aber ihr Gesicht hatten Würmer gefressen – und es war niemand da, der sich um mich kümmert. Und es war ein Loch in der Erde, und ich bin hineingefallen, die Erde kam auf mein Gesicht und ich hab nicht mehr atmen können …« Zielt das auf mich?, fragt sich Sappho. Weil ich sie im Stich gelassen habe, als ihre Mutter starb? Weil ich nicht zur Beerdigung gegangen bin? Aber das ist nun wirklich paranoid und kann mit Gavin nicht diskutiert werden. Und wieso kommt sie auf die Idee, Isobels Träume seien »gezielt«. Warum sollten sie das sein?

»Daddy, Daddy, bist du wach? Ich habe geträumt, dass Sap ein Kind kriegt, und dieses Ding kam heraus und krabbelte auf dem Bett auf mich zu …«

»Sie will nicht, dass du schwanger wirst, das ist mal sicher«, sagt Gavin und lacht, aber Sappho hat das Gefühl, dass sie verwünscht worden ist und findet es überhaupt nicht komisch, bis Gavin sie fragt, ob sie vielleicht bald ihre Periode kriegt. Sie muss zugeben, dass es nur noch fünf Tage sind, und sie versucht, ihre Gedanken neu zu ordnen. Es wird höchste Zeit, dass sie schwanger wird, findet sie, und keine Periode mehr hat. Das will sie jetzt wirklich, und je länger sie warten muss, ohne dass es passiert, desto dringender und zwanghafter wird der Wunsch, endlich schwanger zu werden.

Isobel ist immer lieb und zärtlich. Sie schimpft nicht auf Sappho und schreit auch nicht herum wie andere Mädchen in diesem Alter. Sie geht zur Schule, bringt gute Noten nach Hause und ist bei allem die Beste.

»Sie hat den Verstand ihrer Mutter«, sagt Gavin, eine seiner wenigen Anspielungen auf Isolde.

Sappho hat danach das Gefühl, dass sie irgendwie nicht so intelligent wie Isolde ist, kein Vergleich sozusagen. Gavin vermeidet nämlich alle Vergleiche so sorgfältig, dass sie schon lange diesen Verdacht hat.

Aber alle, sogar ihre eigene Mutter, gratulieren Sappho dazu, wie gut sie mit ihren Stiefkindern auskommt.

Das Gespenst in Isobels Zimmer

Es sei doch merkwürdig, sagt Gwen, dass Isobel nie irgendwelche Alpträume hat, wenn sie freitags und samstags bei ihr ist – ob diese Alpträume vielleicht etwas damit zu tun haben, dass es in Apple Lee spukt? Isobels Zimmer ist auf dem Dachboden: ein großer hoher Raum mit schönen Deckenbalken. Immer wieder hört sie Geräusche und dann überläuft es sie eiskalt, als wäre die Temperatur jäh abgesunken.

»Daddy, ich war oben in meinem Zimmer und habe Hausaufgaben gemacht, und plötzlich war mir so kalt, als ob da ein Geist wäre. Ich habe Schritte gehört, und ein Mann hat gestöhnt. Ist in diesem Haus mal was Schlimmes passiert, Daddy?«

Jeden Freitagnachmittag kam Gwen und holte die Kinder zu sich nach South Kensington. Sie kam zum frühen Abendessen und trank noch eine Tasse Tee mit Laura, während sie darauf wartete, dass die Kinder ihre Sachen zusammenpackten. Sappho war meist bei einer Probe oder einer Besprechung.

»Versuch doch mal, da zu sein und nett mit ihr zu reden«, bat Gavin. »Ich weiß, sie ist schwierig, aber für die Kinder ist es wichtig, das Gefühl zu haben, dass alle sich mögen.«

Also blieb Sappho zu Hause, wann immer sie konnte, und war so reizend, wie sie nur konnte.

»Dein Haus hat einfach keine gute Atmosphäre, Sappho«, sagt Gwen. »Entschuldige, wenn ich das sage. Und die arme

Isobel auf dem Dachboden zu verstecken – das ist ja wie eine eingemauerte Nonne.«

»Aber das ist doch ein sehr hübsches Zimmer«, sagt Sappho. »Eins der besten im Haus. Sie hat es selbst eingerichtet, sogar die Vorhänge hat sie selbst ausgesucht. Sie hat es so gut gemacht!«

»Aber sie kann keine Freundinnen mitbringen, weil die Eltern ihnen nicht erlauben, hier in dieses Viertel zu kommen. Die Gegend ist einfach zu rau.«

»Aber das stimmt doch gar nicht«, sagt Sappho. »Sie kommen doch dauernd, sie müssen ja bloß vor der Tür aus dem Bus steigen.«

»Also mir erzählt sie was anderes«, erklärt Gwen. »Und Haferkekse mögen sie auch nicht! Sag mal, Sappho, ist in diesem Haus nicht dein Vater gestorben?«

»Ja«, sagt Sappho.

»In welchem Zimmer?«

»In der Garage, soviel ich weiß. Ich war damals erst drei.«

»Weil die arme Isobel denkt, er hätte sich auf dem Dachboden erhängt.«

»Das ist doch absurd.«

»Warum kann sie nicht das Gästezimmer haben, neben dem Schlafzimmer?«

Weil das mein und Gavins Sexualleben ruinieren würde, denkt Sappho. Sie erinnert sich noch allzu gut an die Flitterwochen. Der Gedanke, dass Isobel fünf Tage in der Woche im Nebenzimmer wach liegen und die Ohren spitzen könnte, ist unerträglich.

»Das Gästezimmer hat diesen wunderschönen Apfelbaum vor dem Fenster«, sagt Gwen. »Und sie müsste auch nicht den weiten Weg durch das dunkle Haus gehen, wenn sie schlechte Träume hat. Sie fühlt sich offenbar verlassen. Sie sagt, sie erinnert sich noch, dass du nicht zum Begräbnis meiner Tochter gekommen bist. Ich kann mich nicht entsinnen, dass ich dich vermisst hätte, aber bei ihr ist das offenbar anders.«

»Zu mir hat sie nichts darüber gesagt«, erklärt Sappho. »Du lieber Himmel, sie war damals erst drei. Und was hätte ich dort zu suchen gehabt? Es war eine stille Beerdigung im engsten Kreis der Familie.«

»Ach bitte, Daddy, können wir Zimmer tauschen? In der Nacht bin ich aufgewacht, und an der Wand war ein Schatten. Es war ein Erhängter, und er hat sich an seinem Strick hin und her gedreht und sein Gesicht gezeigt. Er hatte Knochenaugen und aus seinem Mund hing ein Schlauch –«

»Da musst du Sap fragen«, erwiderte Gavin.

»Du kannst das Zimmer neben dem Büro im Erdgeschoss haben«, sagte Sappho.

»Ich möchte nicht, dass sie ein Zimmer mit Internet hat«, sagte Gavin. Also blieb Isobel erst einmal, wo sie war, während sie auf den Techniker warteten, der den Internetanschluss beseitigen sollte. Aber Laura vergaß, den Mann anzurufen, was ganz unerhört war. Laura und Isobel kamen gut miteinander aus.

Während sie noch warteten, erschien Gwen eines Freitagnachmittags mit einem Mann im Gewand eines katholischen Priesters, der eine Glocke, eine Bibel und eine Kerze mitführte. Er war gekommen, um das Gespenst zu vertreiben, aber Gavin hatte vergessen, Sappho darauf vorzubereiten. Das heißt, als er aus dem Haus ging, hatte er Laura gebeten, Sappho zu informieren, aber Laura hatte es wohl vergessen. Ihre Gehaltserhöhung war irgendwie deutlich geringer als ihr früherer Anteil an den Tantiemen. Das Ablagesystem war nicht mehr auf dem neuesten Stand. Die Kfz-Versicherung war nicht bezahlt worden, weil es ihr niemand gesagt hatte.

Sie machte nicht direkt Dienst nach Vorschrift, aber manchmal konnte man schon diesen Eindruck gewinnen. Der Übergang von der »Verantwortung für Sappho« zur »Befolgung von Gavins Anweisungen« war nicht so glatt, wie das Lächeln aller Beteiligten ihn aussehen ließ. Jetzt machte Gavin die Post auf, wenn sie hereinkam. Er legte die Dinge, die seiner Ansicht nach Sappho und Laura betrafen, auf Lauras Schreibtisch, der Rest verschwand in seinem Zimmer. Das Verfahren war ziemlich unsystematisch und führte zu Diskussionen, die niemand sich wünschte, am allerwenigsten Sappho.

Sappho rannte hinter Gwen, dem Priester, Gavin und Isobel her, während die nach oben entschwebten.

»Ich möchte das nicht!«, rief Sappho. »Das Haus ist völlig in Ordnung.«

»Hier gibt es Gespenster«, rief Isobel.

»Ich glaube das auch nicht«, sagte Gavin zu Sappho. »Aber wenn es Isobel beruhigt, sollten wir mitspielen.«

»Du möchtest doch sicher, dass dein armer Vater endlich zur Ruhe kommt«, sagte Gwen.

Der Priester erklärt, es sei der rastlose Geist eines Mannes, der vermutlich von eigener Hand gestorben sei. Glocke, Bibel und Kerze habe er nur mitgebracht, falls irgendwelche schlimmen Erscheinungen auftreten sollten, aber wahrscheinlich würden sie gar nicht gebraucht, denn es gebe nur sehr wenige große Sünder auf dieser Welt.

»Was für eine Art Priester ist das überhaupt?«, wollte Sappho von Gwen wissen.

»Starhawkian Wikka«, erklärte Gwen.

Sappho zuckte die Achseln und ließ die anderen machen. Der Priester sang seine Beschwörungen und ging wieder. Die merkwürdigen Geräusche, die plötzliche Kälte und die geisterhaften Schatten hörten aber nicht auf.

»Das macht nichts«, sagte Isobel, nachdem sie die letzte Erscheinung beschrieben hatte. »Nachts kann ich ja einfach den Kopf unters Kopfkissen stecken, und die Hausaufgaben erledige ich halt in der Schule. Ich will ja keinen Wirbel machen.«

Aber dafür aß sie nichts mehr und wurde dünner als je zuvor. Ihre Arme waren wie dünne Stöckchen, ihre Augen wurden jeden Tag größer, und sogar die vollen Lippen schienen sehr bleich. Sie wurden von der Schulärztin einbestellt. Die sagte ihnen, Isobel sei wohl magersüchtig, und sie dürften auf keinen Fall ihre Essensgewohnheiten kommentieren. »Die Magersüchtige ist ein völlig unproblematisches Kind mit problematischen Eltern«, wurde ihnen gesagt.

»Daddy, Daddy, ich hatte diesen schrecklichen Traum. Ich wurde festgehalten und zwangsernährt, weil die Leute meine Leber essen wollten, und es war niemand da, um mir zu helfen. Es stimmt etwas nicht mit mir. Solche Alpträume sollte ich in meinem Alter längst nicht mehr haben …«

Sie ließ sich zur Schulpsychologin bringen. Sappho musste auf dem Gang warten, während die beiden sich unterhielten. Dann saß Isobel draußen, und Sappho durfte hineingehen.

»Sie sind die Stiefmutter, nicht wahr?«, sagte die Psychologin, die Sappho ein wenig an ihre Mutter erinnerte. »Diese Verlassenheitsträume sind typisch für Waisen.«

»Sie scheinen aber viel aggressiver, als bloße Verlassenheit es nahelegen würde«, sagte Sappho.

»Ach, glauben Sie?«, fragte die Psychologin. »Wirklich schade, dass sie allein da oben im Haus schlafen muss. Ich habe gehört, es gebe da ein Zimmer direkt neben dem, das Sie mit Isobels Vater teilen. Sie hängt sehr an ihrem Vater.«

»Ich weiß«, sagte Sappho.

»Und außerdem ist da diese Essstörung«, fuhr die andere fort. »Magersucht findet man häufig in kaputten Familien.«

»Meine Familie ist nicht kaputt«, sagte Sappho. »Es ist eine Familie, die wieder geheilt wird und sich selber heilt.«

»Wie auch immer«, sagte die Psychologin, und Sappho gab nach und ließ Isobel in das Zimmer nebenan einziehen, obwohl die Wände so dünn waren, dass es jetzt nur noch freitags und samstags zum Liebesspiel kam, weil Gavin solche Angst vor Geräuschen hatte.

Und weil Isolde auf das eheliche Bett hinunterstarrte, dachte Sappho: Wenn hier jemand spukt, dann ist es Isolde. »Er hat dich geheiratet, weil er dich für die Kinder gebraucht hat. Er war scharf auf dein Geld, nicht auf dich. Für ihn bist du immer noch das Au-pair-Mädchen, und du wirst auch nie etwas anderes sein.«

Isobel dagegen wurde viel munterer, als sie im Zimmer nebenan schlief, und aß sogar ein paar von den Dattel-Hafer-Keksen, die Sappho speziell für sie gebacken hatte.

»Bei mir ist sie bulimisch«, berichtete Gwen. »Sie futtert einen Sechserpack Schokoladenriegel und einen Zwölferpack Fruchtzwerge und dann kotzt sie alles auf dem Klo wieder aus.«

»Das ist ja schrecklich«, erklärte Sappho. »Entsetzlich.«

»Ach, ich weiß nicht«, sagte Gwen. »Mir hat es nie geschadet. Das wächst sich aus, wenn sie älter wird. Und die Alpträume haben doch aufgehört, nicht wahr?«

»Ja, das haben sie«, bestätigte Sappho und unterdrückte den Nachsatz: *Wenn sie überhaupt jemals da waren.*

Isobel und die Antibabypillen

Sappho wollte schwanger werden. Sie teilte es der Familie beim Frühstück mit. Isobel sagte, es wäre ihr peinlich in der

Schule, und ihr Vater sei schon zu alt, um noch Babys zu haben.

»Aber ein Baby würde uns als Familie doch erst vollständig machen«, sagte Sappho. »Wäre das nicht ein gutes Gefühl?«

»Nein«, sagte Isobel. »Das fühlt sich ganz falsch an.«

»Was meinst denn du, Arthur?«, fragte Sappho.

»Ist mir recht«, sagte Arthur. »Mich stört das nicht weiter.«

Arthur war aus dem Internat nach Hause gekommen und hatte das »Gespensterzimmer« übernommen, wie es Isobel nannte. Er hatte nichts weiter bemerkt. Aber er hatte auch dauernd seinen iPod im Ohr, wie Gavin missbilligend feststellte.

Arthur war jetzt größer als Gavin und stärker, und Sappho hatte den Eindruck, das hätte wohl damit zu tun, dass er einen iPod und ein Handy haben durfte, die Isobel nicht hatte. Die Essensregeln in Apple Lee waren nach wie vor strikt, aber die Fernsehsituation hatte sich etwas gebessert. Seit es so viele DVDs gab und so viele Programmkinos hatten schließen müssen, schien es beinahe unnatürlich, wenn man keinen DVD-Player hatte, und der Fernsehapparat kam damit ja beinahe zwangsläufig. Da Sappho immer noch Fernseh-Soaps schrieb, war das auch für ihren Job gut, obwohl sich Gavin gar nicht vorstellen konnte, dass es in diesem Bereich irgendwelche professionellen Maßstäbe gab. Es war doch alles nur Müll – wenn auch nützlich als Einkommensquelle.

Andererseits war Waldo ja auch häufig da, und es war sehr praktisch für ihn, dass er sich die neuen Filme, die er besprechen musste, auf DVD anschauen konnte. Ellie ließ sich jetzt von ihm scheiden, und der Grund dafür war ausgerechnet Elvira. Sie hatte angefangen, jede Nacht vor der Wohnung in Bloomsbury Wache zu halten, weil sie sich noch immer nach Gavin sehnte, obwohl der ja längst in Apple Lee wohnte. Waldo hatte sie bemerkt und hereingeholt, und natürlich führte dann eins zum anderen. Es war nur eine sehr kurze Affäre, aber Ellie hatte es herausgekriegt, und jetzt war Waldo plötzlich ein freier und glücklicher Mann, brachte aber viel Zeit in Apple Lee zu, wo er über Einsamkeit klagte, statt sich in Soho oder sonstwo zu amüsieren. Sappho vermutete, dass ihm Laura recht gut gefiel.

»Was meinst denn du, Gavin?«, fragte sie jetzt. »Es muss ja eine Entscheidung der ganzen Familie sein.«

»Es wäre vielleicht eine gute Idee gewesen, wenn du mich vorher gefragt hättest«, sagte Gavin. Er konnte sehr übelnehmerisch sein. »Lass uns unter vier Augen darüber reden.«

»Das heißt, nein«, sagte Isobel. »Ich kenne doch meinen Daddy.«

Sie irrte sich, aber nur knapp. Gavin fand zwar, er sei vielleicht zu alt, um sich auf eine Vaterschaft einzulassen, und es würde mit Sicherheit Isobel nicht gefallen, deren Anfänge ohnehin schon gestört genug gewesen seien, aber er könne Sappho die Freuden der Mutterschaft nicht vorenthalten, wenn es das sei, was sie wolle. Sie solle aber auch an die finanziellen Konsequenzen denken. Kinder seien sehr aufwendig.

»Geld haben wir haufenweise«, sagte Sappho.

Und Gavin sagte, Apple Lee sei sehr teuer im Unterhalt und auch sehr zeitraubend, sie zahlten jetzt vierzig Prozent Steuern, die Agenturen verlangten auch fünfzehn Prozent, ihr Jahreseinkommen sei fünfzig Prozent niedriger als im Jahr zuvor, sie solle weniger Taxis benutzen, nicht so viele Kleider kaufen und mehr über ihre Ausgaben nachdenken.

»Zahlen wir für Gwens Wohnung?«, fragte Sappho. »Was kostet das eigentlich?«

»Ach, nicht so viel«, sagte Gavin. »So ungefähr zweitausend im Monat.«

»Aber das ist nun wirklich rausgeschmissenes Geld«, sagte Sappho.

»Immer noch besser, als wenn sie bei uns wohnt, und das wäre die Alternative«, sagte Gavin, und dann lachten sie beide. Das Haus lief zur Hälfte auf Gavins Namen. Ein Paar braucht nun mal Parität.

Sappho hatte ›Wie es mir gefiel‹ endlich beendet, und Luke hatte erfolglos versucht, das Stück zu verkaufen. Der Vertrag mit dem Vanbrugh Theatre war längst annulliert worden.

»Die Zeit steht nicht still, Schätzchen«, sagte Luke, »und die Favoriten von heute sind morgen schon Nobodys. Es war alles okay, als du eine junge Lesbe warst, die wegen der Frauenrechte herumpöbelte, aber jetzt bist du eine spießige weiße Ehefrau mit Kindern, das ist völlig out. Also sei froh, wenn du Drehbücher fürs Fernsehen raushauen darfst, und bete, dass keiner in der Redaktion darauf kommt, dass du über dreißig bist, sonst bleibt dir bald nichts anderes mehr, als Romane zu schreiben.«

»Ich bin doch nie eine richtige Lesbe gewesen«, sagte Sappho.

»Lass das ja niemanden wissen«, sagte Luke. »Du musst lügen nach Strich und Faden.«

Als Sappho auflegte, heulte sie wieder. Sie sah ihre Karriere, ihre Zukunft und ihre Hoffnungen zerstört, und wieder kam ihr Gavin mit fliegenden Fahnen zu Hilfe. Er rief Luke sofort zurück und feuerte ihn. Die fünfzehn Prozent vom Einkommen Sapphos könnten sie sparen, er werde das selbst übernehmen. Böse Worte wurden gewechselt. Sappho wies darauf hin, dass Luke nach wie vor fünfzehn Prozent von allen Tantiemen erhalten würde, die ihr aus ihren bisherigen, von ihm vermittelten Werken zufließen würden, und sie wisse ja gar nicht, ob ihre Karriere sich fortsetzen würde. Daraufhin machte Gavin ein dummes Gesicht, aber dann sagte er, sie wolle ja ohnehin Mutter werden.

Also versuchte sie, schwanger zu werden. Aber es klappte nicht. Sie wartete ein volles Jahr und nahm einen Lehrauftrag in der Schauspielabteilung einer Londoner Universität an. Einigen Leuten war ihr Name noch durchaus bekannt, und es war schön, sich nützlich zu machen und ein kleines Gehalt dafür zu bekommen. Ende des Jahres suchte sie ihren Arzt auf, und er erklärte sich bereit, die Dinge in Gang zu bringen. Er machte eine Blutuntersuchung und sagte, sie habe einen erstaunlich hohen Östrogenspiegel, ob sie denn tatsächlich aufgehört habe, die Antibabypillen zu nehmen, die er ihr vor Jahren verschrieben habe. Ja natürlich, sagte sie, sie sei ja nicht blöd. Nun ja, erwiderte er, wenn es um Babys geht, verlieren Frauen oft komplett den Verstand, und es wundere ihn gar nichts mehr.

Als sie Gavin davon erzählte, überredete er sie dazu, zu einer Frauenärztin zu wechseln. Es gefiele ihm sowieso nicht, wenn andere Männer in ihren Eingeweiden herumfummelten. Sie fühlte sich beschützt und war dankbar. Kein Stress. Freitags und samstags, wenn Isobel bei ihrer Großmutter war, hatten sie eine Menge Sex, aber ein Baby kam immer noch nicht.

»Also bei mir ist alles in Ordnung«, sagte Gavin. »Ich hab ja schon zwei. Vielleicht bist du nicht so fruchtbar. Du hast ja auch keine Geschwister, und Tanten, Onkel und Kusinen sind auch ziemlich rar.«

»Das ist wahr«, sagte Sappho. »Als Familie sind wir geschrumpft, und das gefällt mir überhaupt nicht. Ein guter Grund, dass ich mir eine Familie aufbaue. Du darfst aber nicht vergessen, dass mein Vater gestorben ist, als ich erst drei war: Meine Mutter hatte keine große Chance, noch ein weiteres Baby zu haben.«

»Jedenfalls nicht von demselben Mann«, sagte Gavin.

»Wenn mein Vater nicht versucht hätte, die Scheinwerfer bei geschlossener Garagentür zu putzen, wäre ich vielleicht die Älteste von sechs Geschwistern.«

»Gwen hat mir etwas erzählt«, sagte Gavin, »als sie mit dem albernen Exorzisten hier auftauchte. Es sei nicht weiter erstaunlich, dass Isobel diese Erscheinungen habe. Dein Vater habe gar keinen Unfall gehabt, sondern sei von eigener Hand gestorben.«

Das sei doch lächerlich, sagte Sappho. Gwen sei ein ewiger Störenfried und versuche bloß, sie, Sappho, zu kränken. Woher wolle Gwen denn irgendwas wissen? Es sei ja dreißig Jahre her.

»Sie behauptet, die inzwischen verstorbene ehemalige Putzfrau deiner Mutter habe es ihr erzählt«, sagte Gavin. »Sie habe gesehen, wie dein Vater aus dem Inneren des Wagens herausfiel, als der Polizist die Garagentür aufbrach. Aber Gwen redet viel, wenn der Tag lang ist. Kümmere dich gar nicht darum. Deine Mutter hätte dich bestimmt nicht all die Jahre belogen in so einer Sache. Vergiss, dass ich etwas gesagt habe. Die Vergangenheit ist ein anderes Land, und da wird vieles anders gemacht. Unser Leben hat angefangen, als wir uns auf dieser Party getroffen und unsere Blicke sich gefunden haben.«

»Das stimmt«, sagte Sappho, und Gavin küsste sie und wurde sehr romantisch. Er schaute ihr seelenvoll in die Augen, und sie tat so, als ob sie zurückschaute, aber in Wirklichkeit waren ihre Blicke nach innen gerichtet.

Sie hatte einen dieser Momente, bei denen sie in ein leeres Zimmer in ihrem Inneren hineinschaute. Ihre Mutter nannte das bei sich »Hyperlink«. Das waren Momente, in denen man sich an Dinge erinnerte, die vielleicht nie passiert waren, Erinnerungen, die man vielleicht nur aus längst vergangenen

Gesprächen rekonstruiert hatte. Erinnert man sich noch an den Ferienausflug? Oder erinnert man sich bloß an das Foto, das jemand gemacht hat? Zeugen werden gebraucht. Sie erinnerte sich daran, wie ihr Vater aus dem Wagen fiel, als die Tür aufgemacht wurde, und sie erinnerte sich daran, wie Gavin im Gästezimmer über sie herfiel, aber sie wusste, dass sie ihre Mutter nie über das eine und Gavin nie über das andere befragen würde. Wahrscheinlich war es besser, wenn man sein Leben zu einer passenden Zeit beginnen ließ, statt zu der Zeit, wo es tatsächlich anfing.

Emily hat Stress

»Ich kann das nicht mehr lesen«, sagte ich zu Barnaby. »Ich kriege Panikattacken.«

»Tief durchatmen«, sagte er. »Und weiterlesen.«

Ich hatte ihm die Seiten einzeln weitergegeben, wenn ich damit fertig war. Ich weiß nicht, ob es ihm wirklich um mich ging oder ob er einfach bloß wissen wollte, wie es weiterging. Man kann doch Männern nicht trauen.

»Gwen saugt sich das aus den Fingern«, sagte er. »Sappho hat recht. Woher sollte Gwen so etwas wissen?«

»Als Isolde krank, Sappho das Kindermädchen und Gavin der große Held war, hat Sappho die Kinder manchmal nach Apple Lee gebracht, damit ich auf sie aufpasse, und Gwen hat sie dann mit dem Taxi hier abgeholt. Und wenn ich nicht da war, hat sie sich mit Mary auf eine Tasse Tee hingesetzt, und Mary hat das Haus seit Ewigkeiten geputzt und wusste alles, was es zu wissen gab. Ja, es ist möglich. Aber warum hat mir Sappho davon nichts gesagt?«

»Vielleicht weil es gar nicht passiert ist«, sagte Barnaby.

»Es könnte genauso eine Variante der Wahrheit sein wie jede Erfindung. Mach mir doch einen Käsetoast, während du dich beruhigst und wieder zu Atem kommst.«

Ich tat es. Ich machte ihm einen dieser gepressten, versiegelten, buttertriefenden Klumpen im Toaster, bei denen das Brot immer halb verbrannt und der Käse nicht richtig geschmolzen war. Halb hoffte ich, es würde ihn umbringen, halb hoffte ich, es würde ihn für immer für mich bewahren. Die Unabhängigkeit der Single-Frau erschien mir plötzlich wie eine ziemlich einsame Sache.

Frauen, die zu Therapeuten gingen, bekamen häufig gesagt, sie müssten die Verbindungen kappen, die sie an die Familie fesseln, ihre Mütter seien an allen Übeln schuld, die sie heimsuchen, und ihre eigenen Kinder dürften keinerlei Kontakt mit der Großmutter haben. Ich hatte es bei einigen meiner Freundinnen erlebt. Nach einem Jahr oder so schüttelten die Töchter sich allerdings meist, merkten, dass man sie reingelegt hatte, und die normalen familiären Beziehungen stellten sich wieder her. Ich wünschte mir tatsächlich, ich hätte sechs Kinder gekriegt und nicht bloß eine Tochter. Ich war so verletzlich.

Sapphos Roman setzt sich fort

Szenen aus dem Eheleben, 2004–2008

Fortsetzung von: Isobel und die Antibabypillen

Belinda kam zu Besuch und sah, wie Sappho ihre Multivitaminpillen nahm. »Komisch«, sagte sie, »ich nehme auch Vitaminpillen, aber meine sind groß und gelb und deine sind klein und weiß.«

Sappho spuckte die Pille aus und rannte ins Bad, sie machte

den Arzneischrank auf und untersuchte ihre alten, abgelaufenen Pillenvorräte – Laura hatte längst aufgehört, diese Dinge in Ordnung zu halten. Richtig, ihre alten Antibabypillen waren klein und weiß und hatten ein graues Kreuz auf der Rückseite, genau wie die Vitaminpillen, die sie seit Monaten schluckte. Sie nahm die Packung mit an den Kaffeetisch, wo Belinda mit ihrem neuen Freund saß, einem gewissen Dwight Gordon, der Krimis schrieb und Beziehungen zu Spezialeinheiten der Armee hatte. Seine Romane handelten meist von schwer geschädigten Helden, die früher Agenten waren und sich in der zivilen Welt nicht zurechtfanden.

»Das sind doch dieselben Pillen, oder nicht?«, sagte sie.

Dwight schaute sie an und lachte. »Das war vermutlich die Stieftochter. Die mögen keine Kuckuckskinder im Nest.«

»Bezieht sich das auf mich oder ein neues Baby?«, fragte Sappho.

»Beides«, sagte er. »Sie können froh sein, dass Sie nicht eine tägliche Ration Arsen ins Essen gekriegt haben.«

»Ein ganzes Jahr meines Lebens!«, sagte Sappho. »Verschwendet.«

»Wenn du dich mit einem älteren Mann einlässt«, sagte Belinda selbstgefällig, »dann hast du auch seine Vergangenheit mit am Hals.«

Später sagte Sappho zu Isobel: »Schätzchen, du hast dich doch nicht etwa an meinen Vitamintabletten zu schaffen gemacht?

Isobel brach in Tränen aus und sagte, sie wolle nicht, dass Sappho ein Baby kriege, weil Sappho sie dann nicht mehr lieben würde.

Sappho nahm sie in die Arme und sagte, sie hätte genügend Liebe für alle. Wo sie die Pillen denn herbekommen hätte? Isobel sagte, übers Internet in der Schule, und Sappho fragte, woher sie denn gewusst habe, was sie bestellen musste. Ob sie den Medizinschrank durchgewühlt habe?

»Ich habe Laura gefragt«, sagte Isobel, aber Sappho glaubte ihr nicht so richtig.

»Bitte sag Daddy nichts«, bettelte Isobel.

»Nein, das tue ich nicht«, versprach Sappho.

»Warum bist du nicht zur Beerdigung meiner Mami gekommen?«, heulte Isobel.

»Wer sagt denn, dass ich nicht da war?«

»Gwen«, sagte Isobel.

»Du weißt doch, dass Oma Gwen gern alle möglichen Geschichten erfindet«, sagte Sappho. »Natürlich war ich da.«

Zusammen leerten sie das Fläschchen mit den kleinen weißen Pillen ins Klo und spülten sie runter. Gavin hatte sich bereiterklärt, sein Sperma untersuchen zu lassen, aber sein Gesichtsausdruck zeigte, dass er nicht gerade glücklich darüber war. Isobel und Sappho waren jetzt Komplizinnen. Sie sagten ihm nicht, dass der Test nicht mehr notwendig war, sondern die Natur auch so ihren Gang gehen würde.

Trotzdem verzichtete Sappho in den nächsten Wochen auf heiße Getränke, speziell auf Kaffee und Tee, die Isobel manchmal kochte. Sie trank nur Wasser aus versiegelten Flaschen und behauptete, es sei schlecht, Koffein zu sich zu nehmen, wenn man schwanger werden wolle. Wie mühelos und logisch sich eine Lüge an die andere reihte!

Sappho wird von Schuldgefühlen erfasst

»Stimmt was nicht?«, fragte Laura. Sappho heulte in ihren Computer. Es war der erste Monat der pillenfreien Lebensweise.

»Nein, nein«, sagte Sappho. »Ich bin nie glücklicher gewesen.«

»Wirklich?«, fragte Laura. »Kanal 4 will die Änderungen bis Ende der Woche, und wir haben schon Donnerstag. Dein guter Ruf, was pünktliche Lieferung angeht, hat ohnehin schon etwas gelitten.«

»Das macht mir keine Sorgen«, sagte Sappho.

»Was ist es dann? Weil du deine Tage gekriegt hast?«, fragte Laura.

»Ja«, sagte Sappho. Das war eine Lüge, aber schon weil Laura dagegen war, dass Sappho Kinder kriegte, war es einfacher, als ihre wahren Gedanken zu nennen. Hätte sie sagen sollen: *Meine Mutter hat mich ihr ganzes Leben lang angelogen, mein Vater hat Selbstmord begangen. Und warum? Weil er »Depressionen« hatte? Weil meine Mutter ihn dazu getrieben hat mit ihren Affären? Weil das ganze Leben meiner Mutter getrieben von Selbsttäuschungen war, was wohl der Grund ist, weshalb sie diese Dinge bei anderen aufzudecken versucht? Weil meine Mutter damals meine Tagebücher gelesen hat und ich ihr deshalb nicht mehr trauen konnte? Weil mir auf diese Weise etwas verloren gegangen ist, was alle anderen Mädchen als ihr Geburtsrecht beanspruchen können?*

Nein, das alles sagte sie nicht. Es wurde ihr bewusst, dass sie neuerdings, ganz unabhängig von ihrer Mutter, praktisch niemandem mehr traute. Was immer sie sagte, konnten andere gegen sie verwenden. Laura war nicht länger ihre Freundin und Zwillingsschwester, sie war eine Angestellte und machte emotional Dienst nach Vorschrift. Luke, der sie so oft zum Lachen und Weinen gebracht hatte, war nicht mehr da. Isobel war wie eine Wetterfahne, die jemand falsch eingestellt hatte; man sah sie, man fröstelte, aber man wusste nie, woher der Wind gerade wehte. Arthur interessierte sich nicht für sie, sie war ja kein Rugby-Ball. Gavin? Natürlich konnte sie ihm diese Last anvertrauen. Aber Gavin hatte eine männliche Moral: die ließ sich nicht ändern, bloß weil sie seine Frau war. Und er würde natürlich sagen, dass ihr Leben ihr eigener Fehler war und nicht der ihrer Mutter. Das war bei allen Leuten so. Und auf gar keinen Fall konnte sie das Gespräch zurück auf den Ausgangspunkt bringen: Sie hatte Isobel wegen der Beerdigung aus Bequemlichkeit angelogen. Gavin würde sie verachten, wenn er das wüsste.

Mit anderen Worten: Sappho war voller Selbstmitleid an diesem Morgen, umso mehr weil sie fürchtete, ihre düsteren Ahnungen und ihre Verstimmung könnten prämenstruell sein. Zum zwölften Mal innerhalb eines Jahres würde sie erneut *nicht* schwanger sein. Es war so ähnlich, wie wenn man sich fragte, ob ›Wie es mir gefiel‹ jemals aufgeführt werden würde, und am Ende erkennen musste, dass es nie dazu kommen würde. Gott war gegen sie.

Warum war Gott gegen sie? Wenn sie ganz ehrlich war, lag es daran, dass sie der Welt nicht gesagt hatte, dass ›Ms. Alien‹ auf einem Entwurf von Isolde beruhte, dass der Text, den sie »in einer Schublade gefunden« hatte, ursprünglich von Isolde mit dem Bleistift hingekritzelt worden war. Dass sie, Sappho, zwar monatelang daran gearbeitet und Isoldes Komödie in eine ernsthafte soziologische Studie verwandelt hatte, dass sie den Text so oft neu geschrieben hatte, dass er ein vollkommen anderer wurde, dass er im Kern aber immer noch von Isolde stammte. Und sie, Sappho, war reich und berühmt damit geworden, und Isolde war arm gestorben. Dabei gehörte alles, was sie, Sappho, besaß, moralisch eigentlich Gavin und seinen Kindern. Was auch der Grund war, warum sie ihm das halbe Haus übertragen hatte, als sie geheiratet hatten, und warum der liebe Gott mit ihr böse war und die Öffentlichkeit sie durchschaute und von dem, was sie schrieb, nichts mehr wissen wollte.

Es ging ihr tatsächlich sehr schlecht. So schlecht, dass das Pendel plötzlich ganz in die andere Richtung ausschlug und sie Laura ein paar Fragen stellte.

»Laura«, fragte sie, »was weißt du über den Tod meines Vaters?« Sie saß an ihrem Computer. Sie weinte nicht mehr, sondern versuchte, die Wünsche von Kanal 4 zu erfüllen. Sappho schrieb nicht mehr mit der Hand, sondern tippte ihre Texte direkt in die Tastatur. Gavin hatte mit Laura einen vernünftigen neuen Vertrag ausgehandelt, der ihre Arbeitsstunden verkürzte, ihren Urlaub verlängerte und das Gehalt reduzierte.

»Nur, was Gwen mir erzählt hat«, sagte Laura. »Warum? Das ist doch alles schon so lange her. Ist das denn noch wichtig?«

»Für mich schon«, sagte Sappho.

»Na gut«, sagte Laura. »Es wurde amtlich festgestellt, dass es ein Unfall gewesen sei, aber in Wirklichkeit war es Selbstmord. Deine Mutter hat die Einzelheiten seines Todes verschleiert, um die Versicherungssumme zu kriegen.«

»Das ist doch absurd«, sagte Sappho.

»Ich habe es überprüft«, sagte Laura. »Ich habe die Unterlagen gefunden. Der Versicherungsvertrag wurde erst einen Monat vor dem Tod deines Vaters geschlossen. Deine Mutter könnte wegen Betrugs belangt werden.«

»Selbst nach all dieser Zeit noch?«, fragte Sappho.

»Könnte schon sein«, sagte Laura. »Aber solange niemand etwas verrät, kann nichts passieren. Ich werde bestimmt nichts sagen.«

»Laura«, sagte Sappho, »warum hast du das überprüft?«

»Ach, verdammt, das liegt so in meiner Natur«, sagte Laura. »Aber ich finde, Gwen sollte nicht drüber reden. Ich habe ihr gesagt, sie solle den Mund halten, und das hat sie auch akzeptiert. Sie ist ja nicht bösartig. Du weißt ja, wie sie ist. Mach dir keine Sorgen. Und wenn du fertig bist, können wir dann die E-Mails durchgehen?«

»Bitte versuch doch, in Gegenwart von Isobel nicht zu fluchen, das bringt sie auf dumme Ideen.«

»Scheißbälger«, sagte Laura. »Ich frage mich, warum die Leute immer noch mehr davon wollen.«

Sappho sah ein Leben voller Lügen, voller Diebstahl und dunkler Wolken mit grell leuchtenden Silberstreifen vor sich. Wenn Gwen nicht gelogen hatte, dachte sie, dann hatte ihre Mutter gelogen. Und wenn ihr Vater sich nicht umgebracht hätte, wäre Apple Lee längst verkauft worden. Er hatte es für sie, seine Tochter, getan. Es war keine gewöhnliche Depression oder Eifersucht gewesen, sondern ein nobles, vollendetes Opfer, das seinen Zweck auch erfüllt hatte. Kein Wunder, dass ihre Mutter ihr das Haus so bereitwillig überschrieben hatte. Ihre Mutter war der Bösewicht in dem Stück. Sie hatte sich nicht geirrt. Und Silberstreifen erhellten den Weg.

Sappho unternimmt etwas

Isobel zeigte erste Zeichen von Teenager-Trotz. Ihre Röcke waren erstaunlich kurz geworden, und ihre nackte Taille erstaunlich lang.

»So kannst du nicht zur Schule gehen«, sagte Gavin.

»Kann ich doch«, sagte Isobel, wurde aber prompt wieder nach Hause geschickt. Jetzt waren ihre Röcke knapp knielang und ihr Nabel war wieder bedeckt – vielleicht auch deshalb, weil Sappho jedes Mal über Isobels vorstehende Rippen klagte und sie drängte, mehr zu essen, wenn das Mädchen mit nackter Taille herumlief. Und Isobel fluchte auch nur gelegentlich, was nicht so schlimm war. Das machte Sappho schließlich auch manchmal. Sie gab sich jedoch Mühe, es nicht mehr zu tun.

»Isobel ist verunsichert«, sagte Gavin. »Sie möchte nicht, dass du ein Kind kriegst. Das heißt natürlich nicht, dass du keins kriegen sollst. Die Familie besteht ja nicht nur aus ihr.«

»Meinst du, ich könnte sie dazu bringen, längere Röcke zu tragen, wenn ich ihr und Arthur meine Hälfte von Apple Lee überschreibe?«, fragte Sappho.

Es war nur zur Hälfte ein Witz.

»Ja, daran habe ich auch schon gedacht«, sagte Gavin, »aber es scheint doch etwas übertrieben. Und ich müsste dann natürlich ein Testament machen – das muss ich sowieso, nachdem du so viel jünger bist als ich und mich bestimmt überlebst – und meine Hälfte des Hauses an dich vererben. Vielleicht ist es gar keine so schlechte Idee.«

»Meiner Mutter würde das nicht gefallen«, sagte Sappho.

»Ich wüsste nicht, was sie dagegen haben sollte«, sagte Gavin. »Sie ist doch gut untergebracht, und nach meinem Tod würde Apple Lee wieder in deine Familie zurückkehren.«

»Davon will ich nichts hören«, sagte Sappho. Ein Leben ohne Gavin konnte sie sich nicht vorstellen.

Also machten sie einen Termin beim Notar. Er riet Sappho dringend von ihrem Plan ab, aber er wusste ja nicht, was sie wusste. Es wurde eine Vereinbarung aufgesetzt, unterschrieben und besiegelt. Die Verwaltung des Anteils der Kinder bis zu ihrer Volljährigkeit würde Gwen übernehmen.

»So, jetzt lebe ich von deinen Gnaden«, sagte Sappho zu Gavin. »Es ist ein sehr altmodisches Gefühl, und sehr erotisch. Du hast alle Macht und ich habe gar keine. Ich bin deine Sklavin und Dienerin.«

Gavin wirkte ein wenig geschockt.

»Das ist sehr masochistisch«, sagte er. »Das klingt gar nicht wie die Autorin von ›Ms. Alien‹.«

Manchmal wünschte sie sich, sie wäre mit jemandem verheiratet, der weniger rücksichtsvoll wäre als Gavin. Oder zumindest mit einem jüngeren Gavin, der ja immerhin mal eine Krähe erschossen hatte, als Geste gegen den Tod.

Aber der Sex an diesem Freitag war noch besser als sonst, und in dieser Nacht wurde sie schwanger. Gott hatte sie belohnt.

Sappho am Frühstückstisch

Sappho trinkt einen koffeinfreien *latte macchiato*, während die Sonne durch die Äste des Apfelbaums scheint. Sie ist überzeugt von der Existenz Gottes. Das inzwischen neun Wochen alte Baby wächst glücklich und zufrieden in ihrem Bauch. Der Arzt sagt, es wäre alles in Ordnung. Sie ist heilfroh, dass sie keine berühmte Schriftstellerin mehr ist. Es macht ihr nichts aus, dass sie kein Geld hat, das sie ausgeben könnte. Sie erinnert sich an jenen Morgen zurück, an dem Isobel damals an ihre Tür klopfte, sie denkt an ihre Sorge, sie könnte den Demiurgen verärgert haben, und weiß jetzt, dass sie sich nicht hätte beunruhigen müssen. Der Demiurg hat damals nicht mitgehört oder zumindest so getan, als hätte er nichts gehört. Sie hat den Kindern gesagt, dass sie schwanger ist. Arthur hat freundlich gegrunzt, und Isobel hat höflich und förmlich gesagt: »Ich freue mich sehr für dich.« Ein sanfter, warmer Wind weht von Süden und Sappho entspannt sich.

Gwen hat missmutig gratuliert, sie habe einen Brief von ihrem Hausbesitzer erhalten, dass die Miete nicht pünktlich bezahlt worden sei, sagte sie, und die Lebenshaltungskosten seien gestiegen. Sie werde demnächst mehr Geld für die Versorgung der Kinder am Wochenende verlangen müssen, und vielleicht sei es ja ohnehin besser, wenn sie nicht mehr allein wohnte, sondern in Apple Lee einziehen und sich um das neue Baby kümmern würde. Gavin hat sich wegen der verspäteten Überweisung der Miete entschuldigt und gesagt, dass es ein Fehler der Bank war, und natürlich würde die wöchentliche Apanage erhöht. Er stimmt mit Sappho darin überein, dass der Gedanke, eine weitere Generation im richtigen Umgang mit Sahnekännchen zu schulen, unerträglich sei. Gwen habe auch gar nicht das Bedürfnis, in Apple Lee einzuziehen, sagt er, sie wisse eben nur, wie man eine Drohung aufrechterhält.

Sappho schreibt jetzt für ›EastEnders‹, und das bringt genug Geld, um die Schulden in Grenzen zu halten. Gwen erklärt Sappho, sie brauche eine extra Kreditkarte, damit sie keine Schecks mehr ausschreiben muss, wenn sie mit Isobel einkaufen geht, und Sappho unterschreibt die nötigen Formulare. Sappho erklärt Gwen, es wäre ihr lieber, wenn sie über den Tod ihres Vaters nicht reden würde, weil das nur Unruhe schafft, und Gwen schaut ganz überrascht und sagt, das hätte sie ohnehin schon seit Jahren nicht mehr getan, es sei ihr gar nicht aufgefallen, dass es die Leute beunruhigt, aber sie werde natürlich den Mund halten. Ihre Haut sieht jetzt ganz dünn und zerknittert aus, aber sie ist immer noch vornehm und schön. Sie trägt ihre Haare genau wie Isobel, allerdings sind ihre weiß und die von Isobel blond und viel länger. Beide sind von einer quasi zeitlosen Eleganz.

Sogar Laura scheint sich beruhigt zu haben und den Gedanken an das Baby zu mögen.

Sapphos Mutter, Emily, ist begeistert. Sappho hat ihr vergeben, ohne ihr zu sagen, dass sie überhaupt Anstoß genommen hatte. Emily hätte Sappho die Wahrheit sagen sollen, aber Sappho versteht, warum sie es nicht getan hat. Sappho wird es ihrem Kind auch nicht erzählen; wer will schon einen Selbstmörder in der Familiengeschichte, wenn es nicht sein muss? Sie hat ihrer Mutter nicht gesagt, dass Apple Lee jetzt ihrem Schwiegersohn und ihren Stiefenkelkindern gehört. Auch den Kindern hat sie es nicht gesagt.

Die Espressomaschine gibt ihren Geist auf, möglicherweise weil sie es leid ist, mit koffeinfreiem Kaffee gefüttert zu werden. Sappho hatte die Maschine gekauft, als ihre Möglichkeiten, Geld zu verdienen, auf ihrem absoluten Höhepunkt waren. Jetzt zischt und spritzt sie und verfällt schließlich in Schweigen. Was Sappho beunruhigt. Es ist das Ende einer Epoche, und Sappho möchte nicht, dass sie vorbei ist, auch wenn sie selbst gar keinen richtigen Kaffee mehr trinkt. Gavin hatte neulich mal jemanden da, der die Maschine begutachtet hat, und der Mann sagte, sie sei hoffnungslos verkalkt und würde nicht mehr lange halten. Sie hätten die Maschine vernachlässigt. Sie auseinanderzunehmen, zu reinigen und wieder zusammenzusetzen würde achthundert Pfund kosten. Und das war absurd. Sie würden sie zu einem Wohltätigkeitsladen bringen und hoffen, dass jemand etwas damit anfangen könnte. Gavin und die anderen konnten mit einer normalen Form der Kaffeezubereitung vorliebnehmen.

Als Laura noch an der Macht war, hätte sie niemals zugelassen, dass die Espressomaschine nicht richtig gewartet wurde. Sappho findet, dass Laura sie ruhig manchmal an gewisse Dinge erinnern könnte: »He, du solltest deine Espressomaschine mal warten lassen« oder: »Das Futter deiner Jacke hängt hinten raus« oder: »Nächste Woche läuft die Kfz-Plakette ab«, aber das vermeidet Laura geradezu sorgfältig. Das ist meine Arbeitsstelle, nicht meine Familie, besagt ihre

Haltung. Sappho hat das Gefühl, sie könne nichts ändern. Und außerdem geht das nun schon seit Jahren so. Die Ehe, befindet Sappho, ist eine merkwürdige Angelegenheit. Sie beraubt dich nicht nur deiner Identität, sondern auch deiner Tatkraft. Im selben Bett mit einem Mann zu schlafen führt dazu, dass du am Tisch in der Sonne sitzt und dein Schicksal akzeptierst, anstatt aufzubegehren. Vielleicht ist Sex ja eine Art medizinischer Behandlung: Die wöchentliche Injektion macht dich hilflos.

Isobel ist unterwegs, sie spielt Volleyball für ihre Schule. Arthur hat Ferien und isst friedlich sein Müsli. Sein Mathebuch hat er an den Milchkrug gelehnt. Wenn es nach Sappho gegangen wäre, hätte er gern den Milchkarton auf den Tisch stellen können, aber Gwen hatte ihrer Tochter Isolde eingebläut, dass es vulgär sei, Milch aus dem Karton in die Schüssel zu gießen, und Isobel hatte diese Einstellung eins zu eins übernommen. Sappho hat schon lange gemerkt, dass eine Tote schwerer zufriedenzustellen ist als eine Lebende. In der heutigen Zeit ist ein gläserner Milchkrug total überholt; er wird entweder trübe oder zerbricht im Geschirrspüler, und in jedem Fall braucht er Platz und Energie, aber Isolde ist in ihrer eigenen Zeit gefangen. Und in mancher Hinsicht muss Sappho mit Isolde in dieser Vergangenheit leben. Das gehört zu den Diensten, die sie für das Privileg leisten muss, Isoldes Ehemann geheiratet zu haben. Eine weitere Dienstbarkeit besteht darin, dass sie Isoldes Porträt über ihrem Ehebett hängen hat. Manchmal ärgert sie sich darüber. Aber insgesamt ist sie glücklich.

Isobel und ein Windstoß von Aufregung

(Dieses Kapitel schreibe ich in der ersten Person. Ursprünglich war es nur ein kurzer Tagebucheintrag, aber der war

der Grund dafür, dass ich überhaupt angefangen habe, den Roman zu schreiben: ein Versuch herauszufinden, was los ist in meinem Leben. Isoldes Vorstellung, dass man seine Erlebnisse aus der Distanz beobachten und wie für die Bühne aufzeichnen soll, hat sicher therapeutische Vorzüge, ist aber ziemlich beschränkt und braucht außerdem Schauspieler, die alles zum Leben bringen. Außerdem ist dieses Konzept grundsätzlich ein Ausweichmanöver. Ich war es nicht, ich nicht, sagt der Autor, gebt dem Regisseur die Schuld oder den Schauspielern, lasst mich da raus. Das ist der Grund, warum selbst heute noch so viel mehr Männer Dramatiker werden als Frauen, und von denen sind viele noch lesbisch.

Vielleicht ist es aber auch die hindernde Wirkung der Mutterschaft: Man will die Furien nicht wecken. Isolde hat bei einer ihrer literarischen Partys am Rande des Todes behauptet, Angela Carter habe, nachdem sie ihr Baby hatte, nicht mehr diese Märchen von eisiger Grausamkeit schreiben können wie früher. Es sei ihr zu gefährlich erschienen. Danach habe sie nur noch harmlose, lange Romane geschrieben, die keinerlei Katastrophen hervorrufen konnten. Ich dagegen werde den Furien trotzen und schreibe dies in der ersten Person, auch wenn es noch so distanzlos und gefährlich ist. Nur Mut!)

Ein Sturm bläst über den stillen See und wühlt die Wellen auf, und dann ist wieder alles still und ruhig, als wäre es nie geschehen. Oder die Sonne scheint und plötzlich fegen einem Flocken um den Kopf und hören gleich wieder auf, und der Schnee bleibt einen Augenblick liegen und schmilzt und verschwindet. Und jemand sagt: »Es hat ja geschneit«, und der andere sagt: »Ich hab nichts gesehen. Ich habe im Auto gesessen und auf die Karte geschaut. Das hast du dir eingebildet, was immer es war, jetzt ist es weg.« Und doch ist Schnee gefallen: Ein Schmetterling zitterte und musste seine Flügel abschütteln, und in China gab es ein Erdbeben. Sie sehen schon, ich zögere, das Folgende niederzuschreiben; ich rede lieber über Erdbeben in China.

Es passierte, kurz nachdem ich in der Küche in Apple Lee gesessen und gedacht hatte, das Leben sei gut und ungetrübt und dass ich jetzt einen gemütlichen, sicheren Platz hätte. Arthur saß, ganz wie neulich, auf seinem Stuhl und hatte ein Buch über Haie an den Milchkrug gelehnt. Gavin hatte sich in sein Arbeitszimmer zurückgezogen, das jetzt auf dem Dachboden war, wo früher Isobel nachts von den Geistern Erhängter geträumt hatte. Er arbeitete umgeben von ungeordneten Briefen und Dokumenten, wo er nie etwas fand. Er mochte es nicht, wenn ich zu ihm hinaufkam, während er arbeitete, und das respektierte ich. Wir hatten unsere getrennten Arbeitsbereiche. Ich hatte den Wintergarten, der früher die Garage gewesen war.

Gavin hatte beschlossen, dass er jetzt einen neuen Roman schreiben wollte. Er sollte von einem Mann handeln, der Vögel beobachtete, und er zeigte mir nichts von dem, was er schrieb. Nur Isobel las er gelegentlich kleine Stücke vor. Wenn sie aus der Schule kam, ging sie mit einer Tasse Tee und Keksen zu ihm hinauf und er ließ sie herein. Dann hörte ich sie oft reden und lachen, obwohl ich versuchte, nicht ins obere Stockwerk ins Schlafzimmer zu gehen, wenn sie da oben waren, denn wenn ich sie hörte, hatte ich das Gefühl zu spionieren. Und manchmal kam sie nach zwanzig Minuten herunter, packte ihre Hausaufgaben zusammen und rannte wieder die Treppen hinauf, damit er ihr dabei helfen konnte.

»Isobel«, sagte ich einmal, »ist das in Ordnung, wenn du dir von Daddy so viel helfen lässt? Macht er womöglich deine Aufgaben? Ich glaube nicht, dass die Schule das gut findet.«

»Es ist besser als Google«, sagte sie. »Das benutzen die anderen alle. Aber dabei wird man leicht erwischt, deshalb ist Daddy das Beste. Er weiß alles.« Und dann fügte sie mit einem Blick ihrer grünen Augen hinzu: »Warum? Bist du eifersüchtig?« Normalerweise glitten ihre Augen zur Seite und schauten von unten zu einem auf, aber diesmal waren sie direkt auf mich gerichtet, amüsiert und irgendwie siegreich. Mir wurde plötzlich bewusst, dass sie jetzt genauso groß war wie ich und bald größer sein würde. Außerdem war sie schlank und jung und vielversprechend, und meine Schwangerschaft, auf die ich so stolz gewesen war, ließ mich plötzlich schwerfällig, unbeholfen und ausgenutzt aussehen. Ich hatte das Versprechen eingelöst und war jetzt für keinen Mann mehr interessant.

»Natürlich bin ich nicht eifersüchtig«, sagte ich, total außer Fassung, denn ich hatte gerade erst gemerkt, wie eifersüchtig ich war, und sie auch. Ich sagte nichts mehr über die Hausaufgaben, und das war ja auch ihre Absicht gewesen.

»Liebling«, sagte ich zu Gavin, »es ist vielleicht nicht so gut, wenn du Isobel deinen Roman vorliest, und mir nicht. Das verschafft ihr eine gewisse Macht über mich, und das ist nicht gesund.«

»Oh, mein Gott«, sagte er. »Sag mir bitte nicht, dass du eifersüchtig bist. Isobel hat schon so was angedeutet, aber ich habe sie ausgelacht. Bitte sag jetzt nicht, dass es wahr ist! Ist sie plötzlich Schneewittchen und du bist die Stiefmutter? *Spieglein, Spieglein an der Wand, wer ist die Schönste im ganzen Land?* Dieser ganze Kram?«

»Nein«, sagte ich. »Davon kann keine Rede sein. Du sollst bloß deinen Roman weder ihr noch mir vorlesen.«

»Aber ich habe Angst vor deinem Urteil«, sagte er. »Vor dem, was sie sagt, habe ich keine Angst. Du wirst bestimmt

Vorschläge machen, und sie nimmt es einfach so hin. Du weißt doch, wie Männer sind, sie brauchen Zustimmung.«

»Sie mag dich sehr«, sagte ich. »Das war schon immer so.«

»Manchmal bist du genau wie deine Mutter«, behauptete er. »Warum kannst du nicht sagen, dass sie mich liebt. Ich liebe sie. Das ist doch erlaubt. Sie ist meine Tochter. Das ist doch ganz einfach.«

Ich erinnerte mich an etwas, das meine Mutter gesagt hatte: »Das Gesicht auf dem Kopfkissen wechselt häufig, aber eine Tochter ist was für immer.«

Aber die Sache hörte irgendwann auf, mich zu beunruhigen, wie das meistens bei Dingen ist, die immer wieder passieren und die man doch überlebt. Und nachdem sie ihren Triumph gehabt hatte, hörte Isobel auch bald wieder auf. Die Tee-und-Keks-und-Hausaufgaben-Safaris wurden weniger. Ich glaube, der Vogelkundler-Roman war für eine Fünfzehnjährige auch nicht so spannend. Zumindest traf sie sich nicht mit Jungen, nahm keine Drogen und trieb sich nicht mit den falschen Leuten herum. Ich solle doch froh sein, sagte Gavin.

Der Boden unter meinen Füßen, den die Frage »Warum? Bist du eifersüchtig?« erschüttert hatte, hatte sich jedenfalls wieder beruhigt. Ich hatte gerade den Frühstückskaffee für mich und Arthur gemacht, die Orangen für Isobel ausgepresst und den Saft in den Kühlschrank gestellt, damit er schön kalt wurde. Ich wartete darauf, dass sie herunterkam, und überlegte, ob ich sie rufen sollte, damit sie nicht zu spät zur Schule kam, als Isobel in die Küche stolzierte und ich das schreckliche Gefühl eines Erdbebens hatte.

(Halt, zurück! Ich mache das doch lieber als Szene. Ich denke sonst dauernd an andere Dinge und kann es nicht hinschreiben.)

Die Küche in Apple Lee an einem hellen Morgen.
Auftritt Isobel. Sie trägt ihre Schuluniform mit Blazer, Bluse und Schlips, alles sehr ordentlich, sauber und jungfräulich. Von der Taille abwärts allerdings ist alles ganz anders. Sie trägt ein rotes Miniröckchen von der Art, die Gavin, der seine Jugend in den sechziger Jahren nicht ganz verleugnen kann, zu jedermanns Entsetzen gern als Pussy-Vorhang bezeichnet. Ihre grauen Netzstrümpfe reichen nicht ganz bis zum Rocksaum, sodass man die Strapse sieht. Ihre wahrscheinlich sehr teuren und schönen Schuhe sind rosa und so hochhackig, dass ich sie nie hätte tragen können, auch als ich noch nicht schwanger war. Sie sind so hoch und zerbrechlich, dass man nicht darin stehen kann, aber Isobel schafft es. Sie sieht aus wie eine teure kleine Nutte für Pädophile.

ARTHUR *(blickt auf)*: Wow! Sexy!
ISOBEL: Gefällt's dir? Ich war mit Gwen einkaufen.
SAPPHO: Isobel, du kommst zu spät in die Schule. Hör auf, rumzutrödeln und zieh deine Uniform an!
ISOBEL: Und was wäre, wenn ich so gehe?
SAPPHO: Du würdest dich lächerlich machen und von der Schule fliegen.
ISOBEL: Und wenn mir das egal ist?
SAPPHO: Isobel, zieh das aus, ehe dein Vater herunterkommt!
ISOBEL: Warum denn? Ich glaube, er würde es mögen.
SAPPHO: Weil du seine Tochter bist und ihn nicht provozieren sollst.
ISOBEL: Du meinst sexuell?
SAPPHO: Ja, genau das meine ich.
ISOBEL: Na, du musst gerade reden.
SAPPHO: Was soll denn das heißen?
ISOBEL: Gwen hat mir alles erzählt. Als du bei uns das Au-

pair-Mädchen warst und meine Mutter sich im Schlafzimmer zu Tode gehustet hat, hast du mit meinem Vater Sex im Gästezimmer gehabt, und ich hab es gesehen. Ich kann mich nicht daran erinnern, aber es muss mir sehr geschadet haben. Es heißt, man soll die Täter mit ihrer Tat konfrontieren.

ARTHUR: Das hat sie aus irgendeiner dussligen Fernsehsendung. Halt die Klappe, Issi. Das ist peinlich, was du da redest.

SAPPHO: Ich verstehe das nicht. Was soll das heißen: Gwen hat es mir erzählt?

ISOBEL: Es ist eben herausgekommen. Es war nicht ihre Schuld. Ich habe sie gefragt, warum du nicht bei der Beerdigung meiner Mutter warst, das hatte mir Arthur erzählt, und sie hat mir gesagt, weil sie dich gefeuert hat. Ich habe sie gefragt, wieso, und Gwen hat gesagt, sie hat mich im Gästezimmer vorgefunden, wie ich am Daumen gelutscht und dir und Daddy dabei zugeschaut habe, wie ihr's getrieben habt.

SAPPHO: Das stimmt nicht.

ISOBEL: Ich wette, es stimmt. Gwen sagt immer die Wahrheit. Deswegen wird sie auch von allen gehasst, außer von mir.

ARTHUR *(steht auf)*: Ich halte das nicht mehr aus. Gott, wäre ich bloß im Internat.

Arthur ab.

SAPPHO: Das ist alles nur Einbildung.

ISOBEL: Ja, ich weiß. Aber Freud sagt, Fantasien sind genauso real wie Tatsachen, oder war's umgedreht? Ich habe mit Daddy Freud durchgemacht. Berühmte Denker.

Es war die Urszene mit allen Schikanen, weil es ja nicht mal Mami und Daddy gewesen sind. Ich hab es durcheinandergebracht, sagt er, deshalb ist herausgekommen, dass du und er es gewesen sind.

SAPPHO: Du hast mit deinem Vater darüber geredet?

ISOBEL: Klar. Freud sagt, das Kind interpretiert die Urszene als einen Angriff des Vaters auf die Mutter, aber in meiner Fantasie kam es mir so vor, als ob es dir Spaß gemacht hätte.

SAPPHO: Isobel, bitte geh jetzt und zieh diese Sachen aus. Das ist gegenüber deinem Vater nicht fair.

ISOBEL: Wieso denn nicht? Ich verstehe das alles nicht. Warum soll ich nicht mit Daddy ficken, wenn ich will? Warum sollte er mich nicht ficken? Was ist denn daran so schlimm? Jetzt werd doch nicht rot, ich will's ja bloß wissen.

SAPPHO: Inzest ist ein universelles Tabu, weil die Babys sonst manchmal geschädigt rauskommen. Hör jetzt auf und zieh dich um.

ISOBEL: Daddy sagt, das ist nicht wahr. Man braucht ungefähr drei Generationen lang Inzest, ehe die Babys geschädigt werden. Und es gibt auch kein universelles Tabu. In vielen Kulturen ist es normal. Es ist alles nur eine Machtfrage. Du bist halb so alt wie Daddy, ich weiß nicht, was daran weniger tabu sein soll als er und ich. Dein Baby kommt vielleicht kaputt raus, weil du viel jünger als Daddy bist. Ich finde es abscheulich, dass du ein Baby kriegst. Hast du eine Ahnung, wie mich meine Freundinnen auslachen werden? Wie alt bist du gewesen, als du ihn verführt hast? Warst du viel älter als ich? Warum sollst du ihn haben dürfen und ich nicht? Na?

Halb lacht sie, halb heult sie. Sie ist völlig hysterisch. Sappho gibt ihr eine Ohrfeige, und Isobel hält den Mund. Dann fängt sie an zu schluchzen. Sappho hört die Schlappen von Gavin die Treppe herunterkommen. Sie hasst seine ausgelatschten Lieblingshausschuhe, die sie daran erinnern, dass er ein alter Mann ist.

GAVIN: Was ist denn mit Isobel?

SAPPHO: Ich habe ihr gesagt, dass sie sich umziehen soll, und jetzt ist sie hysterisch.

ISOBEL: Sap ist so gemein zu mir.

GAVIN: Isobel, du kannst nicht so zur Schule gehen. Mir gefällt es, aber deinen Lehrern wird es bestimmt nicht gefallen. Komm, komm, du bist doch jetzt keine sechs mehr.

ISOBEL: Nein, bin ich nicht. Ich bin jetzt ein großes Mädchen. Die Strümpfe kann ich ja ausziehen, aber der Rock bedeckt meinen Po. Das ist alles, was die interessiert.

(Jetzt fällt mir das eigentliche Problem auf, wenn man für die Bühne schreibt: Die Leute müssen ihre Gedanken laut aussprechen. Man kann zwar mit der Mimik einiges machen, aber nicht alles. Unter den gegebenen Umständen kann Sappho Gavin oder Isobel nicht wissen lassen, was in ihrem Kopf vorgeht, das muss der Autor leisten. Zurück zur Romanform. Entschuldigung.)

Isobel dreht ihrem Vater den Rücken zu und bückt sich, sodass ihr Hinterteil hochsteht. Sie hat recht: Der Rock bedeckt ihren Popo ganz knapp. Sie scheint das alles ganz unbefangen zu tun, als ob sie ein Kind wäre, aber sie ist kein Kind mehr und das weiß sie genau. Es ist eine sexuelle Zurschaustellung. Sie bietet sich ihrem Vater an und verhöhnt damit ihre

Stiefmutter. Gavin schaut rasch zur Seite. Sappho bemerkt, dass Isobels Kniekehlen, gestreckt von den hohen Absätzen, wunderbar schlank und straff sind. Wenn ich ihre richtige Mutter wäre, denkt Sappho, würde ich ihr einen herzhaften Klaps geben, aber ich bin nicht ihre richtige Mutter, sondern ihre Rivalin, und sie wird automatisch gewinnen.

Jetzt erscheint Isobels Gesicht zwischen ihren Knien, während ihr blondes Haar wie ein Vorhang zu ihren schmalen Fesseln hinunterfällt. Sie lächelt ihre Stiefmutter an, aber es ist kein freundliches Lächeln. Außerdem ist ihr Gesicht verkehrt herum. Vielleicht bildet es sich Sappho nur ein.

Was hatte die kleine Isobel für ein Gesicht gemacht, als sie damals die Tür des Gästezimmers aufstieß? Müsste sie, Sappho, sich nicht daran erinnern, wenn es wirklich passiert war? Aber sie erinnert sich nicht. War denn die Tür nicht verschlossen? Bestimmt. Sie wussten doch, dass die Kinder im Haus waren. Außerdem war sowieso nichts zu sehen. Oder doch? Keine scharfen Schmerzen, keine Blutflecken, wie sie mit einer klassischen Entjungferung einhergingen. Nur ein tröstliches Kuscheln, ehe sie wieder aufspringen mussten, weil ein Kind jammerte. »Wo seid ihr beide denn hin?«

Aber warum wurde dann die Bettdecke gewaschen? Was sollte das damals? Was Gwen erzählt, ist Unsinn. Gwen erinnert sich nicht an das, was wirklich passiert ist, sondern an irgendwas, was sie sich einbildete und was sie benutzen konnte, um Sappho zu vertreiben. Dass sie diese angebliche Erinnerung einem Kind erzählte, war allerdings übel. Aber von Gwen konnte man kein rationales Verhalten erwarten. Isolde war ihre Tochter und sie hätte Gavin bestimmt gern was angehängt, aber das kann sie sich nicht leisten, wenn sie ihre Enkelkinder behalten will. Also muss sie Sappho die Schuld geben.

Sappho schließt die Augen und versucht, ihre Erinnerungen zu ordnen. Warum irritiert es sie so, dass Isobel ihr Gesicht verkehrt herum hält? Weil jetzt alles verkehrt herum ist, und teuflisch. Weil Mädchen bei einer solchen häuslichen Auseinandersetzung nicht ihre inzestuösen Begierden als Waffe einsetzen dürfen.

Sappho öffnet die Augen. Isobel hat sich aufgerichtet. Es scheint, als wäre sie jetzt wieder ein Kind. Gavin lacht. Er sieht nichts Unrechtes. Sappho weiß, dass es gut wäre, jetzt und hier, ganz laut und mit Gavin zusammen alles zurückzuweisen, was Gwen dem Mädchen erzählt hat. Emily als Versicherungsbetrügerin, sie selbst als junge Verführerin, Gavin, der seine sterbende Frau betrügt. Dann könnten sie ein vernünftiges Gespräch über das Inzesttabu führen. Aber es ist alles zu peinlich und schrecklich. Sappho sagt nichts. Und so sind alle schuldig im Sinne der Anklage.

Gavin sagt Isobel, sie solle sich umziehen. Aber Isobel bleibt in der Küche.

Allzu hastig ergreift Sappho die Gelegenheit, um sich zu beschweren. »Gavin«, sagt sie. »Gwen ist mit Isobel shoppen gegangen, und das ist dabei rausgekommen. Gwen ermutigt sie zu solchen Dingen. Die Schuhe haben bestimmt ein Vermögen gekostet.«

»Hundertsiebzig bei Harrods«, sagt Isobel. »Ein Sonderangebot. Runtergesetzt von dreihundertzehn.«

Sappho stottert fast vor Empörung. Das sei doch verrückt, und sie werde Gwens Kreditkarte sofort stoppen.

»Das machst du besser nicht, du fette Kuh«, erklärt Isobel.

Gavin runzelt die Stirn, und Sappho erklärt Isobel, sie hätte ab sofort Hausarrest. Isobel kreischt.

»Hausarrest!«, sagt sie. »Du hast wieder diese billigen amerikanischen Fernsehserien gesehen! Daddy hat recht. Du hast keinen kulturellen Geschmack und kein Urteil. Du bist und bleibst das Au-pair.«

Sappho schnappt nach Luft. Gavin schaut überlegen. Isobel stolziert mit wackelndem Po aus der Tür und grinst ihrem Vater komplizenhaft zu. Sappho weiß, dass die Gelegenheit zur Klärung der Dinge vorbei ist. Jetzt hat Isobel sie in der Hand.

»Sie hat zu viel Hirn für einen kleinen Körper«, sagt Gavin. »Du behandelst sie völlig falsch, Sappho.«

Sappho braucht einen Augenblick, um sich davon zu erholen. Dann sagt sie: »Ich vermute, Isolde würde es besser machen.« Dabei ist sie sonst immer so vorsichtig mit solchen Bemerkungen, sie will ja keine Konkurrenz mit Isolde. Meist gelingt es ihr, derlei zu unterdrücken. Diesmal nicht. Sie sieht, wie sich Gavins Gesichtsausdruck verändert: Er schaut nicht mehr huldvoll, sondern gekränkt und unnahbar.

»Nun, das werden wir wohl nie erfahren«, sagt er, »nicht wahr?« Er folgt Isobel aus dem Raum. Sie gehen in getrennte Zimmer.

Emilys Ausbruch

»Dieses verdammte Haus!«, sage ich. »Apple Lee ist an allem schuld.«

Barnaby schaut mir zu, wie ich hin und her renne.

»Hekate, die große Mutter, ist bei uns«, beginnt er zu jubeln. Ich ignoriere ihn einfach.

»Hekate, die rächende Mutter! Die beseelte Hekate, die rasende, schöne Hekate – schau dich nur an!«

Ich ignoriere ihn weiter. Alles schön und gut, aber wenn einem ein sexuell dysfunktionaler Mann solche Komplimente macht, ist es nicht dasselbe, wie wenn sie von einem Mann kommen, bei dem man die sexuelle Energie spürt. Barnabys Verbindungen zum pochenden Herzen der Erdgöttin – Phallus und Schoß, Phallus und Schoß, rein und raus, rein und raus, das Weltall mit seiner Kraft füllend – sind mir einfach zu schwach. Ich bin Freudianerin, er glaubt an Jung, und das merkt man. Meine dunklen Haare fliegen wild herum. Ich bin barfuß, lediglich in einen alten Morgenmantel gewickelt, es ist lange nach Mitternacht. Ich habe das Manuskript auf den Boden geworfen, ich bin ein heulendes Geschöpf der Nacht, das aus den Tiefen des Waldes gekrochen ist, wo ich den Teufel gesehen habe, der mich mit seinen aufmerksamen gelben Augen beobachtet hat, der auf mich wartet mit seinen haarigen Bocksbeinen. Ich habe ihn genau gesehen. Ich wollte ihn, aber ich hab mich nicht getraut.

»Apple Lee ist an allem schuld!«, sage ich noch einmal und schüttle die Fäuste. Und diesmal bleibt Barnaby stumm. Soll er sich mir doch zu Füßen werfen, der klägliche Wicht. »Wenn dieses Haus, dieser verdammte bröckelnde Bretterhaufen voller Trockenfäule und Holzwürmern nicht gewesen wäre, könnte Rob heute noch leben. Ich wäre nicht zur Witwe geworden; ich hätte sechs Kinder gehabt, nicht nur diese unglückselige Tochter, die sich mutwillig selbst zu zerstören versucht. Sie verdient kein Mitleid von mir. Selbstmord ist erblich, das kann ich jetzt deutlich sehen. Was ist diese Ehe mit Gavin, diesem boshaften, manipulativen und gierigen alten Mann, denn anderes als der Tod ihres Geistes, ihres Talents und ihrer Persönlichkeit? Rob ist gestorben, um Apple Lee weiterleben zu lassen. Das war Wahnsinn, und ich verfluche ihn: In der Hölle soll er verfaulen!«

»Emily«, sagt Barnaby. »Das ist nicht gut für dein Karma, und der Himmel weiß, was es mit deinen Chakras anstellt. Du bist nicht auf Rob wütend, sondern auf dich und auf Sappho.«

»Und auf dich«, sage ich. »Und auf dich.«

»Es ist eine Projektion.«

»Quatsch!«, sage ich und gehe zu dem Schreibtisch, den ich aus Apple Lee mitgebracht habe. Er hat mal Robs Urgroßvater gehört, stammt aus dem Jahr 1814 und hat ein Geheimfach. Dort habe ich den Abschiedsbrief versteckt, den Rob in der Garage hinterlassen hat und den ich nie jemandem gezeigt habe. Vielleicht hätte ich den Gummischlauch, der den Auspuff mit dem Wagenfenster verbunden hat, auch dort versteckt, aber dazu war er zu dick. Deswegen habe ich ihn zum Bauschutt in den Müllcontainer der Nachbarn geworfen und keiner hat es gemerkt. Ich hantiere an den Knöpfen und hölzernen Leisten herum, und schließlich geht die Schublade auf. Ich zeige Barnaby den Brief. Um ihn zu lesen, muss er erst seine Brille herauskramen. Ich will einen jungen Mann mit engen Jeans und perfekten Augen!

»Mein Liebling«, steht in dem Brief, »achte gut auf die kleine Sappho. Ich tue das für euch. Nimm das Geld, um den Hausschwamm zu beseitigen. Sorg dafür, dass die Fensterrahmen noch vor dem Winter gestrichen werden, sonst muss man sie alle ersetzen. Die Scheiben im Schlafzimmerfenster sind noch aus dem 18. Jahrhundert. Du musst den Apfelbaum kräftig stutzen, damit er sie nicht beschädigt. Ich liebe dich, Rob.«

»Verstehst du jetzt, was ich meine?«, sage ich. »Kapierst du's? Wie abscheulich das ist? Was für ein Arschloch er war? Lässt mich mit dem Kind, diesem ganzen Scheiß und dem Unglück zurück und macht sich einfach dünn?«

»Emily«, sagt er, »dieser Brief ist ziemlich kompromittierend. Hat der Versicherungsschutz denn auch Selbstmord umfasst? Sonst hat Isobel nämlich recht, du kannst wegen schweren Betrugs belangt werden.«

»Nein«, sage ich. »Selbstmord schloss die Police ausdrücklich aus. Aber es war ja kein Selbstmord. Es war kein *felo de se,* es war *felo de do-it-yourself.* Ein Verbrechen gegen die eigene Person auf Grund hypothekeninduzierter Verrücktheit.« Ich fange laut an zu lachen.

»Zumindest derzeit ist Sappho davor sicher«, sage ich. »Rechtlich hat das dumme Mädchen keinerlei Verantwortung für Apple Lee mehr. Allerdings hat sie auch kein Wohnrecht mehr dort, wenn man vom guten Willen ihres Ehemanns und ihrer Stiefkinder mal absieht. Sie wird sich benehmen müssen, wenn sie dort bleiben will.«

Dann verfluche ich alle, die ihre Häuser mehr als sich selbst lieben. Die den Besitz höher als das Glück stellen. Die zugunsten der Badrenovierung auf ein weiteres Kind verzichten oder ihre Kinder fremden Leuten anvertrauen, um ihre Terrasse zu pflastern. Die Häuser besitzen, anstatt sie zu mieten (sind wir denn nicht eigentlich dazu bestimmt, in Höhlen zu leben?). Die ihren Status an ihren Häusern zu messen versuchen auf Kosten ihrer Humanität. Ich verfluche das ausbeuterische System der Hypotheken, mit dem wir ein Leben lang kontrolliert, zur Passivität verdammt, in Angst gehalten und hilflos gemacht werden, weil wir am Strick der Zinsen hängen wie die schattenhafte Gestalt in Isobels Dachboden.

Schimpfend und tobend wie eine Besessene werfe ich mich auf den Boden, strample mit den Beinen und rolle herum. Und plötzlich sehe ich, wie sich Barnaby nähert, als williger Diener Hekates mit einer prächtigen Erektion, begeistert von meinem Zorn. Da sieht man, was rasende Wut und ein Arztbesuch alles können; und dann fällt er über mich her.

Später, weit weniger wütend, sehe ich, dass es vielleicht doch eine Zukunft für mich und Barnaby gibt. Wir beschließen, gleich morgen früh Apple Lee zu besuchen und zu sehen, was sich dort feststellen lässt. In der Zwischenzeit werde ich Sapphos Roman weiterlesen. Schlafen kann ich jetzt jedenfalls nicht mehr.

Sapphos Roman setzt sich fort

Szenen aus dem Eheleben:
Isobel und die Kreditkarten

Als es sicher schien, dass Sappho ein Kind kriegen würde, gaben Gavin und sie eine kleine Party im Groucho Club. Sie fand zwischen halb sechs und halb neun an einem Freitagabend statt, nur um den Leuten zu zeigen, dass sie noch am Leben und fruchtbar waren. Sie waren jetzt seit vier Jahren verheiratet. Alle möglichen Leute kamen nicht, weil Gavins Kolumne, Isoldes Beerdigung und Sapphos spektakuläre Hochzeit schon so lange her waren; auf jeden Fall interessierte sich niemand mehr dafür, ob nun Sappho oder Isolde für ›Ms. Alien‹ verantwortlich war. Der *Diskurs* war weitergegangen, das Stück war längst vergessen und Sappho wurde nicht mehr mit blankem Busen vor Nachtklubs fotografiert. Aber ein paar Freunde waren da, und das war gut.

Gwen war nicht dabei, weil sie »all diese banalen Medientypen« nicht mochte. Emily war nicht dabei, weil sie zu sehr mit ihrem Verehrer Barnaby beschäftigt war, Isobel war nicht dabei, weil die schwangere Stiefmutter zu peinlich für sie gewesen wäre. Arthur war jetzt an der Uni. Er hatte einen Platz in Keele bekommen und wollte Meeresbiologie studieren. Sappho hatte ihn hinaufgefahren, komplett mit Mikrowelle, Schmusedecke und einem Computer, auf dem Skype und WiFi frisch installiert waren. Sie hatten sich zärtlich umarmt, als sie sich trennten. Arthur gierte, wie sich herausgestellt hatte, ausschließlich danach, sich auf ein Rugby-Ei zu stürzen. Mädchen interessierten ihn gar nicht. Und ein Konflikt mit seinem Vater interessierte ihn noch weniger. Menschen sind wirklich sehr unterschiedlich. Manche werden von ihrem Verstand beherrscht und andere von ihrem Körper: Isobel und Arthur waren aus demselben Schoß geschlüpft, gehörten aber zu verschiedenen Arten. Die eine betrachtet die andere als Alien.

Laura kam nicht mehr zu solchen Ereignissen, obwohl sie diese Partys früher oft nicht nur vorbereitet hatte, sondern praktisch auch Gastgeberin gewesen war. Sie hatte nicht nur ihre eigenen Freunde dazu eingeladen, sondern war manchmal auch mit denen von Sappho gegangen. Jetzt sagte sie, es wäre nicht angebracht, dass sie hinginge. Sie sei eine Angestellte.

Es war inzwischen Viertel vor sechs. Immer noch kamen Gäste. Es wurde Sekt ausgeschenkt – für Sappho natürlich Traubensaft. Dann klingelte das Telefon und es war Laura.

»Tut mir leid, den Spaß zu stören«, sagte sie, »aber ich habe da gerade eine E-Mail gekriegt. Von der Liga zum Schutz der heimischen Raubvögel. Du weißt schon, einer von Gavins Vereinen. Die Mail war für dich. Sie bedanken sich für eine Spende von 25 000 Pfund, die sie gestern erhalten haben. Ich dachte mir, das interessiert dich vielleicht.«

Laura hatte auch die an mich gerichtete Abrechnung von American Express aufgemacht, die seit einigen Wochen ungeöffnet auf dem Flurtisch gelegen hatte, und festgestellt, dass an verschiedene Tier- und Vogelschutzvereine insgesamt 75 000 Pfund gezahlt worden waren. Die Platin-Karte war jetzt am Limit.

Sappho gab diese Informationen von Laura direkt an Gavin weiter.

»Wie kommt die Frau dazu, unsere Post aufzumachen?«, rief Gavin laut genug, dass es Laura über das Telefon hören konnte. »Verdammte Schnüfflerin!« Er war so aufgebracht, dass er kaum wusste, was er sagte. Außerdem hatte er Sekt getrunken, und den vertrug er nicht.

In mancher Beziehung spürte Sappho schon ihre Schwangerschaft, und dazu gehörte, dass alles eigenartig gedämpft und gefiltert an ihre Ohren drang. Es gibt da eine eigenartige Zeitverzögerung zwischen Ursache und Wirkung.

»Du solltest Gavin Bescheid sagen, damit er die American-Express-Leute anruft«, erklärte Laura. »Ich hoffe, ihr seid versichert!«

»Hast du die Karten nicht versichert?«, fragte Sappho. »So was machst du doch immer.«

»Nein, die Kreditkarten stehen auf Gavins Liste. Ich habe eine Liste der Dinge aufgestellt, die in seine Zuständigkeit fallen, und er hat sie abgezeichnet, damit es keine Streitigkeit gibt. Ich hoffe, er hat sie sich in sein Zimmer gehängt und nicht etwa verloren. Ich gehe ja nicht in sein Büro, weil er das nicht mag.«

Aber natürlich waren sie nicht versichert. »Wie kannst du mir das antun?«, wollte Gavin von Sappho wissen, als sie im Taxi nach Hause fuhren. »Jeder Idiot weiß doch, dass man Kreditkarten versichern muss.«

»Das stand auf deiner Liste«, sagte Sappho. Sie hatten ihre Gäste sich selbst überlassen und waren auf dem Weg nach Hause, um die Dinge zu klären.

»Eine Liste! Laura und ihre verrückten Listen. Ich bin doch nicht dein Kindermädchen«, sagte Gavin. »Du bist doch kein Kind. Die Karten lauten auf deinen Namen. Da ist es doch deine Sache, sie zu versichern.« Er schien ziemlich wütend.

Sappho versuchte ihn zu beruhigen. Es würde schon alles gut ausgehen. Wenn sie allen Beteiligten erklärte, dass ein Kind die Urheberin war, würden die Stiftungen auf die Spenden verzichten und American Express würde auch zufriedengestellt werden. Aber das regte ihn nur noch mehr auf.

»Was meinst du damit, dass es ein Kind gewesen sein soll? Ich bin das Opfer eines Betrugs, und deinem kranken Gehirn fällt nichts anderes ein, als dass es meine arme Tochter gewesen sein muss.«

Sappho musste daran denken, wie er die Krähe erschossen hatte. Wenn er eine Waffe gehabt hätte, hätte er *sie* jetzt womöglich getötet. Seine Augen glitzerten, er war gereizt. Was war denn bloß mit ihm los?

»Es ist eine Möglichkeit«, sagte sie. »Das ist alles.«

»Warum sollte Isobel mich zu zerstören versuchen?«

Neuerdings war es immer nur *mich* und kaum jemals *uns*. Sappho fühlte sich wieder so wie damals, als Gavin noch mit Isolde zusammen war: Sie spürte, dass sie nicht mal eine Nebenrolle hatte, sondern nur eine Statistin im Drama anderer war. Sie stand immer noch im Hintergrund derselben Bühne. Eine der Hauptdarstellerinnen war tot, aber sie war verpflichtet zu bleiben. Es war ein Bühnenstück, nicht das wirkliche Leben. Es war Isoldes Leben, nicht ihres: Sie war nur der Körper, den Isolde jetzt benutzte. Sie hatte Arthur nach Keele gefahren und bezahlte seine Rechnungen, damit er sich nicht mit einem Studiendarlehen herumschlagen musste. Aber es war Isolde, die sie getrieben hatte. Wenn sie abends schlafen ging, verschwand sie in dem Gemälde, das über dem Bett hing, und Isolde kam herunter und legte sich neben Gavin.

Auch sie war müde, besorgt und erschrocken, und außerdem, wie ihr jetzt einfiel, noch schwanger. Hatte diese veränderte Wahrnehmung, diese Ahnung von dunklen Schrecken, womöglich damit zu tun, dass sie ein Kind kriegte? Gavin war einfach betrunken, sonst war nichts.

»Das kommt schon alles wieder in Ordnung«, sagte sie besänftigend.

»Ich habe dich etwas gefragt«, sagte er. »Hättest du vielleicht die Höflichkeit, mir zu antworten? Warum sollte Isobel so etwas tun? Kann deine kitschige ›EastEnder‹-Fantasie das erklären?«

»Vielleicht weil sie sauer über meine Schwangerschaft ist?«, sagte Sappho, die jetzt ebenfalls wütend war. »Sie hat mich ein volles Jahr lang mit Antibabypillen gefüttert, bis ich dahintergekommen bin.«

Gavin verstummte, das hatte er nicht gewusst.

»Das arme, unsichere, einsame Kind«, sagte er schließlich. »Das hast du also mit deinem Bemuttern erreicht.«

Er war nicht *ziemlich* wütend, er kochte vor Wut. Oder er war völlig in seine Tochter verknallt. Sappho hielt den Mund. Sie wusste nicht, was sie sonst sagen würde.

»Und du hast mich zu all diesen schrecklichen Dingen gezwungen, du Miststück!«

Schreckliche Dinge? Ach so, der Spermatest. Ja, den hätte sie ihm wahrscheinlich ersparen können, dachte sie. Aber was sie wirklich erschreckte, war das mit dem *Miststück*. Er hatte eine Tür geöffnet, hinter der ein Glutofen voller Misstrauen und Ressentiment brodelte. Wie gut er den bisher versteckt hatte! Die glatten Worte, das freundliche Lächeln, und die ganze Zeit gab es diese fest verschlossene Tür. Nicht mal an ihrem Rand war das Flackern des Höllenfeuers zu sehen gewesen.

Sie waren jetzt beinahe zu Hause. Starbucks und die Tapas-Bars waren zwar hell erleuchtet, aber das war nur Kulisse. Die Straßen waren von grässlichen Menschen erfüllt. Apple Lee stand nicht mehr unter Belagerung, der Alptraum war eingedrungen! Innen und außen waren jetzt plötzlich dasselbe. Der Druck des Bösen, das sich auf den Straßen herumtrieb, hatte die Schutzzäune niedergerissen. Es war hereingekommen und hatte Wurzeln geschlagen. Es wuchs im Geheimen, genau wie der Hausschwamm, von dem ihre Mutter gesprochen hatte. Tradition und Vorfahren, Denkmalschutz, eine Auffahrt, ein Carport, eine Alarmanlage, Bewegungsmelder und Scheinwerfer waren kein Schutz.

»Ich hab dir doch gesagt, du sollst alle Unterlagen in den Reißwolf stecken, die du wegwerfen willst«, sagte Gavin. »Aber das ist dir ja zu viel Mühe. Was hast du dir bloß dabei gedacht?«

Sappho war seine Beschuldigungen inzwischen schon so gewohnt, dass sie gar nicht mehr merkte, ob sie verdient waren. Hatte er recht? Aber warum hatte er die Unterlagen dann nicht geschreddert?

Als sie nach Hause kamen, war Laura bereits gegangen, aber sie hatte die Kreditkartenabrechnungen und die Kundenkreditkarten der Kaufhäuser draußen gelassen und einen Stapel Quittungen für den Steuerberater zurechtgelegt.

Die Quittungen schaute Sappho nur flüchtig, die Kreditkartenabrechnungen dafür umso genauer an. Die meisten Karten waren bis zum Limit belastet. Gwen hatte sie unter anderem benutzt, um sich Antiquitäten zu kaufen. Zu den Erwerbungen zählten unter anderem eine Uhr aus dem 18. Jahrhundert für 625 Pfund von Liberty's, Wein von Waitrose und jede Menge Designermode für Isobel und für Gwen. Sappho teilte Gavin ihre Entdeckungen mit.

»Eigentlich müssen diese Kreditkartenrechnungen doch jeden Monat bezahlt werden«, sagte sie hilflos.

»Ja, warum hast du's dann nicht gemacht?«, fragte er. »Du hast Gwen doch eine Karte nach der anderen geschenkt. Ich hab dir gesagt, du solltest es nicht tun. Sie hat keinen Verstand. Sie ist auch nicht meine Mutter; sie ist die Mutter meiner toten Ehefrau. Ich schulde ihr gar nichts. Du bist doch diejenige, die sie braucht, damit sie die Kinder nimmt, während du mich zum Vater machst. Weißt du, was du bist? Eine unersättliche Hure. Was ich an Geschichten gehört habe! Sado-Maso-Sex, Bauarbeiter, jeder Kerl ist dir recht!«

Sappho war plötzlich in eine ihrer eigenen Fernsehserien geraten. Ihre Ohren waren taub; der Ton kam aus großer Entfernung, wie von einer Bühne mit schlechter Akustik. Sie dachte, er würde sie womöglich gleich schlagen. Wenn man begonnen hat, Leute mit Worten zu schlagen, wird man bald auch seine Fäuste benutzen.

»Ja, ich habe ihr die Karten gegeben«, sagte sie trotzdem. Die Situation war vielleicht noch zu retten. Ein Leben und eine Ehe konnten einem doch nicht so einfach um die Ohren fliegen. »Ich will schließlich nicht, dass Gwen in der Gegend rumläuft und allen Leuten erzählt, mein Vater hätte sich umgebracht. Und ich will auch nicht, dass Isobel versucht, das Baby zu schädigen. Sie wäre glatt dazu in der Lage. Es macht ihr ja auch nichts aus, sich selbst zu zerstören, um mich zu treffen. Du kannst die Karten als Bestechung verbuchen. Ich hatte nicht erwartet, dass sie so viel Geld nehmen würden. Ich hatte gedacht, ein paar Küchengeräte für Gwen oder ein bisschen Modeschmuck für Isobel würden genügen, aber in diesem verrückten, krankhaften Krieg gibt es keine kleinen Gefechte. Bloß blutige Schlachten.«

»Du bist diejenige, die krankhaft und böswillig ist! Dir ist es völlig egal, was für einen Schaden du anrichtest.«

»Ich glaube, du bist ein bisschen beschwipst«, erwiderte Sappho. »Warte bis morgen, wenn du wieder nüchtern bist. Dann können wir das alles klären, da bin ich mir sicher. Du darfst mich nicht aufregen. Ich bin schwanger.«

»Na klar«, sagte er. »Das hast du dir fein ausgesucht.«

Er sah sie an, als hoffte er, das Baby würde auf der Stelle in ihrem Bauch sterben. Sie hatte ihn noch nie so erlebt, und wenn doch, dann hatte sie es vergessen. Sie schien so viel zu vergessen. Sie fragte sich, ob der Sex die Erinnerung wegwusch. Hatte sich eine andere Persönlichkeit auf ihn herabgesenkt wie ein böser Mantel? Oder schüttelte er jetzt die Verkleidung ab, die ihn bisher umhüllt hatte?

»Wenn es zum Äußersten kommt, müssen wir eben wieder eine Hypothek auf das Haus nehmen«, sagte sie.

»Das Haus gehört mir und den Kindern«, sagte er, »und das ist auch gut so, denn die Tantiemen für ›Ms. Alien‹ stehen moralisch uns zu. Deshalb hast du uns ja das Haus überschrieben. Du hattest ein schlechtes Gewissen. Was mit dem Haus passiert, geht dich nichts mehr an.«

Sie gingen in verschiedene Schlafzimmer. Er stiefelte in sein Arbeitszimmer im Dachboden, Sappho ging in das bisherige Schlafzimmer, dort nahm sie Isoldes Bild von der Wand. »Du Miststück, du hast mein Leben schon viel zu lange beherrscht«, sagte sie. Sie musste lachen, weil sie ihren Ehemann nachgeahmt hatte. Das Bild war schwer, aber sie versuchte, das Gewicht ausschließlich mit den Armen zu halten und nicht mit den Bauchmuskeln. Sie wollte schließlich keine Fehlgeburt haben. Sie stellte das Gemälde in den Trockenraum und hoffte, die feuchte und warme Luft würde die Farbe abblättern lassen. Sie schrieb an ihrem Roman. Als sie schließlich einschlief, war es gut.

Sappho und Gavin trennen sich

Am nächsten Morgen rief sie alle Kreditkartengesellschaften an und sagte ihnen, die Karten seien gesperrt, bis sie herausgefunden habe, was los war. Das Ersuchen schien niemanden zu überraschen. Als Laura kam, rief sie die Freunde der Raubvögel an, die sich sofort bereiterklärten, die Spende zurückzuschicken. Es würde ungefähr eine Woche dauern. Sie rief American Express an. Ja, sagten die Kreditkartenleute, sie nähmen zur Kenntnis, dass der Auftrag storniert worden sei, müssten aber die Zinsen berechnen. Laura sagte, das sei normal.

»Laura«, sagte Sappho, »warum hast du zugelassen, dass ich mich so in die Bredouille bringe?«

»Na, du wolltest die Dinge doch so machen, wie du sie dir vorstellst«, sagte Laura.

Gavin kam in seinen Schlappen die Treppe herunter und entschuldigte sich für die Dinge, die er gesagt hatte, als er betrunken und wütend war. Kein Problem, sagte Sappho.

Es war auch keins und würde wahrscheinlich auch nie eins werden. Aber Laura war in der Nähe und hörte aufmerksam mit.

Sappho teilte ihm mit, dass ihre Gespräche mit den Zuständigen bereits erste Erfolge gebracht hätten. Die 75 000 Pfund seien storniert und würden früher oder später zurücküberwiesen. Da sei er aber erleichtert, sagte Gavin. Sie müssten sich nur noch eine Erklärung dafür ausdenken, warum sie ihre eigene Party plötzlich verlassen hätten. Sie wollten ja nicht, dass die Leute auf die Idee kämen, dass Isobel etwas damit zu tun hatte. Das Mädchen hätte es so schon schwer genug. Vielleicht könnte man ja behaupten, die Polizei hätte einen Einbruch bei ihnen gemeldet? Das würde sicher niemanden überraschen: Archway sei ja keine Gegend, in der jemand wohnen wolle. Er persönlich würde jedenfalls gern aufs Land ziehen.

»Ich weiß, dass du hier geboren bist, Sappho, ich weiß, du

hast gefühlsmäßige Bindungen an dieses Haus und du hast viel Geld hineingesteckt – sinnlose Ausgaben, denn jeder Bauunternehmer, der das Haus kauft, wird es doch bloß abreißen, und einen anderen Käufer wird man nicht finden. Aber man muss den Tatsachen wohl ins Gesicht sehen. Gwen hat vollkommen recht. Hier kann man keine Kinder großziehen. Und für mich ist es auch nicht schön. Ich bin hier eingezogen und habe mich angepasst, aber vielleicht wären wir woanders, an einem Ort, der für uns beide neu ist, mit dem Baby viel glücklicher. Was meinst du?«

Sie würde darüber nachdenken, sagte sie, und er lachte und sagte, *denken* sei vielleicht nicht das richtige Wort; denn wenn es um Apple Lee gehe, seien die Gefühle doch meist sehr beherrschend.

Dann ging er nach oben, um seinen Vortrag für die Faröer vorzubereiten, wo er am Wochenende hinfliegen wollte.

Sappho dachte, es sei vielleicht möglich, den Schaden wieder zu reparieren, der am Abend angerichtet worden war. Es waren böse Worte gefallen, mehr nicht. Niemand hatte etwas Unrechtes *getan,* mit Ausnahme von Gwen und Isobel. Sie war von einer halben Taubheit betroffen. Wäre es eine totale Taubheit gewesen, würde sie sich vielleicht nicht so entfremdet fühlen. Sollte sie vielleicht mit auf die Faröer fliegen? Sie stieg zu ihm auf den Dachboden und fragte ihn.

Gavin sagte, er hätte eigentlich überlegt, ob es nicht ganz gut für Isobel wäre, wenn er mal etwas Zeit mit ihr verbringen würde, und wenn sie nachher nach Hause käme, wolle er sie fragen, ob sie sich frei nehmen und mit ihm auf die Faröer kommen wolle.

Sappho sagte, wenn Isobel nach Hause käme, sollte er sie vielleicht lieber fragen, was sie sich dabei gedacht hätte, diese Spenden an alle möglichen gemeinnützigen Vereine zu machen. Zum Beispiel an den Bund zum Schutz der Molche und die Opfer elterlicher Misshandlung.

»Das waren kindliche Streiche«, behauptete Gavin. »Und eigentlich auch ziemlich lustig, wenn man darüber nachdenkt. Vielleicht haben ihre Freundinnen sie aufgehetzt. Du hast die Kundenkreditkarten für sie und Gwen storniert – das gibt bestimmt noch Ärger, aber jetzt ist doch fürs Erste alles erledigt. Die Schwangerschaft macht dich so – ernsthaft.«

»Na, das ist doch mal was Neues, oder?« Sie wusste, sie hätte aufhören sollen, konnte es aber einfach nicht lassen.

»Bissigkeit steht dir nicht«, sagte er. »Dafür habe ich dich nicht geheiratet, Sappho.«

»Stimmt«, sagte sie. »Du hast mich wegen meines Hauses, meines Geldes und meiner Kontakte geheiratet. Und damit Laura deinen Scheißroman tippen kann. Und du brauchtest jemanden für deine Kinder, weil du sie von ihrer Großmutter weghaben wolltest.«

»In keinem dieser Punkte hast du viel geleistet«, erwiderte Gavin. »Ich hätte dich nie heiraten sollen. Du verdienst kaum noch Geld, du hast keine Kontakte mehr, niemand will deine Arbeit, du bist eine böse Stiefmutter und im Bett bist du langweilig.«

Sappho merkte, und zwar ziemlich spät, dass Gavin sie aus dem Haus und aus seinem Leben hinausmanövrierte. Mit voller Berechnung. Was er sagte, war vielleicht durchaus wahr, wenn man von der Sache mit der bösen Stiefmutter mal absah. Er hatte sie ausgesaugt, sich das Haus gesichert und war jetzt nur allzu bereit, das auszuspucken, was von ihr übrig war – und das alles im Namen der Liebe. Und er konnte gar nicht begreifen, dass er im Unrecht sein könnte. Sie wartete, was er als Nächstes Unverzeihliches sagen würde.

»Du hast mir leid getan«, sagte er. »Du warst schon dreißig, und niemand wollte dich für mehr als eine Nacht. Also hab ich dir einen Mitleidsfick verpasst, um Elvira eifersüchtig zu machen. Und dann hast du dich auf mich gestürzt und alle Schleusen geöffnet. Das Gute an dir war, dass du viel Platz hattest, Sappho. Apple Lee ist ein richtiges Haus mit großen Zimmern. Ich brauche nun mal große Räume. Nein, ich mache nur Spaß!«

Aber das stimmte natürlich nicht. Sie fragte sich, ob man sich von jemandem für das scheiden lassen kann, was er ohne Zeugen sagt. Oder musste der andere erst handgreiflich werden?

»Ich weiß, du machst dir Sorgen wegen dem Haus«, sagte er. »Aber das brauchst du nicht. Ich werde es dir wieder überschreiben, wenn wir uns trennen.«

»Ja, natürlich«, sagte sie. »Wenn du dazu kommst. Genau wie mit dem Testament zu meinen Gunsten, das du machen wolltest.«

»Du bist nicht sehr schlagfertig«, sagte er. »Bist du noch nie gewesen. Deine Sticheleien gehen immer daneben. Und außerdem machst du dir viel zu viele Sorgen um materielle Dinge. Isobel hat das und das ausgegeben, Gwen hat sich dies und jenes gekauft. Du bist völlig unkreativ und hast keine Ahnung von Kunst. Erst als du in unser Leben getreten bist, ist meine Frau krank geworden und schließlich gestorben.«

»Ich verstehe«, sagte Sappho, obwohl sie sich von ihrer Verblüffung erst mal erholen musste. »Ich habe ihre Lebenskraft ausgesaugt und ihr Immunsystem zerstört, ja?«

»Genau«, sagte Gavin sachlich. »Irgendwas in der Art. Deinen Vater hast du auf dieselbe Art umgebracht. Der Tod ist dein ständiger Begleiter.«

Das war übel genug, aber es sollte noch schlimmer kommen. Sie hätte ihm nie in sein Zimmer folgen dürfen. Es flatterte etwas in ihrem Magen. Sie dachte, wenn sie jetzt eine Fehlgeburt hätte, wäre es auch schon egal. Sie wollte Gavins Baby nicht mehr. Ein bisschen von ihr, ein bisschen von ihm, das bis in alle Ewigkeit fortleben würde. Nein. Damit musste jetzt Schluss sein. Sie war erst Anfang dreißig. Sie konnte noch einmal von vorne anfangen.

»Du bist für uns nie etwas anderes gewesen als das Au-pair-Mädchen«, sagte Gavin. »Und ein ziemlich nuttiges dazu. Selbst als die arme Isolde im Sterben lag, hast du nicht aufhören können. Halb nackt bist du herumgeschlichen und hast das arme kleine Ding gespielt. Immer hast du mich angefasst und die Arme um mich gelegt, auch wenn die Kinder dabei waren. Die haben das durchaus gemerkt, auch wenn sie noch klein waren.«

Sappho merkte plötzlich, dass sie heulte, obwohl sie das gar nicht wollte. Wahrscheinlich war es der Schock. Sie war nicht besonders unglücklich, bloß verwirrt.

»Ich wollte dich rausschmeißen. Aber Isolde hat nein gesagt, das würde die Kinder verunsichern. Aber dann hast du uns ja ohnehin sitzen lassen.«

»Ach«, sagte sie. »Woher kommen denn plötzlich all diese romantischen Erinnerungen?«

Gavin lachte. »Du mit deinem Talent für Klischees«, sagte er. »Großartig! Isolde und ich fanden das immer sehr komisch. Und diese jämmerlichen Anagramme. Und deine verrückte Mutter. Du warst eine große Quelle des Amüsements.«

Sappho dachte, sie sollte jetzt lieber gehen.

»Geh nicht weg«, sagte er. »Ich bin noch nicht fertig. Vergiss nicht, wie du zu mir ins Bett gekrochen bist und Gwen uns erwischt hat.«

»So war es nicht«, sagte Sappho. »Gwen war nicht in der Wohnung.«

»Und warum hat sie dich dann gefeuert?«

»Vielleicht hast du's ihr erzählt«, sagte Sappho. »Manche Leute erinnern sich an alles Mögliche, wenn es ihnen gerade passt. Ich glaube, du hast die Sache ziemlich verdreht. Ich war sehr jung und durcheinander, ich war damals noch Jungfrau.«

Wieder fing er an zu lachen. Wahrscheinlich war das immer so, wenn Leute sich scheiden ließen, dachte Sappho. Sie sagten die Dinge, von denen sie wussten, dass sie am kränkendsten waren. Sie wussten genau, wo sie hinzielen mussten, und dann drückten sie ab. Nichts hatte sie mehr gekränkt als das mit den Anagrammen, obwohl das völlig unsinnig war. Er wollte Isobel auf die Faröer mitnehmen, nicht sie. Sie war inzwischen so weit, dass sie ihn hasste, aber dennoch tat es ihr weh. Es war schon erstaunlich, was für unterschiedliche Welten die Menschen für sich konstruierten, um ihre übertriebenen Vorstellungen von der eigenen Bedeutung darin zu pflegen.

Es schien sinnlos, noch etwas zu sagen, und es gab auch keine Fragen mehr, die sie sich nicht selbst beantworten konnte. *Warum hast du mich dann geheiratet, wenn du so wenig von mir gehalten hast?* Diese Frage hatte er längst beantwortet: wegen ihres Hauses, ihres Einkommens, ihrer Kontakte und wegen der Kinder. Das Haus hatte er jetzt, und in jeder anderen Hinsicht hatte sie ihn enttäuscht. Isobels *innere Unsicherheit* im Wert von 75 000 Pfund hatte schließlich den Ausschlag gegeben.

Wenn er jetzt plötzlich gesagt hätte: *Weil ich dich liebe*, würde das alles andere wegfegen? Das Schreckliche war, dass möglicherweise genau das passieren würde. Nur weil er aufgehört hatte, dass zu behaupten, waren die anderen Gründe plötzlich so sichtbar geworden. Nur deshalb war sie zu Verstand gekommen.

Ihre eigene sorgfältig konstruierte Welt war unter ein paar

Klapsen zusammengebrochen, ohne großen Knall, mit einem recht widerwärtigen Wimmern. Es hatte nur ein paar Tage gedauert. Sicher hatte es eine Menge Warnungen gegeben, die sie übersehen hatte. Aber es gab ja auch viele Musikstücke, dachte sie, bei denen die Komponisten nicht wissen, wie sie zum Schluss kommen sollen, und immer noch einen Akkord hinten dranklatschen, und jedes Mal, wenn man denkt, jetzt ist aber Schluss, kommt noch ein neues lautes Ereignis und erinnert einen daran, dass nie etwas säuberlich aufhört. In diesem Fall war es Isobel, die plötzlich auf den Dachboden kam und sich beißend und kratzend auf Sappho stürzte.

Sappho hielt sie auf Armeslänge von sich, und sogar Gavin bemühte sich, seine Tochter unter Kontrolle zu bringen.

»Du Hexe!«, schrie Isobel. »Du gemeine, grausame Frau! Wo ist das Bild meiner Mami? Was hast du mit meiner Mami gemacht?«

»Was hast du mit ihrer Mami gemacht?«, fragte Gavin, während Isobel immer noch um sich schlug und nur allmählich ruhiger wurde.

»Ich hab sie in die Trockenkammer gestellt«, sagte Sappho.

»Du bist ja völlig verrückt«, sagte Gavin, und Isobel flüchtete sich in seine Arme, von wo aus sie Sappho verstört, mit weit aufgerissenen Augen und schwer atmend anstarrte, als wäre sie ein stinkendes, gefährliches Ungeheuer.

»Ist schon gut, Kätzchen«, sagte Gavin. »Sie verschwindet jetzt aus unserem Leben.« Und gerade als Sappho sich abwandte, um die Treppe hinunterzugehen, glaubte sie ein triumphierendes Lächeln auf Isobels Lippen zu sehen, ehe das Mädchen ihre Arme um Gavins Hals schlang und an seiner Schulter weinte, so wie sie, Sappho, das einstmals getan hatte. An die Stelle des Vaters tritt plötzlich der Mann: Sie kannte das Syndrom nur zu gut.

Ich habe sie zu meinem Abbild gemacht, dachte Sappho. Wahrscheinlich haben sie recht, und ich bin wirklich eine Gefahr. Wie lange würde es dauern, bis Isobel ihr eigenes Gästezimmererlebnis bevorstand? Isobel würde unglücklich sein: Gavin würde sie trösten. Trost war das, was Isobel wollte, und sie würde einen Weg finden, um ihn von ihrem Vater zu erhalten. Alle alten Tabus würden gebrochen werden, denn es würde ein sexueller Trost sein, darauf steuerte alles hin. Sappho zögerte einen Augenblick an der Tür. Sie hatte das Gefühl, es stünde noch etwas bevor, aber sie wusste nicht, was.

»Daddy, sie schreibt einen Roman«, sagte Isobel in einer abschließenden triumphalen Attacke, die erneut von dem boshaften Grinsen begleitet wurde, das Sappho sehen konnte und Gavin nicht. »Du schreibst einen, deswegen muss sie es auch tun. Sie ist so eifersüchtig! Aber du schreibst nette Dinge über mich, und sie schreibt über dich lauter schreckliche, giftige Lügen.«

»Ich hatte immer den Verdacht, dass du mich deswegen heiraten wolltest«, sagte Gavin zu Sappho. »Nicht bloß wegen des literarischen Renommees, sondern auch, weil du einen Gegenstand brauchtest. Gott, du bist so eine illoyale, miese, perverse Schnepfe. Gib mir sofort alles, was du geschrieben hast.«

»Nein«, sagte Sappho.

Aber jetzt wollte Isobel die Aufmerksamkeit ihres Vaters wieder zurückhaben. Sie schlug mit ihren kleinen weißen Fäusten mit den perfekten Fingernägeln auf seine Tweedjacke. »Warum hasst sie uns bloß so? Warum?«

»Es ist ja vorbei, Liebling, es ist vorbei«, sagte Gavin.

Sappho ging hinunter ins Schlafzimmer, wo sie ihr im Entstehen begriffenes Manuskript auf dem Fußboden fand. Isobel hatte die Seiten wild durcheinandergefleddert.

Sappho suchte nach der Waitrose-Tüte, in der sie immer die Wäsche zur Reinigung brachte, packte die Papiere hastig wieder zusammen und schob sie hinein. Dann ging sie in den Keller und holte sich Arthurs Wollmütze und den Rucksack, den er bei seinen Höhlenerkundungen trug. Das war irgendwie tröstlich. Arthur war in Ordnung und nicht ihr Feind, und sie fühlte sich von ihm verstanden. Ihre Mutter hatte was gegen Rucksäcke, aber das lag nur daran, dass sie schon alt war und neue Sachen genauso hasste wie Gavin. Sappho ging wieder nach oben, packte ein paar persönliche Dinge ein, dann war sie abmarschbereit. Sie überlegte kurz, ob sie vielleicht noch in den Trockenraum gehen und in Isolde ein Loch treten sollte, entschied sich aber dagegen. Es waren schon genügend Dinge beschädigt worden.

Beim Hinausgehen schaute sie noch bei Laura hinein.

»Ich haue ab«, sagte sie. »Jetzt muss sich jeder um sich selbst kümmern. Tut mir leid.« Laura nickte bloß sachlich.

»Hast du eigentlich gewusst, was Gwen mit den Kundenkreditkarten angestellt hat?«, fragte Sappho.

»Ja«, sagte Laura. »Natürlich. Hin und wieder bin ich samstags selbst mit den beiden unterwegs gewesen. Sie sind fantastische Shopper.«

»Aber warum hast du das getan, Laura?« Sappho war zutiefst schockiert.

»Meine Güte, du klingst ja fast wie dein Ehemann. *Aber warum nur?* Weil die Leute nun mal mit dem leben müssen, was sie sich einbrocken. Ich werde mich bemühen, so viel wie möglich wieder in Ordnung zu bringen«, sagte sie freundlich. »Um der alten Zeiten willen. Die alten Zeiten waren gut, nicht wahr?«

»Ja, das waren sie«, sagte Sappho und ging. Sie hörte schon Gavin die Treppe herunterpoltern und Isobels Trippelschritte.

Wahrscheinlich suchten sie schon nach dem Roman. Sie hatte ihn vom Computer gelöscht, aber sie hatte ja ihren Ausdruck.

Draußen neben einem Taxi stand Gwen. Mit Hilfe des Fahrers und eines Passanten transferierte sie Koffer und verschiedene Luxusgegenstände vom Bürgersteig in die Sicherheit der Gartenumzäunung.

»Ziehst du hier ein?«, fragte Sappho.

»In der Tat«, sagte Gwen. »Irgendjemand muss sich ja um die Familie kümmern.«

»Die Szene kommt mir bekannt vor«, sagte Sappho. »Wiederholungen sind deine Stärke, nicht wahr?«

Gwen warf verächtlich den Kopf hoch. Sie trug einen brandneuen echten Pelz und sah sehr elegant aus. Mit den beiden Männern, die ihren Anweisungen folgten, war sie völlig in ihrem Element.

Sappho merkte plötzlich, dass sie keine genaue Vorstellung davon hatte, wo sie eigentlich hinwollte. Es war schon eigenartig, wie viele Leute man kannte, ohne dass auch nur einer wirklich zuverlässig erschien, wenn man ihn brauchte. Und wenn, dann gehörten sie zu der Sorte, die sagte: »Ich hab's dir doch gleich gesagt.« Sie stieg in den nächsten Bus, der die Straße herunterkam.

Emily ist fein raus

Als ich mich wieder erholt und meine Wut sich gelegt hatte, weil ich mir sagte: Nun, zumindest ist sie aus diesem Höllenloch raus, rührte meine mütterliche Sorge sich wieder. Ich hatte – obwohl ich geschulte Analytikerin bin – mehrere Stunden gebraucht, um mich zu beruhigen und zu Barnaby sagen zu können: »Meine größte Sorge ist, dass sie das Baby wegmachen lässt. Stell dir vor, das nächste Mal, wenn ich sie sehe, hat sie kein Bäuchlein mehr, sondern ist plötzlich brettflach in der Mitte? Wie soll ich damit fertig werden?«

»Die Frage ist doch eher, wie *sie* damit fertig wird«, sagt Barnaby. »Für eine Abtreibung ist es doch viel zu spät. Es wäre Mord. Dazu ist sie doch nicht fähig, oder?«

»Gott weiß, wozu sie fähig ist«, jammere ich. Und ich denke daran, wie es war, als Sappho noch klein war, auf zwei stämmigen Beinchen in ihrem Gitterbett stand und mich anstrahlte, wenn ich ins Zimmer kam. Sie war so voller Erwartung und Zutrauen. Die Strahlen des Glanzes, die sie umgaben bei ihrer Geburt und in ihrer Kindheit, waren verblasst und ich hatte es zugelassen. Ich glaube, die Liebe zwischen Mutter und Kind und Kind und Mutter muss immer scheitern: Irgendwann siegt der Egoismus. Sie beginnen als Einheit, aber sie müssen sich aufteilen und beide müssen sie überleben. Man kriegt es einfach nicht richtig hin. Arme Sappho – es kann nicht sehr schön gewesen sein, von einem Trugbild erzogen zu werden, genauso wenig wie es für mich schön gewesen ist, eins zu sein. Kein Wunder, dass sie die Familie Garner als ihre eigene angenommen hat. Ich habe kein Recht, deswegen beleidigt zu sein. Wir haben die Tagebücher beendet, aber ich schniefe immer noch vor mich hin. Es ist alles so quälend. Mein Panzer ist genauso geknackt und gebrochen wie Sapphos. Immerhin hat sie ihn innerhalb von Jahren abgelegt, nicht in Jahrzehnten.

»Die Schuld liegt bei mir«, sage ich und erwarte, dass Barnaby mir widerspricht, aber das tut er nicht. Ich nehme an, das ist der Grund, warum ich ihn überhaupt bei mir haben will: die Fähigkeit, mir gegenüberzutreten und mich zu beunruhigen, ganz zu schweigen von der Fähigkeit zum Sex, die ich jetzt endlich an ihm entdeckt habe. Es soll bloß niemand denken, das Verlangen lässt im Alter nach. Man darf bloß nicht mehr so genau hinsehen, aber dafür sorgt das Alter von selbst.

»Ja, gib dir ruhig die Schuld«, sagt Barnaby. »Zwischen Mutter und Kind gibt es viele Projektionen hin und her. Das Kind gibt den Eltern für seine eigenen Missetaten die Schuld. Die Eltern werfen es den Kindern vor, wenn ihre eigenen Mängel beim Nachwuchs sichtbar werden. Beide beurteilen sich allzu streng.«

Es klingelt an der Tür. Es ist Sappho, ganz wie ich gehofft habe. Sie sieht besser aus, obwohl sie Sachen trägt, die aussehen, als wären sie im Supermarkt von der Stange gekauft. Zum Glück hat sie immer noch ihren dicken Bauch.

»Du hast es inzwischen sicher gelesen?«, sagt sie. »Mein volles Geständnis?«

»Ja«, sage ich.

»Und du sprichst noch mit mir?«

»Gerade noch«, sage ich.

»Das ist gut«, sagt sie und gibt mir eine dünne Tesco-Tüte mit ein paar wenigen Blättern Papier.

»Damit bist du dann auf dem Laufenden«, sagt sie. »Ich gehe jetzt rüber in den Coffee Shop. Wenn du mir zuwinkst, komme ich zurück.«

Das Ende von Sapphos Geständnis

Der richtige Zufluchtsort war natürlich die Uni. Ich habe einen 1/7-Vertrag, das heißt, ich arbeite an einem Tag in der Woche. Aber ich habe ein eigenes Zimmer, einen Computer, ein paar Bücher und ein Telefon. Ich brauche ein bisschen Zeit, um herauszufinden, was ich bin, was ich gewesen bin und was ich sein werde. Es ist ein gutes Versteck hier im Wald, wo sich einst Hänsel und Gretel mit Blättern bedeckt haben, damit sie die böse Stiefmutter nicht findet. Mutter hat recht: Der Archetyp hat sich geändert. Die Stiefmutter muss sich vor den mörderischen Kindern verbergen. Dieser spezifische Wald hier ist ein Labyrinth von Räumen, wo gelernt wird und wo Prüfungen abgelegt werden. Der Blätterhaufen, unter dem ich mich verstecke, besteht aus Papieren und E-Mails, Aktennotizen, Warnungen, Hinweisen, Anweisungen, Erstsemester benutzen diese, Examenskandidaten jene Fächer, Dissertationen dort abgeben, verspätetes Abgeben von Prüfungsarbeiten kann einen Punkteabzug zur Folge haben, Empfehlungen der Gleichstellungsbeauftragten, Behindertenschulung, wie verhindere ich Mobbing?

Das ist völlig in Ordnung. Das ist nur das alltägliche Leben. Oder vierzig bis fünfzig Prozent davon, denn so viele Leute gehen heute zur Uni. Das ist völlig in Ordnung. Jeder will nur das Beste für jeden. Abends schleiche ich mit den im Campus Store billig gekauften Kissen und Decken in den Aufenthaltsraum für die Lehrkräfte, öffne die Tür mit der Kennkarte, schiebe zwei Sessel zusammen, ziehe im schwachen Licht der Notbeleuchtung mein Nachthemd an und mache es mir bequem.

Morgens wecken mich die Tauben, die auf den Fenstersimsen gurren und scharren. Ich falte mein Nachthemd, meine Decken und Laken, glätte die Sessel und schiebe sie auseinander, öffne die Fenster, vor denen keine Tauben herumtrippeln, wasche mich, bürste meine Haare und fahre mit dem Aufzug in mein Büro: Sappho Garner, Lehrbeauftragte für Dramaturgie. Wenn ich die Tür geschlossen halte, weiß niemand, ob ich da bin oder nicht. Sie sind viel zu höflich, um mich zu stören. Ich könnte ja gerade mit meiner schöpferischen Arbeit beschäftigt sein, vor der sie so viel Respekt haben. Es ist ganz anders, als wenn man mit Gavin zusammen ist. Ich bin im künstlichen Koma. Ich versuche, nicht über das Leben in meiner unmittelbaren Vergangenheit nachzudenken. Ich rufe meine Mutter an, damit sie sich keine Sorgen macht.

»Das Übernachten im Büro ist nicht gestattet«, hieß es gestern in einer E-Mail, aber die Mail ging an alle Abteilungen und es gab keine Strafandrohung, deshalb habe ich sie ignoriert. Vielleicht gibt es andere, die es genauso machen wie ich, aber ich habe niemand gesehen. Trotzdem ist der Wald nicht sicher, darüber muss ich mir klar sein. Ich wette, es leben hier irgendwo Hexen in Pfefferkuchenhäusern. Ich werde in einen Käfig gelockt und mit allen anderen Ausreißern lebendig gekocht werden. Ich frage mich, ob Gwen eine Hexe ist. Sie hat mich verwünscht, und es hat funktioniert. Ich frage mich, in welches Zimmer sie wohl eingezogen ist. Wahrscheinlich mein Arbeitszimmer. Da braucht sie keine Treppen zu steigen und hat ein richtig schönes Bad gleich nebenan. Ich rufe Laura an, aber das Büro ist nicht besetzt. Es geht mir etwas besser, ich bin wieder handlungsfähig, verlasse allmählich den Schockzustand. Mein weißer Ritter in glänzender Rüstung war leider schon mit Isolde verheiratet, er hat seine Rüstung bald abgelegt, sie wurde von Rost und Motten befallen, und jetzt ist er ein Haufen abgenagter Knochen, den nur noch der Hass auf mich zucken lässt. Aber das heißt nicht, dass ich nicht doch noch überleben kann.

Meine Wäsche wasche ich in den Waschbecken der Kunstfakultät – die sind größer als die bei uns. Ich trockne sie so gut es geht mit Papiertaschentüchern und hänge sie dann über die Stuhllehnen in meinem Büro. Ich werde kaum je gestört. Wenn ich das Bedürfnis habe, etwas Warmes zu essen, gehe ich in die Mensa und esse Broccoli, Fisch mit Soße oder

Pommes frites aus den Blechschüsseln – wie gesagt, völlig in Ordnung. Beim Essen kann ich ein Buch lesen. Gavin hat es gehasst, wenn ich beim Essen gelesen habe. Manchmal sind es »gute« Bücher, meistens sind es nur Krimis. Man kann Essen drauf kleckern, und es ist gar nicht schlimm. Niemand erkennt mich, warum auch? Die Studenten sind viel zu sehr mit ihrem eigenen Leben beschäftigt. Man ist sicher bei ihnen. Das ist eine multikulturelle Universität hier, es werden zweihundertdreißig Sprachen gesprochen, aber nicht unbedingt auch geschrieben. Man erwartet, dass die Leute fremdartig sind, so wie ich.

Ich verstecke mich, natürlich verstecke ich mich. Aber wer weiß schon, wovor? Vor Isobels mörderischer Wut? Vor Gavins Missfallen? Oder meiner eigenen Dummheit? Ich weiß nur, dass es mit jedem Tag, der vorbeigeht, unwahrscheinlicher ist, dass ich das Baby wegmachen lasse. Natürlich ist das eine Versuchung; es wäre schön, noch einmal ganz von vorn anfangen zu können, ohne Belastungen aus der Vergangenheit. Aber das kann ich nicht machen. Das Baby ist meine Strafe und meine Belohnung zugleich. Es ist jetzt in der Phase, wo ich manchmal ein Flattern spüre. Wenn ich den ersten Tritt von ihm kriege, ist es endgültig sicher vor mir.

Ich liebe die Universität bei Nacht, wenn alle nach Hause gegangen sind, außer mir. Der Geist der reinen Vernunft schwebt durch die Korridore. Seine Gegenwart entschädigt mich zwar nicht ganz für den Verlust meines Zuhauses, aber es kommt dem doch sehr nahe. Einmal bin ich nachts um halb eins von der Toilette zurückgekommen und habe ihn gesehen: Er war hell und dunkel zugleich und wirbelte hüpfend über den Korridor wie Elmsfeuer. Ich wüsste nicht, was es sonst gewesen sein sollte.

Ich habe einige Dinge begriffen. Ich weiß jetzt zum Beispiel, dass Söhne kein großes Problem für Stiefmütter sind. Man muss genießbares Essen, praktische Unterstützung und saubere Klamotten bereitstellen, sich aus ihren Schlafzimmern und ihrem sonstigen Leben heraushalten, und man muss darauf verzichten, ihre Aktivitäten zu kommentieren und mit ihren Vätern öffentlich lautstark zu streiten. Das habe ich alles geschafft, während wir unter einem Dach gelebt haben, und wir hatten eine gute Zeit miteinander, Arthur und ich.

Zweite Frauen müssen wissen, wo sie hingehören: an das Ende einer langen Reihe von Erinnerungen, Pflichten und Ritualen, die mit der ersten Ehe zu tun haben. Ich habe mir die größte Mühe gegeben, aber die für zweite Frauen typische Hoffnung, dass er seine Vergangenheit hinter sich lassen könnte, ist bald geschwunden. Ich hätte meine Proteste besser unterdrücken und das Porträt meiner Vorgängerin über dem Bett etwas freundlicher anschauen oder gar nicht erst heiraten sollen.

Hätte, sollte, müsste. Ich hätte einen Banker oder sonst eine gute Partie heiraten und mir nicht das muntere Schriftstellerleben aussuchen sollen. Ich hätte nicht Isoldes Idee stehlen und als meine eigene ausgeben sollen. Ich habe dem Demiurgen heute getrotzt, indem ich barfuß die Treppe hinunterging, und er hat mich gehört. Jetzt tappe ich schwanger in bequemen Schuhen mit Gummisohlen hinunter. Es geht mir wie Eva: Ich werde dafür bestraft, dass Adam den Apfel gegessen hat. Sie hätte ihn lieber selbst essen sollen. Das hätte der Menschheit unendlich viel Ärger erspart.

Söhne sind manchmal etwas sperrig, wenn ihre Mütter eine zweite Ehe eingehen, aber das ist kein Vergleich mit dem, was Mädchen veranstalten, wenn ihre Väter eine neue Gefährtin fürs Ehebett finden. Das habe ich auch gelernt. Dabei hatte ich mir so gewünscht, Isobel zu lieben und von ihr wiedergeliebt zu werden. Aber leider liegt es nicht im Wesen der Stieftöchter, dass sie ihre Stiefmütter lieben. Bei den verschiedensten Arten lieben und versorgen die Weibchen verlassene Junge, das hat mit dem Kindchenschema zu tun. Aber diese Liebe ist eine Einbahnstraße.

Es heißt, dass erste Ehen und Beziehungen meist dann kaputtgehen, wenn das erste Kind geboren wird und die Mutter über ihrer sinnlichen Freude am Baby den Vater vergisst oder wenn die erste Tochter in die Pubertät kommt. Die Schwierigkeiten des Zusammenbleibens überfordern die Männer. Es sind nicht die in jüngeren Armen erwarteten Freuden, die den Mann aus der Ehe vertreiben: Es ist die Angst, alt zu werden. In einer »wiederhergestellten« Familie, wie ich sie zu schaffen versuchte, treibt eine neue Schwangerschaft die Spannungen auf die Spitze. Ja, das kann man wohl sagen.

Die Leute hatten mich gewarnt, aber ich schlug die Warnungen in den Wind. Isobel war ein liebes Mädchen, und ich hatte ihre Mutter gut gekannt. Jetzt hasse ich Isobel und sie hasst mich, aber ihr Hass ist stärker als meiner, denn sie ist jünger und hübscher als ich, ihre Beine sind länger als meine, und sie wird vor nichts haltmachen.

Und Gavin? Der Körper vermisst denjenigen, der ihn nachts warm hält. Mehr will ich nicht sagen.

Ich bin ziemlich daneben.

Emily nickt und winkt

Ich nicke und winke Sappho zu, die auf der anderen Seite der Straße im Coffee Shop sitzt. Ich hoffe, sie trinkt heiße Schokolade ohne Koffein oder schädliche Zusätze. Aber wahrscheinlich sind ihr, wie so vielen anderen ihrer Generation, heiße Getränke gar nicht so wichtig. Wahrscheinlich genügt ihr ein Wasser. Sie ist nervös, das kann ich erkennen. Sie sieht mich winken und ihr Gesicht fängt an zu strahlen wie früher, wenn sie mich aus ihrem Gitterbett anlächelte. Sie schaut vorsichtig nach links und rechts, dann kommt sie herüber. Sie hat gelernt, dass man vorsichtig sein muss, sie vertraut der Welt nicht mehr so wie früher. Ich mache die Tür für sie auf.

»Ich dachte, ich komme wieder nach Hause«, sagt sie. »Ich dachte, du bringst mich noch mal auf die Welt.«

»Und das Baby?«

»Das Baby natürlich auch«, sagt sie. »Wir können ja versuchen, es diesmal richtig zu machen.«

Sie kommt herein und schaut Barnaby an.

»Hallo, Barnaby«, sagt sie.

»Ich habe gerade überlegt, ob ich Barnaby heiraten soll«, sage ich. Er sieht ziemlich blass aus.

»Bisschen klein, deine Wohnung«, sagt Sappho. »Aber ich denke, wir kommen schon klar. Wenn wir eine Wendeltreppe einziehen und die beiden Wohnungen miteinander verbinden, müsste es gehen. Es gibt doch nichts Besseres als eine Wiederholung, nicht wahr?«

»Ich glaube, etwas anderes gibt's sowieso nicht«, sagt Barnaby. Er klingt ein bisschen bitter, scheint aber bereit, mitzumachen.

»Willst du immer noch Schriftstellerin bleiben, wenn du wiedergeboren wirst?«, frage ich.

»Aber natürlich«, sagt sie. »Sobald das Baby auf der Welt ist, muss ich meinen Roman überarbeiten.«

Mich schaudert.

Isobel tut mir jetzt schon leid.